KB180594

증편 한국구비문학대계
2-15
강원도 동해시

이 저서는 2011년 정부(교육과학기술부)의 재원으로 한국학중앙연구원(한국학진흥사업단)의 지원을 받아 수행된 연구임.(AKS-2011-CCB-1101)

증편 한국구비문학대계
2-15
강원도 동해시

강등학 · 이영식 · 박은영

한국학중앙연구원

역락

발간사

　민간의 이야기와 백성들의 노래는 민족의 문화적 자산이다. 삶의 현장에서 이러한 이야기와 노래를 창작하고 음미해 온 것은, 어떠한 권력이나 제도도, 넉넉한 금전적 자원도, 확실한 유통 체계도 가지지 못한 평범한 사람들이었다. 이야기와 노래들은 각각의 삶의 현장에서 공동체의 경험에 부합하였으며, 사람들의 정신과 기억 속에 각인되었다. 문자라는 기록 매체를 사용하지 못하였지만, 그 이야기와 노래가 이처럼 면면히 전승될 수 있었던 것은 그것이 바로 우리 민족의 유전형질의 일부분이 되었기 때문이며, 결국 이러한 이야기와 노래가 우리 민족을 하나의 공동체로 묶어 주고 있는 것이다.

　사회와 매체 환경의 급격한 변화 가운데서 이러한 민족 공동체의 DNA는 날로 희석되어 가고 있다. 사랑방의 이야기들은 대중매체의 내러티브로 대체되어 버렸고, 생활의 현장에서 구가되던 민요들은 기계화에 밀려 버리고 말았다. 기억에만 의존하여 구전되던 이야기와 노래는 점차 잊히고 있다. 한국학중앙연구원이 1970년대 말에 개원함과 동시에, 시급하고도 중요한 연구사업으로 한국구비문학대계의 편찬 사업을 채택한 것은 바로 이러한 시대적 상황에 대한 우려와 잊혀 가는 민족적 자산에 대한 안타까움 때문이었다.

　당시 전국의 거의 모든 구비문학 연구자들이 참여하였는데, 어려운 조사 환경에서도 80여 권의 자료집과 3권의 분류집을 출판한 것은 그들의 헌신적 활동에 기인한다. 당초 10년을 계획하고 추진하였으나 여러 사정으로 5년간만 추진되었으며, 결과적으로 한반도 남쪽의 삼분의 일에 해당하는 부분만 조사하게 되었다. 그럼에도 불구하고 한국구비문학대계는 주관기관인 한국학중앙연구원의 대표 사업으로 각광 받았을 뿐 아니라, 해방 이후 한국의 국가적 문화 사업의 하나로 꼽히게 되었다.

21세기에 들어서면서 한국학중앙연구원에서는 미완성인 채로 남아 있는 구비문학대계의 마무리를 더 이상 미룰 수 없다는 생각으로 이를 증보하고 개정할 계획을 세웠다. 20년 전의 첫 조사 때보다 환경이 더 나빠졌고, 이야기와 노래를 기억하고 있는 제보자들이 점점 줄어들고 있었던 것이다. 때마침 한국학 진흥에 대한 한국 정부의 의지와 맞물려 구비문학대계의 개정·증보사업이 출범하게 되었다.

이번 조사사업에서도 전국의 구비문학 연구자들이 거의 다 참여하여 충분하지 않은 재정적 여건에서도 충실히 조사연구에 임해 주었다. 전국 각지의 제보자들은 우리의 취지에 동의하여 최선으로 조사에 응해 주었다. 그 결과로 조사사업의 결과물은 '구비누리'라는 이름의 데이터베이스에 탑재가 되었고, 또 조사 자료의 텍스트와 음성 및 동영상까지 탑재 즉시 온라인으로 접근할 수 있는 시스템을 갖추었다. 특히 조사 단계부터 모든 과정을 디지털화함으로써 외국의 관련 학자와 기관의 선망의 대상이 되고 있다.

이제 조사사업의 결과물을 이처럼 책으로도 출판하게 된다. 당연히 1980년대의 일차 조사사업을 이어받음으로써 한편으로는 선배 연구자들의 업적을 계승하고, 한편으로는 민족문화사적으로 지고 있던 빚을 갚게 된 것이다. 이 사업의 연구책임자로서 현장조사단의 수고와 제보자의 고귀한 뜻에 감사를 표하지 않을 수 없다. 아울러 출판 기획과 편집을 담당한 한국학중앙연구원의 디지털편찬팀과 출판을 기꺼이 맡아준 역락출판사에 감사를 드린다.

2013년 10월 4일
한국구비문학대계 개정·증보사업 연구책임자 김병선

책머리에

구비문학조사는 늦었다고 생각하는 지금이 가장 빠른 때이다. 왜냐하면 자료의 전승 환경이 나날이 달라지고 있기 때문이다. 전승 환경이 훨씬 좋은 시기에 구비문학 자료를 진작 조사하지 못한 것이 안타깝게 여겨질수록, 지금 바로 현지조사에 착수하는 것이 최상의 대안이자 최선의 실천이다. 실제로 30여 년 전 제1차 한국구비문학대계 사업을 하면서 더 이른 시기에 조사를 했더라면 하는 아쉬움이 컸는데, 이번에 개정·증보를 위한 2차 현장조사를 다시 시작하면서 아직도 늦지 않았다는 사실을 실감했다.

구비문학 자료는 구비문학 연구와 함께 간다. 자료의 양과 질이 연구의 수준을 결정하고 연구수준에 따라 자료조사의 과학성이 결정되기 때문이다. 실제로 1차 조사사업 결과로 구비문학 연구가 눈에 띄게 성장했고, 그에 따라 조사방법도 크게 발전되었다. 그러나 연구의 수명과 유용성은 서로 반비례 관계를 이룬다. 구비문학 연구의 수명은 짧고 갈수록 빛이 바래지만, 자료의 수명은 매우 길 뿐 아니라 갈수록 그 가치는 더 빛난다. 그러므로 연구 활동 못지않게 자료를 수집하고 보고하는 일이 긴요하다.

교육부에서 구비문학조사 2차 사업을 새로 시작한 것은 구비문학이 문학작품이자 전승지식으로서 귀중한 문화유산일 뿐 아니라, 미래의 문화산업 자원이라는 사실을 실감한 까닭이다. 따라서 학계뿐만 아니라 문화계의 폭넓은 구비문학 자료 활용을 위하여 조사와 보고 방법도 인터넷 체제와 디지털 방식에 맞게 전환하였다. 조사환경은 많이 나빠졌지만 조사보고는 더 바람직하게 체계화함으로써 누구든지 쉽게 접속하여 이용할 수 있는 데이터베이스를 구축했다. 그러느타 조사결과를 보고서로 간행하는 일은 상대적으로 늦어지게 되었다.

2차 조사는 1차 사업에서 조사되지 않은 시군지역과 교포들이 거주하는 외국지역까지 포함하는 중장기 계획(2008~2018년)으로 진행되고 있다. 한국학중앙연구원 어문생활연구소와 안동대학교 민속학연구소가 공동으로 조사사업을 추진하되, 현장조사 및 보고 작업은 민속학연구소에서 담당하고 데이터베이스 구축 작업은 한국학중앙연구원에서 담당한다. 가장 중요한 일은 현장에서 발품 팔며 땀내 나는 조사활동을 벌인 조사자들의 몫이다. 마을에서 주민들과 날밤을 새우면서 자료를 조사하고 채록하여 보고서를 작성한 조사위원들과 조사원 여러분들의 수고를 기리지 않을 수 없다. 조사의 중요성을 알아차리고 적극 협력해 준 이야기꾼과 소리꾼 여러분께도 고마운 말씀을 올린다.

구비문학 조사를 전국적으로 실시하여 체계적으로 갈무리하고 방대한 분량으로 보고서를 간행한 업적은 아시아에서 유일하며 세계적으로도 그 보기를 찾기 힘든 일이다. 특히 2차 사업결과는 '구비누리'로 채록한 자료와 함께 원음도 청취할 수 있는 데이터베이스를 구축해서 세계에서 처음으로 인터넷과 스마트폰으로 이용할 수 있는 디지털 체계를 마련했다. '구슬이 서 말이라도 꿰어야 보배'인 것처럼, 아무리 귀한 자료를 모아두어도 이용하지 않으면 소용이 없다. 그러므로 이 보고서가 새로운 상상력과 문화적 창조력을 발휘하는 문화자산으로 널리 활용되기를 바란다. 한류의 신바람을 부추기는 노래방이자, 문화창조의 발상을 제공하는 이야기 주머니가 바로 한국구비문학대계이다.

2013년 10월 4일
한국구비문학대계 개정·증보사업 현장조사단장 임재해

한국구비문학대계 개정·증보사업 참여자 (참여자 명단은 가나다 순)

연구책임자

김병선

공동연구원

강등학	강진옥	김익두	김은희	김태환	김헌선	나경수	박경수	박경신
송진한	신동흔	심상교	이건식	이경엽	이인경	이창식	임재해	임철호
임치균	서영숙	신연우	조현설	천혜숙	허남춘	황루시	황인덕	

전임연구원

이균옥　장노현　최원오

박사급연구원

강정식	권은영	김구한	김기옥	김영희	김월덕	김헝근	노영근	서해숙
손화영	유명희	이영식	이윤선	정규식	조정현	최명환	한미옥	허정주

연구보조원

강선일	강태종	권경원	김나래	김명수	김은지	김자현	박기현	박은영
박혜영	이영주	이옥희	이홍우	정나경	정혜란	편성철		

주관 연구기관 : 한국학중앙연구원 어문생활사연구소

공동 연구기관 : 안동대학교 민속학연구소

일러두기

■ 『증편 한국구비문학대계』는 한국학중앙연구원과 안동대학교에서 3단계 10개년 계획으로 진행하는 "한국구비문학대계 개정·증보사업"의 조사 보고서이다.

■ 『증편 한국구비문학대계』는 시군별 조사자료를 각각 별권으로 간행하는 것을 원칙으로 한다. 서울 및 경기는 1-, 강원은 2-, 충북은 3-, 충남은 4-, 전북은 5-, 전남은 6-, 경북은 7-, 경남은 8-, 제주는 9-으로 고유번호를 정하고, -선 다음에는 1980년대 출판된 『한국구비문학대계』의 지역 번호를 이어서 일련번호를 붙인다. 이에 따라 『증편 한국구비문학대계』는 서울 및 경기는 1-10, 강원은 2-10, 충북은 3-5, 충남은 4-6, 전북은 5-8, 전남은 6-13, 경북은 7-19, 경남은 8-15, 제주는 9-4권부터 시작한다.

■ 각 권 서두에는 시군 개관을 수록해서, 해당 시·군의 역사적 유래, 사회·문화적 상황, 민속 및 구비 문학상의 특징 등을 제시한다.

■ 조사마을에 대한 설명은 읍면동 별로 모아서 가나다 순으로 수록한다. 행정상의 위치, 조사일시, 조사자 등을 밝힌 후, 마을의 역사적 유래, 사회·문화적 상황, 민속 및 구비문학상의 특징 등을 중심으로 설명하고, 마을 전경 사진을 첨부한다.

■ 제보자에 관한 설명은 읍면동 단위로 모아서 가나다 순으로 수록한다. 각 제보자의 성별, 태어난 해, 주소지, 제보일시, 조사자 등을 밝힌 후, 생애와 직업, 성격, 태도 등을 중심으로 서술하고, 제공 자료 목록과 사진을 함께 제시한다.

- 조사 자료는 읍면동 단위로 모은 후 설화(FOT), 현대 구전설화(MPN), 민요(FOS), 근현대 구전민요(MFS), 무가(SRS), 기타(ETC) 순으로 수록한다. 각 조사 자료는 제목, 자료코드, 조사장소, 조사일시, 조사자, 제보자, 구연상황, 줄거리(설화일 경우) 등을 먼저 밝히고, 본문을 제시한다. 자료코드는 대지역 번호, 소지역 번호, 자료 종류, 조사 연월일, 조사자 영문 이니셜, 제보자 영문 이니셜, 일련번호 등을 '_'로 구분하여 순서대로 나열한다.
- 자료 본문은 방언을 그대로 표기하되, 어려운 어휘나 구절은 ( ) 안에 풀이말을 넣고 복잡한 설명이 필요할 경우는 각주로 처리한다. 한자 병기나 조사자와 청중의 말 등도 ( ) 안에 기록한다.
- 구연이 시작된 다음에 일어난 상황 변화, 제보자의 동작과 태도, 억양 변화, 웃음 등은 [ ] 안에 기록한다.
- 잘 알아들을 수 없는 내용이 있을 경우, 청취 불능 음절수만큼 '○○○'와 같이 표시한다. 제보자의 이름 일부를 밝힐 수 없는 경우도 '홍길○'과 같이 표시한다.
- 『증편 한국구비문학대계』에 수록된 모든 자료는 웹(gubi.aks.ac.kr/web)과 모바일(mgubi.aks.ac.kr)에서 텍스트와 동기화된 실제 구연 음성파일을 들을 수 있다.

차례

● 근현대 구전민요

6. 송정동

▌조사마을

▌제보자

동해시 개관

    동해시(東海市)는 강원도의 영동 남부지역에 위치하며 동으로는 해안선을 경계로 하고 있다. 경도상으로 동경 129° 09'에 걸쳐 있으며 서로는 백두대간의 등허리인 태백산맥을 이어주는 백복령, 고적대, 청옥산, 두타산이 동경 128° 57'에 걸쳐 있다. 따라서 동해시는 동서의 길이는 17.78km, 남북은 19.75km에 달하며 동쪽은 약 38.8km의 해안에 연접하고, 서쪽은 정선군 임계면, 남방은 삼척시 교동, 도원동, 미로면, 하장면, 북쪽은 강릉시 옥계면과 접하여 3개 시·군, 4개 면, 2개 동과 경계를 이루고 있다.

    육상 교통로는 동해고속국도와 국도 7호선이 시내 중심부를 통과하고 국도 38호선과 42호선의 기점이 되고 있으며, 철도로는 영동선, 해상교통으로는 동해항과 묵호항 등 2개의 국제항을 보유하여, 교역의 전진기지로서의 역할을 하고 있다. 또한 동해시는 면적의 대부분이 산지로 형성되어, 계곡형 관광지인 무릉계곡이 장관이며 시멘트의 원료인 석회암의 매장량이 풍부하다.

    태백산맥의 동쪽이 급경사인 관계로 강 유역이 짧아 홍수의 범람은 없으나 강물의 유속이 빨라 갈수기에 용수부족 현상이 간혹 있으며, 긴 해안선의 발달로 추암 해금강 등 빼어난 해안 절경과 전국에서 제일 넓고 깨끗한 망상해수욕장을 비롯한 군소해수욕장이 산재해 있다.

동해시는 명주군 묵호읍과 삼척군 북평읍이 합하여 1980년 4월 1일 시로 승격한 도시이다. 묵호읍은 고구려 시대에 우곡현(羽谷縣)으로 강릉의 속현(屬縣)이었다. 760년(신라 경덕왕 19) 우계현으로 개칭하고 삼척의 속현으로 이속되었다가 1018년(고려 현종 9)에 강릉으로 환속되었다. 원래 명주군 최남단 들판에 위치하여 말들, 마평(馬坪)·마상평(馬上坪)·마상(馬上)·망상(望祥)이 음이 변하였고, 1648년에 망상리로 표기되었다. 숙종 31년인 1705년에 망상면으로 개칭되었으며, 1943년 10월 1일 읍으로 승격함과 동시에 묵호읍으로 개칭되었다. 북평읍은 원래 삼척의 최북단 들판에 위치하고 있으므로 뒤뜰, 후평(後坪)·북평(北坪)이라 칭하였다. 1945년 7월 1일 읍으로 승격됨과 동시에 북평읍으로 개칭하였고, 1980년 4월 1일 묵호읍과 합하여 동해시로 승격되었다.

동해시는 승격되면서 천곡동, 평릉동, 송정동, 용정동, 지흥동, 효가동, 나안동, 동회동, 쇄운동, 부곡동, 발한동, 묵호진동, 북평동, 구미동, 추암동, 구호동, 단봉동, 지가동, 이도동, 귀운동, 대구동, 호현동, 내동, 어달동, 대진동, 망상동, 심곡동, 초구동, 괴란동, 만우동, 신흥동, 비천동, 달방동, 삼화동, 이로동, 이기동 등 36개의 법정동과 천곡동, 송정동, 북삼동, 부곡동, 동호동, 향로동, 발한동, 사문동, 묵호동, 북평동, 이원동, 어달동, 망상동, 삼흥동, 삼화동 등 15개의 행정동을 관할하였으나, 현재는 이들 동의 일부가 통합되어 천곡동, 송정동, 북삼동, 부곡동, 동호동, 발한동, 묵호동, 북평동, 망상동, 삼화동 등 10개의 행정동을 관할하고 있다.

동해시의 시청소재지는 천곡동이다. 동해시 면적은 180.2km²인데 이 중 경지면적이 14.7km²(밭 9.7km², 논 5km²)이며, 임야가 135.9km²이다.

동 별	면적(km²)	법정동	통·반
천곡동	10.40	천곡, 평릉	52개통 371반
송정동	5.16	송정, 용정	15통 71반
북삼동	16.66	지흥, 효가 나안, 동회, 쇄운, 용정	40개통 244개반
부곡동	5.09	부곡	20개통 105개반
동호동	2.88	발한 일부	15개통 91개반
발한동	1.1	발한 일부	19개통 82개반
묵호동	3.3	묵호진, 어달, 대진	20개통 83개반
북평동	19.27	북평, 구미, 추암, 구호, 대구, 호현, 내동, 단봉, 지가, 이도, 귀운	30개통 139개반
망상동	25.78	발한, 망상, 초구, 심곡, 괴란, 만우	14개통 57개반
삼화동	90.33	삼화, 이기, 이로, 신흥, 비천, 달방동	14개통 59개반

　동해시의 인구는 통합되던 1980년대에 101,779명이던 인구가 1990년에는 89,162명으로 줄어들어 10년간 12.4%의 인구감소율을 보이는데, 그 이유는 1984년부터 북평공업단지 배후도시개발의 미진과 어획량의 감소로 인한 어업인구가 다른 직종으로 전환하였기 때문이다. 1990년부터 1995년까지는 인구가 다시 증가하여 12.5%의 성장률을 보이는데, 그 이유는 동해시가 영동지역의 산업중심지로 떠오르면서 공업의 발달과 그로 인한 교통망의 확충에 기인한 것으로 판단된다. 2011년 12월말 현재 동해시의 세대 및 인구는 총 38,932세대에 95,797명이며, 이를 동별로 정리하면 아래와 같다.

	인 구 수			세대수
	계	남	여	
합 계	95,797	48,431	47,366	38,932
천곡동	28,186	14,032	1,4154	11,009
송정동	5,305	2,792	2,513	2,398
북삼동	21,184	10,881	10,303	7,650
부곡동	7,206	3,613	3,593	3,037
동호동	5,267	2,680	2,587	2,303
발한동	5,349	2,615	2,734	2,500
묵호동	4,714	2,346	2,368	2,377
북평동	10,562	5,325	5,237	4,163
망상동	3,993	2,048	1,945	1,881
삼화동	4,031	2,099	1,932	1,714

　동해시의 서쪽 경계를 따라서 남쪽에 두타산(1,352m), 청옥산(1,404m), 고적대(1,354m) 등의 높은 산들이 인접하고 그 북쪽으로 백봉령에 이르기까지 800m 이상의 산들이 연속되고 있다.

　동해시의 북쪽 경계와 남쪽 경계에도 산지가 분포되어 있는데, 동해시의 북쪽 경계를 이루는 산지는 서쪽의 백봉령 부근에서 시작되어 동쪽으로 오면서 매봉산(607m), 형제봉(483m), 망운산(338m) 등으로 이어진다.

　동해시의 남쪽 경계를 이루는 산지는 서쪽의 두타산에서 시작되어 동쪽으로 오면서 점차 낮아진다. 그 능선은 두타산으로부터 처음에는 비교적 급하게 낮아져 쉰음산(688m)을 거쳐 배수고개의 300m까지 낮아진다. 그곳에서 해안 방향으로 446m 봉우리까지 높아지다가 다시 낮아져서 영동선 철로가 횡단하는 부근에서부터 고도가 130m 내외로 현저하게 낮아진다.

　동해시에 있어 구릉지 및 평지가 넓게 전개되어 있는 지대는 시의 동부이다. 그 중에서도 저평지가 넓게 펼쳐져 있는 지대는 시의 남동부와 북동부이다. 동해시 남동부의 경우에는 전천 주변에 저평지가 넓게 분포되어 있고 이 저평지 주변을 남쪽·남서쪽의 구릉지와 북쪽의 구릉지가 폭넓게 감싸면서 분포되어 있다.

동해시 북동단의 경우에는 마상천 하류부에 저평지가 비교적 넓게 펼쳐져 있다. 하지만 동해시 동해안의 중부에는 구릉지의 발달이 현저하고 저평지는 발달되지 못하여, 이 지대에는 저평지의 규모가 매우 작다. 동해시의 동별 전답 및 임야의 크기는 다음과 같다.

동 별	총면적(km²)	전(km²)	답(km²)	임야(km²)
천곡동	10.40	0.335	0.320	6.037
송정동	5.16	0.312	0.322	0.876
북삼동	16.66	1.265	0.737	11.366
부곡동	5.09	0.172	0.147	3.852
동호동	2.88	0.124	0.147	2.035
발한동	1.1	0.052	79.0㎡	0.184
묵호동	3.3	0.521	0.07	1.797
북평동	19.27	2.781	1.103	9.316
망상동	25.78	1.802	1.653	18.865
삼화동	90.33	2.388	0.637	81.640

동해시 답사는 2012년 1월과 2월 그리고 4월에 집중적으로 실시하였다. 첫 조사는 2012년 1월 4일 망상동 심곡 경로당에서 실시했다. 이후 1월 5일에는 심곡 박창근 댁, 최남순 댁, 망상동 만우 경로당 등을 조사하였고, 1월 12일~15일에는 망상동 노봉, 묵호동 대진, 삼화동 무릉, 부곡동 매동, 부곡동 승지, 망상동 초구 등을 조사하였다. 이어 1월 29일~31일에는 묵호동, 송정동 등을 조사하였고, 삼화동 무릉, 부곡동 승지 마을을 재차 방문하여 보충조사를 하였다. 2월 6일~7일에는 망상동 노봉의 한 모임에 참석하여 조사를 하였고, 2월 17일~18일에는 삼화동 이로, 북

평동 귀운, 망상동 괴란 등을 조사하였다. 4월 6일~7일에는 북평동 귀운과 묵호동 대진을 보충조사, 4월 28일~29일에는 북삼동 지홍, 묵호동 어달, 묵호동 대진 등을 조사하였다. 7월 7일에는 동해시 중심지에 속하는 천곡동 항골을 조사하였고, 8월 14일에는 송정동 보충조사를 했다. 그리고 보고서를 작성하기에는 늦은 조사이지만 8월 15일에는 묵호동 묵호진, 9월 8일에는 삼화동 무릉을 보충조사를 했다. 이들 조사에는 동해시 조사대상 10개 동 중 8개 동을 답사하여 14개 마을에서 구비문학자료를 얻었다.

	설화	민요	무가	현대 구전설화	근현대 구전민요	무경	기타
망상동	30	52		7	16		3
묵호동		24			4		
부곡동		7		1	3		
북삼동	5	15			2		
북평동		10			6		
삼화동	13	25			1		
송정동	4	24			12		1
천곡동		19					
소계	52	176		8	44		4

위의 표에서처럼 설화 52편, 민요 176편, 현대구전설화 8편, 근현대 구전민요 44편, 기타 4편 등 총 284편을 정리하였다. 그런데 민요 176편 중 농산노동요, 수산노동요, 통과의식요가 비교적 골고루 조사되었으나 그 편수로 따지면 가창유희요와 전래동요가 많다.

조사자인 강등학, 이영식, 박은영, 강태종 등은 동해시를 답사하면서 가능한 농산노동요 및 수산노동요를 많이 담으려 하였다. 하지만 동해시에서 농산노동요는 망상동 심곡을 제외하면 채록이 쉽지 않았고, 수산노동요는 묵호동 대진과 어달의 몇몇 분을 통해 겨우 채록이 가능했다. 동해시가 묵호읍과 북평읍 두 지역을 합하여 승격한 도시이다. 곧 동해시는 1980년 시로 승격하기 전에 묵호와 북평은 이미 항구, 공업 등이 발달한 까닭에 지역민들은 전통적인 농법 및 어업기술을 간직하기에 어려움이 있었던 것으로 파악한다. 이에 따라 자연 농사와 관련된 소리, 어업과 관련해 불렀던 소리들을 차츰 잊게 된 것이다. 그래도 몇몇 분들이 이들 소리를 기억하고 있어 적은 편수지만 채록할 수 있어 다행이다. 농사와 관련해서는 호리소로 논밭을 갈았고, 모를 심고 김을 맬 때는 호미가 아닌 손으로 애벌 및 두벌매기를 했다고 한다.

강원도 동해시 전경(동해시청 사진 제공)

1. 망상동

증편 한국구비문학대계 ● 강원도 동해시

강원도 동해시 망상동 괴란

조사일시 : 2012.2.18
조 사 자 : 강등학, 이영식, 박은영, 강태종

망상동 괴란

　망상동(望祥洞)은 도시형인 사문지역과 농촌지역 그리고 일부 관광지를
끼고 있는데, 강릉시와 시계를 이루고 있다. 동해시의 관문으로 망상해수
욕장이 있어 해마다 여름이면 많은 이들이 찾고 있다.

　망상동은 조선 인조 26년(1648년)에 강동부 망상리를 설치하고, 조선
숙종 32년(1705년)에는 망상리를 망상면으로 변경하였다. 그러다가 1942
년에 강릉군 망상면이 묵호읍으로 승격하였다. 1980년 4월 1일 동해시의
승격과 동시에 망상동으로 분리되었고, 1998년 11월 2일에는 동해시 사

문동과 통합하여 현재에 이르고 있다.

망상동은 해안가를 끼고 마을이 형성되어 있으나 대부분의 마을은 해안에서 멀리 떨어져 있는 전형적인 농촌마을이다. 지역의 원로들은 흔히 '열두 망상'이라 표현하여 과거 망상에 기곡, 심곡, 만우, 괴란, 초구, 노봉 등 크고 작은 마을이 12개나 있었음을 얘기하고 있으나, 현재 그 이름을 모두 기억하는 분은 없다. 그리고 망상동 각각의 마을에는 서낭당이 있어 아직도 서낭고사를 지내고 있다.

망상동은 2011년 12월 기준으로 전체 면적은 25.79km²인데, 이는 시 전체 면적의 14.3%에 해당한다. 이 중에 논이 1.653km², 밭이 1.802km², 임야가 18.865km²로 논과 밭의 비율이 비슷하다. 발한(發翰), 망상(望祥), 초구(草邱), 심곡(深谷), 괴란(槐蘭), 만우(晩遇) 등 6개 법정동 14개 통에 57개 반으로 구성되어 있다. 1,885세대에 남자 2,025명, 여자 1,921명 등 3,946명이 거주하고 있다.

망상동 괴란은 바닷가로부터 멀리 떨어져 있는 마을로 망상동 5통에 속한다. 금단, 두암, 간촌, 칠저 등의 자연 마을로 구성되어 있다. 마을 구성원 대부분은 농사를 짓는데, 벼농사는 망상들에 나가 짓고, 마을에서는 보리, 기장, 조, 콩, 옥수수 등 밭작물을 많이 심고 있으나, 1980~1990년대에는 담배를 많이 했다.

1915년 괴란에는 54호에 299명이, 1929년에는 64호에 374명이 거주하였다고 한다. 괴란에서 가장 큰 마을은 두암마을인데, 이 마을에 실재 거주하는 가구수는 25호이다.

각 마을에서는 지금도 해마다 서낭고사를 지내는데, 두암마을에서는 정월 초하루와 단옷날 0시에 제향하고, 간촌에서도 정월 초하루와 단옷날 0시에 지낸다. 금단마을에서는 정월 초하루와 단옷날 0시에 지냈으나, 몇 년 전 간소화하자는 마을 주민의 의견에 따라 지금은 정월 대보름날 0시에 한번만 지내고 있으며, 칠저마을에서도 정월 초하루와 단옷날 0시에 지냈으나 10여 년 전부터는 지내지 않고 개인적으로 치성만 드린다.

강원도 동해시 망상동 노봉

조사일시 : 2012.2.7

조 사 자 : 강등학, 이영식, 박은영, 강태종

망상동 노봉

　망상동 노봉(魯峯)은 바다와 접한 마을로 오늘날 망상 2통에 속해 있다. 동해시가 탄생할 때 망상동 3통에 속했으나 인구 감소로 말미암아 현재는 망상동 2통에 흡수되었다. 일제강점기 때 망상면사무소가 노봉에 있었다. 1915년경 노봉리에는 사봉동과 노봉동 등 두 마을이 있었고, 21호에 119명이 거주하였다. 그리고 1960~1970년대만 하더라도 광업과 어업이 번성하여 많은 사람이 살았으나, 1990년대 정부의 석탄산업합리화조치로 인해 현재는 55세대가 살고 있다. 한때 20여 호가 어업에 종사하였으나 지금은 없다.

마을에서는 지금도 해마다 음력 동짓달 초정 0시에 서낭고사를 지내는데, 예전에는 봄가을로 1년에 두 번 지냈다. 그리고 해안제사라고 해서정월 대보름 0시에 지낸다. 이 제사는 원래는 상인들이 고개를 넘으면서안녕을 기원하며 드리던 제사였으나, 마을에서 그것을 이어서 지내고 있다. 아울러 마을 앞 해안가에 노구암이 있는데, 이 바위에서 기우제를 지냈다.

강원도 동해시 망상동 심곡

조사일시 : 2012.1.4, 2012.1.5
조 사 자 : 강등학, 이영식, 박은영, 강태종

망상동 심곡

망상동 심곡은 오늘날 망상 3통으로 전형적인 농촌마을이다. 심곡은 예전 망상장터까지 장을 보러 오면 계곡이 깊다고 해서 이름이 붙여졌다고 하는데, 마을 구성원 대부분이 농업에 종사하고 있으며, 특히 마을 앞에는 동해시에서 두 번째로 큰 마상들이 있다. 이러한 까닭에 농사는 벼농사가 중심을 이루고 있다. 1915년경 심곡은 상촌, 영당촌, 매저촌, 죽촌, 시장가 등에 86호 489명이 거주하였고, 1929년경에는 90호에 530명이 거주하였다고 한다. 논밭은 호리로 갈았다. 1마지기는 200평이고 모를 심은 후 보통 세벌을 맸는데, 모두 손으로 맸다. 마을에서는 지금도 해마다 세 곳에서 각각 서낭고사를 지내는데, 죽전(댓말), 상촌(웃말)에서는 각자 지내고 약천과 매밑에서는 두 마을이 함께 서낭고사를 지낸다. 죽전에서는 음력 동짓달 초정 0시에 지내고, 상촌에서는 정월 대보름 0시에 지내고, 약천과 매밑 마을에서는 동짓달 초정 0시에 지낸다.

김순옥, 여, 1925년생

주 소 지 : 강원도 동해시 망상동 괴란
제보일시 : 2012.1.4
조 사 자 : 강등학, 이영식, 박은영, 강태종

김순옥은 망상동 괴란에서 태어나 18세
에 삼척으로 시집을 갔다가 이후 고향으로
돌아왔다. 어릴 적 야학에 두어 달 쯤 다녔
다고 한다. 처음부터 판에 적극적으로 나서
지는 않았다. 조사가 진행되는 것을 옆에서
조용히 지켜보다가 판의 뒷부분에 이르러서
야 자신이 알고 있는 것을 조심스럽게 구연
해 주었다.

제공 자료 목록
03_02_FOS_20120104_KDH_KSO_0001 영해영천 흐르는물에 / 가창유희요
03_02_MFS_20120104_KDH_KSO_0001 심청가 / 가창유희요

박창근, 남, 1938년생

주 소 지 : 강원도 동해시 망상동 심곡
제보일시 : 2012.1.4, 2012.1.5
조 사 자 : 강등학, 이영식, 박은영, 강태종

박창근은 망상동 만우에서 태어나 1984년도에 근처 마을인 심곡으로
이주했다. 농사도 짓고, 항만, 광산, 제재소 등 몇몇 직업을 가져 일을 하
였으나, 예나 지금이나 농업이 주업이다. 상당히 유머러스하고 유쾌한 성

격이었다. 최종은과는 막역한 사이로 서
로 농담을 주고받으며 즐거워했다. 젊었
을 때는 술을 마시고 흥이 나면 잘 놀았
다고 한다.

농사와 관련된 소리뿐만 아니라 <아라
리>나 <어랑타령> 등 알고 있는 노래는
별로 망설이지 않고 구연해 주었다.

제공 자료 목록
03_02_FOT_20120104_KDH_PCG_0001 거짓말 잘 해서 장가든 사내
03_02_FOT_20120105_KDH_PCG_0001 비둘기가 부꾹 지지 우는 사연
03_02_FOT_20120105_KDH_PCG_0002 하나 둘만 아는 부엉이
03_02_FOT_20120105_KDH_PCG_0003 기원대로 이뤄진 정지고사
03_02_FOT_20120105_KDH_PCG_0004 두 형제가 올라간 형제봉
03_02_MPN_20120105_KDH_PCG_0001 도시락 까먹는 까마귀
03_02_MPN_20120105_KDH_PCG_0002 욕심 때문에 망한 첨지
03_02_MPN_20120105_KDH_PCG_0003 갈 때마다 다른 돼지꿈 해몽
03_02_MPN_20120105_KDH_PCG_0004 친구를 처녀귀신으로 착각한 사연
03_02_MPN_20120105_KDH_PCG_0005 망상동 만우에서 만난 호랑이
03_02_FOS_20120104_KDH_PCG_0001 아라리 / 모심는소리
03_02_FOS_20120104_KDH_PCG_0002 이랴소리 / 밭가는소리
03_02_FOS_20120104_KDH_PCG_0003 한춤소리 / 모찌는소리
03_02_FOS_20120104_KDH_PCG_0004 아라리 / 논매는소리(1)
03_02_FOS_20120104_KDH_PCG_0005 아라리 / 논매는소리(2)
03_02_FOS_20120104_KDH_PCG_0006 한단소리 / 볏단묶는소리
03_02_FOS_20120104_KDH_PCG_0007 어랑타령 / 가창유희요(1)
03_02_FOS_20120104_KDH_PCG_0008 어랑타령 / 가창유희요(2)
03_02_FOS_20120104_KDH_PCG_0009 어랑타령 / 가창유희요(3)
03_02_FOS_20120104_KDH_PCG_0010 어랑타령 / 가창유희요(4)
03_02_FOS_20120105_KDH_PCG_0001 산에서 비는 소리 / 비손하는소리
03_02_FOS_20120105_KDH_PCG_0002 안택고사에 비는 소리 / 비손하는소리
03_02_FOS_20120105_KDH_PCG_0003 다람아다람아 춤춰라 / 다람쥐잡는소리

03_02_ETC_20120105_KDH_PCG_0001 말더듬이 도둑놈 쫓아내기
03_02_ETC_20120105_KDH_PCG_0002 도둑을 쫓아낸 노부부

박후균, 여, 1935년생

주 소 지 : 강원도 동해시 묵호동
제보일시 : 2012.2.7
조 사 자 : 강등학, 이영식, 박은영, 강태종

　박후균은 강릉시 옥계에서 태어나 23세
에 묵호로 시집을 왔다. 박봉균이라는 이름
으로도 불린다고 한다. 다른 이들의 이야기
에 귀를 기울이고 함께 즐거워하기는 하였
지만, 부끄러움을 많이 타서 적극적으로 제
보해 주지는 않았다. 제보한 자료는 <가재
골영감이>와 <떵가라붕> 두 편이며 <가
재골영감이>의 경우는 노래로 불러야할 것
을 말로 구연해 주었다.

제공 자료 목록
03_02_FOS_20120207_KDH_PHG_0001 가재골 영감이 / 음운맞춰엮는소리
03_02_MFS_20120207_KDH_PHG_0001 떵가라붕 / 가창유희요

신순덕, 여, 1923년생

주 소 지 : 강원도 동해시 망상동 괴란
제보일시 : 2012.2.18
조 사 자 : 강등학, 이영식, 박은영, 강태종

　신순덕은 북평 장거리 태생으로 1936년에 망상 괴란으로 이주하였다.

18세에 옥계로 시집을 갔다가 수십 년 전 친정으로 다시 돌아왔다. 귀가 어둡고 한 말을 자꾸 또 하는 버릇이 있다. 목소리가 상당히 크다. 자신이 격은 일에 대해 몇 가지 얘기해 주었으나 줄거리가 제대로 구성되지 않아 이해하기 어렵다.

제공 자료 목록
03_02_FOT_20120218_KDH_SSD_0001 저기 도둑놈 눈이 있네

심순항, 여, 1934년생

주 소 지 : 강원도 동해시 망상동 괴란
제보일시 : 2012.2.7, 2012.2.18
조 사 자 : 강등학, 이영식, 박은영, 강태종

심순항은 강릉시 옥계에서 태어나 24세에 망상동 괴란으로 시집을 왔다. 6남매의 맏딸로 태어났다. 체구가 작고 유쾌한 성격이었다. 귀가 약간 먹어서 조사자의 질문을 잘 못 알아들을 경우가 있었다. 조사자들이 찾아온다는 소식을 듣고 미리 이야기와 노래를 준비해 왔다. 그러한 까닭에 기회가 되면 별다른 요청 없이도 적극적으로 구연해  주었다. 조사자의 의도를 잘 파악하고 있어 적극적으로 구연해 주는 것 외에도 여러모로 판의 진행에 많은 도움을 주었다. 특히 노래 가사의 운을 떼어줌으로써 뒷사람이 그 노래를 부를 수 있도록 유도하는 역할을 많

이 하였다. 심순항은 주로 웃기는 이야기를 많이 해주었는데 특히 훈장선생님과 관련된 이야기가 많았다. 외조부가 서당을 한 까닭에 서당과 관련된 이야기를 친정어머니로부터 많이 들었다고 한다. 기억력이 좋아 이야기뿐만 아니라 노래 가사 또한 많이 알고 있었으나 청이 좋지는 않았다.

제공 자료 목록

03_02_FOT_20120207_KDH_SSH_0001 재치 있는 꼬마 신랑(1)

03_02_FOT_20120207_KDH_SSH_0002 일본사람에게 오망고를 판 할머니

03_02_FOT_20120207_KDH_SSH_0003 똑똑한 종의 아들

03_02_FOT_20120207_KDH_SSH_0004 싱거운 첨지를 놀린 아이들(1)

03_02_FOT_20120207_KDH_SSH_0005 훈장선생님 장가 보낸 아이

03_02_FOT_20120207_KDH_SSH_0006 꾀 많은 하인(1)

03_02_FOT_20120207_KDH_SSH_0007 보쌈 당해 장가 간 훈장선생님

03_02_FOT_20120218_KDH_SSH_0001 부인의 과거를 알게 된 남자

03_02_FOT_20120218_KDH_SSH_0002 콩쥐팥쥐

03_02_FOT_20120218_KDH_SSH_0003 꾀 많은 하인(2)

03_02_FOT_20120218_KDH_SSH_0004 어수룩한 신랑 처갓집 가는 길

03_02_FOT_20120218_KDH_SSH_0005 사위 머리에 오줌을 눈 장모

03_02_FOT_20120218_KDH_SSH_0006 할아버지 방귀냄새

03_02_FOT_20120218_KDH_SSH_0007 싱거운 첨지를 놀린 아이들(2)

03_02_FOT_20120218_KDH_SSH_0008 방귀쟁이 며느리

03_02_FOT_20120218_KDH_SSH_0009 재치 있는 꼬마 신랑(2)

03_02_FOT_20120218_KDH_SSH_0010 땅을 못 가져가는 도깨비

03_02_FOT_20120218_KDH_SSH_0011 하늘에서 내려온 꿩

03_02_MPN_20120218_KDH_SSH_0001 도깨비로 변한 빗자루

03_02_FOS_20120207_KDH_SSH_0001 꿩꿩 꿩서방 / 가창유희요

03_02_FOS_20120207_KDH_SSH_0002 사돈님 사돈님 / 가창유희요

03_02_FOS_20120207_KDH_SSH_0003 밀양아리랑 / 가창유희요

03_02_FOS_20120218_KDH_SSH_0001 아라리 / 가창유희요

03_02_MFS_20120207_KDH_SSH_0001 너영나영 / 가창유희요

03_02_MFS_20120207_KDH_SSH_0002 떵가라붕 / 가창유희요(1)

03_02_MFS_20120207_KDH_SSH_0003 떵가라붕 / 가창유희요(2)

03_02_MFS_20120207_KDH_SSH_0004 떵가라붕 / 가창유희요(3)

03_02_MFS_20120207_KDH_SSH_0005 양양양갈보를 / 양갈보놀리는소리
03_02_MFS_20120207_KDH_SSH_0006 베틀가 / 가창유희요
03_02_MFS_20120207_KDH_CNS_0002 뱃노래 / 가창유희요

이상자, 여, 1930년생

주 소 지 : 강원도 동해시 북평동
제보일시 : 2012.2.7
조 사 자 : 강등학, 이영식, 박은영, 강태종

강릉시 옥계에서 태어나 19세에 북평으로 시집갔다. 베짜기에 능해서 베를 팔아 자녀교육을 시켰다고 한다. 최근까지도 삼베를 짰다. 발음이 정확하고 논리적이었다. 많은 자료를 제보하지는 않았다.

제공 자료 목록
03_02_FOT_20120207_KDH_LSJ_0001 방귀쟁이 며느리
03_02_FOT_20120207_KDH_LSJ_0002 아이 낳게 해주고 돈 번 소금장수

정하모, 여, 1931년생

주 소 지 : 강원도 동해시 망상동 심곡
제보일시 : 2012.1.4
조 사 자 : 강등학, 이영식, 박은영, 강태종

정하모는 망상동 초구에서 태어나 18세에 이웃 마을인 괴란으로 시집을 갔다. 조사자들에게 호의적이었으며 판에서 가장 중심을 이루었다. 그러나 완성도 있는 자료를 구연해준 것은 적었으며 개중에는 자료화되지

못한 것들도 있다. 알고 있는 것은 적극적으로 제공해 주고자 하였으나 수준 높은 제보자라고 할 수는 없다.

제공 자료 목록

03_02_FOS_20120104_KDH_JHM_0001 춘향아 춘향아 / 신부르는소리
03_02_FOS_20120104_KDH_JHM_0002 베틀소리 / 베짜는소리
03_02_FOS_20120104_KDH_JHM_0003 다복녀 / 가창유희요
03_02_FOS_20120104_KDH_JHM_0004 자진아라리 / 모심는소리

최남순, 여, 1930년생

주 소 지 : 강원도 동해시 망상동 심곡
제보일시 : 2012.1.4, 2012.1.5, 2012.2.7
조 사 자 : 강등학, 이영식, 박은영, 강태종

최남순은 옥계 태생으로 23세에 시집왔
다. 친정아버지는 훈장을 하셨고, 어머니가
책을 좋아하시어 어려서부터 책을 많이 있
었다. 특히 고담책을 많이 있었는데, 지금도
외우는 내용들이 많고 일부 책들은 보관하
고 있다. 당시 비교적 늦은 나이에 결혼 한
까닭은, 어머님이 돌아가시어 집안 살림을
할 사람이 없었기 때문이다. 이에 50세 된
오빠를 재혼시키고 세 달 후에 결혼했다. 19세에 어머니가 돌아가시어 제
문을 손수 지었고, 그 제문을 지금도 간직하고 있다. 시집와서도 몇 분에
게 제문을 지어주었고, 젊어서 마을의 어른을 위해 고담책을 읽어주기도
했다. 학력은 일제 때 간이학교 2년을 다닌 것이 전부이며, 아버님께 한
문을 조금 배웠다. 원래 종교가 없었으나 목사 사위를 본 까닭에 26년 전
부터 교회에 다닌다.

제공 자료 목록

03_02_FOT_20120207_KDH_CNS_0001 방귀 뀌었다고 나선 며느리

03_02_FOT_20120207_KDH_CNS_0002 방귀쟁이 며느리

03_02_FOS_20120104_KDH_CNS_0001 다복녀 / 가창유희요

03_02_FOS_20120104_KDH_CNS_0002 성님성님 사촌성님 / 가창유희요(1)

03_02_FOS_20120104_KDH_CNS_0003 베틀소리 / 가창유희요(1)

03_02_FOS_20120104_KDH_CNS_0004 나무하러가세 / 말머리잇는소리(1)

03_02_FOS_20120104_KDH_CNS_0005 아라리 / 가창유희요(1)

03_02_FOS_20120105_KDH_CNS_0001 회심곡 / 가창유희요

03_02_FOS_20120105_KDH_CNS_0002 베틀소리 / 베짜는소리(2)

03_02_FOS_20120105_KDH_CNS_0003 엄마엄마 울엄마야 / 가창유희요

03_02_FOS_20120105_KDH_CNS_0004 장기타령 / 가창유희요

03_02_FOS_20120105_KDH_CNS_0005 해방가 / 가창유희요(1)

03_02_FOS_20120105_KDH_CNS_0006 각설이타령 / 가창유희요

03_02_FOS_20120105_KDH_CNS_0007 성님성님 사촌성님 / 가창유희요(2)

03_02_FOS_20120105_KDH_CNS_0008 해방가 / 가창유희요(2)

03_02_FOS_20120105_KDH_CNS_0009 꼬마신랑이 장가갔는데 / 꼬마신랑놀리는소리

03_02_FOS_20120105_KDH_CNS_0010 아라리 / 가창유희요(2)

03_02_FOS_20120207_KDH_CNS_0001 나무하러가세 / 질문으로잇는소리(2)

03_02_FOS_20120207_KDH_CNS_0002 맹근맹근 조맹근 / 다리뽑기하는소리

03_02_FOS_20120207_KDH_CNS_0003 이거리저거리 갓거리 / 다리뽑기하는소리

03_02_FOS_20120207_KDH_CNS_0004 돌아간다 돌아간다 / 종지놀이하는소리

03_02_FOS_20120207_KDH_CNS_0005 청청 맑아라 / 물맑게하는소리

03_02_FOS_20120207_KDH_CNS_0006 어랑타령 / 가창유희요

03_02_FOS_20120207_KDH_CNS_0007 밀양아리랑 / 가창유희요

03_02_FOS_20120207_KDH_CNS_0008 가갸 가다가 / 한글풀이하는소리

03_02_FOS_20120207_KDH_CNS_0009 세상달강 / 아기어르는소리

03_02_FOS_20120207_KDH_CNS_0010 베틀소리 / 가창유희요(3)

03_02_MFS_20120104_KDH_CNS_0001 노랫가락 / 가창유희요

03_02_MFS_20120105_KDH_CNS_0001 처녀일기 / 가창유희요

03_02_MFS_20120105_KDH_CNS_0002 떵가라붕 / 가창유희요

03_02_MFS_20120105_KDH_CNS_0003 아리랑 / 가창유희요

03_02_MFS_20120105_KDH_CNS_0004 도라지타령 / 가창유희요

03_02_MFS_20120105_KDH_CNS_0005 창부타령 / 가창유희요

03_02_MFS_20120207_KDH_CNS_0001 일본에 가서 / 숫자풀이하는소리
03_02_MFS_20120207_KDH_CNS_0002 뱃노래 / 가창유희요
03_02_ETC_20120104_KDH_CNS_0001 장끼전

최복규, 여, 1934년생

주 소 지 : 강원도 동해시 망상동 심곡
제보일시 : 2012.2.7
조 사 자 : 강등학, 이영식, 박은영, 강태종

강릉시 옥계에서 태어나 19세에 옥계면
남양2리로 시집을 갔다. 현재도 남양2리에
서 살고 있다. 자그마한 체구에 나이에 비해
건강했다. 판에 즐겁게 동참하기는 했지만
많은 자료를 구연해줄 만큼 적극적이지는
않았다. <이빠진아이놀리는소리>와 <다람
쥐놀리는소리> 두 편을 구연해 주었다.

제공 자료 목록
03_02_FOS_20120207_KDH_CBG_0001 앞니빠진 갈가지 / 이빠진아이놀리는소리
03_02_FOS_20120207_KDH_CBG_0002 다람아 다람아 / 다람쥐놀리는소리

최귀환, 여, 1929년생

주 소 지 : 강원도 동해시 망상동 심곡
제보일시 : 2012.1.4
조 사 자 : 강등학, 이영식, 박은영, 강태종

최귀환은 1929년 강릉에서 태어나 18~
19세 무렵에 결혼했다. 조사에 관심을 보였
으나 활달하고 적극적인 성격으로 보이지는

않았다. 그러나 판이 지속되면서 본인이 알고 있는 것은 조사자의 요구 없이도 구연해주었다. <모심는소리>인 <자진아라리> 한 수를 구연해 주었다.

제공 자료 목록
03_02_FOS_20120104_KDH_CGH_0001 자진아라리 / 모심는소리

최종은, 남, 1938년생

주 소 지 : 강원도 동해시 망상동 심곡
제보일시 : 2012.1.4
조 사 자 : 강등학, 이영식, 박은영, 강태종

최종은은 망상동 괴란에서 태어난 토박이 이다. 군대를 다녀올 적을 제외하고는 이 지 역을 떠난 적이 없어 줄곧 농사를 지어왔다 고 한다. 박창근과는 막역한 사이로 박창근 에게 '산골놈'이라고 계속 놀리면서 티격태 격했다. 판은 박창근 중심으로 돌아갔으나 옆에서 말을 거들기도 하고 때에 따라 함께 구연을 하기도 하며 적극적으로 조사에 임 했다.

제공 자료 목록
03_02_FOS_20120104_KDH_CJE_0001 춘달래 춘달래 / 추울때하는소리
03_02_FOS_20120104_KDH_PCG_0003 한춤소리 / 모찌는소리
03_02_FOS_20120104_KDH_PCG_0006 한단소리 / 볏단묶는소리

최진환, 남, 1920년생

주 소 지 : 강원도 동해시 망상동 심곡
제보일시 : 2012.1.15
조 사 자 : 강등학, 이영식, 박은영, 강태종

최진환은 망상동 토박이로 지역에서 최고 연장자 중의 한 분이다. 단국대 사학과를 졸업하고 묵호중학교 창설에 관여를 하였다. 학교에서 국사를 가르쳤고, 지역 향토사에 많은 제보를 하였다. 지금까지 망상동을 다녀간 민속학, 사학의 연구자들은 대부분 최진환을 만났을 정도로 지역의 역사는 물론 민속에도 관심이 많다. 기억력이 좋아서 민
속과 관련된 시항은 많이 알고 있으나 소리에는 취미가 없어 흉내도 못 낸다. 반면 이야기는 사학을 전공한 탓인지 모든 얘기를 역사적으로 구술하려고 하는 경향이 있다. 이러한 까닭에 지명과 관련하여 몇몇 내용을 제공하였으나 이야기로 정리하기에는 어려움이 있다. 연세에 비해 상당히 건강하다.

제공 자료 목록
03_02_FOT_20120115_KDH_CJH_0001 강감찬과 개미
03_02_FOT_20120115_KDH_CJH_0002 기우제를 드리던 노구암
03_02_MPN_20120115_KDH_CJH_0001 빗자루로 변한 미인

거짓말 잘 해서 장가든 사내

자료코드 : 03_02_FOT_20120104_KDH_PCG_0001
조사장소 : 강원도 동해시 망상동 약천길19 심곡경로당
조사일시 : 2012.1.29
조 사 자 : 강등학, 이영식, 박은영, 강태종
제 보 자 : 박창근, 남, 75세
구연상황 : 민요에 관한 조사를 중심으로 이어가다가 박창근에게 옛날이야기를 해달라고
했다. 박창근이 이 이야기의 앞부분만 간략하게 언급하고 마는 것을 다 해줄
것을 청하자 너무 길다고 하면서도 이야기를 해주었다.
줄 거 리 : 옛날 한 사람이 이야기내기를 해서 진 사람에게는 딸을 주겠다고 했다. 아무
도 이기지를 못 했는데, 가난한 집 아들이 찾아와 꾀를 써서 내기에 이겼다.
결혼을 해서 처가 근처에 살게 된 이 사람은 거짓말로 장인과 장모를 골탕
먹인다. 사위가 미워진 장인은 사위를 처가에 드나들지 말라고 한다. 처가에
서 풍신 제사를 지내는 날 떡을 훔치다가 사위는 처가에서 완전히 쫓겨난다.

한 사람이 아들이, 딸이 있는데 인제 시집을 갈 때 되니 시집을 줄라니
뭐 마땅한 놈이 있어야지. 그래서 돈을, 공고를 써붙이기를 돌을, 돈을 하
여튼 뭐이 예를 들면 십냥씩 가지고 와가주고 적립금 걸고 "내인데 이기
면은 내 딸을 주마." 이렇게 써붙인 거여. 그래 인제 거 뭐 우떠한 사람들
은 아들이 뭐 별 옷 잘 입구서는 가가지고 얘기하니까. 이 사람은 얘기는
같이 주구받구 해야지만 얘기가 이기는데 이 누무 영감자구는 뭔 얘기만
하면은 답변이 "그렇지." 뭔 얘기 암만 해도 "그렇지." 한마디 하면 "그렇
지." 이 이 이래니까 이길 수 있나이기야. 그래 숱한 사람이 그래니 여게
술 갖다 놓고 반찬은 다 갖다 준비해 놓고, 주고. 돈 십냥을 딱 갖다 받아
가주고 저 선반에다 그 전에는 여 저 나무 지다케 해가지고 이러 선반을
해놨다고. 돈은 인제 그 우에 돈은 학구에다가 그 전에는 나무 이렇게 해

가주고 짜가주고서는 그게 돈궤란 말이야. 게 돈 십냥 받아가지고 그다 딱 넣고 딱 잠가놓고는,

"애기 시작해봐." 이래놓고는 인제 한다.

암만 얘기 잘 핸 놈이래야 그 사람인테 이길 사람이 없거든. 얘기하면 서로,

"니 어딜 가나?"

"나 어디를 가." 이래야 되는데,

뭔 얘길 하면,

"어."

"오늘 날이 춥는대요."

"그렇지."

"그러니 날이 춥지." 그러니까,

"바람이 많이 불어서 추워요." 그래믄,

"그렇지. 그렇지. 그렇지." 이래니, 세 마디하면 "그렇지 그렇지 그렇지." 이래니

숱한 놈이, 숱한 사람이 다 갔다가 바꾸되어 마크 지고 돌아오니, 돈 십 냥만 갖다 내던지고 돌아오니.

그래 가정이 참 어려운 한 가정에 두 모자가 사는데 아무 입을 옷도 없는데 아부지는 읎고 아부지 두루매기를 이제 그 뜯어가지고 그 아들을 인제 그 우에 하여튼 저고리 하고 밑에 인제 바지하고 지어 가지고 딱 입혀놓니까 신사 멋쟁이더라이기야.

"아버, 엄마, 내가 이기고 온다."고 말이야. 가서 그 처녀를 가서 그 영 감인데 이기가주고 그 처녀를 내가 인제 델고 온다고.

"숱한 니보다 하 뛰어난 사람도 가가주고도 못 이기고 오는데 너 우떠 이기고 오느냐?"이기야.

"아니, 하여튼 이기고 온다."고.

솔직히 가서 얘기를 떡 하니까 그래서 뭐를 가니까 뭐 가지고 왔더라는구만. 한잔 떡 먹구서는,

"어르신네요."

"그렇지."이래니,

"게 오늘 사람이 몇 명 왔다 갔습니까?"

"그렇지. 그렇지."

그지 그런단 말이야.

이 늠의 영감쟁이가 뭔 말을 말을 하면 만날 "그렇지. 그렇지."이기야. 요 놈의 영감이 답변이 "그렇지."한단 말이야.

요 놈의 영감 우떠 됐든 밤중만 넘어가면 저거 아주 아주 기를 다 수와가지고 말이야 숨이 차서 아주 그만 항복하도록 만든다고. 그래 인제 참 가지고 온 거, 저녁 반찬 가지고 온 거 먹고는,

"어르신네요."

"어. 얘기해 보게"

인제 이래고는,

"저게 연못가에요."

"응. 그렇지. 그렇지."

이래니 연못가에 새 마니 해야할기 아냐?

"그렇지. 그렇지. 그렇지."이래니,

"도토리 낭기가요."

"그렇지, 그렇지."이래니,

"잔뜩 열었는데요."

"그렇지, 그렇지."

"바람 울울 부니 물에 한 개 떨어지니까 뽀르륵 뽀르륵 뽀르륵하니까."

"그렇지, 그렇지."이랜단 말이야.

"바람이 우우우 부니요 뽀르륵 뽀르륵 뽀르륵이래니까 뽀르르륵 할 때

하마.”

“그렇지, 그렇지.”이래지거든.

그래 또,

“뽀르륵 뽀르륵 뽀르르륵.”이래니까,

“그렇지, 그렇지, 그렇지.”

“뽀르륵 뽀르륵 뽀르르륵 뽀르르륵.”

“그렇지, 그렇지, 그렇지, 그렇지.”

“뽀르륵 뽀르륵.”

“그렇지 그렇지.”

숨 쉴 새도 없이 그러니까,

“하 바람 되게 붑니다.”

“그렇지, 그렇지.”

“되우 붑니다. 마이 붑니다.”

“그렇지, 그렇지.”

“마이 쏟아집니다.”

“그렇지, 그렇지.”

“뽀르륵 뽀르르륵 뽀르르륵.”하니까,

“그렇지 그렇지 그렇지 그렇지 그렇지.”

“뽀르륵 뽀르륵 뽀르르륵 뽀르르륵 뽀르르륵.”하니깐,

“그렇지, 그렇지, 그렇지. 아 이 사람아 내가 졌네.”

아 이런 씨 그래 어머이가 그 하여튼 아버지 두루매기를 해서 입혀놓고 그 옷을 보고, 하 인제 이 영감한테 이겼으니까 이제는 장인 영감이 아니야? 그래 인제는 처지. 이래서 인제는 인제는 델고 가.

“니 델고 가거라.”하고는 그래,

“딸은 주되 돈은 십냥은 왜 안줍니까?”이기야.

“그래 돈은 원래 적립금으는 안 준다.”이기야.

"아 적립금은 안 주니까 딸만 데루가라."이기야.

그래 이 눔 아가 가만 생각하니 저 놈의 첨지가 장인이 되기는 됐는데 돈을, 이겼으면 돈을 내줘야하는데 돈을 안 주니 괘씸하거든.

'저 놈의 영감쟁이 내 언제든 저 놈의 영감쟁이 골탕, 돈을 십냥을 내가 마저 찾는다.'고 말이야.

그래가주고 이 놈, 이 놈이 장개를 인제 우떠 됐건 가기로 하고 이 놈 장인이라는기 무남독녀 외딸이니까 집을 하튼 동네사람들 하튼 사가주구 나무를 하든 즈 산에 나무가 많으니까 베 가주구 낭글 하튼 재목을 내가 지고 단칸집을 지어서 줬단 말이야. 줘가주구 거다 살림을 떡 내줬네. 줘 놓고는 이 눔이 줘 놓고는. 그래 인제 농사를 지어가주구 만날 처갓집에 와서 농사도 좀 거들구 이래가주구 일 년에 인제 먹을 거를 주면은 지는 놔두고 처갓집에 가 일을 한단 말이야. 그래 이 눔이 하루는 가만히 있다가 만날 처갓집에 가면은 장인이라는 놈이 뭐이라, 장인이 뭐이라 하면은,

"야 야 오늘은 저게."

그 저 옛날에 디딜방아 있잖우?

"그거 봐놨이니까 그거를 비러 가자."이기야.

베서 가서 하여튼 이그 저게 깎아 가주구 될 만하게 짊어지구 와야하거든. 그래 인제 산에 소낭구를 봐놓고 가가주구. 이 놈의 영감이 가가주구서는 지게를 턱 놓고서는 낭글 빌라고 보니 톱을 안 가주구 왔거든. 그래 사우를 보고,

"니 가서 톱을 가져오너라."이래니,

이 눔이 가만 생각해보니까 괘씸해주겠거든. 톱은 왜 안 가주구 왔난말이야. 또 심부름시킨다고. 집에 와 가주구 장모인데 와 가주구, 하이 마당에 와 가주구,

"장모요. 장모요."이래니,

"왜 그래니냐?"고 깜짝 놀래 뛰어나오니까,

"큰일 났어요. 큰일 났어요."이래니까,

"아 왜서"이래니까,

"장인이 낭글 비다가 낭게 찡겨 죽었어요."

이러 그짓말을 했네. 그래 인저 이 놈이 톱을 가주구 간다. 막 뛰어 인제 그 나무에 쫓아가가주구 그래 이 할멈도 따라올게 아니야?

아이 씨바 이 영감이 낭그 인제 하다 가만 서 있다가,

"아이구 영감."하고서는 또 붙들고 막 운단말이야.

그래 야는 먼저 가가주고 또 그래지 않고 이 눔이 또 장인인데 가 그짓말을 했단말이야.

"아이고, 장인요, 장인요."

"왜 이래나?"이래니,

"아이고 집에 가니요 불이 타가지고 장모가요 하여튼 불에 까슬려가지고 하여튼 죽을라 하더라."고.

"이런 걸 내가 불을 끄고서는 그래 갔다 왔다."고.

장인이 그래 장인 저게 낭그 비다가 낭그 찡겼다 이래가주구 그래 저 온다고 말이야. 이 눔이 양길을 댕기며 그짓말을 핸기야. 이 장모도 뛰어오고 장인도 중간에 오다가 둘이 서로 만내가지고,

"아이고 할멈. 집에 불이 났다더니 우떻게."

"아이구 영감. 낭그 비다가 찡겨 죽었다더니 우터 된게요?"

서로 막 우미 이래다가,

"예이 이 눔이 그짓말을 한다."고.

이래가지구 낭그 안 비고 집에 왔네.

그래 메칠 있다가 이 눔이 소장사가 소를 팔아야 하는데 소가 어떠 된고하니 발이 한짝 얼었거든. 그래 와가주구는 소를 인제, 소장수를 와가주구 산다하니까.

"얼매 달라나?"

"게 얼마 달라."니까.

이 눔이 있다가, 사우란 놈이 있다가 쇠장사들 보고,

"쇠를 단단히 보고 사요. 잘못 사면 헛사요."이래.

"어, 소는 좋은데."이러더라고.

"좋아요?"이러대. 그래가주고,

"발이 얼었는데도 좋아요?"

또 이러 거짓말을, 바른말을 핸대. 그러가주구서는 이 눔이 하여튼 소도 못 팔고 이래놓니까는 장인이 또 부애가 날 기 아니야.

"야, 이 놈아."

그 이튿날 깍지를 끊다가, 깍지 인제 그 전에 작두, 외발작두가 있어. 이 눔 짚을 잔뜩 갖다 놓고는 인제 써는데. 장모는 인제 아세 주고 장인은 멕이고. 사우란 놈은 곰방대에 담배를 이렇게 뻗쳐 물고서는 이러 콩콩 딛으니까 담뱃불이 이게 다 타니까 기냥 똑 떨어질게 아니야? 장인이 삼태 떨어져서 삼통 막 타거든. 그래.

"아 꾼네."하고 막 딜여다보니 이기 들이타니까 뜨거우니까,

"아 뜨거라."하고 히뜩 자빠지거든.

"야 이 눔아 니 담뱃불이 떨어졌는데 니 왜 바른말을 안 하나?"이러니,

"뭐 바른말한다고 또 바른말 하지 마라미요?"

이래 또 어긋박을 하네.

그래가주구 이 눔이 저 놈의 돈, 그 눔의 하여튼 십냥 그 눔이 하여튼 안 내놓더라 이기야. 하 이기는 어떠 또 연구를 해가주구서는 저 놈 저 씨, 뭐를 또 해먹나하고 낭그 지게를 짊어지고 앞산에 가서 이래 앉아서 지게를 놓고서 건네다 보니까. 이 눔 장모는 베를 매고 이래는데 그 베 밑에다가 그 전에 재불을 이렇게 그거 해놨어. 그 저기 그 베를 풀을 믹이면 마르라고. 떡으다 갖다가 묻어놓고 불을 자꾸 뒤적거려가미 마르면 또 자꾸 이래 매구 매구하는데. 그래 이 눔이 떡을 먹을 때 돼서 와서 꿀

단지 그다 옆에다 갖다 놓고, 영감이 하도 애를 멕여놨으니 애를 먹었으니 꿀을 찍어 먹으라고 꿀단지를 갖다 놓고는 인제. 그래 이 눔이 먹을 때가 돼서 하 지게를 빈 지게를 지고 와가주군,

"하이고, 장모요. 장모요."

"왜?"

"하 나는 오늘 낭구하러 갔다가 혼이 났소."

"왜서?"

"호랑이인테 물려죽을 뻔했다."면서 지게를 뒤적혀 놓고는. 그래 그 밑에 재불에 떡으 묻어놨으니까 꼬쟁이 가주구,

"호랭이는요 내가 요게 있고 호랭이는요."

그 재를 이렇게 파헤치미 떡으 파헤쳐가미,

"호랭이는 이만침 있구요."

그래가주구 작대기 가주구 이러미,

"가지도 않고 그러니 주춤하더니 저 꿀단지만침 조만침 가가주구 또 이러 앉아있다."이기야.

이 놈 떡이 있으니까 인제 꺼내가주구 꿀단지에다 찍어 먹으미. 그래가주구 그러다보니까 장인이 왔거든.

"야 이 사람아 장인 먹을 걸 그걸 하여튼 먹느냐. 혼자 먹느냐?"이러니까,

"어 떡이 나왔기 때문에 먹었지 장인 줄라고 뭐 그러났소? 난 불이 헤죽거려 나오기 때문에 먹었다."이기야.

그래 저 놈이 미워가지구 우터해서 저 놈의 새끼를 인제는 우리집에 오지마라해야겠는데. 인제 그래가주구 한해 농사 지어가주구 인제는 오지마라고 줬비렸어, 오지마라고. 그래 인제는 안 오고서는 저 놈의 돈 십냥 때문에 십냥을 꼭 찾어먹어야겠는데 이 천상 주지는 않고 말이야. 그래서 그래 오지 말라니 처갓집에 안 가고 처가 있다가,

"여보 여보."

"왜?"이러니,

"저게 우리 친정집에서는."

이월 영등이라고 있어. 이월 영등에 하여튼 그 풍신제, 인제 풍년 잘 드라고 떡을 실게다 쪄가주구서는 된에 인제 관에 이렇게 밭혀놓고 거 물 떠놓고 절을 한단 말이야. 그러믄 된에 그 축나무 하나 있었는데 그 부형이가 거 올라와가주구 꼭 세 마디씩 울고 가면은 아 올해는 풍년이 지는구나하고는 그 다음에 인제. 그래서 그 떡을 그 저 저 영등날 아침에 떡을 인제 해놓는다. 그래,

"그 삼일 전에 가가주구 축낭게 올러가가주구는 부형이 소리를 세 마디 하고서는 오라."이래니,

그래 우떠하다니 어머이가 인제 친정어머이가 와서 떡방아 좀 찧어달라고 하더래. 그래 방아를 찧어가지고 인제 그 풍신 제사 지내니라고 그래,

"여보, 여보. 풍신 제사 지낼 때 몇 시 뒤에 오면은 밖에 있으라."고 말이야.

"내가 살 안에 있을 때 그 시루떡을 내가 내 줄테니 그걸 받으라."

제사 지내기 전에 인제 그 채려냈는데, 장인이는 도포를 입고 인제 나올 새에 그 떡을 인제 떡을 인제 그거 하 인제 그 시루떡을 인제 끊어 가주구 울타리 밖에 내주느라고 말이야. 그래가주구 또 받기사 받다가 뜨겁다고 고함치다보면 그쳐가주구 고만 가삐렸단 말이야. 그래가주구 그래가주구 사우가 그 질로, 처갓집에 아주 못 오고 사우를 고만 아주 기냥 그 눔으 새끼 말 잘하고 그짓말을 잘 한다고 끝끝내 아주 그짓말을 하고 아주 사람 속까지 썪이고 이랬다고. 그래 사우를 아주 고만 내 내 아주 사우를 취급 안 했다이기야.

게 이제 마쳤어.

비둘기가 부꾹 지지 우는 사연

자료코드 : 03_02_FOT_20120105_KDH_PCG_0001

조사장소 : 강원도 동해시 망상동 터일길 5-1 박창근 댁

조사일시 : 2012.1.5

조 사 자 : 강등학, 이영식, 박은영, 강태종

제 보 자 : 박창근, 남, 75세

구연상황 : 전날인 1월 4일 망상동 심곡 경로당에서 박창근을 만나 조사를 했다. 하지만
당시 경로당 분위기가 자신들의 오락인 화투를 해야 할 시간이 자꾸 가니까
조사자에게 눈치를 주었다. 이에 다음을 기약하고 나왔다. 다음날인 1월 5일
아침에 박창근에게 전화를 해서 방문 허락을 받았다. 집이 좁은 골목에 있어
차를 멀찍이 세워놓고 방문을 하니 '뭐라고 오느냐'며 방으로 안내했다. 처음
에 사는 얘기를 나누다가, 박창근이 아직도 안택을 하고 있다는 말에 그럼 경
쟁이가 와서 비느냐는 조사자의 질문에 본인이 직접 빈다고 하였다. 이에 비
손하는 소리를 청하니, 뭘 하느냐고 거절하다가 여러 번의 청 끝에 불러주었
다. 이 소리는 부부가 자신들이 오랫동안 다니던 산에 가서 빌던 소리인데, 나
이도 들고 산이 너무 험하고 해서 작년에 못 오겠다고 마지막으로 인사를 드
렸다고 한다. 산에서 비는 소리를 듣고 안택고사 때는 어떻게 비냐고 묻자 이
소리를 해주었다. 이어서 제보자가 겪었던 일이라며 호랑이 얘기를 해주었다.
그리고는 우스운 얘기라며 <도시락 까먹는 까마귀>를 얘기를 해주었다. 이에
조사자가 비둘기 얘기도 알겠네요? 하고 물으니 바로 이야기를 시작했다.

줄 거 리 : 비둘기가 부꾹 지지 하고 우는데, 이는 자기 부모가 죽어 슬퍼서 우는 거다.
비둘기가 부화가 되어 태어났으나 부모가 죽고 없어서 부꾹 지지 하고 우는
것이다.

　그 삐둘기는(비둘기는) 왜 그런고 하니까, 즈 어머이 아버이 죽어나니
까, 그래 하여튼 슳어(슬퍼) 노니까 그래서 인제 우는 거야.

　부꾹 지지 부꾹 지지 하는 기.

　즈(자기) 부모가 죽었다고 우는, 우는 기야.

　(조사자 : 어떻게 하신다고요?)

　삐둘기가 지가, 알이 인제 이래, 알 안에서 부화 거진 됐는데, 애미들
죽었단 말이야.

그래 애미들 죽고는 이제 이게 부화됐는데 껍질 깨가지고 나와 가지고 는 그래 두 마리가, 그 비둘기가 알을 꼭 두 개씩 낳는데.

그러니 두 오누(오뉘), 그전에는 그 삐둘기 잡으면 어른들이, 그게 저저 몬 먹게 하느냐 그러지, 삐둘기고기 먹으면은 두 오누이 빽에(밖에) 못 낳 다 그랬아.

그래 그 먹지 마라 몬 먹는데. 그전엔 무조건 아를, 자슥들을(자식들을) 많이 낳아야 되는 모양이라. 그렇게만 생각한 모양이라.

그러니 그 삐둘기고기 먹으며는 두 오누 뱄에 몬 난다 이기야. 니 먹지 마라 이래가, 으른들마다(어른들마다). 그 으른들만 먹을라고 그렇겠지.

그래가지고 이놈의 삐둘기가, 지가 하여튼 부화, 부화 됐으니까 깨져보 니까 부모가 없거든.

그래 만날 하여튼 앞동, 저기 뒷동산에 가 가지구 '부꾹 지지' 이래 그 게 지 부모가 없다고 우는 기 그 기라 이기야.

(조사자 : 고거를 몇 번만 해주시면.)

뭐 몇 번이야 한 번만 하면 되지.

(조사자 : 아니 이거 부, 뭐?)

부꾹 지지 부국 지지 인제 이래. 그기 인제 슳다 이기지.

그래 그기 인제 부모 없이 즈가 태어났다 인제 이래가지고.

그래 인제 저 부꾹이 우는 기 '부꾹 지지 부꾹 지지' 이래 우는 뿌꾹이 있잖어 저 삐둘기가? 그 삐둘기가 그리 운다고.

하나 둘만 아는 부엉이

자료코드 : 03_02_FOT_20120105_KDH_PCG_0002
조사장소 : 강원도 동해시 망상동 터일길 5-1 박창근 댁
조사일시 : 2012.1.5

조 사 자 : 강등학, 이영식, 박은영, 강태종
제 보 자 : 박창근, 남, 75세
구연상황 : 전날인 1월 4일 망상동 심곡 경로당에서 박창근을 만나 조사를 했다. 하지만
당시 경로당 분위기가 자신들의 오락인 화투를 해야 할 시간이 자꾸 가니까
조사자에게 눈치를 주었다. 이에 다음을 기약하고 나왔다. 다음날인 1월 5일
아침에 박창근에게 전화를 해서 방문 허락을 받았다. 집이 좁은 골목에 있어
차를 멀찍이 세워놓고 방문을 하니 '뭐라고 오느냐'며 방으로 안내했다. 처음
에 사는 얘기를 나누다가, 박창근이 아직도 안택을 하고 있다는 말에 그럼 경
쟁이가 와서 비느냐는 조사자의 질문에 본인이 직접 빈다고 하였다. 이에 비
손하는 소리를 청하니, 뭘 하느냐고 거절하다가 여러 번의 청 끝에 불러주었
다. 이 소리는 부부가 자신들이 오랫동안 다니던 산에 가서 빌던 소리인데,
나이도 들고 산이 너무 험하고 해서 작년에 못 오겠다고 마지막으로 인사를
드렸다고 한다. 산에서 비는 소리를 듣고 안택고사 때는 어떻게 비냐고 묻자
이 소리를 해주었다. 이어서 제보자가 겪었던 일이라며 호랑이 얘기를 해주었
다. 그리고는 우스운 얘기라며 <도시락 까먹는 까마귀>를 얘기를 해주었다.
이에 조사자가 비둘기 얘기를 물으니, <비둘기가 부꾹 지지 우는 사연>에
대해 바로 얘길 해주고, 나아가 부엉이 얘기도 해주었다.
줄 거 리 : 부엉이는 둘까지밖에 모른다. 그래서 자기 집에 아무리 많은 물건이 있어도
두 개만 남기도 비워놓으면 잃어버린 줄을 모른다.

부엉이는 내 그 역사를 모르는데, 부엉이는 뭐 알기는 정신머리 없어
두 개밖에 모른다 했어. 뭐를, 뭐 짐승을 자꾸 이래 잡아 이래 놔도, 여러
여러 마리 잡아놔도 하나 둘 뻑끼 몰랐다 이기야. 그 한 개 두 개만 나두
고는 잡아 놔 본 거 자꾸.

그전에 한 사람이 그 부엉이 집 만나면 노다지 캔다 하잖애. 두 개만
놔두고 다 가져오며는 부엉이 모른다 이기야. 그러니 두 개만, 두 개만 놔
두고 확 가져와. 그러니 한 놈은 이기 또 먼지 인제 약빠른 놈이 그 두
개만 놔두고 다가져오니, 한 놈이 그 모르고 부엉이 그 어디 집 만낸 모
양이래.

두 마리 있는 거 다 가져오다 부엉이에 다쳐가지고, 그 놈이 부엉이에
할퀘 호집혀가지고(꼬집혀가지고) 혼났다잖애. 그러이 부엉이는 하나 둘

밲에 모르기 땜에 뭐 안만 많애도 두 개만 놔두고 오면은 사람이 봉변 안 당한다 이기야. 그러니 부헝이는 한끈(한껏) 안 다는 게 하나 둘이래. 그러니 부헝이도 새끼 두, 두 마리 낳잖애.

기원대로 이뤄진 정지고사

자료코드 : 03_02_FOT_20120105_KDH_PCG_0003
조사장소 : 강원도 동해시 망상동 터일길 5-1 박창근 댁
조사일시 : 2012.1.5
조 사 자 : 강등학, 이영식, 박은영, 강태종
제 보 자 : 박창근, 남, 75세
구연상황 : 전날인 1월 4일 망상동 심곡 경로당에서 박창근을 만나 조사를 했다. 하지만 당시 경로당 분위기가 자신들의 오락인 화투를 해야 할 시간이 자꾸 가니까 조사자에게 눈치를 주었다. 이에 다음을 기약하고 나왔다. 다음날인 1월 5일 아침에 박창근에게 전화를 해서 방문 허락을 받았다. 집이 좁은 골목에 있어 차를 멀찍이 세워놓고 방문을 하니 '뭐라고 오느냐'며 방으로 안내했다. 처음에 사는 얘기를 나누다가, 박창근이 아직도 안택을 하고 있다는 말에 그럼 경쟁이가 와서 비느냐는 조사자의 질문에 본인이 직접 빈다고 하였다. 이에 비손하는 소리를 청하니, 뭘 하느냐고 거절하다가 여러 번의 청 끝에 불러주었다. 이 소리는 부부가 자신들이 오랫동안 다니던 산에 가서 빌던 소리인데, 나이도 들고 산이 너무 험하고 해서 작년에 못 오겠다고 마지막으로 인사를 드렸다고 한다. 산에서 비는 소리를 듣고 안택고사 때는 어떻게 비냐고 묻자 이 소리를 해주었다. 이어서 제보자가 겪었던 일이라며 호랑이 얘기를 해주었다. 그리고는 우스운 얘기라며 <도시락 까먹는 까마귀>, <비둘기가 부꾹 지지 우는 사연>, <하나 둘만 아는 부엉>, <다람쥐잡는소리>, <욕심 때문에 망한 첨지>를 듣고 얘기 하나를 더 청하자 이 이야기를 해주었다.
줄 거 리 : 예전에 부부가 부엌에서 고사를 지내며 기원을 하는데, 소가 어디에 가면 돈을 바리바리 싸가지고 오도록 빌었다. 이 소리를 듣던 도둑은 싸오기는커녕 내가 가져간다며 소를 훔쳐갔다. 도둑이 한참을 가다 훔쳐온 돈을 소 등에 얹어놓고 고삐를 내려놓고 오줌을 누자니 소가 어느새 자기 집으로 돌아갔다. 마침 고사를 다 마친 남편이 밖에 나오니 소가 등에 돈을 잔뜩 가지고 왔

다. 부부는 기원대로 이뤄졌다고 기뻐했다.

그전에 정지제사 떡 지내는데, 한 사람이 정지제사를 이래 지내는데, 도둑놈이, 그전에 정지제사는 정지에서 지내거던?

이 그전에 나무 이 펴가지고, 이 남구 인제 문이 나무문이란 말이야.

이래 이래 이나판대를 이래 막을 닫고 말이야.

그 암만 닫겨도 틈이 보이거던.

그래 문이 뽀뚬해 났는데, 이 도둑놈이 거길 이래 들여다보니 뭐 안택 인제 뭐 지내고는 소지 올리미 "그저 우리 소가 그저 어데 나가거던 그저 돈을 바리바리 하여튼 실고오라고" 이렇게 비느 비는 기라.

그래니 이 도둑놈이 "참 소가 시발 돈을 바리바리 하듯 실고오기보다 간 내가 시발 소를 훌겨간다(쳐간다)."

그 이 놈이 소를 인제 고비를 풀어가지고 인제 정지에 인제 그 자꾸 인제 뭐 저거 지내고 이러는데, 이놈의 도둑놈이 소를 이래 풀어 몰고 혼혼 인제 몰고 간다.

이놈의 도둑놈이 돈도 한보따리 후벼가지구서는 무거우니까 소 등때기다 인제 쫌매서 실고 얼마만치 가다보니까 오줌 매럽더래.

그 도둑놈도 그것도 그 아가 머리 좀 둔한 모양이라.

꼬삐를 그잖아 지 몸에다 감거나 발에다가 뭐 이래 밟았으믄 안 갈 킨데.

(조사자 : 아 전대를?)

아니 소를.

고삐를 둘러놓고 오줌을 누다하니까.

오줌을 누다 이놈의 쇠가 픽 돌라서더니 아이 시발 가 가드라 이기야.

오줌을 하여튼 미처 눗다가 시발 놀 새 있는가. 오줌 다 놓고 시발 다 눗구서 따라가니 이놈의 쇠새끼가 집에 마구 안에 딛겨 들어갔드래.

어 이래보니 마구 안에 들어갔으니까 주인이 하마 정지 안택 다 지내고 밖에 나왔드라 이기야, 소가.

어 이씨, 제게 할멈보고 "쇠가 어디루 나갔다 들어오네." 이러드래.

그래, 그래 인제 쇠를 인제 되매고는 문을 닫아놓고 쇠 등때기에 뭐이 살렸네 이러드라는 거야.

그래보니 아이 시발 뭐이 푸대에다 이래 들언데(들었는데) 그게 뭐인가 풀어보니 돈이드래.

아이, 그 도둑놈이 "니는 시발 아무리 빌어라. 시 바리바리 실고 올 것을 소를 내 훔겨간다."

이놈의 새끼가 그 머리가 둔해 노으니까 소를 그냥 둘래놓고 오줌을 누다가 시발 돈보따리만 잃고.

(조사자 : 소가 진짜 바리바리 싸왔네요!)

아 그러니 바리바리 쇠가 돈 아주 바리바리 실고 왔지.

그러니 그 사람 빌기를 아주 잘 빌었어.

두 형제가 올라간 형제봉

자료코드 : 03_02_FOT_20120105_KDH_PCG_0004
조사장소 : 강원도 동해시 망상동 터일길 5-1 박창근 댁
조사일시 : 2012.1.5
조 사 자 : 강등학, 이영식, 박은영, 강태종
제 보 자 : 박창근, 남, 75세
구연상황 : 전날인 1월 4일 망상동 심곡 경로당에서 박창근을 만나 조사를 했다. 하지만 당시 경로당 분위기가 자신들의 오락인 화투를 해야 할 시간이 자꾸 가니까 조사자에게 눈치를 주었다. 이에 다음을 기약하고 나왔다. 다음날인 1월 5일 아침에 박창근에게 전화를 해서 방문 허락을 받았다. 집이 좁은 골목에 있어 차를 멀찍이 세워놓고 방문을 하니 '뭐라고 오느냐'며 방으로 안내했다. 처음에 사는 얘기를 나누다가, 박창근이 아직도 안택을 하고 있다는 말에 그럼 경

쟁이가 와서 비느냐는 조사자의 질문에 본인이 직접 빈다고 하였다. 이에 비손하는 소리를 청하니, 뭘 하느냐고 거절하다가 여러 번의 청 끝에 불러주었다. 이 소리는 부부가 자신들이 오랫동안 다니던 산에 가서 빌던 소리인데, 나이도 들고 산이 너무 험하고 해서 작년에 못 오겠다고 마지막으로 인사를 드렸다고 한다. 산에서 비는 소리를 듣고 안택고사 때는 어떻게 비냐고 묻자 이 소리를 해주었다. 이어서 제보자가 겪었던 일이라며 호랑이 얘기를 해주었다. 그리고는 우스운 얘기라며 <도시락 까먹는 까마귀>, <비둘기가 부꾹 지지 우는 사연>, <하나 둘만 아는 부엉>, <다람쥐잡는소리>, <욕심 때문에 망한 첨지> 등을 듣고 식당에 가서 점심을 했다. 식사를 하고 제보자가 군대 다녀왔던 얘기를 한 후 형제봉에 대해 물으니 별 거 아니라는 듯 얘기를 해주었다.

줄 거 리 : 옛날 바닷물이 계속해서 밀려와 두 형제는 각각 다른 산봉우리에 올라가서 살아났다고 한다. 이에 두 형제가 있던 봉우리라 해서 형제봉이라 한다.

형제봉이 왜서 형제봉이라 하냐 하믄, 그전에 옛날에 이 바닷물이, 이제게 지금 말할 거 같으믄, 이 물이 적시기 말할 거 같으믄, 이기 차 오르믄 말이야 이 물이 올라왔다네.

그러니 조수가, 그전에 조수라 했다구 그.

조수가 올라와가지구 여여 여게 사뭇 이기 물이 차올라가지구 이래 두 형제가 가다가다 갈 데 없어가지구 그 그 높은 봉에, 큰 봉에는 형이 가서 있었고 적은 봉엔 동상이 가 있었는데.

그래가 두 형제가 그 형제봉 올라가서 살아나가지구 그래서 그 형제봉이라 한다구.

저기 도둑놈 눈이 있네

자료코드 : 03_02_FOT_20120218_KDH_SSD_0001
조사장소 : 강원도 동해시 망상동 괴란길 114 심순항 댁
조사일시 : 2012.2.18

조 사 자 : 강등학, 이영식, 박은영, 강태종
제 보 자 : 신순덕, 여, 89세
구연상황 : 지난 2월 7일 망상동 노봉의 김옥녀 댁에서 옥계 출신 아주머니들의 모임이
　　　　　있었다. 당시 그 자리에 참석한 심순항은 이야기를 여러 편 해주었는데, 더
　　　　　많은 자료가 있을 듯하여 미리 전화로 약속을 하고 댁을 방문하였다. 차를 한
　　　　　잔 마시며 비교적 많은 이야기를 들었다. 판이 무르익어 많은 얘기를 듣고 있
　　　　　는 중에 신순덕이 방문하였다. 심순항이 조사자들이 온 것을 설명하자 남편에
　　　　　게 들은 얘기라며 한마디 해주었다.
줄 거 리 : 어느 집에 도둑놈이 와서 뭐를 자꾸 훔쳐갔다. 그래 용한 점쟁이가 있다고 해
　　　　　서 집에 모셔놓고 사정을 얘기하고 있었다. 용한 점쟁이가 왔다는 소문이 마
　　　　　을에 퍼져 도둑놈의 귀에도 들어갔다. 그래 도둑놈이 문구멍을 뚫고 방안을
　　　　　살피고 있자니, 방에 있던 점쟁이가 그 눈을 보고 갑자기 '저 눈깔!' 하고 소
　　　　　리쳐 잡았다.

우리 영감이 거짓불 잘해.

우리 영감 소리 들었지요.

(청중 : 그 들은 얘길 해요.)

우리 영감이 뭐이라 얘기하는고 하니, 뭐이 도둑놈이 자꾸 와서 뭐를
훔쳐 가드래요.

그래니 그거 붙잡을 라고 하니 붙잡을 수 없드래요.

뭔 용한 점쟁이 어데 있다 이러 드래요.

그래서 점쟁이를 오라 이래가지구, 우리 집에 와선 "뭔 자꾸 도둑놈이
오니 우짜 하느냐고?"

그 도둑놈을 좀 못 오게 해달라고 점쟁이에 이래니까네,

이 사람이요 아무 것도 몰랐는데, 이래 앉아 눈을 감고 앉았더이, 옛날
엔 저 문을 우리는 우리도 종우(종이)문을 발랐어요. 종우문 지금 종우문
있지 않습매.

종우문을 저개 ○○ 이래 내다보고 있다니 누군가 "아 저 눈깔이!" 이
래니까네,

이 사람이 문구녕이(문구멍이) 뚫고 뭔 점쟁이가 용한 게 왔다하니 문구녕을 뚫고 대다 볼라하다가 "저 눈깔이!" 이러니 쪽 뛰어가 들구, 그러가 들 붙잡았대요.

도둑놈으(도둑놈을).

재치있는 꼬마 신랑(1)

자료코드 : 03_02_FOT_20120207_KDH_SSH_0001
조사장소 : 강원도 동해시 망상동 동해대로 6134-1 영서민박
조사일시 : 2012.2.7
조 사 자 : 강등학, 이영식, 박은영, 강태종
제 보 자 : 심순항, 여, 78세
구연상황 : 최남순의 계모임에 동석했다. 결혼에 관한 이야기를 나누던 중 심순항이 자연
스럽게 꼬마 신랑 이야기를 꺼냈다. 이 이야기 후에도 본인들이 결혼하던 당
시의 결혼식과 관련된 이야기를 한참 나누었다.
줄 거 리 : 부인이 밥을 하는데 꼬마 신랑이 귀찮게 하자 부인은 꼬마신랑을 지붕 위에
올려놓았다. 시부모가 나타나자 꼬마 신랑은 호박을 따러 지붕에 올라갔다고
말을 해서 부인을 감쌌다.

지붕게다 고만에 고추 따 줄라고 지붕게, 신랑이 지붕에다, 의견이 있더래. 자꾸 여자인데 밥하는데 말을 일으니요. 달랑 꺼넘어 지붕게 얹어노니. 부모들이 왔거든요. 와가지고 지붕에 올라 앉아 있다.

"호박을 큰 거 따주랴 적은 거 따주랴." 이러더래.

일본사람에게 오망고를 판 할머니

자료코드 : 03_02_FOT_20120207_KDH_SSH_0002
조사장소 : 강원도 동해시 망상동 동해대로 6134-1 영서민박

조사일시 : 2012.2.7
조 사 자 : 강등학, 이영식, 박은영, 강태종
제 보 자 : 심순항, 여, 78세
구연상황 : 성장하던 당시의 이야기를 나누던 중 일제강점기 시절 이야기가 나왔다. 심순
        항이 자연스럽게 이 이야기를 꺼내었다. 이 이야기를 듣자 모두들 무척 즐거
        워했다.
줄 거 리 : 일제강점기 시절, 한 할머니가 일본사람들에게 계란을 팔러 갔다. 일본어로
        계란을 '다방구'라고 한다고 아들이 알려주었으나 그것을 잊어버린 할머니가
        '오망고'를 사라고 외쳤다. 욕으로 들은 일본인이 할머니에게 일본어로 욕을
        하자 못 알아들은 할머니는 동문서답을 했다.

촌에 이 계란을, 닭을 그 좋아해요. 그래가지고 촌 할머이들이 계란 팔
아 저 묵호 일본사택이 있거든요. 거 가면 계란을 파는데 다방고, 옛날 계
란 이름이 다방고래요. 일정 때 다방고. 그래,

"어머이 가거든 다방고 사시오, 다방고."

아 재를 넘어서 도랑을 건너가다가 그거 그 잊어버렸거든, 어머이가.
잊어버려가지고 다방고 이름을.

"야 가 뭐이라고 하나. 아 알았다. 오망고."

오망고를 생각해 가지고 가가지고, 일본, 일본사람인테 가가지고,

"오망고 사세요." 이러더래.

일본놈들이 이래 들어보니 욕이거든요.

"고라!" 이러더래.

"에이 어제 그저께 난 달걀이 고지는 않앴습니다."

"바가." 이래더래요.

"에이 박지 마십시오. 깨집니다."

똑똑한 종의 아들

자료코드 : 03_02_FOT_20120207_KDH_SSH_0003
조사장소 : 강원도 동해시 망상동 동해대로 6134-1 영서민박
조사일시 : 2012.2.7
조 사 자 : 강등학, 이영식, 박은영, 강태종
제 보 자 : 심순항, 여, 78세

구연상황 : 노래를 중심으로 판이 돌아가다 흐름이 끊겼다. 옛날 이야기를 해달라고 청하
　　　　　자 심순항이 기다렸다는 듯이 말문을 열었다.
줄 거 리 : 옛날 한 대감댁 종이 결혼을 해서 아들을 낳았다. 똑똑한 아들은 지혜로움으
　　　　　로 자신의 집 감나무의 감을 따가는 대감을 혼내 주었으며 재를 짚신을 삼아
　　　　　오라는 대감의 말도 꾀를 내어 잘 대처했다. 훗날 벼슬하고 이름을 날렸다.

　　옛날에 인제 대감이 살았는데 종 하나 됐단 말이래요. 종 됐다가 인제
장개를 보내가지고 집을 고만 한 집을 이제 살림을 내놨는데 그 또 종의
아들이 낳는데. 그래 가지고 인제 종이 이래 앉아 있다 종의 아들이요, 주
먹을 콱 들고.

　　"대감님, 이 누가 주먹이드냐?" 이러더래.

　　"야 이 누무 새끼 니 주먹이지."

　　"그러면 왜 우리 마당에 감낭기 들어와 있는 건 왜 따가느냐?" 이러더
래요, 대감 보고.

　　게니 이 건 내 주먹이 맞는데 왜 우리집 마당에 들어완 감나무는 왜 따
가느냐 대감이 이러더래. 게 한 대 치컸다.

　　게더니 또 아버지가 집에 오니 왜 상이 노런게 근심이 자꾸 가더래.

　　"왜 아버지 뭔 근심이 있소?"

　　"있다." 이러니.

　　재를, 이러 낭기 탄 재를 가지고 짚신 삼아 오라고 대감이 그랜단 말이
야. 게 이 걱정이 돼가지고 상이 노런기. 아들이 얘기하니,

　　"아, 아버지 걱정할 기 없소. 짚신을 하나 모질게 좀 딴딴하게 삼아 달

라." 하더래.

그래가지고 요런 데 얹어 놓고 불을 해놓니 고 꺼지니 짚신이 됐잖소. 그래 갖다 바치니,

"이 국을(생각을) 누가 냈느냐?" 이러더래, 나가서.

그래 아무개 그 아 이름을 부르미 냈다, 그랬다 이래니.

"아, 가가 큰 인물이 되겠다. 데리고 오라."고 하더래.

그러 인제 크게 안 배워도 구가 너르면 나라서 베슬 자리 하나 주고 그래 이름이 났대요.

싱거운 첨지를 놀린 아이들(1)

자료코드 : 03_02_FOT_20120207_KDH_SSH_0004
조사장소 : 강원도 동해시 망상동 동해대로 6134-1 영서민박
조사일시 : 2012.2.7
조 사 자 : 강등학, 이영식, 박은영, 강태종
제 보 자 : 심순항, 여, 78세
구연상황 : 제보자와 조사자가 모두 어울려 윷놀이를 했다. 윷놀이 몇 판을 마친 후 음료수를 마시며 이런 저런 이야기를 나누었다. 심순항이 옛날 이야기를 또 해주겠다며 먼저 이야기를 시작했다.
줄 거 리 : 옛날 첨지가 아이들에게 싱거운 농담을 던졌다가 오히려 된통 당했다.

옛날에요 첨지들이 좀 심심하니 뒤에 아들이 졸졸 따라오니 방구를 한 대 탕 퀴더래, 퀴니.

"이놈들 내 엊지녁에 꿀을 먹었더니 방구 다재?" 이래니,

이누무 새끼들이 한수 더 뛰더라.

"할아버이는 뭐 똥을 먹은 같소. 방구 쿤내 나오." 이러더래.

그래, 그래서.

"이누무 새끼들이."

"우리는 암만 그래도 안 무서워요. 눈을 딱 벌리고 입을 딱 벌리고 애웅~ 이게 젤 무섭다."고.

이 첨지 그대로 또 그래네. 거 모래를 집었다 휙 던졌다. 이누무 쫓겨달아나 쫓겨달아나 붙들지도 못 하고 그래 말았대. 게 그저 옛날이나 지끔이나 좀 싱거운 양반들은 그랜다잖우.

(청중1 : 그런 데는 소금을 폭 쳐놔야 돼.)

(청중2 : 문서가 그러 많는가?)

(청중3 : 크는 아들이 숭악스럽네.)

그래가지구 또 또 첨지 하나 오다가 또 제일 이쁜 머스마 머리를 훌 쓰다,

"이눔, 느이 어미 날 올 때를 기다리재?" 이런다 또.

"야, 손자 새끼 올 때를 바랐습디다." 이래더라잖우.

그러니 글쎄 그랜 놈의 새끼들은 다 크게 되더래.

훈장선생님 장가 보낸 아이

자료코드 : 03_02_FOT_20120207_KDH_SSH_0005
조사장소 : 강원도 동해시 망상동 동해대로 6134-1 영서민박
조사일시 : 2012.2.7
조 사 자 : 강등학, 이영식, 박은영, 강태종
제 보 자 : 심순항, 여, 78세
구연상황 : 심순항이 <싱거운 첨지를 놀린 아이들> 이야기를 구연해 주었다. 자신의 친정어머니로부터 들은 이야기가 많으며, 외조부가 서당을 하셨기 때문인지 어려서부터 서당과 관련된 이야기를 많이 들었다고 했다. 그리고 또 이 이야기를 해주었다.

줄 거 리 : 옛날 한 아이가 훈장 선생님을 장가 보내기 위해, 앞집에 사는 과부와 자신의 서당 선생님이 잠자리를 함께 하도록 꾀를 냈다. 소문이 날까 두려웠던 과부가 원하는 것은 다 해주겠노라고 하자 떡을 해달라고 하여 온 마을에 돌렸다.

둘이 결혼했다는 사실이 소문이 나 선생님과 과부는 결혼해서 살 수밖에 없었다.

옛날 이제 서당 선상님들이 이렇게 한 달씩 댕기미 저게 글을 가르쳤거던. 그래 글을 가르치니 그 집 과부집을 가게 됐대. 게 그 집 아가 배우는데. 그래 가서 인제,

"어머이 오늘은 피해라."이래고,

그 안방에다가 잠자리를 다 해놓구요 베개 두 개 놔두고. 고 앞집에 어머이 혼자 사는 게 있는데 이 누무 새끼, 그 집 닭을 옛날에 토종 키우는, 요런 마구에 얹어 놔 밤으로 요러 올러가 자거든. 그걸 내려가 훔치니 이 댁이 이래 보니 뒷집 아거든. 닭이 꺼드득 꺼드득 하니,

"애, 니 왜 남으 닭을 그래나?"이래니,

요래 쬐께 오는그 붙들기만치 쬐게가며 자꾸 애를 달구 즈 안방으로 쏙 들어가더래, 닭을 들고. 게 이 댁이,

"아 이 누무 새끼 왜 느 안방으로 닭을 들고 들어가나?"

들어가보니 이 아는 하마 저 쪽 된문으로 빠져나가고 선상님이 딱 잘라고 앞에 이래 놘데. 옛날에는 여자가 남자 방만 들어가믄 못 나온대요. 인제 거 살아야한대요. 망신이래가지구. 그래가지구 고마 자게 됐대요. 선상하고 하룻밤 자게 되니 선상은, 그 눔의 아가 또,

"오늘, 온 저녁에 선상님 내 장가 보내준다." 이러더래요.

"니 어떠 장가 보내주나?"

"아, 선상님은 가만 있으라." 그러더래, 시키는대로.

그래가주구 그 아가 고만 그 댁이 고만 거 가 잤대요. 자니 고만 남새스러울게 아니요? 그래서,

"야, 니 뭐이 원이나? 뭐이 하라는 대로 다 해주면 소문만 내지 말어라."이래,

"난 뭐 딴 게 별로 없고 절편 한 말, 찰떡 한 말만 해주믄, 해주믄 소원이 없다."이래.

"아 그기 어렵지 않다." 해주니,

마크 큰 떡을 요러 두 개씩 끊어서 묶어가지고, 묶어가지고는. 옛날에는 이러 웅굴물(우물물) 내려와요. 물 내려가니 동네 어머이들이,

"에이고, 뭔 큰 떡을 해 그래 보냈소? 저게 선생님하고 결혼했다미요? 요러 큰 떡."

소문 내지 마라핸기 싹 돌렸대. 그래가지고,

"아 큰 떡을 보내 잘 먹었소." 이러니,

헐 수 없이 고만 거 그냥 살았대요.

꾀 많은 하인(1)

자료코드 : 03_02_FOT_20120207_KDH_SSH_0006
조사장소 : 강원도 동해시 망상동 동해대로 6134-1 영서민박
조사일시 : 2012.2.7
조 사 자 : 강등학, 이영식, 박은영, 강태종
제 보 자 : 심순항, 여, 78세
구연상황 : 심순항의 이야기가 계속 되었다. 긴 이야기를 해달라고 요청하자 심순항이 약간 머뭇거리다가 이 이야기를 해주었다. 듣는 이들 모두 즐거워하였다.
줄 거 리 : 옛날 한 대감이 하인과 함께 서울로 과거를 보러 갔다. 하인이 꾀를 이용해 대감을 골탕 먹이자 대감은 화가 나서 하인의 등에 이 놈을 죽이라는 글을 써서 고향으로 되돌려 보냈다. 그러나 꾀 많은 하인은 글의 내용을 바꾸어 셋째딸과 결혼해서 살았다. 집으로 돌아온 대감이 그 사실을 알고 하인을 죽이려고 했으나 하인은 다시 꾀를 내어 위기 상황을 모면하고 대감네 재산을 다 차지한 후 부인과 잘 살았다.

그래 옛날에요 인제 고을 원님이 인제 서울로 과개 보러 갔는데 가는데, 인제 말을 타고 종을 하나 데리고 가야 하거든. 그래 가다 가다 옛날

에 걸어 가니 한양 서울 가자니 메칠 가야하니 배가 고프거든.

"야 니 저 가 국시 한그릇 사오너라."이래,

싸가지고 이 누무 새끼 오다가 자꾸 처다보는데 뭐 건지더래요.

"니 인제 뭘 건졌나?"

"예, 저 원님 저는 코이 빠져 가지고 코이 빠내뻐리느라."

"예잇 드럽다. 이 누무 새끼 느 처먹어라." 이래니,

먹고 또 걸어가다니 배가 또 고프니 으떠 하겠소. 그러니,

"에이 오 번에는 니 그리면 안 되겠다. 니 말을 몰고 있어라. 저게 내가 먹고 오꺼니. 요 서울으는 눈 빼먹는 세월이니 말을 잘 지켜라." 이래니,

가 먹고 오니 요 노무 새끼 말을 팔아쳐먹고 요만치 끊어가지고 여 엎드려 가지고 있더래.

"야 이 누무 새끼야, 말을 어떠하고 여 이랬나?"

"원님이 저게 눈 빼 먹는 세월이라해 나는 눈을 지켰어요."

눈을 꼭 쥐더래.

"말을 어쨌나?" 이래니,

"모른다." 이러더래.

"뭐이 끊어 갔다." 이래미 이러더래.

아 이 누무 새끼 놔뒀다보면 안 되겠다. 그래서 인제는 말도 없고.

"등때기 돌려대라."

그래 돌려대, 딸이 서이 있는데 저게 등때기에다,

'이 누무 새끼 내려가거든 당장 바닷물에다 갖다 처넣어라.'이래 씨게 써놨는데.

이게 데리고 오다 이래 생각하니 어데 하늘천 따지하며 선상이 있더래요. 한문선상이 있어 거 가,

"선상님, 내 등어리에 뭐이라 썼소?" 이래니,

게 그러 썼다 하니,

"이거 까줍고 '내가 내려가거던 저게 셋째 딸을 줘가주고, 앞집에다가 똑 우리집과 똑같게 재서 고만 고 살림을 내놓라.' 이러 써달라." 이러더래.

게 그 써가주구 오다니, 게 써가주구 오다보니 또 뭐이 방아를 하나 찧더라고, 언나(아기)를 꺼난고.

"아이고, 어머이. 내가 꺼난고 저 가 쓸어 넣거니." 게니,

"아유, 고맙다." 주더래.

아 언나를 꺼난고 쓸어 넣는게 팥을 삶아 가지고 찧다니 이 팥을 언나 꺼난고 찧다니 팥이 고만 찌키미 방공이에 이러 올라가 붙더래. 고 공이를, 방아를 호박에 아를 집어 너놓고 엄마는 고 팥을 고 가주고나니.

"아유 다 가지고 가도 우리 아 좀 꺼내 주구 가라."고.

꺼내주다보면 지를 붙드잖나? 게 고만 탁 났써. 게 가주 요러 구박을 요러 맨들어가지구 내려오다니 꿀장사가 오더라고. 게서 꿀 사라 하더래. 게서 고 그릇에다 꿀을 받았대요, 받았다.

"에이 난 돈이 없다."고 되쏟으니 고 팥에 꿀이 폭 묻으니 좀 다우? 꿀을 되주구는 아이 내려오미,

"아이구 달어라. 아이구 달어라."이래미 오다니,

뭔 중 사람이 하나 또 오더래. 옛날 걸어오다니.

"아이 뭐이 그러 다우?"

"요거 좀 먹어 보오."

떼보니 달거든.

"으떠해 그렇소?"

"가서 부처님을 싹 가매다 넣고 푹 삶으민 요러 단게 나온다"고.

이런 중이 가가주구 그러니 뭐이 쪼가리만, 나무쪼가리만 둥둥 뜨지 개코도 있는가? 그래가주고 고걸 가지고 오는데, 집에 와 등때기에. 그래가주구 한 몇 년 망치고 등때기에 보니 그러 써났거든. 아 셋째 딸을 고만

에 결혼씨겨 가지고 앞에다 내췄대. 내췄더니 이 골에 참 그 원님이 과게를 보고 시간이 많이 걸려가지고 오니, 옛날에 걸어 오니,

"저 앞에 앉은 저 저 집은 누구 집이노?"이래니,

"아버지가 이러 써붙여줘 아무개 딸보다가 그랬다." 이래니,

"아 고놈의 새끼 바닷물에 쳐넣으라 했는데." 그따우로 했다고,

"잘게다(자루에다) 넣라." 해가지고,

"꼭 되묶어 바닷물에다 쳐넣어라."이래해.

뭐이 묶어가지고 하인들이 인제 가다가, 집에다 게워 놓고 또 주막집 들어가 술을 먹었다. 먹으니 이게 고 안에 들어서,

"봉사 눈이 빤짝 새 눈이 빤짝."

자꾸 이래니 뭐 봉사가 지내가다 희안하거든, 들어보니.

"아이 뭐 그 어떻게 그러 됐냐?" 이러니,

"아이 날 이러 글러달라."고.

"내가 봉사였는데 이 자루 안에 들어갔다 눈이 떨어졌다."고.

아 글러 주더래. 거다 봉사를 집어쳐넣고,

"여 안에 들어가가주고 '봉사 눈이 빤짝 새 눈이 빤짝'하면 떨어진다." 이래.

그래고는 이 눔의 그만 딴 데로 쬐겼단 말이야. 거 나와 가지고 술을 먹고 한잔 얼그래한게 뭐이,

"봉사 눈이 빤짝."

발질로 툭 차며,

"이 뭐이 이래?"

고만 갖다 바닷물에 쳐넣었단 말이야. 그래 이 눔은 촌에 어디 가서 있다가 시간이 많이 간 뒤에 그 집을 찾어 갔대. 댁네가 있고하니 찾어 가니,

"아이고 물에 빠져 죽은, 바닷물에 빠져 죽은 사람이 살어 왔다."고 이

러니.

"용왕국에 가면 얼마나 좋다고 그래?"

"바다 용왕국에 가니 신선놀음이더라. 마이 여 애쓰냐."

"아 신선놀음에 도꾸자루 썩는 줄 모르고 아 좋다." 이러니,

"아 마크(모두) 가자." 이래가지고,

가는 데는 솥이고 가매고 무거운 거 뒤잡어 써야 된대. 그래가주구 가 가주고 글쎄 바닷물에 가 하나 구부르르르 하니,

"저 빨리 오란다."고.

"빨리 오라고."

또 하나 구부르르르 하니.

마지막에 댁네 들어가게 맨들어 놨대. 그게 자꾸 무거우니 빠져야지 죽지.

"그래야지만 용왕국을 간다."고.

마지막으로 지 댁네가 갈라고 하는기,

"에잇 진생이 같은 게 니가 거 가봐야 죽기 밲에 더 하나."

고만 못 가게 해가지구 그거 다 가주구 잘 먹고 잘 살았대요.

보쌈 당해 장가 간 훈장선생님

자료코드 : 03_02_FOT_20120207_KDH_SSH_0007
조사장소 : 강원도 동해시 망상동 동해대로 6134-1 영서민박
조사일시 : 2012.2.7
조 사 자 : 강등학, 이영식, 박은영, 강태종
제 보 자 : 심순항, 여, 78세
구연상황 : 심순항이 <꾀 많은 하인> 이야기를 한 후, 옛날이야기에 관한 이런저런 이
　　　　　 야기를 나누다가 이 이야기를 자발적으로 꺼내었다.
줄 거 리 : 옛날 아이를 가르치러 어느 집에 간 훈장선생님이, 아이의 엄마를 대신하여

보쌈을 당했다. 하지만 선생님은 자신을 보쌈해 온 집 딸과 하룻밤을 보내게 되고 그 집 딸과 결혼하게 되었다.

서당 저 선상님이 있는데, 그 집으로 오게 됐대. 한 달 가르치러 오게 된대. 그 어머이는 또 앞을 내다보는 어머이래. 그래가주구 인제 올 지녁에 인제 자기를 동치러 온다는 걸 안거든요. 그러니 선상님이 고만에 선생님이 자기 방에다가 잠자리를 이래 해놓고 자기 피했어. 이래 뭐이 있다보니 선상이 이래 있다보니 뭐이 오더니 이불을 뚤뚤뚤 감아가주구 고만 선상. 고만 뚤뚤 감아가주구 고만 지게다 얹어가주구 지고 가더래요. 그것도 그 집 아 이건 모르고 갔대, 모르고 갔는데 뭐이 가더니,

"고간문 열어라." 하더니,

고간에 들여다 놓더래. 게더니 인제 이 아버지짜리가 크다한 체녀 하나 있는기 딸이 있는거,

"니 밤에 가 아버지, 어머이 동무해라." 이래더래요.

"어머이 하나 훔쳐왔으니".

딸이 그러 고만 들여보내더래요.

아이 이 눔의 첨지가 있다보니 처녀가 들어와노니 강제로 들여보냈으니, 거 주는 떡인데. 그래가주구 데리고 잤다. 자니 아주 일찌거니 옛날에는 여물하고 이래 불 넣니 아버지가 나와 불을 넣다니 딸이 나오더래요.

"밤에 에미 뭐이라 하더나?" 이래니,

암 말도 안 하고 불 앞에 앉아가주구 꼬쟁이를 꺾어 가주구 자꾸 열십자만 긋더래요.

"어머이 뭐라 하더나? 야가 왜 말을 안 하노?" 이래니,

자꾸 미안해가주구 열십자만 긋더래. 게다 보니 이 영감이 구들에 거들고, 답뱃대를 탁 뚜드리미,

"이 놈들, 딸을 줄라면 제대로 주지 강제로 얼쌈치 주나! 여 빨리 가매

도착해 들이대라." 이러더래.

게니 꼼짝 옳지.

"네."

사람 여덟 구하고 가매 두 채니 여덟 구하고. 인저 태웠다. 딸을 하나
태우고 선상 하나 태우고. 내려가미 생각해도 이 남으 집인데 큰 걱정이
더래. 그래 데루구 가긴 가나. 겐데 이 여자가 하머 알고. 아주 조 먼 데
집이 있는데 굴뚝에 연기가 나미 사람이 벅적벅적 찬채를 지낼라 하더래.
그래 가 가니 잔챗군이 싹 모이고 국시 삶고 이러더래. 그래가주구 국시
삶고 이래가주고 그 고만에 딸을 빼겼지요. 게 선생님 장개가고.

부인의 과거를 알게 된 남자

자료코드 : 03_02_FOT_20120218_KDH_SSH_0001
조사장소 : 강원도 동해시 망상동 괴란길 114 심순항 댁
조사일시 : 2012.2.18
조 사 자 : 강등학, 이영식, 박은영, 강태종
제 보 자 : 심순항, 여, 78세
구연상황 : 지난 2월 7일 망상동 노봉의 김옥녀 댁에서 옥계 출신 아주머니들의 모임이
　　　　　있었다. 당시 그 자리에 참석한 심순항은 이야기를 여러 편 해주었는데, 더
　　　　　많은 자료가 있을 듯하여 미리 전화로 약속을 하고 댁을 방문하였다. 집에는
　　　　　내외만 살고 있는데, 남편은 경로당으로 마실을 가고 혼자 있었다. 방문목적
　　　　　을 다시 설명 드리니 그날 얘기를 다 했다고 한다. 그래 그날 한 이야기도 괜
　　　　　찮으니 다시 해달고 하자, 예전 화전놀이하던 얘기를 하다가 생각이 났던지
　　　　　이 이야기를 해주었다. 이 이야기는 오래 전 마을에서 있었던 사방공사 현장
　　　　　에 다니면서 들은 얘기라 한다.
줄 거 리 : 어느 남자는 자신의 부인 과거가 궁금했다. 이에 화전놀이 하는 날을 택해 남
　　　　　자는 밀가루로 하얗게 분장을 하여 화전놀이터에 나타났다. 남자는 자신을
　　　　　하늘에서 내려온 천사라고 밝힌 후 자신의 부인에게 과거를 얘기하라 했다.
　　　　　부인은 처녀 때 물동이 오고 있는데 어떤 짓궂은 남자가 입 맞춘 것밖에 없

다고 얘기했다. 이에 남자는 안심이 되어 집에 얼른 돌아와 분장을 지우고 부인을 맞이했다.

옛날에는 여자들이 이 장들을 안 봤어요, 이랬는데. 이 봄에, 꽃피는 춘삼월이면 화전놀이라는 게 한번 있어(있어). 그거는 해 줘요, 그 놀러가라고 해요.

그래 인제 꽃이 피믄 저런 산에 가서 인제 어데 외딴집에 가 뭐 해 먹던지 이래가 그랬는데.

다 모애(모여), 이것도 옛날 얘긴데, 그래 갔는데. 남자가 이래 생각하니 여자의 과거를 모르겠그던. 내 어뗘해 과거를 좀 알아야지 하고, 옛날에는 밀농사 재(지어)가지고 마카(모두) 째서(찌어서) 한꺼번에 이렇게 빻아요. 빻아 이런 단지에다 너 넣고는 갈그봄으로(갈봄으로) 저녁으로 꼭 국시 해먹지.

그래 하다가 인제 손님 오면 조금 더 늘구고(늘리고), 손님 한 그릇 나와. 그래 며느리 보믄(보면) 국시 잘해가 나오면 며느리 잘 봤다 해요. 이 뚜껍게 해오믄 그만 줄겄거던(줄어들거든)

그러니 잘 늘거는(늘리는) 며느리를 잘 봤다 이러지. 뭐이 지금 국시나 마나 해가(해가지고) 시집가오? 그래니 옛날에도 또 잘 안 하든 사람은 모해 보거든, 그담에 잘해 나오믄 "아 며느리를 잘 봤다." 이러지.

그래 이 남자가 여자들 마카 화전 뒤에, 간 뒤에 고마 목간을 싹 하고는 그 밀가루 단지에 들어갔대. 들어가니 아주 하해지 거던. 그래 그래가지고 거 가가지구 인제 거 화전놀이 하는 데 가서, 자기 여자도 갔지.

"여 하늘에서 백설공주 내려왔다." 이랬더이,

"모여라." 이러니,

"예~." 이래 모이대.

"그래 너희덜 과거를 싹 밝혀라, 낱낱이!" 이러니,

자기 마누라 이랬대.

"아유 나는 물을 이어오다가 입밖에(밖에) 맞춘 게 없다."

물동이 이거 붙드믄(붙들면) 꼼짝 모하거든요. 이 둘레 노면(놓으면) 깨지고 쏟기고 하니. 어떤 짓궂은 남자가 와 아마 입을 맞춘 모양이야.

"나는 과거가 그거밖에 없다." 이러더래.

아 그까이 남의 마누라 어쨌든 자기 마누라는 인제 그래 과거를 밝혔대. 그래가지고 집에 왔대요. 어 그러니 옛날엔 어물어물하게 살기는 살아도 과거를 모르니 공 궁금하다가 그래가지고 과거를 밝혔대. 그래 정말 백설공주 내려완가 하고 싹 모였대. 그래가 집에 와 가지고는 얼른 마카 목간하고는 옷을 입으니 여자는 모르지 뭐.

콩쥐팥쥐

자료코드 : 03_02_FOT_20120218_KDH_SSH_0002
조사장소 : 강원도 동해시 망상동 괴란길 114 심순항 댁
조사일시 : 2012.2.18
조 사 자 : 강등학, 이영식, 박은영, 강태종
제 보 자 : 심순항, 여, 78세
구연상황 : 지난 2월 7일 망상동 노봉의 김옥녀 댁에서 옥계 출신 아주머니들의 모임이
         있었다. 당시 그 자리에 참석한 심순항은 이야기를 여러 편 해주었는데, 더
         많은 자료가 있을 듯하여 미리 전화로 약속을 하고 댁을 방문하였다. 집에는
         내외만 살고 있는데, 남편은 경로당으로 마실을 가고 혼자 있었다. 방문목적
         을 다시 설명 드리니 그날 얘기를 다 했다고 한다. 그래 그날 한 이야기도 괜
         찮으니 다시 해달고 하자, 예전 화전놀이하던 얘기를 하다가 생각이 났던지
         '부인의 과거를 알게 된 남자' 이야기를 해주었다. 이어서 여우와 호랑이 얘
         기를 했으나 서로 섞이어 알 수 없는 얘기가 되었다. 이에 조사자가 콩쥐팥쥐
         얘기를 부탁했다.
줄 거 리 : 계모가 전실 딸을 몹시 구박했다. 한겨울에 딸기를 따오라 하거나 부추를 해
         오라 하는 등 갖은 어려운 일을 시켰다. 그리고 구멍이 난 두멍에 물을 채우

라고 하여 난감해 있자니 두꺼비 한 마리가 나타나 그 구멍을 막아주었다. 이렇듯 여러 가지 어려운 일을 시켜도 전실 딸이 해결하는 것을 보고 계모는 살려주기로 마음먹었다.

콩주 팥주라는 얘기가 있습니다. 그런데 그기 뭐 어리숭하다. 콩주 팥주가 콩준지 팥준지 이래. 어머이가 난 어머이가 전실 딸을 팥준지 이래. 그래가준 아 이놈의 애미가 자기 난 딸만 좋아하고 그건 참 미워하거든요. 그래가주 이 동지슫달에, 요즘엔 뭐 딸기 이런 게 다 있지 옛날에 있었소? 슫달(섣달) 눈이 잔뜩 있는 데 가 딸기 따오라네.

옛날 산에 인제 먼 길에 딸기 있으니 따오라 이래니 이거 어디가 참, 이 동지슫달 눈구녕(눈구덩이) 어디가 따오. 그래 어디가 자꾸 우다니(울자니) 그런 산신령이 그랬는지 딸기를 주드래요. 그거 따서 애미를 갖다주니 또 하루는 또 고다음에는 또 분춤(부추를) 해오라 하네. 분춤해 오라 하니 또 이 슫달에 어디가 분춤해와. 요즘엔 저게 저런 데 마트에 분춤이 있사(있어).

그래 또 어데가 산골가 자꾸 우다니 뭔 하라버니 하얀기 나오더니 끓는 물을 어떠 가져와가주구 어떤 분춤밭에 확 붓드래요. 부으니 그 부춤이 파랗게 올라 오더래. 그래 베가지고 와서 또 어머이 있는 데 이 또 살아났대요.

또 하루는 이웃의 어데 잔친데, 주은(저흰) 제 낳은 딸만 데려가민, 이 두멍 밑구녕이 깨진 거 놓고 "여따(여기에다) 물을 항아리 여다(이다) 부라!" 이러 드래요. 오는데. 그러미 이 또 뭐 암만 물 빠든(밑 빠진) 저 독에 물 붓기지 물이 차는가. 그래서 또 그렇지 않음은 또 인제 맞어 맞어 죽을 거 같으니, 또 걱정이 돼 자꾸 우다니 뭔 뚜꺼비 하나 나타나드래요.

엉금엉금 오더니 그 두멍 밑에 들어가더니 고것도 안 새게로 딱 엎드려가지고 있드래, 그 뭐 죽은 어머이가 도왔는지. 그 뚜꺼비가 나타나더니 두멍 밑에 들어가더니 등때이를 갖고 꽉 막더래. 그래가지고 물을 여다 부으니 차더래요. 그래가 또 살았대. 그러니 지가 낳은 자식이 첫째지.

아 옛날에는 아주 전실 딸이 눈이 어두워가지고, 자식 딴지 딸난 구별을 해가지고 못살게 한 대요. 뭐 삼을 할루(하루) 일곱 광주리, 여덟 광주리 삼으라 이래고, 한 광주리도 못 삼는데. 이래니 하두 끝없이 시케(시켜)보니 이게 뭐이 다 하거던. 아 이거 죽일래도 안 되겠다 하고 그래 살궈(살려) 났대.

꾀 많은 하인(2)

자료코드 : 03_02_FOT_20120218_KDH_SSH_0003
조사장소 : 강원도 동해시 망상동 괴란길 114 심순항 댁
조사일시 : 2012.2.18
조 사 자 : 강등학, 이영식, 박은영, 강태종
제 보 자 : 심순항, 여, 78세
구연상황 : 지난 2월 7일 망상동 노봉의 김옥녀 댁에서 옥계 출신 아주머니들의 모임이
       있었다. 당시 그 자리에 참석한 심순항은 이야기를 여러 편 해주었는데, 더
       많은 자료가 있을 듯하여 미리 전화로 약속을 하고 댁을 방문하였다. 집에는
       내외만 살고 있는데, 남편은 경로당으로 마실을 가고 혼자 있었다. 방문목적
       을 다시 설명 드리니 그날 얘기를 다 했다고 한다. 그래 그날 한 이야기도 괜
       찮으니 다시 해달고 하자, 예전 화전놀이하던 얘기를 하다가 생각이 났던지
       '부인의 과거를 알게 된 남자' 이야기를 해주었다. 이어서 여우와 호랑이 얘
       기를 했으나 서로 섞이어 알 수 없는 얘기가 되었다. 이에 콩쥐팥쥐 얘기를
       청해 듣고, 지난 만남 때 해준 얘기 중에서 하나를 청하니 이 이야기를 해주
       었다. 이 이야기는 어머니에게서 들은 얘기라고 한다.
줄 거 리 : 옛날 한 대감이 하인과 함께 서울로 과거를 보러 갔다. 하인이 꾀를 이용해
       대감을 골탕 먹이자 대감은 화가 나서 하인의 등에 이놈을 죽이라는 글을 써
       서 고향으로 되돌려 보냈다. 그러나 꾀 많은 하인은 글의 내용을 바꾸어 셋
       째 딸과 결혼해서 살았다. 집으로 돌아온 대감이 그 사실을 알고 하인을 죽
       이려고 했으나 하인은 다시 꾀를 내어 위기 상황을 모면하고 대감네 재산을
       다 차지한 후 부인과 잘 살았다.

그 옛날에 이제 참 촌에서 과거보러가자면 서울로 걸어가거든요. 그래 걸어가는 중인데, 종을 하나 말을 몰려가지고 이래가지고, 참 종을 옛날에 잘 살 종을 뒀요 이래.

그래 말을 태워가지고 그거 참 몰구(몰고) 이래 가다니, 옛날에 뭐 서울 한양 서울이라고 오래 가다보니 배도 고프고 이러니 "야 니(너) 저기가 국시 한 그릇 사와라!" 시기니(시키니) 가져오다가, 지는 한 그릇 먹고 싸오라 했는데 졑에(곁에) 보는데 뭘 자꾸 껀지는(건지는) 척 하더래.

"니 뭐 국시 뭐르 그러느냐?"

"네 대감님, 나는 거기 코이 빠져서." 이러드래.

"에이 이놈의 새끼 너 먹어라." 이랬대. 그러니 널름 먹었다.

먹고 또 인제 가다니 지는(자기는) 배가 안 고파도 여기 또 배고프거든, 그래서.

오번에는 또 시길려니 또 그 따위 수작할까봐 그만 니 지키라 내가 먹고 오마, 가다니 어데 이제 영업집이 있으니.

그래 ○○ 노니, "여 서울서는 눈 빼먹는 세월이니 말을 단단히 지키라." 이러니 "예" 이래.

가 먹고 참 시간이 있어 오니 이놈의 새끼가 하마 말으(말을) 요 고삐이(고삐) 요만치 냄겨 놔두고는 끊어 팔아먹었대요.

팔고는 부러 인제 엎드려가지고 이렇게 있으니, 그래 와 야, 이름이 아뜩이래 이름이.

아뜩이, 아뜩이라는 게 인제, 그래서 "아뜩아 너 말을 어떠 하고 여 이래 엎드렸나?" 이러니,

"예? 대감님 뭐 눈 빼먹는 소리라 난 눈만 갖다 감춘다." 이랬대.

그러니 "말을 어쩨노?" "아이 모르겠다고. 난 눈만 감춰있다보니 요만큼 끊은 자리 이렇게."

그래가지고 이놈의 새끼 아무래도 안 되겠다. 인제는 이 말도 없지 필

요 없고, 되 내려 보내미 "등때기 좀 대라." 해가지고 "이놈우 새끼 내려 가거던 바닷물에다 동쳐서 갖다 넣어라!" 이랬대요.

그래 써 놓고 인제 내려 보내니, 이게 내려오더니 어데 서상이, 한문 선상이 그 옛날에 한문으는 글을 아주 읽어요.

소리가 나니 읽으니 들어와서 "선상님 내 등허리에 쓴 게 무업니까?" 이러니, 그래 그렇다 하니,

그거 마 까주코(모두 지우고) "내가 내려가거든, 이 아뜩이 내려가거든 내 셋째 딸을 저게 결혼시켜가지고 우리 집과 똑 같이 앞에다 살림을 내 줘라." 이래 써 달라 이기야.

그래 이제 써주더래요.

그래 내려가다니 뭐이 또 언나를(아이를) 이래 껴안고 방아를 찧더래.

옛날에는 방앗간이 이렇게 내려있어 찧이니 "아이, 어떤 아 내가 좀 안 고 찧겠다고, 참 씰어(쓸어) 넣어준다고", 하니 "아이 고맙게 그냥 가라." 이래, "아이 언나!", 언나 껴안고 가 이래 보이(보니) 팥을, 옛날에는 쌂어 가지고(삶아가지고) 뭐 하자면 방아다 쩧아(찧어야) 뿌셔져요(부서져요).

그 씰어 넣다가 이놈이 고만 공이에 달려가지고 마카 올라가드래.

그러니 고 아를(아이를) 고만 확에다 집어넣었대요.

집어넣고는 고 팥을 고만 빼내들고 요래요래 맨드니 여런 구박이 되 드래.

그래가주 내려가다니 뭔 꿀장사가 하나 오더래요.

그래서 꿀을 산다 하니 "싸라(사라)." 글시 이것뱀에 없다 거다 뭐주니, 아 꿀이 듬뿍 묻은데 거다 도로 넣어주미 "나는 돈이 없어 못 산다." 이 러드래.

그러니 고거 ○○○○ 그 팥에다 꿀을 넣으니 여북 다는가.

그래 요래 뜯어 먹으미 "아이 달아라, 아이 달아라."

뭐 중이 하나 또, 옛날에 뭐 걸어 댕기다보이 숱한 사램, 중이 올러오

미 "뭐이 그리 다오?" 이러니, "아이 이게 참 달아요, 뜯어 먹어보이."

먹어보니 참 달거든 그게.

"이 어떠해 이래?"

"그 댕기지 말고 부처님을 가서 마커 가마에다 들여놓고는 폭 끓이면 이래 달아줘요." 이러드래.

그 그러니 뭐 부처 뭔 쪼가리만 둥둥 떴지 아무 맛도 없더래.

아 그래 가지고 이 부, 중만 절만 망하고.

그래가지고 이게 내려 가가지고는 그 참 등아리(등허리) 내 붙인 걸 보라 이래미,

그 지 아버지 글을 써노니 옛날에 그대로 인제 "난 과거 보고 내려갈 거니 그래라." 해노니, 아 셋째 딸을 참 줘가지고 또 살림을 내쫓고 불이야 불이야 그래 집을 지서 내주더래요.

그 사자니 얼마 있다, 그 옛날에 한양가서 주막집에 들르고 뭐 이러다 보이 거의 달포가 걸린대요.

그래 와가지고 "저 앞의 집은 뭔 집이노?" 아버지가 이러니, "그 아버지 아뜩이 등에다 써줬더니." "이놈의 새끼를 당장 잘구(자루)에다 넣어 내삐리라. 바닷물에 넣어라."

"내가 내삐리라고 써 줬는데 제랬나(저랬나)?"

그래 그도 또 하인들이 있는 기 잘구에다 넣어 짊어지고 가다가 또는 주막집을 옛날에는 술 한잔 먹으러 들어갔대.

들어가니 이 그 안에서 "봉사 눈이 빤짝 새 눈이 빤짝" 자꾸 이랬대요.

이래니 봉사가 옛날에 지나가다가 이래 들어보니 "봉사 눈이 빤짝 새 눈이 빤짝", "그 뭔 소리요?" 이러니, "예, 나를 글러주기만 하면 내가 가르쳐 준다고." 이래.

그래서 이 봉사가 더듬더듬 글러주니 "그래 내도 봉사든 기 이 안에 들어가 눈을 떴소."

꽉 들어가라 그래.

봉사를 그다 집어넣고는 "고 안에 들어가서요, 봉사 눈이 빤짝 새 눈이 빤짝 하면 당신 눈이 떠줘요." 그래.

그래 그 안에 들어가 있다니 술 한잔 먹고는 인제 두 눔이(놈이) 지구 서로 바닷물에 집어넣으러 갔는데 뭔 밧질(발길)을 툭차미 뭐이라 지거리 는데.

그러곤 그거 갖다 바닷물에 넣으니 뭐 대신 들어가 이건 쫓껴서(쫓겨서) 어디가 산골에 가 어디 일꾼으로 사다가 마모엔 왔대요. 오니,

"아이고 바다 가서 아뜩이 제 혼자 가더니 어떠해 살아왔나? 이래"

"아 용왕궁에 가니 참 좋던데요."

"거 가니 아주 신선당이더라고."

"아 뭐 신선에 도꾸(도끼)자루 썩는 줄을 모른다더니 참 좋더라고."

"뭐이 여 사느냐."

그래서 "가자!" 이러니 "○○마 가는 데는 아 가메(가마)구 솥이구 뒤집 어쓰고 가야한다구."

"그냥 가면 개배워서(가벼워서) 용왕궁에 못 들어가니."

그래서 마 가메, 솥 뒤집어 씨고(쓰고) 들어가.

하나 들어가니 그 빠지느냐고 고고고골 "저 빨리 들어오라 한다고." 또 들어가고.

그래 또 들어가고 마지막에 지 댁 했던 거는 마지막에 가라 했는데 또 들어갈라 하니,

"에이 뱅신(병신)이 같은 거 거 들어가면 죽기밖에 더 하나."

손을 꼭 붙들어가지고 그래 그거 다 맡아가지고 그 살았대요.

아주 잘 먹고 잘 살아.

그래 그런 꾀를 써가지고 그놈이 잘 먹고 잘 살았대.

어수룩한 신랑 처갓집 가는 길

자료코드 : 03_02_FOT_20120218_KDH_SSH_0004
조사장소 : 강원도 동해시 망상동 괴란길 114 심순항 댁
조사일시 : 2012.2.18
조 사 자 : 강등학, 이영식, 박은영, 강태종
제 보 자 : 심순항, 여, 78세

구연상황 : 지난 2월 7일 망상동 노봉의 김옥녀 댁에서 옥계 출신 아주머니들의 모임이
        있었다. 당시 그 자리에 참석한 심순항은 이야기를 여러 편 해주었는데, 더
        많은 자료가 있을 듯하여 미리 전화로 약속을 하고 댁을 방문하였다. 집에는
        내외만 살고 있는데, 남편은 경로당으로 마실을 가고 혼자 있었다. 방문목적
        을 다시 설명 드리니 그날 얘기를 다 했다고 한다. 그래 그날 한 이야기도 괜
        찮으니 다시 해달고 하자, 예전 화선놀이하던 얘기를 하다가 생각이 났던지
        '부인의 과거를 알게 된 남자' 이야기를 해주었다. 이어서 여우와 호랑이 얘
        기를 했으나 서로 섞이어 알 수 없는 얘기가 되었다. 이에 콩쥐팥쥐를 청해서
        듣고, 예전해 들은 '꾀 많은 하인' 얘기를 다시 들었다.

줄 거 리 : 옛날 진생이를 결혼시키고 처갓집에 인사를 보냈다. 집에서 닭, 술, 찰떡 등을
        싸주며 가져가라 했다. 그런데 가는 도중 가져가는 물건의 이름을 알 수가
        없었다. 이에 일일이 소리를 듣고 나름대로 이름을 지어서 물어보는 사람들
        에게 답변을 했다.

진생이 장가보내가주구는 고거 했대, 인제.

한번 닭을 한 마리 하고, 또 술 한 되 하고, 저 찰떡 한 말 하고 이래
해가지고 부모들이 처갓집에 지케(지어) 보내니,

가다가 뭐이 물으니, "뭐를 그리 가져가오?" 하니, 처가간,

이름을 모르겠거든 진생이는, 그래서 내려놓고 이놈의 이름을 알아둬야
어디가 또 물어도 말을 하지.

닭을 이래 이래 건드니 '꾀꾀 퍼더더덕' 하거든.

'아 이게 꾀꾀 퍼더덕이로구나!'

또 술을 내놓고 이리이리 흔드니 '올롱촐롱 올롱촐롱' 소리 나거던, 병
술이래노니.

'아, 이게 올롱촐롱이로구나!'

찰떡을 내놓고 이래 늘었다 들래노니 오므려들거던.

'아, 이거 늘었다 오물리로구나!'

그래가지고 이제 처가 가다니 누가 또 물드래.

"뭘 그리 가져 가오?"

"처가에 뭐 가져 가냐?"

"예, 꾀꾀 퍼더덕 하고, 늘었다 오물리기 하고, 올롱촐롱 가져간다."

그래 옛날에는 진생이도 그래 장개(장가) 갔는데.

사위 머리에 오줌을 눈 장모

자료코드 : 03_02_FOT_20120218_KDH_SSH_0005

조사장소 : 강원도 동해시 망상동 괴란길 114 심순항 댁

조사일시 : 2012.2.18

조 사 자 : 강등학, 이영식, 박은영, 강태종

제 보 자 : 심순항, 여, 78세

구연상황 : 지난 2월 7일 망상동 노봉의 김옥녀 댁에서 옥계 출신 아주머니들의 모임이 있었다. 당시 그 자리에 참석한 심순항은 이야기를 여러 편 해주었는데, 더 많은 자료가 있을 듯하여 미리 전화로 약속을 하고 댁을 방문하였다. 집에는 내외만 살고 있는데, 남편은 경로당으로 마실을 가고 혼자 있었다. 방문목적을 다시 설명 드리니 그날 얘기를 다 했다고 한다. 그래 그날 한 이야기도 괜찮으니 다시 해달고 하자, 예전 화전놀이하던 얘기를 하다가 생각이 났던지 '부인의 과거를 알게 된 남자' 이야기를 해주었다. 이어서 여우와 호랑이 얘기를 했으나 서로 섞이어 알 수 없는 얘기가 되었다. 이에 콩쥐팥쥐를 청해서 듣고, 예전해 들은 '꾀 많은 하인' 얘기를 다시 들었다. 그러다가 생각이 났던지 '어수룩한 신랑 처갓집 가는 길'을 들려주고는 이내 이 이야기를 해주었다.

줄 거 리 : 하루는 사위가 처갓집에 갔다. 그런데 씨암탉은커녕 죽을 끓여주었다. 화가 난 사위는 죽을 먹지 않고 투덜거렸다. 그러자 부인은 그것이 별미로 끓인

잣죽이라고 했다. 해서 남자는 잣죽이 있는 안방 선반에서 잣죽 그릇을 가져
오다 상투가 문고리에 걸리는 바람에 죽을 쏟았다. 잠결에 봉변을 당한 장모
는 도둑이 들었다고 외쳤다. 급한 사위는 외양간 공이 아래 머리를 박고 숨
었더니 장모가 거기에 와서 오줌을 누었다.

할루는(하루는) 또 한 놈이 처가에 이래 가니 죽을 해 주더래요. 죽을
해줘가주 밤에 먹지 않았대 하나도, 부애가(부아가) 나서서, 처가에 오니
죽을 해주니 부애가 나 안 먹고.

"○○○○○ 저녁을 왜 안 먹었느냐?" 이러니,

"아 사방이(세상에), 어찌 죽을 해줬느냐. 부애가 나 안 먹었다고" 그
러니,

"아 그게 별미라고."

"잣죽이래서 별미라 해줬는데 그러느냐?" 이러니,

"아, 그렇느냐?"

"그게 어디 있느냐?" 그러니,

"저 안방 선반에, 옛날에는 선반이 많았어. 선반에 얹어났다." 이러니,

"아, 그러냐. 그럼"

그 잣죽이라 하니 먹고 싶거던.

넘어 갔대요, 마카 식구 자는데. 자는데, 사랑에 자다 안방에 넘어가가
주구 잣죽 들구, 옛날에 이 바지니, 자니까 이 장두끈 안 매고 바지 한 짝
들고 그거 한 손 들고 막 넘기는데, 옛날에 노끈은 요런 고래이가(문고리
가) 있어요, 옛날에.

노 요래 꾸는 고래이를 잡는 데 달아났던가, 그게 장개가는 상투를 그
만 냅다 걸렸거던.

아이 고만 꼭 요거 놓으니 중의 벗어지겠고, 아 그릇을 들고 어떠 할
수 없어 개도(그래도) 글슬(그릇을) 메치는 게 낫겠다 그래 글슬 메쳤대요,
죽사, 죽사발을.

아 도둑놈 들었다고 온 빨끈 되치더래.

옛날에 뭐 등잔불이고 이러니.

그러고 뭐 어디 쫓게(쫓겨) 갈 데 없어 고만 정지에 문을 냅다 튀(튀어) 정지에 나가니, 옛날에 마구가 이래 있으면 저 마구 공이가 이래 있어요.

그 밑에, 밑에가 엎드렸대.

그 밑에 엎드리니, 도둑놈 들었다고 되치니 장모가 그만 잠결에 나오더니 오줌이 고만 공이 밑에 와가지고 오줌을 누더래.

고로고로 쇠[장모가 오줌 누는 소리].

그 밑에 엎드렸다가, 이 장모라는 게 오줌을 누니 고로고로 쇠 고로고로 쇠 이랬대.

할아버지 방귀냄새

자료코드 : 03_02_FOT_20120218_KDH_SSH_0006
조사장소 : 강원도 동해시 망상동 괴란길 114 심순항 댁
조사일시 : 2012.2.18
조 사 자 : 강등학, 이영식, 박은영, 강태종
제 보 자 : 심순항, 여, 78세
구연상황 : 지난 2월 7일 망상동 노봉의 김옥녀 댁에서 옥계 출신 아주머니들의 모임이 있었다. 당시 그 자리에 참석한 심순항은 이야기를 여러 편 해주었는데, 더 많은 자료가 있을 듯하여 미리 전화로 약속을 하고 댁을 방문하였다. 집에는 내외만 살고 있는데, 남편은 경로당으로 마실을 가고 혼자 있었다. 방문목적을 다시 설명 드리니 그날 얘기를 다 했다고 한다. 그래 그날 한 이야기도 괜찮으니 다시 해달고 하자, 예전 화전놀이하던 얘기를 하다가 생각이 났던지 '부인의 과거를 알게 된 남자' 이야기를 해주었다. 이어서 여우와 호랑이 얘기를 했으나 서로 섞이어 알 수 없는 얘기가 되었다. 이에 콩쥐팥쥐를 청해서 듣고, 예전해 들은 '꾀 많은 하인' 얘기를 다시 들었다. 그러다가 생각이 났던지 '어수룩한 신랑 처갓집 가는 길'을 들려주고는 이내 '사위 머리에 오줌을 눈 장모' 얘기를 해주었다. 잠시 예전 결혼풍습에 대해 듣고 지난번에 했던

방귀 얘기를 부탁하자 이 이야기를 해주었다.

줄 거 리 : 길을 가다가 한 할아버지가 방귀를 뀌며 전날 맛있는 걸 먹었으니 맛이 괜찮
으냐고 아이들에게 묻다가 오히려 당했다.

서당 곳 아들이(아이들이) 좋아한 기 뒤에 졸래졸래 따라오미,

가다 방구를 한 대 퀴니,

뒤에 아를 보고,

"내 엊저녁에 고를 먹었더니 방구가 다재(달재)?" 이러니,

"뭐 할아버이 똥을 먹은기요 뭔 방구 쿠린내 나오." 이래.

싱거운 첨지를 놀린 아이들(2)

자료코드 : 03_02_FOT_20120218_KDH_SSH_0007
조사장소 : 강원도 동해시 망상동 괴란길 114 심순항 댁
조사일시 : 2012.2.18
조 사 자 : 강등학, 이영식, 박은영, 강태종
제 보 자 : 심순항, 여, 78세
구연상황 : 지난 2월 7일 망상동 노봉의 김옥녀 댁에서 옥계 출신 아주머니들의 모임이
있었다. 당시 그 자리에 참석한 심순항은 이야기를 여러 편 해주었는데, 더
많은 자료가 있을 듯하여 미리 전화로 약속을 하고 댁을 방문하였다. 집에는
내외만 살고 있는데, 남편은 경로당으로 마실을 가고 혼자 있었다. 방문목적
을 다시 설명 드리니 그날 얘기를 다 했다고 한다. 그래 그날 한 이야기도 괜
찮으니 다시 해달고 하자, 예전 화전놀이하던 얘기를 하다가 생각이 났던지
'부인의 과거를 알게 된 남자' 이야기를 해주었다. 이어서 여우와 호랑이 얘
기를 했으나 서로 섞이어 알 수 없는 얘기가 되었다. 이에 콩쥐팥쥐를 청해서
듣고, 예전에 들은 '꾀 많은 하인' 얘기를 다시 들었다. 그러다가 생각이 났던
지 '어수룩한 신랑 처갓집 가는 길'을 들려주고는 이내 '사위 머리에 오줌을
눈 장모' 얘기를 해주었다. 잠시 예전 결혼풍습에 대해 듣고 지난번에 했던
방귀 얘기를 부탁하자 '할아버지 방귀냄새'를 얘기하고 이내 지난번에 해준
얘기를 또 해주었다.

줄 거 리 : 옛날 첨지가 아이들에게 싱거운 농담을 던졌다가 오히려 된통 당했다.

한 놈은 또, 아(아이) 하나 덥성스런 애를 입하니 머릴 깎아놓니, 홀 쓰다드미(쓰다듬으며),

"너 어머니 날 올 때를 기다리제" 이러니,

"야, 손자새끼 올 때를 바라습디다." 이러드래.

방귀쟁이 며느리

자료코드 : 03_02_FOT_20120218_KDH_SSH_0008
조사장소 : 강원도 동해시 망상동 괴란길 114 심순항 댁
조사일시 : 2012.2.18
조 사 자 : 강등학, 이영식, 박은영, 강태종
제 보 자 : 심순항, 여, 78세
구연상황 : 지난 2월 7일 망상동 노봉의 김옥녀 댁에서 옥계 출신 아주머니들의 모임이
        있었다. 당시 그 자리에 참석한 심순항은 이야기를 여러 편 해주었는데, 더
        많은 자료가 있을 듯하여 미리 전화로 약속을 하고 댁을 방문하였다. 집에는
        내외만 살고 있는데, 남편은 경로당으로 마실을 가고 혼자 있었다. 방문목적
        을 다시 설명 드리니 그날 얘기를 다 했다고 한다. 그래 그날 한 이야기도 괜
        찮으니 다시 해달고 하자, 예전 화전놀이하던 얘기를 하다가 생각이 났던지
        '부인의 과거를 알게 된 남자' 이야기를 해주었다. 이어서 여우와 호랑이 얘
        기를 했으나 서로 섞이어 알 수 없는 얘기가 되었다. 이에 콩쥐팥쥐를 청해서
        듣고, 예전에 들은 '꾀 많은 하인' 얘기를 다시 들었다. 그러다가 생각이 났던
        지 '어수룩한 신랑 처갓집 가는 길'을 들려주고는 이내 '사위 머리에 오줌을
        눈 장모' 얘기를 해주었다. 잠시 예전 결혼풍습에 대해 듣고 지난번에 했던
        방귀 얘기를 부탁하자 '할아버지 방귀냄새'를 얘기하고 이내 '방귀쟁이 며느
        리'를 들려주었다.
줄 거 리 : 옛날 방귀를 뀌지 못해 병이 든 며느리가 있었다. 이에 시부모가 마음껏 뀌라
        고 해서 그동안 참았던 방귀를 뀌었더니 그 위력이 대단했다. 이후 아무 때
        나 방귀를 뀌는 며느리를 친정으로 보내기로 하고 시아버지가 데리고 갔다.
        어느 곳에 이르자 배가 열린 배나무가 있어 며느리가 방귀를 뀌어 시아버지
        께 배를 따드렸다. 그랬더니 그 방귀도 써먹을 데가 있다면서 다시 집으로
        데려왔다.

옛날에는 시집오면 방구 못 켜요. 방구를 못키니, 잔뜩 저희 집에선 자유로 키다가 참자니 상이 노래지지.

부모들이, "왜 그래 니가 상이 노랜노?" 이러니,

"전 방구를 못 켜서 그럽니다." 이러드래.

"그럼 케라." 그냥 시어머이 뭐 소두뱅이(솥뚜껑), 소두뱅이도 덜럭거리는 거 붙드라 하고, 아이 문고리도 붙드라 하고 이랬더니 고마 키드래.

그래가주 아이 이놈 메누리를 생각하니 밥상을 뭐 가져오다두 키구 고마 이래니 안 되겠다고, 이혼시킨다고 데려가다니.

그래 어디 뭐 이런 돌배나무 밑에 응달에 이래 좀 쉬 가지고 가자 이래, 쉬다니, 쉬다니 거기 가서 또 그만 막 키라 했더니 방구를 시게(세게)를 키니 고만 배가 확 쏟아지더래.

그래 고만 시아버이가 배고프던 차, 옛날 걸어가다 배고파 쭤 먹고 막 뭔 글세다(그릇에다) 하나 채워가지고 "아 이 방구도 써 먹을 데 있구나!" 고만 되래(도로) 가자 하더래.

그래 되 와 살았대.

재치 있는 꼬마신랑(2)

자료코드 : 03_02_FOT_20120218_KDH_SSH_0009

조사장소 : 강원도 동해시 망상동 괴란길 114 심순항 댁

조사일시 : 2012.2.18

조 사 자 : 강등학, 이영식, 박은영, 강태종

제 보 자 : 심순항, 여, 78세

구연상황 : 지난 2월 7일 망상동 노봉의 김옥녀 댁에서 옥계 출신 아주머니들의 모임이 있었다. 당시 그 자리에 참석한 심순항은 이야기를 여러 편 해주었는데, 더 많은 자료가 있을 듯하여 미리 전화로 약속을 하고 댁을 방문하였다. 집에는 내외만 살고 있는데, 남편은 경로당으로 마실을 가고 혼자 있었다. 방문목적

을 다시 설명 드리니 그날 얘기를 다 했다고 한다. 그래 그날 한 이야기도 괜찮으니 다시 해달고 하자, 예전 화전놀이하던 얘기를 하다가 생각이 났던지 '부인의 과거를 알게 된 남자' 이야기를 해주었다. 이어서 여우와 호랑이 얘기를 했으나 서로 섞이어 알 수 없는 얘기가 되었다. 이에 콩쥐팥쥐를 청해서 듣고, 예전에 들은 '꾀 많은 하인' 얘기를 다시 들었다. 그러다가 생각이 났던지 '어수룩한 신랑 처갓집 가는 길'을 들려주고는 이내 '사위 머리에 오줌을 눈 장모' 얘기를 해주었다. 잠시 예전 결혼풍습에 대해 듣고 지난번에 했던 방귀 얘기를 부탁하자 '할아버지 방귀냄새'를 얘기하고 이내 '방귀쟁이 며느리'를 들려주었다. 그리고는 도깨비가 나타났던 곳을 직접 가본 곳이라며 '빗자루로 변한 도깨비' 얘기를 들려주고, 이어서 지난번에 들려준 '재치 있는 꼬마신랑' 얘기를 더 길게 해주었다.

줄 거 리 : 옛날 새댁이 밥을 하고 있는데 꼬마신랑이 밥 준비를 하지 못할 정도로 귀찮게 했다. 화가 난 새댁은 꼬마신랑을 번쩍 들어 호박덩굴이 있는 지붕위에 올려놓았다. 점심준비를 하느라 꼬마신랑이 지붕에 있는 것을 잊고 있었는데 시부모가 일을 마치고 돌아왔다. 시부모가 돌아와 아들이 지붕에 있는 것을 보고 있자니, 이때 꼬마신랑이 재치 있게 어느 호박을 따느냐고 새댁에게 물었다. 그런 꼬마신랑이 새댁은 너무나 고마웠다.

옛날에는 남자들이 어리고 여자들은 나아(나이) 먹고 이래 결혼했어요. 여자들 일 시길라고(시키려고) 그러는 거 같애.

그래가지고 아이 요놈의 꼬마 신랑이 자꾸 즘슴(점심)하는데, 마카 으른들이 일하러 가고 새댁이로니 즘슴 하는데. 치매(치마) 꼬랭일, 옛날에 이런 치매를 입으니 막 또루 감아가지구 계들어(기어들어) 가가주구서 장난치고 이러니 밥을 못 하겠더래요. 그 말(말썽)이 이래서(일으켜서), 그 옛날에 요런 지붕이 조런 낮은 쪽이 있으니 고기다 고지, 호박 올리거던. 집집이 이래노니 올려도 돼.

올려놨대, 부애가(부아가) 나서 거따(거기다) 달랑 들어서 얹어놨대요. 이제 하도 말을 일기니. 저기 신랑이라는 말이 고만 쪼그마하니, 달랑 들어 껀안고(껴안고) 올려노니. 그러다보니, 밥하다보니 으른들이 왔드래요. 아 걱정이드라우, 지붕에 올려놨으니 남자를.

그래도 그기 적어도 남자 구실하느라고야 "호박 큰 거 따주야, 적은 거 따주야?" 이러드라우. 아이고 어떠우(어떻게) 고마운지 얼른 가 끄잡아 내려왔대요. 그래가지구 그 으른들인데(어른들한테) 그 참 뭔 좀 면했대.

땅을 못 가져가는 도깨비

자료코드 : 03_02_FOT_20120218_KDH_SSH_0010
조사장소 : 강원도 동해시 망상동 괴란길 114 심순항 댁
조사일시 : 2012.2.18
조 사 자 : 강등학, 이영식, 박은영, 강태종
제 보 자 : 심순항, 여, 78세
구연상황 : 지난 2월 7일 망상동 노봉의 김옥녀 댁에서 옥계 출신 아주머니들의 모임이 있었다. 당시 그 자리에 참석한 심순항은 이야기를 여러 편 해주었는데, 더 많은 자료가 있을 듯하여 미리 전화로 약속을 하고 댁을 방문하였다. 집에는 내외만 살고 있는데, 남편은 경로당으로 마실을 가고 혼자 있었다. 방문목적을 다시 설명 드리니 그날 얘기를 다 했다고 한다. 그래 그날 한 이야기도 괜찮으니 다시 해달고 하자, 예전 화전놀이하던 얘기를 하다가 생각이 났던지 '부인의 과거를 알게 된 남자' 이야기를 해주었다. 이어서 여우와 호랑이 얘기를 했으나 서로 섞이어 알 수 없는 얘기가 되었다. 이에 콩쥐팥쥐를 청해서 듣고, 예전에 들은 '꾀 많은 하인' 얘기를 다시 들었다. 그러다가 생각이 났던지 '어수룩한 신랑 처갓집 가는 길'을 들려주고는 이내 '사위 머리에 오줌을 눈 장모' 얘기를 해주었다. 잠시 예전 결혼풍습에 대해 듣고 지난번에 했던 방귀 얘기를 부탁하자 '할아버지 방귀냄새'를 얘기하고 이내 '방귀쟁이 며느리'를 들려주었다. 그리고는 도깨비가 나타났던 곳을 직접 가본 곳이라며 '빗자루로 변한 도깨비' 얘기를 들려주고, 이어서 지난번에 들려준 '재치 있는 꼬마신랑' 얘기를 더 길게 해주었다. 이때 신순덕이 방문하여 '저기 도둑놈 눈이 있네'를 들려주자, 생각이 났던지 이 이야기를 해주었다.
줄 거 리 : 도깨비와 사귀어 친해지면 많은 물건을 갖다 주는데, 그러다가 마음이 돌아서면 주었던 물건을 다 가져간다고 한다. 그래서 도깨비와 사귀어 돈이 생기면 그 돈으로 땅을 사놔야 한다. 도깨비가 아무리 재주가 많아도 땅은 가져갈 수가 없다.

옛날에 또깨비(도깨비)라는 거는 사구노믄요(사귀어놓으면요) 뭐 자꾸 갖다 준대요. 그래서 또깨비 물건으는 사서 뭐 잘못 터트려노면 싹 가져간다대. 뭐 땅을 사던지 뭘 싸야(사야) 못 가져간대. 그래서 또깨비 뭔 방맹이 또 사귀가지고 별 거 다 갖다놓더라우, 또깨비가 갖다 놓기 땜에.

그래 가만히 생각 하니 이 또깨비 갖다 논 물건을 잘못해노면 고만 ○○믄 싹 가져간대요.

그래서 아이 안 되겠다 하고 땅을 밭을 하나 샀대요. 밭을 하나 싸놓고, 뭐 이놈의 또깨비 어디 뭐 실태이 틀리는지 자꾸 가져갈라 하드래요. 그래 밭을 하나 싸(사) 놓니, 고만 밭을 가져갈라니, 가져갈 수 없으니, 네 귀에 댕기미 말뚝을 박드라우. 말뚝을 뚜드려 박아가지구 여이싸 여이싸 하니 땅을 끌구 갈 수 있소?

그 네 귀에 와서 이거를 가져갈라구 말뚝을 여이싸 여이싸 하더니 그 못 가져가지, 땅을 어떠우(어떻게) 가져가우. 그래 딴 거는 다 가져가드래. 그래가지군 그 땅을 샀기 때문에 그래두 뺏기지 않았대요.

하늘에서 내려온 꿩

자료코드 : 03_02_FOT_20120218_KDH_SSH_0011
조사장소 : 강원도 동해시 망상동 괴란길 114 심순항 댁
조사일시 : 2012.2.18
조 사 자 : 강등학, 이영식, 박은영, 강태종
제 보 자 : 심순항, 여, 78세
구연상황 : 지난 2월 7일 망상동 노봉의 김옥녀 댁에서 옥계 출신 아주머니들의 모임이 있었다. 당시 그 자리에 참석한 심순항은 이야기를 여러 편 해주었는데, 더 많은 자료가 있을 듯하여 미리 전화로 약속을 하고 댁을 방문하였다. 집에는 내외만 살고 있는데, 남편은 경로당으로 마실을 가고 혼자 있었다. 방문목적을 다시 설명 드리니 그날 얘기를 다 했다고 한다. 그래 그날 한 이야기도 괜찮으니 다시 해달고 하자, 예전 화전놀이하던 얘기를 하다가 생각이 났던지

'부인의 과거를 알게 된 남자' 이야기를 해주었다. 이어서 여우와 호랑이 얘기를 했으나 서로 섞이어 알 수 없는 얘기가 되었다. 이에 콩쥐팥쥐를 청해서 듣고, 예전에 들은 '꾀 많은 하인' 얘기를 다시 들었다. 그러다가 생각이 났던지 '어수룩한 신랑 처갓집 가는 길'을 들려주고는 이내 '사위 머리에 오줌을 눈 장모' 얘기를 해주었다. 잠시 예전 결혼풍습에 대해 듣고 지난번에 했던 방귀 얘기를 부탁하자 '할아버지 방귀냄새'를 얘기하고 이내 '방귀쟁이 며느리'를 들려주었다. 그리고는 도깨비가 나타났던 곳을 직접 가본 곳이라며 '빗자루로 변한 도깨비' 얘기를 들려주고, 이어서 지난번에 들려준 '재치 있는 꼬마신랑' 얘기를 더 길게 해주었다. 이때 신순덕이 방문하여 '저기 도둑놈 눈이 있네'를 들려주자, 생각이 났던지 '땅을 못 가져가는 도깨비' 이야기를 해주었다. 그러다 신순덕이 심청이 얘기를 했으나 줄거리가 없었다. 심순항에게 다시 이야기나 소리를 청하자 '나무하러가세'를 불렀다. 노래를 마치고 생각이 났던지 이 이야기를 들려주었다.

줄 거 리 : 꿩은 하늘에서 바나를 캐오라는 명령을 받고 내려온 새이다. 그런데 그 바나가 하도 맛있어서 자기가 먹다보니 하늘에 올라가는 것을 잊고 있다. 그러다가 하늘에서 천둥이라도 치면 자기를 혼내는 걸로 알고 '캐거던캐거던캐거던' 하고 대꾸를 한다. 그래 지금도 천둥이 치면 꿩의 울음소리가 그와 같다고 한다.

이 꿩도 츠음에(처음에) 하늘에서 내려왔대요. 이 바나 파먹는 기, 그래 바나가 맛있대요. 그래서 파가지고 올라오라고, 하늘에서 또 내려보냈는데 와 파먹어보이 맛있거던. 그래 이이 천동 꾸루루 하면요 꿔이(꿩이) 어디 있다가 '캐거던캐거던캐거던' 이래요.

캐거던 올라간다고. '캐거던캐거던캐거던. 꿔이, 꿔이 왜 천동하면 '캐거던캐거던캐거던' 이러니, 그게 바나 파먹고, 바나 파가지고 올라간다고 캐거던캐거던.

(조사자 : 바나가 뭐예요?)

(제보자 : 바나라는 기 요런 풀이 있는 기 맛있대, 꿔이.)

하늘에서 내려 보낼 적에 꿩, 그거 캐가져 오라했는데 이 꿩이 내려와 파먹어보이 맛있거던. 그 먹다보이 아주 못 올라가노니 천동을 하믄 내

땜에 이런다고 겁이나가지고 '캐거던캐거던캐거던'. 꿔이 꿩이 천둥하믄
그래. '캐거던개거던캐거던' 이런다 그러거든요. 내 아즉 안 캤다고 캐거
던 올라간다고, '캐거던캐거던캐거던'

방귀쟁이 며느리

자료코드 : 03_02_FOT_20120207_KDH_LSJ_0001
조사장소 : 강원도 동해시 망상동 동해대로 6134-1 영서민박
조사일시 : 2012.2.7
조 사 자 : 강등학, 이영식, 박은영, 강태종
제 보 자 : 이상자, 여, 83세
구연상황 : 최남순이 <방귀 꿨다고 나선 며느리> 이야기를 하고 나서 조사자가 <방귀
쟁이 며느리>에 관한 이야기를 아느냐고 물었다. 다들 이야기의 서두를 꺼내
어 와글와글한 분위기가 되었다. 이상자가 주도권을 잡고 이야기를 진행했다.
줄 거 리 : 한 며느리가 노랑병에 걸렸다. 시아버지가 그 이유를 묻자 화를 풀지 못해 그
런다고 했다. 시아버지가 화를 풀라고 허락을 하자 며느리는 가족들에게 기
둥을 붙잡으로 했다. 며느리가 방귀를 꿰는데 모두 훌훌 날아갈 지경이었다.

"니 왜 그러 얼굴이가 노렇노?" 이러니까,

"저는 이 화를 못 풀어서 그럽니다." 이러니.

"뭐이 왜서 그러 그러 그래서 얼굴이 노렇노. 니 ○○대로 풀어봐라."
이래니.

"뭐 시아버이는 어느 지둥을 붙들고 시어머이는 어느 지둥을 붙잡고
지둥을 붙잡아라." 이래니.

이 눔의 며느리가 명령을 그러 내리니 가 붙잡았아, 마카 붙잡으니. 고
만에 방구를 들이대 놓는데. 난 그저 뭐 훌훌 날아가고 을매만치 꿰는지
시어머이가, 시아버이가,

"진짜 큰 화가 야가 있는기 다 풀어졌다."이러.

아이 낫게 해주고 돈 번 소금장수

자료코드 : 03_02_FOT_20120207_KDH_LSJ_0002

조사장소 : 강원도 동해시 망상동 동해대로 6134-1 영서민박

조사일시 : 2012.2.7

조 사 자 : 강등학, 이영식, 박은영, 강태종

제 보 자 : 이상자, 여, 83세

구연상황 : 심순항이 <콩넹이 팥넹이>를 구연해 주었으나 완성도가 많이 떨어졌다. 이 야기를 듣고 있던 이상자가 자발적으로 구연해 주었다. 멧밥에 들어간 구렁이 는 머리카락이었으며, 그래서 메를 지을 때는 수건을 쓰고 한다고 덧붙였다.

줄 거 리 : 소금장수가 묘 옆에서 쉬다가 묘주인인 할아버지가 제사를 보러 갔다가 멧밥 에 구렁이를 삶아 놓은 것을 보고 화가 나 손주를 화덕에 던졌다는 이야기를 듣게 된다. 소금장수는 마을로 내려가 다친 아이를 낫게 하는 방법을 알려주 고 돈을 많이 벌었다.

옛날에요 소금장사가 소금해 짊어지고 소금 팔러 가다가 저물었어. 묘 가 있는데 거 가서 쉬어서 자고 갈라고 글로 가 있다니. 영감이 와서,

"이 사람아, 이 사람. 제사 먹으러 가세."이러니.

할멈이 있다가,

"아유 집에 손님이 와 있소. 못 갑니다."이러니,

"영감 혼자 갔다 오시오."

을매간 있다가 영감이 오더래요, 이 소금 장사가 들으니.

"아 뭐 아들이 제사를 잘 지내더오?" 이래니,

"뭐 채려놓기는 괜찮이 채려놨는데 멧밥에다 구렝이를 삶아 놔가지고 내가 괘씸머리시러워서 손주를 고만에 화덕에다 떠넘겨놓고 왔다."고 이 래니.

"아이고 내가 갔시믄 뭐 못 그래라고 말렸는데. 그거 뭐이라고 그랬 냐."고.

이 할머이가 고만 영감 보고 야단하니,

"아 백제 저게 멧밥에다 구렝이를 삶아 난 걸 그걸 보고 놔봐. 괘씸머

리시러워서.”

던져놓고 왔다고 그래노니 이 놈의 소금장수가 그걸 들으니,

‘어 오늘 가서는 소금도 팔고 내가 돈 좀 벌겠구나.’하고,

소금해 짊어지고 그 골을, 이 집에 가고 저 집에 가니. 한 집에 가니 뭐 언나가 뎄다고 덜썩하더래요.

“언나가 왜 그랬냐?”고 이래니.

“아이구 간밤에 제사 지내다가 야가 화덕에 빠졌다.”고 그러니,

이 놈으 소금장사가 들은 풍월이래노니 할미가 지걸이는 소리, 영감이 지걸이는 소리 듣고,

“암 소리도 말고 할아버이 상나스로 메를 한 그릇 해놓고 깨끗이 해놓고 잘못했다고 빌른 상나시 해놓으면 가가 씻은 듯이 고대 낳는다.”고.

고만에 그 인제 소금장사 소금도 다 사고 돈도 주고. 소금장사 가서 절로 그래 그 소리 듣고 가서 소금도 잘 팔고 돈도 벌어가지고 가 잘 살았대요.

방귀 뀌었다고 나선 며느리

자료코드 : 03_02_FOT_20120207_KDH_CNS_0001
조사장소 : 강원도 동해시 망상동 동해대로 6134-1 영서민박
조사일시 : 2012.2.7
조 사 자 : 강등학, 이영식, 박은영, 강태종
제 보 자 : 최남순, 여, 82세
구연상황 : 결혼과 관련된 당시의 풍속을 조사하던 중 최남순이 옛날이야기를 하겠다며 썩 나서서 구연해 주었다. 최남순이 구연을 마치자 이 이야기에 관해 서로의 생각을 나누었다.
줄 거 리 : 신부가 막 혼례를 치르고 큰 상을 받고 앉았다가 실수로 방귀를 뀌었다. 시아 버지가 방귀 뀐 사람에게 상을 주겠다고 하자, 옆에 앉은 하인이 자신이 뀌었다고 했다. 신부가 그 상은 자신의 상이라며 펄쩍 뛰었다.

신비가(신부가) 시집을 갔는데 큰 상을 받고 앉았는데 옆에 하인을 데리고 가거든, 시집을. 하인을, 유모를 데리고 간단 말이여. 데리고 가는데 거 그리 그러 앉았는데. 요 놈의 신비가 뭐 우떠하다가 실수를 해 방구를 뽕 퀴니. 쾄단 말 하는가 안 하니 시아버이 있다가.

"방구를 누가 퀸지 상 주마."이래니,

옆에 앉은 저게 종이 앉았다가,

"아유, 지가 실수했습니다."이런기.

신비라는 기,

"니 상이냐? 내 상이지. 그 상이 내 상이다."

방귀쟁이 며느리

자료코드 : 03_02_FOT_20120207_KDH_CNS_0002

조사장소 : 강원도 동해시 망상동 동해대로 6134-1 영서민박

조사일시 : 2012.2.7

조 사 자 : 강등학, 이영식, 박은영, 강태종

제 보 자 : 최남순, 여, 82세

구연상황 : 조사자가 <방귀쟁이 며느리>에 관한 이야기를 아느냐고 묻자, 다들 이야기의 서두를 꺼내어 와글와글한 분위기가 되었다. 이상자가 주도권을 잡고 이야기를 먼저 진행했다. 이상자의 구연이 끝나자 최남순이 '방귀쟁이 며느리'에 대해 자신이 알고 있는 이야기를 자연스럽게 받아서 구연했다.

줄 거 리 : 며느리가 방귀를 심하게 뀌자 시아버지가 친정으로 되돌려 보내려고 했다. 친정으로 함께 가는 길, 배나무 아래에서 쉬게 되었다. 며느리가 뀐 방귀에 배가 막 떨어져서 시아버지는 며느리를 다시 집으로 데리고 갔다.

방귀 퀸다고 이혼씨길려고 했잖아, 시아버이가.

"메누리 친정으로 되 가거라." 이래 데려가다니.

배가 이런 게 주렁주렁 열린 배나무 밑에 가서 이제 앉아 쉬는데. 메누

리 친정에 데려다줄라고 하는데. 배나무 밑에 가가주구는 방구를 얼마나 뀌는지 배가 막 쏟아져가주고 시아버이 그걸 보고 그만 며누리를 되데리고 왔대.

강감찬과 개미

자료코드 : 03_02_FOT_20120115_KDH_CJH_0001
조사장소 : 강원도 동해시 망상동 매밑길 71 최진환 댁
조사일시 : 2012.1.15
조 사 자 : 강등학, 이영식, 박은영, 강태종
제 보 자 : 최진환, 남, 93세
구연상황 : 답사를 다니다보면 많은 사람들은 망상은 물론 동해시에서 알려진 향토사학
　　　　　자인 최진환을 찾아가 보라고 권한다. 조사자는 제보자를 예전에 알고 있던
　　　　　터라 가능한 나중에 방문하려고 하다가 시간을 내서 오늘 방문하였다. 댁을
　　　　　방문하니 내외가 점심을 드시고 있었다. 두 분이 워낙 연로하시나 친절히 안
　　　　　내해 주었다. 오랜 시간동안 이것저것 질문하였으나 대부분 지역 향토사에 대
　　　　　한 얘기일 뿐 설화는 대부분 단편적인 내용이었다. 소리는 원래 취미가 없어
　　　　　부르지 못한다고 해서 예전의 농사 풍습에 대한 얘기만 들었다. 제보자가 예
　　　　　전에 한 제보한 자료를 바탕으로 강감찬 장군에 대한 얘기를 묻자 이 이야기
　　　　　를 해주었다. 그런데 내용 중에 '금와지구'라는 용어를 하는 걸 봐서 '개구리'
　　　　　와 '개미'를 착각한 것 아닌가 생각한다.
줄 거 리 : 예전에 강감찬 장군이 낮잠을 자려고 하는데 개미가 자꾸 달려들었다. 이에
　　　　　강감찬 장군이 자신이 쉬려고 하는 곳 주위를 작대기로 선을 그리며 '못 들
　　　　　어온다.'고 하자 개미가 얼씬하지 않았다.

　해군들이 뭐 저 넘어가는 첫머리 올라가면 여 삼각지대 여기 있는데, 거 들충나무거리라 그래요. 요새, 예 거기가 들충나무거린데, 신 현에는 그 들충남기 있었는데 거기에 대한 얘기가 강감찬 장군에 대한 얘깁니다.

　그 금와지구라 이래서 개미 못 들어온다. 거와 그늘 밑이 있었는데, 그늘이 있었는데, 그 그늘에 앉아 쉬는데 하도 개미가 대드니 그 '못 들어

온다!' 하구선 선을 그 그늘 밑으로 그 개미가 못 들어오게 선을 그었다는 그것인데.

그 현에는, 전에는 고목이 하나 있었는데, 우리가 고목 있는 거 어현한데. 지금 현에 바로 위치가 어디냐면 액비통 자리예요. 지금 현에 그 공지가 돼있고 이래노니 거 와 강감찬 장군이 쉬다가 개미 못 들어온다.

그런데 삼척 분들은 자기네들 고장에 지금 어데, 자기 고장에 지금 북평 우에 거길 말하는데 거기 아니래요. 실지서 개미 못 들어온다, 금와지구라 한덴 바로 지금 액비통 있는데 바로 고겝니다(거깁니다).

기우제를 드리던 노구암

자료코드 : 03_02_FOT_20120115_KDH_CJH_0002
조사장소 : 강원도 동해시 망상동 매밑길 71 최진환 댁
조사일시 : 2012.1.15
조 사 자 : 강등학, 이영식, 박은영, 강태종
제 보 자 : 최진환, 남, 93세
구연상황 : 답사를 다니다보면 많은 사람들은 망상은 물론 동해시에서 알려진 향토사학자인 최진환을 찾아가 보라고 권한다. 조사자는 제보자를 예전에 알고 있던 터라 가능한 나중에 방문하려고 하다가 시간을 내서 오늘 방문하였다. 댁을 방문하니 내외가 점심을 드시고 있었다. 두 분이 워낙 연로하시나 친절히 안내해 주었다. 오랜 시간동안 이것저것 질문하였으나 대부분 지역 향토사에 대한 얘기일 뿐 설화는 대부분 단편적인 내용이었다. 소리는 원래 취미가 없어 부르지 못한다고 해서 예전의 농사 풍습에 대한 얘기만 들었다. 어렵게 '강감찬과 개미', '빗자루로 바뀐 미인' 등을 듣고 노구암에 대해 청하자 이 이야기를 해주었다.

줄 거 리 : 노구암은 남녀 바위가 각각 되어 있는데, 넓적한 바위는 여자 바위이고, 삐죽한 바위는 남자 바위이다. 이 바위에서 예전에 기우제를 지냈다.

그 노구암이라 그래서 지금 노봉을 내려가다 보면, 대진 내려가는, 대

진 내려가다 보면은 노봉 그 끄트머리에 근데 그 노구암이라 ○○ 우리가. 거기서 전에는 소를 잡고 제사를 올리던 곳이요.

뭔 제사를 드리냐믄 보통 제사가 아니라 기우제요, 기우제. 기우제를 하지를 지나야만 또 지내지 하지 전에는 기우제를 안 지냈다고요. 이 기우제 드리던 곳이 바라, 대진 내려가다 보면 노봉 아래 그 요새 말하면 그 철다리, 굴다리, 굴다리 제끼고 나가면 바우돌이 그 바닷가에 바우돌이 있어요. 그 하나 넓적바우는 여자바위고, 또 높이 삐쭉하게 올라앉은, 거 가면 바위 한쪽은 이리 삐쭉하고 한쪽은 넓적하고 이렇습니다.

그 여서 부를 적엔 숫바우 암바우 이러게도 하고 전해오지만, 그렇거든.

노구암이라 그냥, 네 노구암 노구암 이래서 그 늙은 할미라는, 늙을 로[老]자 할미 고(姑)자 노고암이라 이래 붙였는데, 요새 와서 그냥 노구바우, 노구바우 요새 말 외어서 밖에서 노고암인데 노구바우 노구바우 이러죠. 거서 예전엔 비 안 오고 이럴 땐 소 한 바리(마리)씩 잡아가지고선 기우제 지냈습니다.

도시락 까먹는 까마귀

자료코드 : 03_02_MPN_20120105_KDH_PCG_0001
조사장소 : 강원도 동해시 망상동 터일길 5-1 박창근 댁
조사일시 : 2012.1.5
조 사 자 : 강등학, 이영식, 박은영, 강태종
제 보 자 : 박창근, 남, 75세
구연상황 : 전날인 1월 4일 망상동 심곡 경로당에서 박창근을 만나 조사를 했다. 하지만
당시 경로당 분위기가 자신들의 오락인 화투를 해야 할 시간이 자꾸 가니까
조사자에게 눈치를 주었다. 이에 다음을 기약하고 나왔다. 다음날인 1월 5일
아침에 박창근에게 전화를 해서 방문 허락을 받았다. 집이 좁은 골목에 있어
차를 멀찍이 세워놓고 방문을 하니 '뭐라고 오느냐'며 방으로 안내했다. 처음
에 사는 얘기를 나누다가, 박창근이 아직도 안택을 하고 있다는 말에 그럼 경
쟁이가 와서 비느냐는 조사자의 질문에 본인이 직접 빈다고 하였다. 이에 비
손하는 소리를 청하니, 뭘 하느냐고 거절하다가 여러 번의 청 끝에 불러주었
다. 이 소리는 부부가 자신들이 오랫동안 다니던 산에 가서 빌던 소리인데,
나이도 들고 산이 너무 험하고 해서 작년에 못 오겠다고 마지막으로 인사를
드렸다고 한다. 산에서 비는 소리를 듣고 안택고사 때는 어떻게 비냐고 묻자
이 소리를 해주었다. 이어서 제보자가 겪었던 일이라며 호랑이 얘기를 해주었
다. 그리고는 우스운 얘기라며 <도시락 까먹는 까마귀>를 해주었는데, 부인
이 웃으면서 거짓말이라고 하였다.
줄 거 리 : 망상동 만우 마을에 살던 분이 산에 나무하러 갔는데, 점심 때 먹으려던 도
시락을 까마귀가 다 먹었다. 마침 도시락에 고추장을 담아갔는데 까마귀가
그것을 먹고는 매워 매워 매워 하고 울었다.

그 만우에 한 나 많 이가(많은 이가) 그 분이 참 그, 그전엔 다 그랬지
뭐. 이렇게 뭐 머리가 잘 안 돌아가가지구 그랬는데. 산에 가서 인제 동삼
에 이 월동 준비 하니라고(하느라고) 나무 가서 이 아지(어린 나뭇가지)를
갈라놓거든. 갈래 놓면 그기 말르면(마르면) 죠(주워) 모아 단을 묶어 가지

구 이래 해가지구 인제 사람 몇 읃어(얻어) 가지구 인제 뭐 어울려 하던가 뭐 그러잖으면 혼자 지 날러다 이래 이래 거던.

근데 한 분이, 그 분이 그전에 이거 새끼를 꿔가지구(꼬아가지고) 주루먹(주루막)이라고 있어.

주루먹, 주루먹에다 그전엔 한끈 보자래해야 베보자(베보자기) 또 이 또 밥으는 이 저게 놋그, 놋그릇에다 복지개(복지깨) 덮어줘 가지고 이래 싸췄는데. 이게, 그러니 간으는 그 안에 인저 간통을 안 넣구서는 밥을 복판에다 이렇게 움폭하게 하고나니 장을 그 안에다 넣고는 인제 개질(복지깨)을 덮어놓니, 그 밥 먹고 장을 이렇게 먹구 인제. 그러니 뭐 간통도 필요 없거든.

그래 산에 가서 인제 남개다 인제 걸어놓구선, 남구를 인제 자꾸 하다 가니까, 이놈의 까마구들이 말이야 이놈을 가서 어 그 주루먹에 걸어 넌 거, 이거 우떠게(어떻게) 베보자(베보자기)를 뚫고 뽁지깨(복지깨)를 그 개지 있단 말이야. 개지(복지깨)를 이거루 구녕을 뚫어가지고 밥으르(밥을) 인제 파내 먹으니 까마구 저저 저게 밥으는 안 매우구(맵고) 그 장이 있으니까, 꼬추장을 넣어으니까 매울끼 아이야? 이놈의 까마구 새끼들이 뭐이 덜거덩 덜거덩 덜거덩 이러미 하낙으는(하나는) 까마구 하나그는 매워 매워 이러구, 하나그는 인제 덜거덩 덩거덩. 그러니 인제 구녕을 뚫벘으니까 뽁지개에 이 모강지 걸렸고 밥을 이래 쪼 먹으니까 덜거덩 덜거덩 할 기 아이야?

하낙으는 이 저 그 먼저 먹은 까마구는 매구우니까(매우니까), 꼬추장을 먹었으니 매구우니까 매워 매워 매워 이 지랄하고, 하낙으는 인제 그 덜그덩 덜그덩 이러고, 하낙으는 인제 그 옆에서 못 먹으니까 그래. 이놈의 까마구들이 뭐이라 그러나. 낫을 들구서는 이래 내쫓으민서네 위이 날아가, 하도 우이 이러니까 홍 날아가미 '낼 모래 또가지고 와' 이러거든.

그래 그 분이 그 이튿날에 또 가서 인제 낭구를 또 하자니, 그러니 까마구 다 파구 났으니 밥으는, 그 산에 갔으니까 집을 내려 올기야? 그 까 마구 먹은 데 파내 내던지구는 인제 밥을 먹고. 그 이튿날 또 인제 가서 주루목 인제 가져가 달아 놓구서는 뭐 그 일하다 나니까 뭐이 산에 내려 가는 사람이 뭐이 딸딸딸딸딸딸 소리난다 이기야.

뭐이 그리나 하구서 어느매 있다가 때가 됐으니 밥을 먹어야 될 거 아 이야? 가서 밥 먹으라고 주루막을 가서 찾아보니까 이놈의 까마구새끼들 이 그 구녕을 뚫고 이래노니까 그 밥그릇이 그냥 내려가미 이 개, 저게 그릇하고 개지(복지깨)하고 이게 서로 마주쳐가지고 뒹구르 내려가니까 그래 딸딸딸딸딸딸 하구 뒹굴구 내려가단 이기야. 그래가지구 밥을 그날 굶구 내려왔대.

욕심 때문에 망한 첨지

자료코드 : 03_02_MPN_20120105_KDH_PCG_0002
조사장소 : 강원도 동해시 망상동 터일길 5-1 박창근 댁
조사일시 : 2012.1.5
조 사 자 : 강등학, 이영식, 박은영, 강태종
제 보 자 : 박창근, 남, 75세
구연상황 : 전날인 1월 4일 망상동 심곡 경로당에서 박창근을 만나 조사를 했다. 하지만 당시 경로당 분위기가 자신들의 오락인 화투를 해야 할 시간이 자꾸 가니까 조사자에게 눈치를 주었다. 이에 다음을 기약하고 나왔다. 다음날인 1월 5일 아침에 박창근에게 전화를 해서 방문 허락을 받았다. 집이 좁은 골목에 있어 차를 멀찍이 세워놓고 방문을 하니 '뭐라고 오느냐'며 방으로 안내했다. 처음에 사는 얘기를 나누다가, 박창근이 아직도 안택을 하고 있다는 말에 그럼 경쟁이가 와서 비느냐는 조사자의 질문에 본인이 직접 빈다고 하였다. 이에 비손하는 소리를 청하니, 뭘 하느냐고 거절하다가 여러 번의 청 끝에 불러주었다. 이 소리는 부부가 자신들이 오랫동안 다니던 산에 가서 빌던 소리인데, 나이도 들고 산이 너무 험하고 해서 작년에 못 오겠다고 마지막으로 인사를 드렸다고 한다. 산에서 비는 소리를 듣고 안택고사 때는 어떻게 비냐고 묻자

이 소리를 해주었다. 이어서 제보자가 겪었던 일이라며 호랑이 얘기를 해주었다. 그리고는 우스운 얘기라며 <도시락 까먹는 까마귀>, <비둘기가 부꾹 지지 우는 사연>, <하나 둘만 아는 부엉>, <다람쥐잡는소리>를 들었다. 이후 제보자가 정선에서 면장을 하던 분에게 들은 얘기라며 들려주었다.

줄 거 리 : 정선 어느 마을에 가난하지만 부지런하고 마음 착한 분이 살았다. 그러던 어느 날 장마에 징검다리도 떠내려가고 해서 다리를 보수하러 갔더니 사람 시체처럼 생긴 바위가 물가에 나와 있었다. 이에 그는 보기 흉해 그 돌을 흙으로 잘 덮어주었다. 이후 그 가난한 사람은 하는 일마다 잘되어 마을에서 제일가는 부자가 되었다. 이를 보고 화가 난 마을의 부자 첨지가 어떻게 돈을 벌었냐며 마을회의에서 그를 추궁했다. 마음 착한 그분은 자신이 겪었던 일을 얘기하니 욕심쟁이 첨지는 비만 오면 누구보다 먼저 시체처럼 생긴 돌이 있는 곳에 가서 돌이 물가로 나왔는지 확인을 하였다. 어느 날 드디어 그 시체처럼 생긴 돌이 물가로 나왔다. 이에 첨지는 그 돌을 흙으로 잘 덮어주었는데, 어찌 된 일인지 그 일 이후로 첨지는 크게 다치거나 하는 일마다 실패를 봐서 첨지네 집은 망했다.

저 정선 맨장(면장)하던 분이 우리 부락에 만우, 만우에 정선에서 이제 맨장을 하다가 영해임 영림서에 들어가 간수루 하다가 이렇게 와가지구 만우에 와서 살았는데. 이 분이 그 하는 얘기가 있는데, 그 분이 그 사는 동네가 그 몇 호수라고는 그땐 했지만 그 자세히 모르고 하여튼 그 부락에 아무래도 그 맨이니까, 그 집단 부락이라 몇 호 된 모앵이라.

그런데 한 부락에 하여튼 그렇게 못사는 사램이(사람이) 있었는데. 참 사람이 아주 하루에 가서 남굴 한 짐 해가주, 싹가림 한 짐 해가지고 와서 팔아가지구 쌀가지구, 팔아가지구 식량사가지고 그날 먹고 그 이튿날 가 또 해가지구 또 팔아가지구 사먹구 이런 사램인데. 그러고 이 사람이 또 봉사를 그렇게 잘한다 이기야.

그전에 이 그 산골 뭐 이런 길 같은데 비가 오면은 길이 막 없어지고, 개울 같은 이런 데는 돌도 징검다리 논 거 돌도 뭐 뜨내려가 없으면 징검다리 다시 놔주구. 그냥 그 징검다리 막 건네가 돌이 한 개가 있는 기 널애 이런 큰 돌인데, 사람 죽으믄 대렴한 거처럼 이렇게 손발 다 묶고 이

다리도 하여튼 다리 묶어가지고 이래 난 돌이 꼭 사람 대렴해놓은 거처럼 그렇게 있드라 이기야 이 돌이.

물에 하여튼, 저 이제 가 산밑에 저 있는데. 그 다 파캐 나갔으니 댕기기 나쁠 거 아이야?그래서 이 사람이 삽을 해 달아 쥐고, 지게에 소구리(소쿠리)해 달아 와가지구, 그 사람 댕기게 하자니까 징검다리 다 해 놓고 그 도로 흙을 가지고 저 날라서 그 돌을 다 묻었다 이기야. 그래 묻고 사람 댕기게 좋게 했다 이기야. 그래 이 사람이 한 해 두 해, 일 년 이 년 지나보니 차츰차츰 사람이 뭐 기획대로 자꾸 잘 되는 기라. 그러더니 뭐 사오년 가니까 그 동네 제일 일부보다가 더 잘살게 됐다 이기야. 그러니 그 왜 그 부락에 제일 일부되는 영감탱, 영감탱이가 이기 아주 심술보라 이기야.

저놈이 말이지, "내가 이 부락에서 제일 부잔데 즈 읎는(저 없는) 놈이 말이야 어데 가서 도둑질 아이 하고는 저런 부자 될 택이 없다 이기야." 저놈 내가 인제 하루 동네사람들 모아가지구 저놈을 아주 내 혼내 준다고 말이야. 바른말 안 하면 아주 내달군다구. 내달구지 않으면 잡는다구 이런 식으로 인제 혼내줄라구 인제. 뭐 있으니까. 마카(모두) ○○ 이래 해놓고, 동네사람 마카 오라 해가지구는 그래 이놈 오라 했네.

그래 와 가지구, "니 바른말 하라 이기야."

"그래 뭐를 바른말 하라 합니까?" 이러니, "니가 도둑질을 안 하고야 니가 부자, 내보다 니가 재산이 많을 택이 있냐 이기야."

"니 도둑질 했으니 뭐 왜서 도둑질 해가지고 뭐 이렇게 전지를 샀느냐 이기야."

바른말 하라고 말이야, 이러니까.

그래 동네어른들, 동네어른들으는 모여가지구 뭐 바른말 해보라니까 "바른말 해 보게 해 보게." 이러니까 바른말 하라니까 바른말 했지.

"그래 나는 도둑질 한 적이 없고, 은제(언제) 그 어느 달에 개락(홍수)

되게 했기 땜에, 일하러 가니까 그 징검다리도 없어지고 그 징검다리 건네 그 돌 큰 거 하나 있는 거 말이야."

"난 그거 뭐 ○○ 달아지고, 삽을 가져가 그 흙을 난 묻은 그 그 죄밲에 없다 이기야."

"그래부터, 그 후부터는 뭐 내 하여튼 마음대로 되는 대로 이렇게 되더라구 말이야."

"응, 그래."

"그러면 됐다고 말이야."

바른말 하라니까 바른말했지.

그래고 난 후에는 이 사람이 하여튼 내 마음 먹은 대로 되더라고 말이야. 내가 어디 가서 뭐 하여튼 낭구 한 짐 팔아도 돈이 되고, 어데 가서 뭐 또 하여튼 그런 돈벌이 생기드라 이기야. 그래가지구 내가 저런 토지 이런 거 장만했다.

이 심술보 첨지는 이제 개락만 할 때를 기다리는 기라. 개락만 하면 가서 그놈 가서 흙을 퍼서 그 바우를 묻어주면은 그 사람보다 더 더 부자 될 기란 말이야. 이놈의 첨지, 심술보 첨지가 얼매 있다 보니, 몇 년이 지내다 보니까 개락된 후에 이놈의 바우가 그럼, 개락만 하면은 그놈의 돌이 나왔나 하고 그 묻은 사람보다 먼저 가서 파묻을라구.

그래 얼매, 쪼그마하니까 파캐 나가. 얼마 있다니까 한해 되게 하여튼 개락을 해가지고 그놈 파캐 나간 모양이라. 그러니 이놈이, 이놈의 첨지가 말이야, 지 재산만 해도 실컷 처먹고 남는데 이 심술보가 말이야 아 ○○ 달아지고 가 가지고 세가 빠지도록 인제 파묻고 묻을라고 인제.

아 그 질서, 그날부터 그 이튿날부터 망하기 시작하는 기 말이야. 망하기 시작하는 기, 자 우습잖이 뭐 화장실 가서도 화장실 가서 빠져 뭐 다리 뿌러지는 일이 없나 식구들이 말이야.

또 이놈의 영감탱이가 어데 밤에 화장실 나가다가 또 뭐 또 엎어져서 뭐 콧등이 안깨나 뭐.

이래가지구 그러다보니까 뭐 자꾸 뭐 돈 나갈 끼 아이야? 그러니까 삼년 안에 쫄짱 망해 저저 망하더래.

그러니 이 마음을 자기 본심을 가지고 써야지, 하마 그 심술을 가지고선 남의 거 그저 그놈이 남의 하던 그 부자 됐다고 그거 하여튼 넘보다가, 그거 묻지 않는 긴데. 그 기 개락에도 파케 나가가지고, 파케 하여튼 파켄 해 있고 또 이 묻어주는 해 있다네. 그러니 이 묻어줄 때는 그 부락에서는 이 잘 살았고, 이 파케 나갈 때는 그 부락이 좀 그 해는 좀 가난이 되더라 이기야.

그러니 그 사람이 하나 묻어주고부터는 부자 됐데, 그 부락에. 그러고는 파케 나가니 저거 심술보 첨지가 묻고서부터는 고만에, 그 부락이 고만 가난이 드는 게 말이야. 그래가지고 그 심술보가 쫄땅 망하고, 그러고는 그 사람은 그 그 부락에 고만에 부자가 되니까 산골에 있어 봐야, 많은 재산 가지고 산골에 있어 봐야 발전이 안 되거던. 그래 팔아가지고 시내 내려왔다 이런 얘기를 하더라구.

갈 때마다 다른 돼지꿈 해몽

자료코드 : 03_02_MPN_20120105_KDH_PCG_0003
조사장소 : 강원도 동해시 망상동 터일길 5-1 박창근 댁
조사일시 : 2012.1.5
조 사 자 : 강등학, 이영식, 박은영, 강태종
제 보 자 : 박창근, 남, 75세
구연상황 : 전날인 1월 4일 망상동 심곡 경로당에서 박창근을 만나 조사를 했다. 하지만 당시 경로당 분위기가 자신들의 오락인 화투를 해야 할 시간이 자꾸 가니까 조사자에게 눈치를 주었다. 이에 다음을 기약하고 나왔다. 다음날인 1월 5일 아침에 박창근에게 전화를 해서 방문 허락을 받았다. 집이 좁은 골목에 있어

차를 멀찍이 세워놓고 방문을 하니 '뭐라고 오느냐'며 방으로 안내했다. 처음에 사는 얘기를 나누다가, 박창근이 아직도 안택을 하고 있다는 말에 그럼 경쟁이가 와서 비느냐는 조사자의 질문에 본인이 직접 빈다고 하였다. 이에 비손하는 소리를 청하니, 뭘 하느냐고 거절하다가 여러 번의 청 끝에 불러주었다. 이 소리는 부부가 자신들이 오랫동안 다니던 산에 가서 빌던 소리인데, 나이도 들고 산이 너무 험하고 해서 작년에 못 오겠다고 마지막으로 인사를 드렸다고 한다. 산에서 비는 소리를 듣고 안택고사 때는 어떻게 비냐고 묻자 이 소리를 해주었다. 이어서 제보자가 겪었던 일이라며 호랑이 얘기를 해주었다. 그리고는 우스운 얘기라며 <도시락 까먹는 까마귀>, <비둘기가 부꾹 지지 우는 사연>, <하나 둘만 아는 부엉>, <다람쥐잡는소리>, <욕심 때문에 망한 첨지>, <기원대로 이뤄진 정지고사> 등을 듣고 식당에 가서 점심을 했다. 식사를 하고 제보자가 군대 다녀왔던 얘기를 한 후 형제봉에 대해 물으니 별 거 아니라는 듯 얘기를 해주었다. 형제봉 얘기를 간단히 하고는 돼지꿈 얘기를 해주었다.

줄 거 리 : 해몽을 잘한다는 사람이 있었다. 이에 어느 한 사람이 꾸지도 않은 돼지꿈을 꾸었다면서 찾아가 물으니 좋은 일이 있을 거라 했다. 그래 집에 와서 지내니 정말 좋은 일이 있었다. 이렇듯 꾸지도 않은 돼지꿈을 꾸었다고 거짓말을 하며 몇 번을 찾아가니 갈 때마다 해몽이 달랐다. 이에 같은 꿈인데 왜 왜 해몽이 다르냐고 물으니 돼지의 습성에 따라 해몽이 다르고 설명했다.

그전에 꿈 해몽을 잘한다는 사람이 말이야, 있길래 그 한 사람이, 이놈 두 그 싱거운 놈이지.

꿈은 못 꿨는데 이놈이 하여튼 꿈 해몽 잘한다 하기 땜에 꿈도 안 꿨는데 가 가지구 하마 꿈 해몽하러 왔단 말이야.

그래 꿈 뭔 꿈 뀄냐 하니, 돼지꿈 뀄다 이기야. "아 돼지꿈 끼었으믄 오늘 잘 먹겠소." 이러드래. 그래 집에 가 우두커니 있으니 아 뭐 딸들 뭐 며느리들 이런 게 떡을 뭐 이런 걸 해가지고 뭐 슷하게 하여튼 만반수습 해가지고 왔드래. 그래 잘 먹었대. "아 그놈이야 내 꿈도 그래 안 뀄는데 꿈 해몽 하긴 잘하네."

또 그 이튿날 가서 또 꿈 해몽하러 왔다고 말이야. "그래 뭔 꿈 뀄냐?" 하니 "또 돼지꿈 뀄다 이기야." 이래 가만, "당신은 오늘, 오늘 누긴테 개봉변을 죽도록 얻어 맞수." 이러더래. 아 이 시발 들은 게 약이야, 안 들으믄 약이고 들으믄 병이 아이야?

저놈이 시발 시근 은어 맞는다 하니까 이 이 큰일 났드래. 시 차라리 안 갈 거 가지고. 우통 은어맞는다 그러니 으떠 할 기야? 아 조금 있다니까 뭐이 시발 싸움질 하드래. 싸움질 하는데 그 안 갔으믄 안 맞을 기 아니야. 가 싸움 말리다가, 이 개새끼 니도 한패라구 말이야 댔다 조팼단 말이야. 시큰 자둘러 맞았지.

또 시큰 자둘러 맞구서는, 아 참 시큰 자둘러 맞은 게 아이고, 저 두 번째 가서 그러니까 또 가서 꿈 해몽하러 왔다고 이러니까, 그 무슨 꿈 꿨냐? 돼지꿈 꿨다 이러드래.

그러니, "아 오늘은 뭐 뜨시기 뭐 뜨시기 입겠소." 이러드래. 그래 있다니 뭐이 참 아 집 아들이 말이야 뭐 이불도 사오고 뭐 옷도 사오고 이러드래. 아 그래 시발 그놈이 해몽은 잘하네, 내 꿈은 못 꿨는데.

그래 삼일 만에는 떡 가니 또 돼지꿈 꿨다하니까 "에 오늘 당신 죽도록 은어(얻어) 맞소." 이러드래. 그래 집에, 진짜 맞나하고 집에 가만히 있다 보니까, 뭐이 떠들썩하기 하기 때문에, 그 안 나갔으면 안 맞을 텐데. 아 시발 나가서 보니까 뭐 그 이웃에 있는 놈들 둘이 붙어서 싸움질 하드래. 그래 그거 말리다가 '이놈 니두 저놈과 똑같다 하믄선 힘센 놈이 말이야 이리 대들어 시팔거, 이놈의 새끼 니가 와 저놈과 똑같으니 니도 한패다 이러미 대들어 시큰 패, 시큰 은어 맞았대.

뭐이 시큰 은어맞고 생각하니, 그 꿈은 안 꿨는데 이 씨 해몽은 잘 하거던. 그래 그 이튿날 가가지구 물었대. 그 도대체 꿈을, 돼지꿈을 시 번(세 번) 꾸는데 우뜨게(어떻게) 돼서 처음에는 잘 먹고, 고 다음에는 잘 뜨슨 거 입고, 고 다음에는 은어 맞느냐? 그거 뭔 그 그거 해몽 좀 해봐라 그러니깐, 돼지란 놈은 천성이 원래 처음에는 쪼른다 이기야.

그 쪼르면은 먹을 거 준다 이기야. 그래 고 다음에는 또 오거든. 또 쪼르면은 저놈이 겨울에 추우니까 추워서 그러는가보다 아 뜨슨 거 넣어준다는 구만. 그전에는 보릿짚 이런 거 보릿짚 넣어준다는 구만. 그래 넣어주고.

세 번째는 아주 세게 아가리로 쪼르니까, 이 씨 먹을 거 줬지, 뜨신 거 덮어 뜨신 거 넣어줬지 시발 하여튼 아가리질 하니 그래 부해(부아) 나니 팬다 이기야. 그래 그놈이 참 내가 꿈을 못 꿨는데 해명 잘 잘한다.

친구를 처녀귀신으로 착각한 사연

자료코드 : 03_02_MPN_20120105_KDH_PCG_0004
조사장소 : 강원도 동해시 망상동 터일길 5-1 박창근 댁
조사일시 : 2012.1.5
조 사 자 : 강등학, 이영식, 박은영, 강태종
제 보 자 : 박창근, 남, 75세
구연상황 : 전날인 1월 4일 망상동 심곡 경로당에서 박창근을 만나 조사를 했다. 하지만 당시 경로당 분위기가 자신들의 오락인 화투를 해야 할 시간이 자꾸 가니까 조사자에게 눈치를 주었다. 이에 다음을 기약하고 나왔다. 다음날인 1월 5일 아침에 박창근에게 전화를 해서 방문 허락을 받았다. 집이 좁은 골목에 있어 차를 멀찍이 세워놓고 방문을 하니 '뭐라고 오느냐'며 방으로 안내했다. 처음에 사는 얘기를 나누다가, 박창근이 아직도 안택을 하고 있다는 말에 그럼 경쟁이가 와서 비느냐는 조사자의 질문에 본인이 직접 빈다고 하였다. 이에 비손하는 소리를 청하니, 뭘 하느냐고 거절하다가 여러 번의 청 끝에 불러주었다. 이 소리는 부부가 자신들이 오랫동안 다니던 산에 가서 빌던 소리인데, 나이도 들고 산이 너무 험하고 해서 작년에 못 오겠다고 마지막으로 인사를 드렸다고 한다. 산에서 비는 소리를 듣고 안택고사 때는 어떻게 비냐고 묻자 이 소리를 해주었다. 이어서 제보자가 겪었던 일이라며 호랑이 얘기를 해주었다. 그리고는 우스운 얘기라며 <도시락 까먹는 까마귀>, <비둘기가 부꾹 지지 우는 사연>, <하나 둘만 아는 부엉>, <다람쥐잡는소리>, <욕심 때문에 망한 첨지>, <기원대로 이뤄진 정지고사> 등을 듣고 식당에 가서 점심을 했다. 식사를 하고 제보자가 군대 다녀왔던 얘기를 한 후 형제봉에 대해 물으니

별 거 아니라는 듯 얘기를 해주었다. 형제봉 얘기를 간단히 하고는 <갈 때마다 다른 돼지꿈 해몽>을 얘기했다. 이어서 경험했던 이야기를 부탁하자 <처녀귀신으로 착각한 친구>를 들려주었다.

줄 거 리 : 만우에 살 때 묵호에 있는 동부산업에 다녔다. 마을에는 병자년 대홍수 때 마을 근처에 있는 소에서 처녀가 죽어서 귀신이 되었다는 얘기가 전해온다. 어느 날 밤 야간 일을 끝내고 술을 한잔하고 집으로 가는데, 병자년에 처녀가 죽었다는 그 소에서 누가 물속에 들어갔다 나왔다 하는 것이 보였다. 귀신이 목욕하는가 하고 놀려주려고 가만히 가서 갑자기 소리를 지르니까 상대가 크게 놀라며 자신에게 덤벼들었다. 알고 보니 친구였다.

저 그전에 인, 뭐여 임진년 개락에, 저 뱅자년(병자년) 뱅자 뱅자 뱅자년.

(조사자 : 병자년 개락에.)

예, 뱅자년 개락(병자년 홍수)에 저 만우 가면 재 넘어가면, 국시뎅이 넘어가면, 저 가면은 그 거기 비성거리(비석거리)라고 있어. 그 바우(바위)에 비석이 이렇게 서 있는데. 그 앞에 하여튼 개울이 이러큼, 좀 이러게 좀 널러. 그전에 임, 병자년에 그 거게가 골말이라 한다고, 그 동네가 골말이라 하는데.

그 산에 가서 소를 멕여가지고 처녀들 뭐 하여튼 총각들 이래 가서 소를 멕여가지고 오다가, 비가 얼마나 왔는지, 비가 얼마나 왔는지 개락해서 말이야 가다가 건네오지 못하고, 건네 건네오다가, 건네오다가 그 처녀가 그 물에 빠져 죽었다 이기야.

그래서 만날 이제 그 그전에 그 만우 있을 때 우리 앞에 집이 인제 그 할머니가 있었는데, 손주뻘은 우리 외가집에 누나뻘이 돼. 외가로 해서 누나. 그래 이제 그 누님 맨날 하는 얘기가 거게, 그 비성거리에 오다보면 그 쏘(소)에, 그전에 뱅작년에(병자년에) 거게 소멕이러 왔다가 아가씨가 하나 거게 빠져 죽었는데 거기 귀신이 있다 이기라.

그래서 밤을루(밤으로) 저녁으로 저게 오면은 이 능개비가 칙칙이 오고 이러면은 거게 귀신이 나타나고 이런다 이기야. 그래서 그전에 내 거 있을 때 저 묵호 그 통운에 댕겼거던.

(조사자 : 통운, 대한통운?)

대한통운이지. 대한통운데, 그전에는 그전, 그전에 운수노조라 했다고 지금으는. 거 댕겼는데, 하이 부락에서, 우리 부락에서 둘이 댕겼는데 그 사람도 나하고 나이 똑같애 동갑이야. 동갑인데 그 사람으느는 2조고 난 3존데, 같은 조로 넣어줬으면은 일을 마치고 같이 오면은 동행이 되잖애, 한 부락에 있는데.

이놈들이 2조하고 3조하고 인제 이래 갈래져노니까, 그 사람도 일 잘하지 나도 일 잘하지 하니까, 서로 그 반에서 합해주지 않을라 한다 이기야. 서름(서로) 날로로 거길 글루 거 이반으 저기 이반으로 하여튼 보내다와 하고, 우리 삼반 장으는 또 나를 안 놀라고 이반으로 안 보내고, 이래다 보니까 거의 한 삼년, 한 이년 거의 갔어.

그러다보니까 이 삼 년에 가가지고 인제 할 수 없이, 내가 일을 더 잘하고 뭐이던지 두 손을 내가 다 잘하니까 그 사람을 인제 삼반으로 인제 땡겨 왔지. 그래가지고 그 두 사람이 이래 댕겼는데 아유. 그 사람하고 합해기 전에는 어떠해 댄고 하니까, 일마치고 열루 아휴 말도 말아요. 내가 그 적은 일을 생각하니까 아 호랭이도 막 같은, 호랭이하고도 댕겼다니.

나는 갠가 했더니까 내중에 보니까 그기 호랭이라.

일마치고 이래 오면은 인제 그 귀신 얘기를 먼저 하고 호랑이 얘기는 내중에 할게. 그 하룻밤에는 열한 시 좀 넘어서 이제 하여튼 이제 일 많이 돌아오면은 여 쌍용 하여튼 이 뭐 양회 그때 이 저게 공장이 돌아가지고서 매 인제 처음 돌아가지고서 인부가 없어가지고 인제 이래구 우리 일을 하여튼 무척 늦게 했단 말이야. 그래가지고 잔업하고 이랬는데.

밤 열한시 딱 넘어서 안제 거서 일마치고 술을 먹어, 그때는 뭐 하여튼 주는 게 한정이니까. 술을 아매(아마) 소주 한 되 실을 먹었어, 먹고 이제 이만치 오는데, ○는데 아 거게 그 모탱이 딱 돌라오니까 아 그 쏘에 말이야 귀신이 그 처녀귀신이 뭐 나타난다 하든 기 아이 이래보니 말이야, 아이 능개비가 약간 지 하게 오는 게 달이 떴단 말이야. 달이가 은은하게 보이면서 이제 그, 그 쏘에서 빨개 벗은 게 말이야 앉았다 일어서 물에 들어갔다 나왔다, 들어갔다 나왔다 이래.

'야 이게 진짜 귀신이로구나!'

'이 시팔 귀신은 보면은 이 똑, 귀신은 보면 이 똑똑히 봐야 한다구서는.

(조사자 : 담력이 대단하시네.)

그래서, 그전에는 이 도시락 안에다가 인제, 도시락 통에는 이, 도시락 한쪽에 간통이 있어잖애? 간통이 요여 거 도시락 요여 한쪽 구석에 요래, 그 요래 인제 간통을 인제 고다 넣어가. 그 하여튼 밥 다 먹고나면 그 간통을 이 넣어 노면 그냥 더럭더럭 소리날 꺼 아이야?

이놈의 귀신이 도망갈까 바, 그 놈의 도시락 가만히 인제 간통이, 예를 들어서 간통이 인제 옆으로 인제 이래 있으믄 옆으로 요놈 도시락 요래 해들고 소리 안 나게 가만히 오는 기라. 가만히 와가지고, 아휴 진짜 겁나더라고.

물에 드갔다 나왔다 뭐 이래더니 뭐이 이래 씨미(씻으며) 뭐 이래더니 뭐이 막 이래 씨미 허푸 허푸 하고 이래.

'야 저놈의 귀신도 말이야 목욕 머리 깜으며 말이야 대단하다' 하구서는 이 씨발 저리서 확 쪼와가지고 소리도 안 지르고 이 놈의 도시락 들고서 이래 흔드니 딸그락 소리 날 게 아이야? 화악 소리 지리더니, 요만한 이 단 저게 큰 질이(길이) 인제 요만큼 이 여게 개울인데, 여 하여튼 뭐 너래가 있고 그런데 거를 들어갔다 나왔다 막 씨미 이래.

그 이만한데 확 놀래더니 귀신이 사람보다 더 놀래가지고 으악 소리 지르더니 확 뛰 달겨드는기라. 확 달게 드는 기야.

달려 드다니 귀신이 아이고 사람이야, 그래서 "뭐야?" 이런단 말이야. "사람이야!" 이러니까 "에이" 이래. 이 사람이 어데 갔다 인제 근무하고 오는가 하니까 이 지금 동부산업이야. 동부산업 거서 그전엔 인제 백인화학이라고 인제 명칭인데, 거서 일하고, 어 을반하고, 그러니까 이 열두 시 인제 그 전에 인제 오게 되지. 그래 거 와서 인제 사람이 인제 안 오니까 목욕을 지 혼자는, 지 혼재(혼자) 인제 모욕(목욕)하고 인제 간다고, 고 안에 돌아오며는 고 외딴집이 그 두 집인데. 그래 오다가 내핸데(나한테) 혼났다.

그래가지고 아 이놈이 얼마만치 놀래났는지 지가 확 고함치노니, 아악 하다니까 확 뛰어올라오더니, 이래 보더니까 "유감 있어?"이래. "유감은 뭔 유감 있어." 이러니까, 그래 집에 내려가가, 되게 놀래났으니 모욕 핸 지 아이 핸지 모르지 뭐. 그래구 난 오구 이래. 이런 적도 적었다니까(겪었다니까).

망상동 만우에서 만난 호랑이

자료코드 : 03_02_MPN_20120105_KDH_PCG_0005
조사장소 : 강원도 동해시 망상동 터일길 5-1 박창근 댁
조사일시 : 2012.1.5
조 사 자 : 강등학, 이영식, 박은영, 강태종
제 보 자 : 박창근, 남, 75세
구연상황 : 전날인 1월 4일 망상동 심곡 경로당에서 박창근을 만나 조사를 했다. 하지만 당시 경로당 분위기가 자신들의 오락인 화투를 해야 할 시간이 자꾸 가니까 조사자에게 눈치를 주었다. 이에 다음을 기약하고 나왔다. 다음날인 1월 5일 아침에 박창근에게 전화를 해서 방문 허락을 받았다. 집이 좁은 골목에 있어 차를 멀찍이 세워놓고 방문을 하니 '뭐라고 오느냐'며 방으로 안내했다. 처음에 사는 얘기를 나누다가, 박창근이 아직도 안택을 하고 있다는 말에 그럼 경쟁이가 와서 비느냐는 조사자의 질문에 본인이 직접 빈다고 하였다. 이에 비

손하는 소리를 청하니, 뭘 하느냐고 거절하다가 여러 번의 청 끝에 불러주었다. 이 소리는 부부가 자신들이 오랫동안 다니던 산에 가서 빌던 소리인데, 나이도 들고 산이 너무 험하고 해서 작년에 못 오겠다고 마지막으로 인사를 드렸다고 한다. 산에서 비는 소리를 듣고 안택고사 때는 어떻게 비냐고 묻자 이 소리를 해주었다. 이어서 제보자가 겪었던 일이라며 호랑이 얘기를 해주었다. 그리고는 우스운 얘기라며 <도시락 까먹는 까마귀>, <비둘기가 부꾹 지지 우는 사연>, <하나 둘만 아는 부엉>, <다람쥐잡는소리>, <욕심 때문에 망한 첨지>, <기원대로 이뤄진 정지고사> 등을 듣고 식당에 가서 점심을 했다. 식사를 하고 제보자가 군대 다녀왔던 얘기를 한 후 형제봉에 대해 물으니 별 거 아니라는 듯 얘기를 해주었다. 형제봉 얘기를 간단히 하고는 <갈 때마다 다른 돼지꿈 해몽>을 얘기했다. 이어서 경험했던 이야기를 부탁하자 <처녀귀신으로 착각한 친구>를 들려준 후, 바로 이 이야기를 했다.

줄 거 리 : 만우에 살 때 묵호에 있는 동부산업에 다녔다. 하루는 저녁에 혼자서 퇴근하고 집으로 돌아오는 길에 마을초입에서 개를 만났다. 그래 처음 보는 개이지만 반가운 마음에 개에게 말을 하였더니 개는 꼬리를 흔들며 마을 끝자락으로 갔다. 그리고 며칠이 지난 후에 그 개를 다른 곳에서 또 만났다. 느낌이 이상했다. 걸으려고 해도 발이 안 떨어지고 손도 마음대로 움직여지지 않았다. 잠시 후 정신을 차려 담배를 연거푸 피우며 겨우 발을 옮겼다. 일설에 밖에서 큰 짐승을 만나면 예방을 하고 집에 들어가야 한다는 속설이 있어서 마을에 있는 서낭당에서 속옷 한 쪽을 잘라 태우고 집에 들어갔다. 집에 갔더니 등에 땀으로 흠뻑 젖어 있었다. 도저히 혼자 다닐 수가 없어 직장 반장에게 사정을 얘기하여 다른 조에서 근무하는 마을 친구와 같이 다닐 수 있도록 부탁을 하였다. 나중에 알아보니 그 친구도 같은 날에 무서운 경험을 했다.

그러구는 그 나중이야, 그 나중에 이제 일마치고, 먼데 사람 마치 알아볼 정도로 말이야, 여기서 저 앞에 저게 정자 거 있지?

(조사자 : 예, 정자 예.)

고만한 거리인데, 하얀 노인이 말이야 갓을 해 쓰고 두루마기 해 입고 작대기 짚고 가더라고. 고 우, 고 우에 고을에 이제 집이 두 집인가 있는데, 이래 딱 이래 내려오는데 이래 고서 고 호랑바우라고 호랭이 그전에 그, 그 안에서 이런 바우 안에 구녕이(구멍이) 있어.

호랭이 그전에 그 구녕 바우 인제 그 구녕의 호랭이 그 있었는데, 그래 그 호랑바우라 한단 말야. 그래 참 범바, 범바우라 한다고.

그래 그동안 싹 올라오니까 이 나 많은 이가 작대기 해 짚고 갓을 해 쓰고 두루마기 입고 가는 기, 그 내 동갑의 아버지가 이제 그러우(그런) 채려가 댕기는 모습이라. 아 이제 잘됐다고 말이야, 아 이제 아무께나 어르신넨데 내가 빨리 가면 따라 가겠더라고. 그래 인제 골로로 이제 이래 이래 조금 평진데 이래 오면 이렇게 모랭이(모퉁이)이래 돌아오고 이런데 부지런히 따라오니까 요짝 저짝 모랭이 돌아가더라고. 고짝 모랭이 인제 돌아가면은 하 저게 거 그 구수목이 재라 있는데, 이래 파랗게 쳐다보이는데. 막 뛰어가가지서는 보면 따라올 거 같은데, 그 막 뛰어 오니까 그와 치다보다니 간 곳이 없어.

그 또한 예감이 이상하더라고, 희한해. 그래서 가고 없는데. 아 그러니 모 좀 마음이 틀리더라고. 그래 인제 집에 떡 왔지. 집에 오니까 집의 식구가, "왜 이마 우 흰서리가 그리 쪘우?" 그러니, 뭘 흰서리 꼈나 하고 이래보니 흰서리 쪘어.

그래 그 다음 날에는 한, 일주일 넘었어, 일주일 넘었는데 또 고 시간에 또 하여튼 해가 현재 고 고론 인제 어둘녘이 됐는데, 그 골에 개가 한 마리 내려와. 내려 와가지고 내가 옆에서 우에서 이래 가니 꼬리를 살락 살락 살락살락살락 흔드미, 내보라 하드니 나하고 같이 인제 가는 거지, 고건 개는 내 우에 서고.

"니 어디 갔다 오나?"

인제 그짝 집에 이 아래 집 있고, 그 안에도 인제 골에 또 집이 두 집이 있고, 여도 두 집이 있는데, 그러니 수캐가 암캐 있는 집에 가 노다 인제 가는가 하고, 그 말을 개하고 말을 하미,

그 뭐 하여튼 "너 노다가 니 인제 집에 가나?" 이래미. 그 이놈으 개가 꼬리 살락살락 흔드미 여기서 이 이래 가는데. 그래 이 질(길) 밑으로는 한 너덧질 되는 이 낭떠러지 질이야.

근데 그전에 거게 뭔 그 금광 이제 뭐 그 뭐 하여튼 뭐 나는가하고 파서 구녕이(구멍이) 요만한 게 있어(있어). 그래 이제 고 조금 올라 와가지고 요래게 건너가는 길이 있는데, 고 건너가며는 논다락이 있고 그 안에 이래 집이 있는데, 글로 가더라고, 그래 글로 가니까 엄청 인제 뭐 즈(자기) 집으로 가거니 이랬지. 그래 우째 그건 개지 뭐, 그 뭐 이웃집 노다 인제 가는가 했지.

얼매(얼마) 지내다가, 또 하튼 그 시기 됐어. 한 일주일 넘어 한 열흘 거진 됐어. 그런데 또 고 시간에 또 고래구 고고 고와서 또 옆에 와가지고 꼬래(꼬리) 살락살락 흔들고는 또 그래 가더라고.

"너 오늘도 거와 노다가 또 오나?" 이러민서는 참 시발.

그래 오늘도 거 노다가나 이러이(이러니), 그래, 그래 그러면서는 꼬리 살락살락 흔드미 그래 개처럼 아주 이래 뛰어가 그저 살락살락 이러미가. 그래두 뭐 무섭구나 이렇치 않애. 그러이 뭐 그저 그래 그래 흔들구 그 길로 해서 또 그 글루 건너가더라고. 그러이 인제 어제도 요면제도 한 노다 오더니 또 인제는 있다가 이제 집에 건너가는구나, 이제 이러구서 왔지.

또 왔는데, 얼마 후에, 거의 한달 됐어, 거의 한달 됐는데, 우리 부락 거도 재가 이래 됐는데, 하여튼 재가 이래 내려오미 이 굽이가 몇 굽이 이런데 내려와서, 이쪽 와서 이렇게 논이 있는데, 이렇게 돌아가지구 제가 렇게 됐는데 이래 하여튼 제가 이리 없는 우리 구비가 많이 구비한데 니러와가지곤 이짝 휙 이렇게 도는데 이 안에서는 샘물이 이런 도랑이 있단 말이야, 그래 이쪽에는 부락도 안 보예(보여).

아 고게 고와 있잖애, 그 그 개가. 거 와 있다니, 내가 한, 내가 탁 오니까 빛깔이는 그 갠데 날 보지도 않고 그 골로 기양 들이 뛰는 기야.

"야! 니 오늘은 뭐 하러 그 여 이까지 왔나?" 내가 이랬다고.

"뭐야 오늘은 이까지 와가지구 글루 가나?" 이랬거던.

"글루루 해서 집으로 갈라 하나?" 이랬거든.

아 참, 그래 아 집에 오니 말이야 아 또 뭐 흰서리 그렇게 쪘나 그래. "뭐 괜 찮는데." 이러미 땀을 딲으니 아주 흘래, 그래.

그리고 며칠 후에 꽤 머리, 꽤 오래 갔어. 이기, 에 그때 그래가지고 가을기쯤 됐으니까.

뭐 하튼 봄부터 그러구 댕기미 그랬으니까 가을기 쯤 가니까, 아 하루 저녁에는 그기 한 열한시 아 열시 사이, 아홉서 열시 사이에 그 재를 넘는데, 그기 하여튼 때가 어떠 됐나하니까 막 낙엽이 막 인제 질라 할 무래지(무렵이지).

그러니 아무것도 보이지 않구서 우에가 그 등강서 그 아가씨 수풀을 흙을 일쿠는데 말이야, 좌르륵 좌르륵 흙을 내려 뿌리는데, 흙을 세 번 딱 내려 뿌리더라고. 그땐 내가 담배 피웠단 말이야. 이기 팔하고 다리하고 딱 마비 되가지고 걸음도, 걸음도 이게 걷지 못하고 딱 마비돼 서가지고 지침도(기침도) 안 나와요.

그 얼매 서서 용을 씨고(쓰고) 보게트(포켓) 담배 끄냈지. 담배 꺼내가 지구서는 성냥, 그때는 성냥이지 라이터 없고, 성냥을 켜가지고서는 한 대 떡 뻗쳐 물고는, 성냥불 기와(그어) 내던져가지고 또 뻗쳐 물고는, 한 반 탄 데다 또 하나 꺼내가지곤 또 뻗쳐 물고는, 이짝에 인제 내던질 거는 인제 이래 막 비비면 불이 출출출 흐르잖아?

그래고는 인제 또 피우다가 또 한 반 피우고는 이렇게 세 대를 태웠단 말이야 달아 물고는 이제. 또 인제, 또 그래고는 세 대를 피우고 나니 기침하니까 이제 정상으로 돌아오더라고 기침 나. 이래 걸어 보니까 이제, 이제 이 다리 풀래 걸음도 나고 이래. 그래 아이 뭐 좋지 않대, 뭐이 곧 따라 오는 거 같은 기, 머리가 욱신욱신 올라가는 기. 그래서 그래고 지침을 큰 지침 하미, 담배는 계속 달아 물고 갔지 뭐.

그래가지고 야 짐승을 보니까 집에 막 바로 못 들어오겠더라고. 어른들, 그전에 어른들 얘기가 그런 경우에는 뭔 짐승을 만냈으면은 집에 막 바로 오지말고 예방을 하고 인제 집에 들어오고 인제 간다 이러더라고.

그래서 내가, 내 생각에도 집에 식구가 나오까봐. 그래 우리 집 바로 우에 서낭당 있었거던.

만우 그 서낭당 한 중앙에 있어. 이 서낭 인제 그 담, 우리 집은 이래 들어가는 인제 그 입구가 크난이(큰) 도톨낭기(도토리나무) 이래 하나 있는데, 그래 그전에 그기 초등학교가 이제 떡 짓고 인제 그 위에 인제 서낭이 있었거던.

그래 가만히 생각하니 안 되겠더라고. 속에 런닝구를 한 짝 귀퉁이 째겨가지고 라이트, 성냥을 켜서 인제 그 라이터를, 참 그 저게 저게 란닝구를 그걸 태워서, 태우구 그래 들어가니까 문을 열고 나오더라고.

"나오지 마라!" 그러니, 나오지 말더니.

그래, 그래 이제 들어가니까 뭐 옷이 절룩 젖었지 뭐.

"아휴 옷까지 왜 그루 젖고 이마 그리 흰서리쳤느냐?" 그래.

"뭘 뭐 바빠서 뛰어 오니라 그랬지 뭐." 이랬지 뭐.

그래고는 그날, 그 이틀날 아침 출근해가지고 가가지고 반장보고 쫄랐지(졸랐지).

"빨리 2조로, 2조 있는 사람을 우리 조로 안 넘길라며는 나는 2조로 넘어가겠다."

"그래 왜 그러냐?" 그러니까,

"도저히 난 혼자 못 댕기니까, 마 이러이러 하고 사정이 이러 이러하니, 난 이제 못 댕기니까 둘이 같이 댕겨야 하겠다" 이기야.

그래 한제 난 2조로 넘어가겠다 하니까, 이 시발 반장이 날 2조로 못 넘기고 이조 사람을 이제 땡겨 왔어.

그래가지고 와가지고 그날 저녁에 일하면서, 들어가면서, 들어오민서 얘기가 인제 얘기 얘기 하다가, 그 산등강 고 고짝 공동모지(공동묘지) 있어. 공동모지 있는데, 그 산등강이 아주 산이 꽤 쪼금 높아. 이 우측으로 는, 이 저짝 그 산등강 올라가면 또 거도 이제 공동모지가 여 발한이 인제 공동모지고, 이짝 좌측으로는 이제 만우 공동모지란 말이야.

그런데 아 거 오다니까 뭐 하여튼 아가씨, 총각들 뭐 이런 기 노래를 시래지게 하더라고, 그 공동모지서.

"야!" 그 사람 그 같이 댕기는 인제 그날 인제 같이 만내가지고 처음 인제 오는 날이지.

"야, 우리 저 지집아, 머슴아들 말이야 어데 놀 데 없으니까, 이제는 집집마다 댕기미 노다가 다 하여튼 어른들인데 달케나가 저 공동모지에 와 논다. 저 저것들 뒹구러 가자" 그러니까,

"에이, 가!"

"집으로 막 바로 가!" 이래.

그래 "에이 저것들 저, 저 하여튼 노래 쓰러지도록 모 하게로(못 하게) 이래 노니까 저 뒹구러 가자" 이러니.

가재, 자꾸 집으로 가재.

그 소리에 가만히 들어보니까 이 노래를 하는 게 말이야 이 뒤 끝이 없어. 예, 예를 들으면은 아리랑 하면은, '아리랑' 이래 가지고 '요' 이게 없고 그냥, 그냥 이기 중간에가 탁탁 끊어지는 기야.

이 도깨비들 노는 기라, 도깨비들 노는 기야.

그래가미 이놈이 오면서는 그 지내놓고 또 오면서는 뭐이라 하는가 하니 "내가 엊저녁에 그 합했던 날 전날에, 합해기 전에 지 지내기 전날에 거 오다가 그 산등강서 돌이 이런 게 말이야 하 하버 하 궁구러 내려오다 니까 그 논 귀퉁이 샘우물이 이만, 이만 한 기 있어. 거 와 하여튼 기다리 는 기야.

"낼 아침에 가다 보자!" 이래민서 이랬는데.

그 가도 그날 전날 당했단 말이야. 곧 산에서 뭐이 돌을 궁굴렸는지 아

이면 큰 짐승이 구렸는지 뭐이 굴렀는지. 지도 당하고, 나도 당하고 해노니까 인제는 합, 합해져가 나를 인제 3조로 넘겨다와 핸 모양이라. 그래 가지고 인제 서로 합해가지고선 이제 오는데,

그래 그 이튿날에 인제 그 가며 알퀘주는데, "내 요 먼저 내 너희 조 넘어가기 전날에 올 때 그 돌이 궁구러져 박혔으니" 그 샘우물에 말이야 칵 들어가 박혔는데 물도 못 먹어.

글쎄 그런 변을 하여간 우리 보고 댕겼다니까.

그래 글씨 그기, 그래이(그러니) 사람 눈에는 개가 저 호랭이가 개 눈인지 개로 보인다 이기라. 그래가지고 내가 하여튼 그렇게 당했는데, 적어 보니까(겪어보니까) 그기 무섭거나 이러므는 그 뭐 한데, 아주 든든해, 뭐 말을 하고 말이야.

"어데 갔다 오나?" 이러미 참.

(조사자 : 호랭이가 뭐 저기 사람 해코지하고 그런 건 없었어요?)

뭐 그런 건 없었고, 아니 해코지 핸 기 내중에 거 산에 흙 떨어질 때 산에 흙 뿌리고 그거.

(조사자 : 어, 흙 뿌린 거.)

이거 꼭 떨어질 땐 사람 해꼬지 한다 이기야. 사람 대개 그 담 떠보니라고 인제 그랜다 이러더구만.

도깨비로 변한 빗자루

자료코드 : 03_02_MPN_20120218_KDH_SSH_0001
조사장소 : 강원도 동해시 망상동 괴란길 114 심순항 댁
조사일시 : 2012.2.18
조 사 자 : 강등학, 이영식, 박은영, 강태종
제 보 자 : 심순항, 여, 78세

구연상황 : 지난 2월 7일 망상동 노봉의 김옥녀 댁에서 옥계 출신 아주머니들의 모임이
있었다. 당시 그 자리에 참석한 심순항은 이야기를 여러 편 해주었는데, 더
많은 자료가 있을 듯하여 미리 전화로 약속을 하고 댁을 방문하였다. 집에는
내외만 살고 있는데, 남편은 경로당으로 마실을 가고 혼자 있었다. 방문목적
을 다시 설명 드리니 그날 얘기를 다 했다고 한다. 그래 그날 한 이야기도 괜
찮으니 다시 해달고 하자, 예전 화전놀이하던 얘기를 하다가 생각이 났던지
‘부인의 과거를 알게 된 남자’ 이야기를 해주었다. 이어서 여우와 호랑이 얘
기를 했으나 서로 섞이어 알 수 없는 얘기가 되었다. 이에 콩쥐팥쥐를 청해서
듣고, 예전에 들은 ‘꾀 많은 하인’ 얘기를 다시 들었다. 그러다가 생각이 났던
지 ‘어수룩한 신랑 처갓집 가는 길’을 들려주고는 이내 ‘사위 머리에 오줌을
눈 장모’ 얘기를 해주었다. 잠시 예전 결혼풍습에 대해 듣고 지난번에 했던
방귀 얘기를 부탁하자 ‘할아버지 방귀냄새’를 얘기하고 이내 ‘방귀쟁이 며느
리’를 들려주었다. 그리고는 도깨비가 나타났던 곳을 직접 가본 곳이라며 ‘빗
자루로 변한 도깨비’ 얘기를 들려주었다.

줄 거 리 : 옛날 어떤 분이 옥계장에서 술 한 잔을 먹고 오다가 도깨비에게 붙잡혀 여러
곳을 헤매다가 정신을 차려 그 도깨비를 두드려 잡아놓고 보니 빗자루였다.

또깨비를(도깨비를) 아주, 또깨비도 겨우 그래가주 잡아보니요 진짜 또
깨비가 아니더라우.

아무두(아무도) 읎구 뭔 빗잘기드래요.

옛날에 술을 먹구 또깨비헌데 걸려 가지구, 뭐 물에두 헤매구 뭐 아 그
러다, 옥계 그 남양이장, 옥계장을 갔다 오다 술을 먹고 오다보니 그 안전
목이라는 데를 돌아오는 데가 거 커요.

그런데 글루(그리로) 돌아오는데 붙들려 가지구 산에 올라가서, 냇가도
갔다 오고 뭐 물에도 들어갔다 오고 정신 바짝 차려가지고 뛰더, 뛰더(뚜
드려) 잡았대요. 잡구 내중에, 날이 새가지구 밤에 그랬다 날이 새가지구
가보니 요런 빗잘기드라우. 빗잘기(빗자루) 하나 있드라우.

그래 그 빗잘기 여자들이 자꾸 빗잘기 못 올라앉게 해요, 그전 으른들
이(어른들이). 그 왜 그런가 했더니, 여가 뭔 생기가 있을 때 빗자루에 앉
으믄 그게 고만 새가 되어가지고 또깨비가 된대요. 그래 그때는 으른덜

클 적, 여자들은 빗잘구에 못 올라앉게 해요.

옛날에는 뭐 마당두 씰구(쓸고) 정지도 아예 씨니까(쓰니까) 고런 빗잘기 있는데, 뛰들어(뚜드려) 잡아가지고 아이 정신을 채려가지고 잡아놓고 보니, 내가 봤거든요, 봐야지 하고 가보니요 아무도 없고 빗잘기 하나 있더래.

빗자루로 변한 미인

자료코드 : 03_02_MPN_20120115_KDH_CJH_0001
조사장소 : 강원도 동해시 망상동 매밑길 71 최진환 댁
조사일시 : 2012.1.15
조 사 자 : 강등학, 이영식, 박은영, 강태종
제 보 자 : 최진환, 남, 93세
구연상황 : 답사를 다니다보면 많은 사람들은 망상은 물론 동해시에서 알려진 향토사학 자인 최진환을 찾아가 보라고 권한다. 조사자는 제보자를 예전에 알고 있던 터라 가능한 나중에 방문하려고 하다가 시간을 내서 오늘 방문하였다. 댁을 방문하니 내외가 점심을 드시고 있었다. 두 분이 워낙 연로하시나 친절히 안 내해 주었다. 오랜 시간동안 이것저것 질문하였으나 대부분 지역 향토사에 대한 얘기일 뿐 설화는 대부분 단편적인 내용이었다. 소리는 원래 취미가 없어 부르지 못한다고 해서 예전의 농사 풍습에 대한 얘기만 들었다. 어렵게 '강감 찬과 개미'에 대한 얘기를 듣고, 도깨비 얘기를 청하자 이 이야기를 해주었다.
줄 거 리 : 예전에 선비 한 분이 말을 타고 옥계장에 다녀오다가 술을 한잔 했다. 광대거 리쯤 오다보니 어떤 미녀가 태워달라고 했다. 이에 선비가 뒤에 태우고 사무 골에서 내려줬다. 다음날 아침 내려준 곳에 가보니 빗자루가 하나 묶여있었다.

여기 선비 한 분이 옥계장에, 전에는 옥계 바로 여기 묵호 발전보담두 옥계가 옛날 현이 있었든데 여게 저 우계현이었어. 이게 전부, 전부 이 관할은 전부다 관할했던데.

거 가서 그 당시에는 아마 선비들이래도 말을 탈줄 아니. 말을 타고 술

한 잔 잔뜩 먹고 오다가 보니, 지금 말하면 광대거리, 그 광대거리라 부르는데, 거 오다보니 웬 참 미인이 하나 나타나면서 같이 타고 가자고 그래서.

그 또 그 당시 참 말 타고 댕기는 선비들이지만 그 여자의 호기심에서 태워줬는데. 그 분이 오다보니 이상해서, 오다보니 여인이 없어지고.

그때는 요 아래 사무골인데, 사무골 아래짝 거게 거 와서 내렸는데. 거 오다보니 요즘 말하면 뭐이 그럴까 빗자루, 빗자루 하나 마루에 묶였드라는 거야. 여자는 간 곳이 없고.

그래 그게 지금 재밌는 얘기가 이 지역에 하나 일화가 돼 있지요.

영해영천 흐르는물에 / 가창유희요

자료코드 : 03_02_FOS_20120130_KDH_KSO_0001

조사장소 : 강원도 동해시 망상동 약천길19 심곡경로당

조사일시 : 2012.1.30

조 사 자 : 강등학, 이영식, 박은영, 강태종

제 보 자 : 김순옥, 여, 88세

구연상황 : 이야기 중에 김순옥이 갑자기 이 노래를 불렀다. 앞부분은 이야기에 묻혔다.
'양구양천 흐르는 물에'로 시작한다.

흐르는 물에

배차씻는에 저처녀야

겉에겉잎 다젖혀놓고

속에속잎을 나를주오

여보당신 언제봤다고

겉에겉잎을 젖혀놓고

속에속잎을 달라하오

산에서 비는 소리 / 비손하는소리

자료코드 : 03_02_FOS_20120105_KDH_PCG_0001

조사장소 : 강원도 동해시 망상동 터일길 5-1 박창근 댁

조사일시 : 2012.1.5

조 사 자 : 강등학, 이영식, 박은영, 강태종

제 보 자 : 박창근, 남, 75세

구연상황 : 전날인 1월 4일 망상동 심곡 경로당에서 박창근을 만나 조사를 했다. 하지만

당시 경로당 분위기가 자신들의 오락인 화투를 해야 할 시간이 자꾸 가니까 조사자에게 눈치를 주었다. 이에 다음을 기약하고 나왔다. 다음날인 1월 5일 아침에 박창근에게 전화를 해서 방문 허락을 받았다. 집이 좁은 골목에 있어 차를 멀찍이 세워놓고 방문을 하니 '뭐라고 오느냐'며 방으로 안내했다. 처음에 사는 얘기를 나누다가, 박창근이 아직도 안택을 하고 있다는 말에 그럼 경쟁이가 와서 비느냐는 조사자의 질문에 본인이 직접 빈다고 하였다. 이에 비손하는 소리를 청하니, 뭘 하느냐고 거절하다가 여러 번의 청 끝에 불러주었다. 이 소리는 부부가 자신들이 오랫동안 다니던 산에 가서 빌던 소리인데, 나이도 들고 산이 너무 험하고 해서 작년에 못 오겠다고 마지막으로 인사를 드렸다고 한다. 비손할 때 옆에 부인이 있었는데, 아무 말 하지 않고 조사자들 또한 분위기가 숙연했다.

금년에 인제 날 뭐 날마다 달마다 오는 기 아니고, 아니고 삼월 삼짇날 이 좋다 하니까 에 금년에는 이 무인생 그저 가정에 다 편안하게 해주십시오.

안택고사에 비는 소리 / 비손하는소리

자료코드 : 03_02_FOS_20120105_KDH_PCG_0002
조사장소 : 강원도 동해시 망상동 터일길 5-1 박창근 댁
조사일시 : 2012.1.5
조 사 자 : 강등학, 이영식, 박은영, 강태종
제 보 자 : 박창근, 남, 75세
구연상황 : 전날인 1월 4일 망상동 심곡 경로당에서 박창근을 만나 조사를 했다. 하지만 당시 경로당 분위기가 자신들의 오락인 화투를 해야 할 시간이 자꾸 가니까 조사자에게 눈치를 주었다. 이에 다음을 기약하고 나왔다. 다음날인 1월 5일 아침에 박창근에게 전화를 해서 방문 허락을 받았다. 집이 좁은 골목에 있어 차를 멀찍이 세워놓고 방문을 하니 '뭐라고 오느냐'며 방으로 안내했다. 처음에 사는 얘기를 나누다가, 박창근이 아직도 안택을 하고 있다는 말에 그럼 경쟁이가 와서 비느냐는 조사자의 질문에 본인이 직접 빈다고 하였다. 이에 비손하는 소리를 청하니, 뭘 하느냐고 거절하다가 여러 번의 청 끝에 불러주었

다. 이 소리는 부부가 자신들이 오랫동안 다니던 산에 가서 빌던 소리인데, 나이도 들고 산이 너무 험하고 해서 작년에 못 오겠다고 마지막으로 인사를 드렸다고 한다. 산에서 비는 소리를 듣고 안택고사 때는 어떻게 비냐고 묻자 이 소리를 해주었다.

금년 무이 무진년 무진년 무인생 가정에 이 성주 성주님께 잔을 일잔 올리오니 성주님 그저 그런 줄 아시고 날 날마다 달마다 하는 기 아니고 오늘 저녁에 성주님께 그저 소지 한 장 올립니다.

하구서는 이제 소지를 올리거든.

그러니 그 소지를 올리미, 그저 가정이 다 아들도 다 건강하게 해주시고 그저 시장에 가면은 장돈 산에 가면 산돈 들에 가면 들돈 그저 이래사 그저 기계 몰고 어디 나가면 다치지 않고 그저 경운기도 말 잘 들게 해주구 그저 이래서 금년 한해 편안하게 해주십시오.

다람아다람아 춤춰라 / 다람쥐잡는소리

자료코드 : 03_02_FOS_20120105_KDH_PCG_0003
조사장소 : 강원도 동해시 망상동 터일길 5-1 박창근 댁
조사일시 : 2012.1.5
조 사 자 : 강등학, 이영식, 박은영, 강태종
제 보 자 : 박창근, 남, 75세
구연상황 : 전날인 1월 4일 망상동 심곡 경로당에서 박창근을 만나 조사를 했다. 하지만 당시 경로당 분위기가 자신들의 오락인 화투를 해야 할 시간이 자꾸 가니까 조사자에게 눈치를 주었다. 이에 다음을 기약하고 나왔다. 다음날인 1월 5일 아침에 박창근에게 전화를 해서 방문 허락을 받았다. 집이 좁은 골목에 있어 차를 멀찍이 세워놓고 방문을 하니 '뭐라고 오느냐'며 방으로 안내했다. 처음에 사는 얘기를 나누다가, 박창근이 아직도 안택을 하고 있다는 말에 그럼 경

쟁이가 와서 비느냐는 조사자의 질문에 본인이 직접 빈다고 하였다. 이에 비손하는 소리를 청하니, 뭘 하느냐고 거절하다가 여러 번의 청 끝에 불러주었다. 이 소리는 부부가 자신들이 오랫동안 다니던 산에 가서 빌던 소리인데, 나이도 들고 산이 너무 험하고 해서 작년에 못 오겠다고 마지막으로 인사를 드렸다고 한다. 산에서 비는 소리를 듣고 안택고사 때는 어떻게 비냐고 묻자 이 소리를 해주었다. 이어서 제보자가 겪었던 일이라며 호랑이 얘기를 해주었다. 그리고는 우스운 얘기라며 <도시락 까먹는 까마귀>, <비둘기가 부꾹 지지 우는 사연>, <하나 둘만 아는 부엉> 얘기를 해주었다. 이어서 제보자가 다람쥐 잡아서 일본에 수출하던 일을 얘기해 주었다. 이에 그때 소리 하던 거 없었느냐고 물으니, 여러 번 거절하다가 했다. 노래를 할 때 고리를 만들어 다람쥐 잡는 시늉을 하면서 불렀다.

다람아다람아 춤춰라
모지꼬깔 접어주마

다람아다람아 춤춰라
모지꼬깔 접어주마

아라리 / 모심는소리

자료코드 : 03_02_FOS_20120104_KDH_PCG_0001
조사장소 : 강원도 동해시 망상동 약천길19 심곡경로당
조사일시 : 2012.1.4
조 사 자 : 강등학, 이영식, 박은영, 강태종
제 보 자 : 박창근, 남, 75세
구연상황 : 벼농사와 관련된 질문을 하면서 판의 분위기를 풀어갔다. 박창근에게 <모심는소리>를 불러줄 것을 청하자 잊어버려서 잘 못한다고 하면서도 불러주었다.

심어나 보세 심어나 보세
오종종 줄모를 심어나 보세

아리랑 아리랑 아라리 요

아리랑 고개고개를 날넹겨 주게

이랴소리 / 밭가는소리

자료코드 : 03_02_FOS_20120104_KDH_PCG_0002
조사장소 : 강원도 동해시 망상동 약천길19 심곡경로당
조사일시 : 2012.1.4
조 사 자 : 강등학, 이영식, 박은영, 강태종
제 보 자 : 박창근, 남, 75세
구연상황 : <논매는소리>에 관한 질문을 하였으나 자료를 얻지는 못 했다. 소를 몰면서
부르던 소리에 관한 질문을 하자 박창근이 구연해 주었다. 설명을 빼고 조금
길게 불러줄 것을 청했으나 응하지 않았다.

알로 내려서라

제골로 서라 제골로 서

이랴 가자

얼른 가야지

저산 너메 해 해지기 전에 가야지

얼른 오늘 일을 마치지 않나

한춤소리 / 모찌는소리

자료코드 : 03_02_FOS_20120104_KDH_PCG_0003
조사장소 : 강원도 동해시 망상동 약천길19 심곡경로당
조사일시 : 2012.1.4
조 사 자 : 강등학, 이영식, 박은영, 강태종
제보자 1 : 박창근, 남, 75세

제보자 2 : 최종은, 남, 75세
구연상황 : "얼럴럴 한춤~"처럼 모를 찌면서 부르던 소리가 있었느냐고 묻자 최종은과
박창근이 안다고 했다. 함께 불러줄 것을 청하자 최종은이 망설이지 않고 선
창을 했다.

제보자 2 아 어하더니 묶었다.

제보자 1 그 소리 끝난 후에 나도 한단 묶어라

제보자 2 또 나도 묶었다

제보자 1 또 한춤 묶어라

아라리 / 논매는소리(1)

자료코드 : 03_02_FOS_20120104_KDH_PCG_0004
조사장소 : 강원도 동해시 망상동 약천길19 심곡경로당
조사일시 : 2012.1.4
조 사 자 : 강등학, 이영식, 박은영, 강태종
제 보 자 : 박창근, 남, 75세
구연상황 : 제보자 조사를 마친 후 논농사와 관련된 소리가 더 있느냐고 물었다. 박창근
이 별 다른 것은 없으며 모여서 놀거나 논을 맬 때 <아라리>를 불렀다며 사
설을 읊어주었다. 노래로 불러줄 것을 청하자 망설이지 않고 구연해 주었다.

산천초목에 물각요지는 임자가 있는데
요내몸은 무얼로생겨서 임자도 없나
아리랑 아리랑 아라리 요
아리랑 고개고개를 날넹겨 주

아라리 / 논매는소리(2)

자료코드 : 03_02_FOS_20120104_KDH_PCG_0005

조사장소 : 강원도 동해시 망상동 약천길19 심곡경로당

조사일시 : 2012.1.4

조 사 자 : 강등학, 이영식, 박은영, 강태종

제 보 자 : 박창근, 남, 75세

구연상황 : <아라리> 한 수를 구연한 후 더 불러줄 것을 청하자 "그러면 오늘 안으로 집에 못 간다."고 웃으며 다시 불러주었다. 후렴은 붙여도 되고 안 붙여도 된다고 했다. <논매는소리>가 따로 있지 않고 이 노래를 불렀다고 한다.

한치뒷산에 곤드레딱지는 나지미맛만 같애도

고것만야 뜯어먹어도 봄한철 사네

아리랑 아리랑 아라리 요

아리랑 고개고개를 날넹겨 주게

정선읍내야 물레방아는 물살안고 도는데

우리집 낭군님은 날안고돌줄 모른다

아우라지야 뱃사공아 배좀 돌려주게

싸릿골 검으네 동박이 다쏟어지네

아리랑 아리랑 아라리 요

아리랑 고개고개를 날넹겨 주게

서산에 지는해는 지고싶어 지느냐

공동묘지로 가시네낭군은 가구싶어 가나

한단소리 / 볏단묶는소리

자료코드 : 03_02_FOS_20120104_KDH_PCG_0006

조사장소 : 강원도 동해시 망상동 약천길19 심곡경로당

조사일시 : 2012.1.4

조 사 자 : 강등학, 이영식, 박은영, 강태종

제보자 1 : 박창근, 남, 75세

제보자 2 : 최종은, 남, 75세

구연상황 : 박창근이 <아라리>를 부른 후 <볏단묶는소리>를 해줄 것을 청했다. 최종은
과 박창근이 번갈아서 불러주었다. 본인이 노래를 부르지 않더라도 이 소리를
들으면 빨리 일을 하게 된다고 한다.

제보자 2 아 어 하더니 또 묶었다

제보자 1 그 소리 끝난 뒤에 나도 한단 묶어라

제보자 2 나도 또 묶었다

제보자 1 묶은 후에 나도 또 한단 묶어라

어랑타령 / 가창유희요(1)

자료코드 : 03_02_FOS_20120104_KDH_PCG_0007

조사장소 : 강원도 동해시 망상동 약천길19 심곡경로당

조사일시 : 2012.1.4

조 사 자 : 강등학, 이영식, 박은영, 강태종

제 보 자 : 박창근, 남, 75세

구연상황 : 품앗이에 관련하여 질문을 이어갔다. 논의 크기에 따라 품앗이하는 일꾼의 수
는 달라진다고 했다. 여럿이 모였을 때 어떤 노래를 불렀느냐고 묻자 온갖 노
래가 다 나온다고 하며, 일하다가 힘들 때는 노래를 부를 수밖에 없다고 했
다. 그 당시 불렀던 노래를 해줄 것을 청하자 박창근이 <어랑타령>을 불렀
다. 술을 먹으면 더 잘 부를 수 있다며 웃었다.

네가먼저 살자고 옆구리콕콕 찔렀나

내가먼저 살자고 계약서도장을 찍었나

어랑어랑 어허야 어허야더허여 요것도내사랑 이로구나

어랑타령 / 가창유희요(2)

자료코드 : 03_02_FOS_20120104_KDH_PCG_0008
조사장소 : 강원도 동해시 망상동 약천길19 심곡경로당
조사일시 : 2012.1.4
조 사 자 : 강등학, 이영식, 박은영, 강태종
제 보 자 : 박창근, 남, 75세
구연상황 : <모심는소리>를 더 불러줄 것을 청하자 그 소리를 논에 가서 찾아야하냐며
　　　　　농담을 했다. 그리고는 <어랑타령>을 불러주었다. 그러나 이 소리를 모심을
　　　　　때 불렀다고 정확히 밝히지는 않았다.

　　　열두시에 오라고 우도야마끼를 줬더니
　　　일이삼사를 몰러서 새로에한시에 왔구나
　　　어랑어랑 어허여 어허여더허여 자동차끄구나 놉시다

어랑타령 / 가창유희요(3)

자료코드 : 03_02_FOS_20120104_KDH_PCG_0009
조사장소 : 강원도 동해시 망상동 약천길19 심곡경로당
조사일시 : 2012.1.4
조 사 자 : 강등학, 이영식, 박은영, 강태종
제 보 자 : 박창근, 남, 75세
구연상황 : <모심는소리>를 더 불러줄 것을 청하자 그 소리를 논에 가서 찾아야하냐며
　　　　　농담을 하며 <어랑타령> 한 수를 불렀다. 조사자들이 더 불러줄 것을 청하
　　　　　는 분위기를 느꼈는지 잠시 쉬었다가 한 수를 더 불렀다. 그러나 이 노래가
　　　　　모를 심을 때 불렀다고 정확히 답하지는 않았다.

　　　우물안에 고기는 꼬리만톡톡 치구요
　　　우물밖에 큰아기는 바가지장단만 치노라
　　　어랑어랑 어허여 어허여더허여 욘사욘이 로구나

어랑타령 / 가창유희요(4)

자료코드 : 03_02_FOS_20120104_KDH_PCG_0010
조사장소 : 강원도 동해시 망상동 약천길19 심곡경로당
조사일시 : 2012.1.4
조 사 자 : 강등학, 이영식, 박은영, 강태종
제 보 자 : 박창근, 남, 75세
구연상황 : <어랑타령> 한 수를 부른 후 잠시 쉬었다가 또 부르기를 세 수째 했다. 다 부르고 난 뒤에는 "다 떨어먹고 없다. 노래가 눈 속에 숨어 있어 찾을 수가 없다."며 웃었다.

개구리한놈은 껑충뛰는것은 멀리가자는 뜻이요
정든님 웃는뜻은 날오라는 뜻이라
어랑어랑 어허여 어허여더허여 욘사욘이 로구나

가재골 영감이 / 음운맞춰엮는소리

자료코드 : 03_02_FOS_20120207_KDH_PHG_0001
조사장소 : 강원도 동해시 망상동 동해대로 6134-1 영서민박
조사일시 : 2012.2.7
조 사 자 : 강등학, 이영식, 박은영, 강태종
제 보 자 : 박후균, 여, 78세
구연상황 : 조사자가 '가재골 영감이 가재를 잡아서'하는 소리를 아느냐고 묻자 박후균이 불렀다. 다시 해줄 것을 청하자 노래로는 하지 않고 이야기처럼 구연해주었다.

가재골 영감이 가재를 잡아서
북재골 영감이 불을 해놓니 옛날에
북재골 영감이 불을 해놓니
곡재골 영감이 꿔놓니
먹자골 영감이와서 먹자먹자 다먹었다.

꿩꿩 꿩서방 / 가창유희요

자료코드 : 03_02_FOS_20120207_KDH_SSH_0001

조사장소 : 강원도 동해시 망상동 동해대로 6134-1 영서민박

조사일시 : 2012.2.7

조 사 자 : 강등학, 이영식, 박은영, 강태종

제 보 자 : 심순항, 여, 78세

구연상황 : 일제강점기를 보내던 이야기를 한동안 나누었다. 살기가 몹시 곤란했다며 어려웠던 당시의 이야기가 오고갔다. 친구들로 어울려 놀던 이야기로 화제가 옮아갔다. 조사자가 잠자리를 잡으며 부르던 노래를 아느냐고 묻자, 조금씩 기억은 해냈으나 정확히 아는 이는 없었다. 갑자기 심순항이 이 노래를 불렀다. 친구들끼리 모여 놀면서 부르던 노래이다.

꿩아꿩아 꿩서방

자네집이 어덴고

이산저산 넘어서

덤불속이 내집일세

사돈님 사돈님 / 가창유희요

자료코드 : 03_02_FOS_20120207_KDH_SSH_0002

조사장소 : 강원도 동해시 망상동 동해대로 6134-1 영서민박

조사일시 : 2012.2.7

조 사 자 : 강등학, 이영식, 박은영, 강태종

제 보 자 : 심순항, 여, 78세

구연상황 : 심순항이 <꿩꿩 꿩서방>을 불렀다. 제보자들이 따라하며 한 번 더 불렀다. 조사자가 요구한 바가 없으나 심순항은 연달아 이 노래도 구연해 주었다.

사돈님 사돈님

도랑건네 사돈님

뭐먹고 삽니까

참깨들깨 볶아먹고

뽀이뽀이 산다

밀양아리랑 / 가창유희요

자료코드 : 03_02_FOS_20120207_KDH_SSH_0003
조사장소 : 강원도 동해시 망상동 동해대로 6134-1 영서민박
조사일시 : 2012.2.7
조 사 자 : 강등학, 이영식, 박은영, 강태종
제 보 자 : 심순항, 여, 78세
구연상황 : 최남순을 중심으로 민요 조사가 이루어졌다. 자연스럽게 흐름이 심순항에게
넘어 갔고 심순항이 자발적으로 이 노래를 불러주었다.

영글렀네 영글렀네 영글렀 네

가마타고 시집가기는 영글렀 네

아라리 / 가창유희요

자료코드 : 03_02_FOS_20120218_KDH_SSH_0001
조사장소 : 강원도 동해시 망상동 괴란길 114 심순항 댁
조사일시 : 2012.2.18
조 사 자 : 강등학, 이영식, 박은영, 강태종
제 보 자 : 심순항, 여, 78세
구연상황 : 지난 2월 7일 망상동 노봉의 김옥녀 댁에서 옥계 출신 아주머니들의 모임이
있었다. 당시 그 자리에 참석한 심순항은 이야기를 여러 편 해주었는데, 더
많은 자료가 있을 듯하여 미리 전화로 약속을 하고 댁을 방문하였다. 집에는
내외만 살고 있는데, 남편은 경로당으로 마실을 가고 혼자 있었다. 방문목적
을 다시 설명 드리니 그날 얘기를 다 했다고 한다. 그래 그날 한 이야기도 괜
찮으니 다시 해달고 하자, 예전 화전놀이하던 얘기를 하다가 생각이 났던지
'부인의 과거를 알게 된 남자' 이야기를 해주었다. 이어서 여우와 호랑이 얘

기를 했으나 서로 섞이어 알 수 없는 얘기가 되었다. 이에 콩쥐팥쥐를 청해서 듣고, 예전에 들은 '꾀 많은 하인' 얘기를 다시 들었다. 그러다가 생각이 났던 지 '어수룩한 신랑 처갓집 가는 길'을 들려주고는 이내 '사위 머리에 오줌을 눈 장모' 얘기를 해주었다. 잠시 예전 결혼풍습에 대해 듣고 지난번에 했던 방귀 얘기를 부탁하자 '할아버지 방귀냄새'를 얘기하고 이내 '방귀쟁이 며느리'를 들려주었다. 그리고는 도깨비가 나타났던 곳을 직접 가본 곳이라며 '빗자루로 변한 도깨비' 얘기를 들려주고, 이어서 지난번에 들려준 '재치 있는 꼬마신랑' 얘기를 더 길게 해주었다. 이때 신순덕이 방문하여 '저기 도둑놈 눈이 있네'를 들려주자, 생각이 났던지 '땅을 못 가져가는 도깨비' 이야기를 해주었다. 그러다 신순덕이 심청이 얘기를 했으나 줄거리가 없었다. 심순항에게 다시 이야기나 소리를 청하자 '나무하러가세'를 불렀다. 노래를 마치고 생각이 났던지 이 이야기를 들려주었다. '하늘에서 내려온 꿩'을 이야기 했다. 시간이 많이 흘러 소리를 부탁하자 아라리 몇 수를 불렀다. 이 노래는 클 때 많이 불렀다고 한다.

정선읍내야 물레방아는 하시장차 도는데
우리집에 낭군님은 나를안고 못돈다
아리랑 아라리요 아리랑 고개고개를 나를넴게 주소서

또 한 가지는,

봄철인지 갈철인지 나는몰랐 더니
뒷동산 하하춘절이 나를알쿼 주네
아리랑 아리랑 아라리 요

아 그것도 해 ○○ 못하겠다.

저건네 저묵밭으는 재작년에도 묵더니
올해고 날과같이 또묵어 간다

춘향아 춘향아 / 신부르는소리

자료코드 : 03_02_FOS_20120104_KDH_JHM_0001
조사장소 : 강원도 동해시 망상동 약천길19 심곡경로당
조사일시 : 2012.1.4
조 사 자 : 강등학, 이영식, 박은영, 강태종
제 보 자 : 정하모, 여, 82세
구연상황 : 제보자 조사를 마친 후 이런 저런 이야기를 나누다가 종지돌기기 놀이에 관
한 화제가 나왔다. 그 이야기를 하다가 정하모가 자연스럽게 이 노래를 해주
었다. 좋은 음원을 위해 몇 번에 걸쳐 다시 불렀다. 정하모는 조금 부끄러워
는 했지만 크게 마다하지 않고 구연해 주었다. 신이 내리는 사람은 반지를 손
에 들고 앉아있으며, 옆에 있는 사람들이 이 노래를 불렀다고 한다.

춘향아 춘향아
남원읍에 성춘향아
나이는 십팔세요
어리설설 내리시오
어리설설 내리시오
춘향이 우리하고 같이 놉시다

베틀소리 / 베짜는소리

자료코드 : 03_02_FOS_20120104_KDH_JHM_0002
조사장소 : 강원도 동해시 망상동 약천길19 심곡경로당
조사일시 : 2012.1.4
조 사 자 : 강등학, 이영식, 박은영, 강태종
제 보 자 : 정하모, 여, 82세
구연상황 : 앞서 정하모가 <다복녀>를 불러주었으나 중간 중간 기억이 나지 않는데다,
다른 제보자들이 끼어들어 완성도 있는 구연을 해주지 못 했다. 조사자가 다
시 불러줄 것을 청하자 <베틀노래>를 불렀다. 베를 짜면서 불렀다고 한다.

베틀놓세 베틀놓세 옥난간에 베틀놓세

베틀다리 네다리요 사람으다리 두다릴세

잉앳대는 삼형제고 울림대는 독신대고

대추나무 열한북에 참배나무 바디집에

에격제격 짜가지고

낮에야 짠것으는 일공단이요 밤에짠것은 야공단이라

일공단야공단을 짜가지고 일공단은 낭군님중에적삼 해드렸답니다

다복녀 / 가창유희요

자료코드 : 03_02_FOS_20120104_KDH_JHM_0003
조사장소 : 강원도 동해시 망상동 약천길19 심곡경로당
조사일시 : 2012.1.4
조 사 자 : 강등학, 이영식, 박은영, 강태종
제 보 자 : 정하모, 여, 82세
구연상황 : 앞서 정하모가 <다복녀>를 불러주었으나 중간 중간 기억이 나지 않는데다,
다른 제보자들이 끼어들어 완성도 있는 구연을 해주지 못 했다. 조사자가 다
시 불러줄 것을 청하자 <베틀노래>를 불렀다. <베틀노래>를 부른 후 <다
복녀>를 다시 불러줄 것을 청했다. 아주 어릴 적에 해서 기억이 잘 나지 않
는다면서도 다시 불러주었다.

따복따복 따복네야 느어디로 울고가나

울어머니 젖줄 바래 울고간다

느어머니 온다더라 운제전께 온다던고

구영밑에 묻은메물 싹이나면 오마더라

썩이쉽지 싹나겠나

따복따복 따복네야

느어머니 조개같은 신을 싸서

바람쩔로 부쳐주마 구름쩔로 부쳐온다

평풍안에 그린닭이 홰를치면 오마더라

자진아라리 / 모심는소리

자료코드 : 03_02_FOS_20120104_KDH_JHM_0004

조사장소 : 강원도 동해시 망상동 약천길19 심곡경로당

조사일시 : 2012.1.4

조 사 자 : 강등학, 이영식, 박은영, 강태종

제 보 자 : 정하모, 여, 82세

구연상황 : <다리뽑기하는소리>를 불러줄 것을 청하자 다들 잘 모르겠다며 구연해주지 않으려했다. 정하모가 다른 제보자들과 함께 해보려고 했으나 호응이 없었다. 조사자의 요구가 없었음에도 정하모는 <모심는소리>를 한번 해보겠다며 썩 나섰다.

심궈 보세 심궈나 보세

줄에 줄모를 심궈나 보세

다복녀 / 가창유희요

자료코드 : 03_02_FOS_20120104_KDH_CNS_0001

조사장소 : 강원도 동해시 망상동 약천길 122-4 최남순 댁

조사일시 : 2012.1.4

조 사 자 : 강등학, 이영식, 박은영, 강태종

제 보 자 : 최남순, 여, 82세

구연상황 : 망상동 심곡 경로당에서 조사를 하던 중에 제보하던 정하모가 훌륭한 제보자가 있는데 오늘 참석하지 않았다며 아쉬워했다. 이에 조사자들이 안내를 부탁하니 흔쾌히 동의하여 최남순 댁을 안내해주었다. 제법 먼 거리라 걸어서 가기에는 곤란해 승용차를 타고 최남순 댁에 도착하니 최남순은 저녁을 준비하고 남편인 김수래는 아궁이에 불을 지피고 있었다. 방문 목적을 설명하니 모

두들 방으로 안내되었다. 준비한 음료수를 남편인 김수래에게 권하며, 알고 있는 얘기를 청하니 시집오기 전 친정에서 읽었던 '꿩의 잣치개'를 조사자에게 소개해 주었다. 이후 다른 것이 없는가 하고 이것저것 묻다가 다복녀를 알고 있냐고 묻자 '부를 줄 알지' 하며 노래를 불러주었다. 이 노래는 클 때 부르던 노래라고 했다.

따북따불 따북네야 너울면서 어딜가니

우리엄마 몸진곳에 젖줄바래 내울고간다

산높아서 못간다 물깊어서 못간다

산높으면 기어가고 물깊으면 쉬엄이(헤엄이)쳐가지

엄마무덤 앞에가니 빨간열매 달렸더래

하나따서 맛보니 우리엄마 젖맛같드래

성님성님 사촌성님 / 가창유희요(1)

자료코드 : 03_02_FOS_20120104_KDH_CNS_0002

조사장소 : 강원도 동해시 망상동 약천길 122-4 최남순 댁

조사일시 : 2012.1.4

조 사 자 : 강등학, 이영식, 박은영, 강태종

제 보 자 : 최남순, 여, 82세

구연상황 : 망상동 심곡 경로당에서 조사를 하던 중에 제보하던 정하모가 훌륭한 제보자가 있는데 오늘 참석하지 않았다며 아쉬워했다. 이에 조사자들이 안내를 부탁하니 흔쾌히 동의하여 최남순 댁을 안내해주었다. 제법 먼 거리라 걸어서 가기에는 곤란해 승용차를 타고 최남순 댁에 도착하니 최남순은 저녁을 준비하고 남편인 김수래는 아궁이에 불을 지피고 있었다. 방문 목적을 설명하니 모두들 방으로 안내되었다. 준비한 음료수를 남편인 김수래에게 권하며, 알고 있는 얘기를 청하니 시집오기 전 친정에서 읽었던 '꿩의 잣치개'를 조사자에게 소개해 주었다. 이후 다른 것이 없는가 하고 이것저것 묻다가 다복녀를 알고 있냐고 묻자 '부를 줄 알지' 하며 노래를 불러주었다. 다복녀를 듣고 이내 성님성님 사촌성님을 청하여 들었다.

성님성님 우리형님 사춘형님 오시는데
형님마중 누가갈까 반달같은 내가가지
니가우쨰 반달이나 초생달이 반달이지

베틀소리 / 가창유희요(1)

자료코드 : 03_02_FOS_20120104_KDH_CNS_0003
조사장소 : 강원도 동해시 망상동 약천길 122-4 최남순 댁
조사일시 : 2012.1.4
조 사 자 : 강등학, 이영식, 박은영, 강태종
제 보 자 : 최남순, 여, 82세
구연상황 : 망상동 심곡 경로당에서 조사를 하던 중에 제보하던 정하모가 훌륭한 제보자
가 있는데 오늘 참석하지 않았다며 아쉬워했다. 이에 조사자들이 안내를 부탁
하니 흔쾌히 동의하여 최남순 댁을 안내해주었다. 제법 먼 거리라 걸어서 가
기에는 곤란해 승용차를 타고 최남순 댁에 도착하니 최남순은 저녁을 준비하
고 남편인 김수래는 아궁이에 불을 지피고 있었다. 방문 목적을 설명하니 모
두들 방으로 안내되었다. 준비한 음료수를 남편인 김수래에게 권하며, 알고
있는 얘기를 청하니 시집오기 전 친정에서 읽었던 '꿩의 잣치개'를 조사자에
게 소개해 주었다. 이후 다른 것이 없는가 하고 이것저것 묻다가 다복녀를 알
고 있냐고 묻자 '부를 줄 알지' 하며 노래를 불러주었다. 다복녀, 성님성님 사
촌성님을 청하여 듣고 베틀소리를 청하니 웃으면서 '별걸 다 하라내' 하고 노
래를 불러주었다.

베틀노세 베틀노세 옥난간에 베틀노세
베틀다리 두다리요 잉앳대는 삼형제요
눌림대는 독신인데 흘구짜구 높이짜구
째걱째걱 잘도짠다

나무하러가세 / 말머리잇는소리(1)

자료코드 : 03_02_FOS_20120104_KDH_CNS_0004

조사장소 : 강원도 동해시 망상동 약천길 122-4 최남순 댁

조사일시 : 2012.1.4

조 사 자 : 강등학, 이영식, 박은영, 강태종

제 보 자 : 최남순, 여, 82세

구연상황 : 망상동 심곡 경로당에서 조사를 하던 중에 제보하던 정하모가 훌륭한 제보자가 있는데 오늘 참석하지 않았다며 아쉬워했다. 이에 조사자들이 안내를 부탁하니 흔쾌히 동의하여 최남순 댁을 안내해주었다. 제법 먼 거리라 걸어서 가기에는 곤란해 승용차를 타고 최남순 댁에 도착하니 최남순은 저녁을 준비하고 남편인 김수래는 아궁이에 불을 지피고 있었다. 방문 목적을 설명하니 모두들 방으로 안내되었다. 준비한 음료수를 남편인 김수래에게 권하며, 알고 있는 얘기를 청하니 시집오기 전 친정에서 읽었던 '꿩의 잣치개'를 조사자에게 소개해 주었다. 이후 다른 것이 없는가 하고 이것저것 묻다가 다복녀를 알고 있냐고 묻자 '부를 줄 알지' 하며 노래를 불러주었다. 다복녀, 성님성님 사촌성님을 청하여 듣고 베틀소리를 청하니 웃으면서 '별걸 다 하라내' 하고 노래를 불렀다. 이어서 '영감 나무하러 가세'를 아느냐고 물으니 '뭐 그게 노래냐?'고 하며 불러주었다.

뒤집 영감 나무하러 가세

배가 아퍼 못 가겠네

뭔 배곤 자래 밸세

뭔 자래 애비 자래

아라리 / 가창유희요(1)

자료코드 : 03_02_FOS_20120104_KDH_CNS_0005

조사장소 : 강원도 동해시 망상동 약천길 122-4 최남순 댁

조사일시 : 2012.1.4

조 사 자 : 강등학, 이영식, 박은영, 강태종

제 보 자 : 최남순, 여, 82세
구연상황 : 망상동 심곡 경로당에서 조사를 하던 중에 제보하던 정하모가 훌륭한 제보자
가 있는데 오늘 참석하지 않았다며 아쉬워했다. 이에 조사자들이 안내를 부탁
하니 흔쾌히 동의하여 최남순 댁을 안내해주었다. 제법 먼 거리라 걸어서 가
기에는 곤란해 승용차를 타고 최남순 댁에 도착하니 최남순은 저녁을 준비하
고 남편인 김수래는 아궁이에 불을 지피고 있었다. 방문 목적을 설명하니 모
두들 방으로 안내되었다. 준비한 음료수를 남편인 김수래에게 권하며, 알고
있는 얘기를 청하니 시집오기 전 친정에서 읽었던 '꿩의 잣치개'를 조사자에
게 소개해 주었다. 이후 다른 것이 없는가 하고 이것저것 묻다가 다복녀를 알
고 있냐고 묻자 '부를 줄 알지' 하며 노래를 불러주었다. <다복녀>, <성님성
님 사촌성님>을 청하여 듣고 베틀소리를 청하니 웃으면서 '별걸 다 하라네'
하고 노래를 불러주었다. 이어서 '영감 나무하러 가세'를 아느냐고 물으니
'뭐 그게 노래냐?'고 하며 불러주었다. <나무하러가세>를 부른 후 농사와 관
련된 얘기를 잠시 나누고, 처녀 때 주로 어떤 노래를 했냐고 물으니 이 노래
도 했다며 <노랫가락>을 불러주었다. <노랫가락>이 끝나고 <정선아리랑>
도 불렀다며 <아라리> 몇 수를 이어서 불렀다.

산천이 고와서 뒤돌아 봤나
임사든 곳이라서 뒤돌아 봤지

못먹는 술한잔 날권치 말고
후원별당에 잠든아가씨 날보내 주게

정하모   어이구 잘한다. 어이 잘한다. 잘 하죠?

아우라지 뱃사공아 배좀건너 주게
저근네수풀에 검으네동박이 다쏟아 진다

정하모   잘하고, 또 한 가지.

요놈의 총각아 내손목 놓아라
물같은 내손목이 다잠궈 진다

앞집의 처녀가 시집을 가는데
뒷집의 총각은 목매러 가네

목을 매죽는 것은 지팔재 구요
새끼야 서발이 아까워 죽겠네

정선읍내에 물레방아는 무살안고 도는데
우리집에 저멍텅구리 날안구돌줄 모르네

정하모   박사님 잘하신다아.

바람에 불라거던 동남풍이 불구요
베락을 칠라거든 돈베락 치시오

삼천의 초목은 젊어만 가는데
요내 청춘은 늙어만 가네

회심곡 / 가창유희요

자료코드 : 03_02_FOS_20120105_KDH_CNS_0001
조사장소 : 강원도 동해시 망상동 약천길 122-4 최남순 댁
조사일시 : 2012.1.5
조 사 자 : 강등학, 이영식, 박은영, 강태종
제 보 자 : 최남순, 여, 82세
구연상황 : 전날인 4일 저녁에 방문하여 소리와 이야기 몇 편을 들었으나 아직도 많이
　　　　　남아 있을 것 같아 전화로 연락을 드리고 2시 경에 댁을 다시 방문했다. 남편
　　　　　은 마실을 가고 혼자 있었다. 제보자는 어제 다 얘기 했는데 뭘 또 오느냐고
　　　　　말을 했지만 웃으며 조사자들을 반겼다. 저녁이 되려면 시간이 있으므로 가능
　　　　　한 많은 얘기를 나누고, 노래와 옛날 얘기를 듣고자 했다. 먼저 생각나는 소
　　　　　리를 부탁하자 '회심곡'을 외운다고 하여 부탁을 했다.

천지천지 분한후에 삼란회상 일어날제
천지인간 만물중에 뉘덕으로 나왔을까
불보살님 은덕으로 아버님께 뼤를타고
어머님께 살을빌어 세도간에 제도하사
인간일신 탄생하니 한두살에 철을몰라
부모은공 갚을손가 이삼십이 당도해도
부모은공 못갚고　　못되갚고 인간칠십
부모은공 못다갚고 인간칠십 고래하니
부모은공 부모생각 부모생각 절로나네
눈어둡고 귀먹으니 망녕이라 숭을보고
구석구석 웃는모양 절통하고 애통한듯 할길없고 헐길없다
작은백발 늙어지니 다시젊지 못하리라
어제오늘 성튼몸이 저녁날에 병이들어
부르나니 어머니요 찾나니　　냉수로다
의원불러 약을씨니 약덕인들 입을손가
무당불러 굿을하니 굿덕인들 입을손가
재미쌀을 쓸고쓸어 명산대철 찾아가서
비난이다 비난이다 부처님전 비난이다
도도하신 부처님이 감동을　　하실손가
제일전에 진광대왕 제이전에 송재대왕
제삼전에 한광대왕 제사전에 오난대왕
제오전에 도시대왕 제육전에 건성대왕
제칠전에 태산대왕 제팔전에 평등대왕
제십전에 당도하여 십방전에 물린사제
월축사제 일축사제 한손에는 철편들고
또한손에 패철들고 철통같이 호령하고 닫은문을 백차올때

뉘영이라 거역하고 뉘본부라 머물소냐

속절없는 저승길이 확실하다 생각하니

맏자식의 손을잡고 만단설화 유언하고

대문밖에 썩나서니 적삼내어 얹어놓고

혼백불러 초혼하고 없던곡성 낭자하다

사자님아 쉬어가세 숨이차고 맥이읎다

사자님은 들은체도 아니하고 몽둥이로 뒤다리며

하고바삐 달려가서 그럭저럭 십삼일에

저승원문 당도하니 우두나 찰마귀득이

달려들어 인정쓰라 망령한다 인정쓸거 전혀없네

제보자 그 안전 잊어뿌렸다. 그 그 뭐나.

(조사자 : 쉬었다 하셔도 돼요.)

높이앉어

인간세상 나가더니 무슨공덕 하였느냐

배고프니 밥을주어 식사공덕 하였느냐

목마른이 물을주어 수수공덕 하였느냐

헐벗은이 옷을주어 허림공덕 하였느냐 낱낱이 아뢰어라

금방석에 옥방석에 꽃방석에 앉초리라

못된사람 불려대려 인간세상 함나가더니 죄만짓고 들아왔네

시부모나 친부모께 말대답만 하고살고

남의호박 꼬쟁이꽂고 걸인 걸인이들 박대하고

배암구렁 목에감어 까시철망 던져놓고

지옥변을 면치못하리라

제보자 고만 할 거야.

베틀소리 / 베짜는소리(2)

자료코드 : 03_02_FOS_20120105_KDH_CNS_0002
조사장소 : 강원도 동해시 망상동 약천길 122-4 최남순 댁
조사일시 : 2012.1.5
조 사 자 : 강등학, 이영식, 박은영, 강태종
제 보 자 : 최남순, 여, 82세
구연상황 : 전날인. 4일 저녁에 방문하여 소리와 이야기 몇 편을 들었으나 아직도 많이
남아 있을 것 같아 전화로 연락을 드리고 2시 경에 댁을 다시 방문했다. 남편
은 마실을 가고 혼자 있었다. 제보자는 어제 다 얘기 했는데 뭘 또 오느냐고
말을 했지만 웃으며 조사자들을 반겼다. 저녁이 되려면 시간이 있으므로 가능
한 많은 얘기를 나누고, 노래와 옛날 얘기를 듣고자 했다. 먼저 생각나는 소
리를 부탁하자 <회심곡>을 외운다고 하여 청해서 들었다. 회심곡이 너무 긴
사설이라 노래를 부르고 잠시 숨을 고른 후에 베틀가 가사 적은 것을 내놓았
다. 전날에 부른 <베틀소리>가 마음에 들지 않았던 모양이다. 조사자가 이
노래를 베를 짜면서 불렀느냐고 묻자, 오래 짜면 심심하고 힘이 드니까 그때
불렀다고 한다. 베 짜는 것은 열 댓 살에 어머니에게 배웠다고 한다.

베틀노세 베틀노세 옥난간에 베틀노세

이애 인애 잉애대는 삼형제요 눌림대는 두형제요

초승좋은 용두머리 꼬댁꼬댁 소리하고

들구짜나 놓구짜나 떼걱딸걱 잘도짠다

낮에짜면 일광단에 밤에짜면 야광단에

일광야광 다짠베를 어느남편 도포를할까

엄마엄마 울엄마야 / 가창유희요

자료코드 : 03_02_FOS_20120105_KDH_CNS_0003
조사장소 : 강원도 동해시 망상동 약천길 122-4 최남순 댁
조사일시 : 2012.1.5
조 사 자 : 강등학, 이영식, 박은영, 강태종

제 보 자 : 최남순, 여, 82세

구연상황 : 전날인 4일 저녁에 방문하여 소리와 이야기 몇 편을 들었으나 아직도 많이
남아 있을 것 같아 전화로 연락을 드리고 2시 경에 댁을 다시 방문했다. 남편
은 마실을 가고 혼자 있었다. 제보자는 어제 다 얘기 했는데 뭘 또 오느냐고
말을 했지만 웃으며 조사자들을 반겼다. 저녁이 되려면 시간이 있으므로 가능
한 많은 얘기를 나누고, 노래와 옛날 얘기를 듣고자 했다. 먼저 생각나는 소
리를 부탁하자 <회심곡>을 외운다고 하여 청해서 들었다. <회심곡>이 워낙
긴 곡이라 잠시 쉬었다가 <베틀가>를 청해서 들었다. 이어서 이런 노래도
있다고 하면서 노래를 불렀다.

엄마 엄마 울엄마 야

아들을 날라고 애쓰지 말고

춘향이 같은 딸을 놓아

이도령 같은 싸우(사위)를 보게

장기타령 / 가창유희요

자료코드 : 03_02_FOS_20120105_KDH_CNS_0004

조사장소 : 강원도 동해시 망상동 약천길 122-4 최남순 댁

조사일시 : 2012.1.5

조 사 자 : 강등학, 이영식, 박은영, 강태종

제 보 자 : 최남순, 여, 82세

구연상황 : 전날인 4일 저녁에 방문하여 소리와 이야기 몇 편을 들었으나 아직도 많이
남아 있을 것 같아 전화로 연락을 드리고 2시 경에 댁을 다시 방문했다. 남편
은 마실을 가고 혼자 있었다. 제보자는 어제 다 얘기 했는데 뭘 또 오느냐고
말을 했지만 웃으며 조사자들을 반겼다. 저녁이 되려면 시간이 있으므로 가능
한 많은 얘기를 나누고, 노래와 옛날 얘기를 듣고자 했다. 먼저 생각나는 소
리를 부탁하자 <회심곡>을 외운다고 하여 청해서 들었다. <회심곡>이 워낙
긴 곡이라 잠시 쉬었다가 <베틀가>, <엄마엄마 울엄마야>를 청해서 들었다.
이어서 책에서 보고 익힌 것이라며 <장기타령>을 불렀다. 자신의 무릎을 손
으로 가볍게 치면서 노래를 불렀다.

무어하니 무정하니 하올일이 장기로다

호양목 산우지에 삼십이개 깎아내니

돈사만사 줄째펴서 낱낱이 새게노니

장기야 좋다마는 망태없어 못띠겠네

일광월광 홍월광 백이나삽자 고새등

공단모단 백모단으로 삼신부인이 지은망태

망태야 좋다마는 판이없어 못띠겠네

제일산 제일봉에 애태주 봉한남개

애명불명 앤약하야 죽나라 촉매하니

좌모에 먹줄잽해 깎아놓니 판이로다

판일사 좋다마는 판가운데 무엇을 그릴소냐

즐길희자 그려놓고 옥렬관을 숙여씨고

장기라 띠다보니 뉘기뉘기 모였는고

일등선배 다모였네

장이야 궁이야 장받아라

해방가 / 가창유희요(1)

자료코드 : 03_02_FOS_20120105_KDH_CNS_0005
조사장소 : 강원도 동해시 망상동 약천길 122-4 최남순 댁
조사일시 : 2012.1.5
조 사 자 : 강등학, 이영식, 박은영, 강태종
제 보 자 : 최남순, 여, 82세
구연상황 : 전날인 4일 저녁에 방문하여 소리와 이야기 몇 편을 들었으나 아직도 많이
남아 있을 것 같아 전화로 연락을 드리고 2시 경에 댁을 다시 방문했다. 남편
은 마실을 가고 혼자 있었다. 제보자는 어제 다 얘기 했는데 뭘 또 오느냐고
말을 했지만 웃으며 조사자들을 반겼다. 저녁이 되려면 시간이 있으므로 가능

한 많은 얘기를 나누고, 노래와 옛날 얘기를 듣고자 했다. 먼저 생각나는 소리를 부탁하자 <회심곡>을 외운다고 하여 청해서 들었다. <회심곡>이 워낙 긴 곡이라 잠시 쉬었다가 <베틀가>, <엄마엄마 울엄마야>를 청해서 들었다. 이어서 책에서 보고 익힌 것이라며 <장기타령>을 부른 후 <해방가>를 불러 주었다. 묵호시에 살기 때문에 묵호항이라 했다고 한다.

일천구백 사십오년에 해방을 맞이하여
연락선에다 몸을실고 묵호항에 당도하니
깃깃마다 태극기를꼽고 만세삼창을 부르는데
남의집낭군은 다오시는데 우리집낭군만 안오시네
삼사월 진진해에 이마우에 손을얹고
거리거리 키달려도 오시라는임은 안오시고
오지마란 궂은비는 끄칠줄을 모르는데
업은아기는 젖달라울고 걸른아기는 밥달라울고
동지슫달 기나긴밤 두동비개(베개) 홀로비고
밤새도록 울은눈물 베개넘애 강이되어
그글써나 강물이라고 오리함쌍(한쌍) 계우(거위)함쌍
헤미(헤엄)하고 애간장태우네

각설이타령 / 가창유희요

자료코드 : 03_02_FOS_20120105_KDH_CNS_0006
조사장소 : 강원도 동해시 망상동 약천길 122-4 최남순 댁
조사일시 : 2012.1.5
조 사 자 : 강등학, 이영식, 박은영, 강태종
제 보 자 : 최남순, 여, 82세
구연상황 : 전날인 4일 저녁에 방문하여 소리와 이야기 몇 편을 들었으나 아직도 많이 남아 있을 것 같아 전화로 연락을 드리고 2시 경에 댁을 다시 방문했다. 남편은 마실을 가고 혼자 있었다. 제보자는 어제 다 얘기 했는데 뭘 또 오느냐고

말을 했지만 웃으며 조사자들을 반겼다. 저녁이 되려면 시간이 있으므로 가능한 많은 얘기를 나누고, 노래와 옛날 얘기를 듣고자 했다. 먼저 생각나는 소리를 부탁하자 <회심곡>을 외운다고 하여 청해서 들었다. <회심곡>이 워낙 긴 곡이라 잠시 쉬었다가 <베틀가>, <엄마엄마 울엄마야>, <장기타령>, <해방가>를 불러주었다. 이어서 <각설이타령>도 부를 줄 안다고 했다. 그러면서 몇 년 전에 경로당에서 각설이 복장을 하고 노래한 경험도 있다고 설명했다. 노래는 책을 보고서 익혔다고 한다. 노래를 부른 후에 첫 꼭지가 빠졌다고 아쉬워했다.

어얼씨구씨구 들어온다 저리씨구시구 나가신다

작년에 왔던 각설이 죽지도 안하고 또왔네

이사람은 이래봬도 정승판서의 자제로서

진사급제로 마다하고 돈한푼에 팔려서 각설이몸이 되었네

천자문을 읽었나 문세문세 자리한다

공자맹자를 읽었나 저리저리 자리한다

앉은고리는 저고리요 달린고리는 문고린데

뛰는고리는 개고리라

얼씨구절씨구 자리한다

성님성님 사촌성님 / 가창유희요(2)

자료코드 : 03_02_FOS_20120105_KDH_CNS_0007
조사장소 : 강원도 동해시 망상동 약천길 122-4 최남순 댁
조사일시 : 2012.1.5
조 사 자 : 강등학, 이영식, 박은영, 강태종
제 보 자 : 최남순, 여, 82세
구연상황 : 전날인 4일 저녁에 방문하여 소리와 이야기 몇 편을 들었으나 아직도 많이 남아 있을 것 같아 전화로 연락을 드리고 2시 경에 댁을 다시 방문했다. 남편은 마실을 가고 혼자 있었다. 제보자는 어제 다 얘기 했는데 뭘 또 오느냐고

말을 했지만 웃으며 조사자들을 반겼다. 저녁이 되려면 시간이 있으므로 가능한 많은 얘기를 나누고, 노래와 옛날 얘기를 듣고자 했다. 먼저 생각나는 소리를 부탁하자 <회심곡>을 외운다고 하여 청해서 들었다. <회심곡>이 워낙 긴 곡이라 잠시 쉬었다가 <베틀가>, <엄마엄마 울엄마야>, <장기타령>, <해방가>, <각설이타령> 등을 불러주었다. 이어서 어제 불렀던 <성님성님 사촌성님>이 마음에 들지 않았던지 불러주었다.

성님성님 사춘형님 우리 우리사춘 형님 오시는데

형님마중 누가갈가 반달같은 내가가지

니가우째 반달이냐 초생달이 반달이지

해방가 / 가창유희요(2)

자료코드 : 03_02_FOS_20120105_KDH_CNS_0008

조사장소 : 강원도 동해시 망상동 약천길 122-4 최남순 댁

조사일시 : 2012.1.5

조 사 자 : 강등학, 이영식, 박은영, 강태종

제 보 자 : 최남순, 여, 82세

구연상황 : 전날인 4일 저녁에 방문하여 소리와 이야기 몇 편을 들었으나 아직도 많이 남아 있을 것 같아 전화로 연락을 드리고 2시 경에 댁을 다시 방문했다. 남편은 마실을 가고 혼자 있었다. 제보자는 어제 다 얘기 했는데 뭘 또 오느냐고 말을 했지만 웃으며 조사자들을 반겼다. 저녁이 되려면 시간이 있으므로 가능한 많은 얘기를 나누고, 노래와 옛날 얘기를 듣고자 했다. 먼저 생각나는 소리를 부탁하자 <회심곡>을 외운다고 하여 청해서 들었다. <회심곡>이 워낙 긴 곡이라 잠시 쉬었다가 <베틀가>, <엄마엄마 울엄마야>, <장기타령>, <해방가>, <각설이타령>, <성님성님 사촌성님> 등을 불렀다. 이어서 제보자가 어느 노래를 부를까 망설이는 까닭에 조사자가 꼭 옛날 노래가 아니라도 괜찮다고 설명하자 처녀 때 많이 불렀던 노래라며 '처녀 일기'를 들려주었다. 그리고 앞에서 불렀던 <해방가> 사설 중 빠뜨린 부분이 생각이 났던지 다시 불렀다. 첫 사설에서 노래가 잘 안 되어 조사자가 도와주었다.

일천구백오십 일천사

(조사자 : 일천구백사십오년)

사십오년에 해방을 맞이하여

연락선에다 몸을실고 묵호항에 당도하니

깃깃마다 태극기를 꽂고 만세삼창을 부르는데

남의집낭군은 다오시는데 우리집낭군만 안오시네

원자폭탄을 맞이셨나 비행기공습을 맞이셨나

삼사월 진진해에 이마우에 손을얹고

거리거리 휘달려도 오시라는임은 안오시고

오지마란 궂은비는 끄칠줄을 모르는데

업은아기는 젖달라울고 걸른아기는 밥달라울고

동지슫달 기나긴밤 두동비개 홀로비고

밤새도록 울은눈물 베개넘애 강이되어

그글써나 강이라고 오리함쌍(한쌍) 계우함산(거위한쌍)

헤미치며 나의간장을 녹여주네

꼬마신랑이 장가갔는데 / 꼬마신랑놀리는소리

자료코드 : 03_02_FOS_20120105_KDH_CNS_0009

조사장소 : 강원도 동해시 망상동 약천길 122-4 최남순 댁

조사일시 : 2012.1.5

조 사 자 : 강등학, 이영식, 박은영, 강태종

제 보 자 : 최남순, 여, 82세

구연상황 : 전날인 4일 저녁에 방문하여 소리와 이야기 몇 편을 들었으나 아직도 많이
남아 있을 것 같아 전화로 연락을 드리고 2시 경에 댁을 다시 방문했다. 남편
은 마실을 가고 혼자 있었다. 제보자는 어제 다 얘기 했는데 뭘 또 오느냐고
말을 했지만 웃으며 조사자들을 반겼다. 저녁이 되려면 시간이 있으므로 가능
한 많은 얘기를 나누고, 노래와 옛날 얘기를 듣고자 했다. 먼저 생각나는 소

리를 부탁하자 <회심곡>을 외운다고 하여 청해서 들었다. <회심곡>이 워낙 긴 곡이라 잠시 쉬었다가 <베틀가>, <엄마엄마 울엄마야>, <장기타령>, <해방가>, <각설이타령>, <성님성님 사촌성님> 등을 불렀다. 제보자가 어느 노래를 부를까 망설이는 까닭에 조사자가 꼭 옛날 노래가 아니라도 괜찮다고 설명하자 처녀 때 많이 불렀던 노래라며 '처녀 일기'를 들려주었다. 그리고 앞에서 불렀던 <해방가> 사설 중 빠뜨린 부분이 생각이 났던지 다시 불러주었고, 이어서 아이 때 동무들과 놀면서 불렀다며 이 노래를 들려주었다. 두 번을 이어서 불렀으나 첫 번째 노래는 음질 좋지 않아 뒤의 노래로 정리하였다.

꼬마신랑이 장가갔는데
첫날밤에 오줌을 쌌대요
난몰라 난몰라 집에 갈거야
서방님 서방님 가지 마세요
가마솥에 누룽지 끓어 드릴게
빡 빡

아라리 / 가창유희요(2)

자료코드 : 03_02_FOS_20120105_KDH_CNS_0010
조사장소 : 강원도 동해시 망상동 약천길 122-4 최남순 댁
조사일시 : 2012.1.5
조 사 자 : 강등학, 이영식, 박은영, 강태종
제 보 자 : 최남순, 여, 82세
구연상황 : 전날인 4일 저녁에 방문하여 소리와 이야기 몇 편을 들었으나 아직도 많이 남아 있을 것 같아 전화로 연락을 드리고 2시 경에 댁을 다시 방문했다. 남편은 마실을 가고 혼자 있었다. 제보자는 어제 다 얘기 했는데 뭘 또 오느냐고 말을 했지만 웃으며 조사자들을 반겼다. 저녁이 되려면 시간이 있으므로 가능한 많은 얘기를 나누고, 노래와 옛날 얘기를 듣고자 했다. 먼저 생각나는 소리를 부탁하자 <회심곡>을 외운다고 하여 청해서 들었다. <회심곡>이 워낙

긴 곡이라 잠시 쉬었다가 <베틀가>, <엄마엄마 울엄마야>, <장기타령>, <해방가>, <각설이타령>, <성님성님 사촌성님> 등을 불렀다. 제보자가 어느 노래를 부를까 망설이는 까닭에 조사자가 꼭 옛날 노래가 아니라도 괜찮다고 설명하자 처녀 때 많이 불렀던 노래라며 '처녀 일기'를 들려주었다. 그리고 앞에서 불렀던 <해방가> 사설 중 빠뜨린 부분이 생각이 났던지 다시 불러주었고, 이어서 <꼬마신랑이 장가갔는데>를 불렀다. 조사자가 막 놀 때 부르는 노래는 없냐고 하자, 처녀 때도 많이 부르고 지금도 많이 부르는 노래라며 <아라리>를 불렀다. 제보자는 이 노래를 정선이리랑이라고 했다.

비가올라나 눈이올라나 억수장마 질라나
갈미봉 꼭대기에 실안개 돈다

오늘갈런지 내일갈런지 홍수홍망 인데
만드라미 줄봉숭아는 왜심어 놓았나

시집살이 못살고 가라면은 갔지
양귈런 술안먹구는 내못살겠네

나무하러가세 / 질문으로잇는소리(2)

자료코드 : 03_02_FOS_20120207_KDH_CNS_0001
조사장소 : 강원도 동해시 망상동 동해대로 6134-1 영서민박
조사일시 : 2012.2.7
조 사 자 : 강등학, 이영식, 박은영, 강태종
제 보 자 : 최남순, 여, 82세
구연상황 : 이상자가 <아이 낫게 해주고 돈 번 소금장수> 이야기를 구연한 후 그에 관한 뒷이야기를 조금 나누었다. 불쑥 최남순이 노래를 하겠다며 이 소리를 해주었다.

뒷집 영감 나무하러 가세
배가 아파 못 가겠네

뭔 배 자래 배

뭔 자래 에미 자래

뭔 에미 살 에미

뭔 탈 보리 탈

뭔 보리 가을 보리

뭔 갈 떡 갈

뭔 떡 개 떡

뭔 개 사양 개(사냥개)

뭔 사양 꽁 사양

뭔 꽁 장 꽁

뭔 장 뒤뜰이 읍장

맹근맹근 조맹근 / 다리뽑기하는소리

자료코드 : 03_02_FOS_20120207_KDH_CNS_0002

조사장소 : 강원도 동해시 망상동 동해대로 6134-1 영서민박

조사일시 : 2012.2.7

조 사 자 : 강등학, 이영식, 박은영, 강태종

제 보 자 : 최남순, 여, 82세

구연상황 : 최남순이 <나무하러가세> 소리를 마친 후, 조사자가 배 아플 때 배를 쓸어
주며 부르던 소리를 아느냐고 물었다. 다들 안다고는 했지만 완성도 있게 구
연하지는 않았다. 심순항이 '맹근 맹근 조맹근'을 아느냐고 묻자 최남순이 스
스럼없이 구연해 주었다.

맹근 맹근 조맹근

짝 바우리 히양기

노루매 꼭지 장독고

미네 꼬 대 추

이거리저거리 갓거리 / 다리뽑기하는소리

자료코드 : 03_02_FOS_20120207_KDH_CNS_0003
조사장소 : 강원도 동해시 망상동 동해대로 6134-1 영서민박
조사일시 : 2012.2.7
조 사 자 : 강등학, 이영식, 박은영, 강태종
제 보 자 : 최남순, 여, 82세
구연상황 : 심순항이 '맹근 맹근 조맹근'을 아느냐고 묻자 최남순이 스스럼 없이 구연해
　　　　　주었다. 조사자가 직접 다리뽑기를 하면서 불러줄 것을 청하자 최남순이 다리
　　　　　뽑기하는 흉내를 내며 불러주었다.

　　요고리 조고리 갓 고리
　　손수 맹근 조맹 근
　　짝 발이 히양 기
　　노루매 꼭지 장독 고
　　미네 꼬 대 추

　　걷어!

돌아간다 돌아간다 / 종지놀이하는소리

자료코드 : 03_02_FOS_20120207_KDH_CNS_0004
조사장소 : 강원도 동해시 망상동 동해대로 6134-1 영서민박
조사일시 : 2012.2.7
조 사 자 : 강등학, 이영식, 박은영, 강태종
제 보 자 : 최남순, 여, 82세
구연상황 : <다리뽑기하는소리>를 한 후, 자연스럽게 어릴 적 놀던 놀이로 화제가 옮아
　　　　　갔다. 심순항이 수건돌리기 이야기를 꺼내자 최남순이 이 노래를 불렀다. 이
　　　　　노래를 종지를 돌리면서 부르던 소리로 술래가 되면 노래를 불렀다고 한다.
　　　　　종지는 앞으로 돌리고 수건은 뒤로 돌렸다고 한다.

돌아 간다 돌아 간다
연에 연실이 돌아 간다

청청 맑아라 / 물맑게하는소리

자료코드 : 03_02_FOS_20120207_KDH_CNS_0005
조사장소 : 강원도 동해시 망상동 동해대로 6134-1 영서민박
조사일시 : 2012.2.7
조 사 자 : 강등학, 이영식, 박은영, 강태종
제 보 자 : 최남순, 여, 82세
구연상황 : 조사자가 가재를 잡을 때 물이 흐려지며 물을 맑게 하려고 부르던 소리를 아
　　　　　느냐고 묻자 모두들 이 노래를 조금씩 불렀다. 여러 번 반복해서 불러줄 것을
　　　　　청하자 최남순이 다시 불러주었다. 빨리 맑아지라고 침을 뱉었다고 한다.

　　청 청 맑아 라
　　먼데 각시 물이러 온다
　　청 청 맑아 라
　　먼데 각시 물이러 온다

어랑타령 / 가창유희요

자료코드 : 03_02_FOS_20120207_KDH_CNS_0006
조사장소 : 강원도 동해시 망상동 동해대로 6134-1 영서민박
조사일시 : 2012.2.7
조 사 자 : 강등학, 이영식, 박은영, 강태종
제 보 자 : 최남순, 여, 82세
구연상황 : <물맑게하는소리>를 부른 후, 물 이러 다니던 이야기로 화제가 옮아갔다. 심
　　　　　순항이 이 노래의 사설만 읊자 곧바로 최남순이 노래로 불러주었다.

웅굴(우물)안에 고기는 꼬리만톡톡 치구요

우물밖에 큰아기 바가지장단만 치누나

어랑어랑 어허야 어럼마디여라 모두가 내사랑아

밀양아리랑 / 가창유희요

자료코드 : 03_02_FOS_20120207_KDH_CNS_0007
조사장소 : 강원도 동해시 망상동 동해대로 6134-1 영서민박
조사일시 : 2012.2.7
조 사 자 : 강등학, 이영식, 박은영, 강태종
제 보 자 : 최남순, 여, 82세
구연상황 : 심순항이 <밀양아리랑>을 부르자 최남순이 바로 받아서 구연해 주었다.

할곰 할곰에 돌아보지 말고

심중에 있는말을 전하고 가소

아리아리랑 스리스리랑 아라리가 났네

아리랑 고개로 아라리가 났네

가갸 가다가 / 한글풀이하는소리

자료코드 : 03_02_FOS_20120207_KDH_CNS_0008
조사장소 : 강원도 동해시 망상동 동해대로 6134-1 영서민박
조사일시 : 2012.2.7
조 사 자 : 강등학, 이영식, 박은영, 강태종
제 보 자 : 최남순, 여, 82세
구연상황 : 최남순이 <화투풀이하는소리>인 <정월송학에>를 불렀으나 완성도가 떨어졌다. 조사자가 <가갸 가다가>와 같은 노래를 아느냐고 묻자 최남순이 바로 노래해 주었다. 중간에 약간씩 더듬어서 다시 불러줄 것을 청하자 흔쾌히 구연해주었다.

가갸 가다가

거겨 걸어서

고교 고기궈서

구규 국끓여먹자

나냐 나도먹고

너녀 너도먹고

노뇨 놀고가자

누뉴 누워가자

다쟈 다먹었다

더져 더먹어라

도조 됐다먹자

두쥬 둘이먹자

세상달강 / 아기어르는소리

자료코드 : 03_02_FOS_20120207_KDH_CNS_0009
조사장소 : 강원도 동해시 망상동 동해대로 6134-1 영서민박
조사일시 : 2012.2.7
조 사 자 : 강등학, 이영식, 박은영, 강태종
제 보 자 : 최남순, 여, 82세
구연상황 : 조사자가 <세상달강>을 아느냐고 묻자 최남순이 바로 구연해 주었다. 아이
를 볼 때 부르던 노래라고 했다.

세상 달강

서울로 가다가 밤한톨 주서서

통록에다 삶아서 조리로 건져서

박죽으로 뭉개서

껍데기는 아빠주고

고물이는 엄마주고

벌거지는 할머이주고

살으는 니하고 나하고 둘이 먹자

달강달강

베틀소리 / 가창유희요(3)

자료코드 : 03_02_FOS_20120207_KDH_CNS_0010

조사장소 : 강원도 동해시 망상동 동해대로 6134-1 영서민박

조사일시 : 2012.2.7

조 사 자 : 강등학, 이영식, 박은영, 강태종

제 보 자 : 최남순, 여, 82세

구연상황 : 조사자가 <베틀노래>를 불러 줄 것을 청하자 지난번에 불렀다고 안 하려고
했다. 괜찮으니 다시 불러줄 것을 청하자 구연해 주었다.

베틀놓세 베틀놓세 옥난간에 베틀놓세

베틀다리 두다리요 잉앳대는 삼형제요

눈썹대는 두형젠데 초승(초성)좋은 용두머리 삐걱삐걱 노래하고

들고짜나 놓고짜나 딸각딸각 잘도짠다

낮에짜면 일광단에 밤에짜면 야광단에

밤낮으로 짜낸벼를 어떤총각의 도포를할까

앞니빠진 갈가지 / 이빠진아이놀리는소리

자료코드 : 03_02_FOS_20120207_KDH_CBG_0001

조사장소 : 강원도 동해시 망상동 동해대로 6134-1 영서민박

조사일시 : 2012.2.7

조 사 자 : 강등학, 이영식, 박은영, 강태종

제 보 자 : 최복규, 여, 80세

구연상황 : 어릴 적 이를 갈 때 하던 행위나 노래에 관해 화제를 옮겼다. 이가 빠진 아이
를 놀리면서 부르던 소리를 아느냐고 묻자 다들 조금씩 구연해 주었다. 최복
규에게 구연해줄 것을 청하자 잘 못 하겠다면 마다하다가 조심스럽게 구연해
주었다. '수망새'가 무슨 뜻이냐고 물었으나 잘 모르겠다고 했다.

앞니빠진 갈가지

뒷니빠진 수망새

뒷골로 가지마라

네에미한테 뺨맞을라

다람아 다람아 / 다람쥐놀리는소리

자료코드 : 03_02_FOS_20120207_KDH_CBG_0002

조사장소 : 강원도 동해시 망상동 동해대로 6134-1 영서민박

조사일시 : 2012.2.7

조 사 자 : 강등학, 이영식, 박은영, 강태종

제 보 자 : 최복규, 여, 80세

구연상황 : 다람쥐를 놀리면서 부르던 소리를 아느냐는 질문에 최남순과 심순항이 잘 모
르겠다고 했다. 끝쪽에 앉아있던 최복규가 노래를 불렀다. 다시 불러줄 것을
청하자 다람쥐가 앞발을 비비는 것처럼 손으로 비비는 흉내를 내며 노래를
불러주었다.

다람아다람아 춤춰라

명주고깔 해주마

자진아라리 / 모심는소리

자료코드 : 03_02_FOS_20120104_KDH_CGH_0001
조사장소 : 강원도 동해시 망상동 약천길19 심곡경로당
조사일시 : 2012.1.4
조 사 자 : 강등학, 이영식, 박은영, 강태종
제 보 자 : 최귀환, 여, 84세
구연상황 : 정하모가 <모심는소리>를 하자 최귀환이 이어서 노래를 받았다. 단오장에
         갔더니 자신들이 부르던 이 노래를 부르더라고 했다.

심어주게 심어주게 오졸졸줄모를 심어주게

심어주게 심어주게 한폭두폭 고루고루 심어주게

춘달래 춘달래 / 추울때하는소리

자료코드 : 03_02_FOS_20120104_KDH_CJE_0001
조사장소 : 강원도 동해시 망상동 약천길19 심곡경로당
조사일시 : 2012.1.4
조 사 자 : 강등학, 이영식, 박은영, 강태종
제 보 자 : 최종은, 남, 75세
구연상황 : 박창근이 <어랑타령>을 여러 수 부르고 난 뒤, 전래동요 쪽으로 조사의 방
         향을 틀었다. 놀리는소리에 관한 질문을 하던 중 최종은이 이 노래를 떠올렸
         다. 초등학교 다닐 때, 따뜻한 학교 담벼락에 여럿이 모여 깡충깡충 뛰며 이
         노래를 불렀다고 한다. 많이 아이들이 어울려 부르다보면 발이 밟히거나 치여
         서 우는 아이들도 있었다고 한다. 박창근과 함께 부를 것을 청했으나 박창근
         은 소극적이었다. 조사자들도 함께 불렀다.

춘달래 춘달래
춘달래 춘달래
춘달래 춘달래

심청가 / 가창유희요

자료코드 : 03_02_MFS_20120104_KDH_KSO_0001
조사장소 : 강원도 동해시 망상동 약천길19 심곡경로당
조사일시 : 2012.1.4
조 사 자 : 강등학, 이영식, 박은영, 강태종
제 보 자 : 김순옥, 여, 88세
구연상황 : <영해영천>을 부른 뒤 김순옥이 자발적으로 <심청가>를 부르겠다고 하며
이 노래를 불렀다. 어릴 적 두어달 야학을 다녔는데 그 당시 선생님으로부터
배운 노래라고 했다.

　　　　엿도한도 한가정에 글싫고 세사령
　　　　저집아해 심청이는 나오시길 길해
　　　　눈먼아비 남편두고 이세상을 떠나네
　　　　앞못본가 심봉사가 갓난딸을 안고서
　　　　동냥질을 다니면서 동냥젖을 먹인다
　　　　젖좀주소 젖좀주소 이와같이 구걸해
　　　　근근덕신 길러나여 나이젊고 젊다네
　　　　대문밖이 천지밝은 하룻밤을 묵거라
　　　　이몸하나 죽는것은 섧지아니 하여도
　　　　우리부모 어둔눈을 하루속히 떠주소

떵가라붕 / 가창유희요

자료코드 : 03_02_MFS_20120207_KDH_PHG_0001

조사장소 : 강원도 동해시 망상동 동해대로 6134-1 영서민박

조사일시 : 2012.2.7

조 사 자 : 강등학, 이영식, 박은영, 강태종

제 보 자 : 박후균, 여, 78세
구연상황 : 심순항이 <떵가라붕>을 불렀다. 박후균도 아는 듯 하였으나 구연을 해주지
는 않았다. 조사자와 다른 제보자들이 한 번 불러보라고 여러 번에 걸쳐 청하
자 부끄러워하며 불러주었다.

사라사세요 사발사세요 애원한 목소리

창문열고 내다보니 고려모자에 스승사재로구나

쪼이나 쪼이나 쪼이

너영나영 / 가창유희요

자료코드 : 03_02_MFS_20120207_KDH_SSH_0001

조사장소 : 강원도 동해시 망상동 동해대로 6134-1 영서민박

조사일시 : 2012.2.7

조 사 자 : 강등학, 이영식, 박은영, 강태종

제 보 자 : 심순항, 여, 78세
구연상황 : 심계민이 갈비뼈가 아프다며 가슴을 만지자 심순항이 '젖에 대한 이야기'를
하겠다며 이 노래를 불렀다. 후렴 부분에서는 최남순이 함께 불렀다. 어릴 적
에 놀면서 부르던 노래라고 했다.

오동나무 열매는 떨걱떨걱 하구요

큰아기 젖통은 몽실몽실 하더라

나냐 나냐 나니난실 놀구요

낮이낮이나 밤이밤이나 첫사랑이로 구나

띵가라붕 / 가창유희요(1)

자료코드 : 03_02_MFS_20120207_KDH_SSH_0002
조사장소 : 강원도 동해시 망상동 동해대로 6134-1 영서민박
조사일시 : 2012.2.7
조 사 자 : 강등학, 이영식, 박은영, 강태종
제 보 자 : 심순항, 여, 78세
구연상황 : 심순항이 <너영나영>을 부른 후 조사자가 언제부터 부르던 노래냐고 질문했
다. '클 적에 무닥대기로 부르던 노래'라고 답한 심순항이 이어서 이 노래를
불렀다. 혹시 후렴구에 '띵가라붕'을 넣지 않느냐는 질문에 최남순이 끝에 가
서 그런 게 있다고 했다.

당신을 드릴라고 지어놓은 손수건
가다가 땀이나서 고려미안하게 되었네
얼씨구 절씨구

띵가라붕 / 가창유희요(2)

자료코드 : 03_02_MFS_20120207_KDH_SSH_0003
조사장소 : 강원도 동해시 망상동 동해대로 6134-1 영서민박
조사일시 : 2012.2.7
조 사 자 : 강등학, 이영식, 박은영, 강태종
제 보 자 : 심순항, 여, 78세
구연상황 : 심순항이 <띵가라붕> 한 수를 불렀다. 조사자가 문서를 달리해서 더 불러줄
것을 청하자 시시하게 왜 시키냐면서도 다시 불러주었다. 이 노래는 문서가
다양하다고 하였으며, 강릉에서 나온 노래라고 했다.

저게가는 저색시의 엉덩이에 쌀서말을치구요
튼튼한 농고학생 고려똥장군을 미켜라
얼씨구 절씨구

사발사세요 사발사세요 애원하는 소리에

창문열고 내다보니 고려모자에 수건석자로구나

얼씨구 절씨구

떵가라붕 / 가창유희요(3)

자료코드 : 03_02_MFS_20120207_KDH_SSH_0004

조사장소 : 강원도 동해시 망상동 동해대로 6134-1 영서민박

조사일시 : 2012.2.7

조 사 자 : 강등학, 이영식, 박은영, 강태종

제 보 자 : 심순항, 여, 78세

구연상황 : 박후균이 <떵가라붕>을 부른 후 약간의 공백이 생겼다. 심순항이 자연스럽
게 노래를 이었다. '고랴'가 무슨 뜻이냐고 물었더니 일본말이라고 했다.

죽으라는 시어머니 죽지도 않구요

앞집의 새서방이 고랴두다리 뻗었네

절씨구 절씨구

양양양갈보를 / 양갈보놀리는소리

자료코드 : 03_02_MFS_20120207_KDH_SSH_0005

조사장소 : 강원도 동해시 망상동 동해대로 6134-1 영서민박

조사일시 : 2012.2.7

조 사 자 : 강등학, 이영식, 박은영, 강태종

제 보 자 : 심순항, 여, 78세

구연상황 : 새소리를 흉내내면서 부르는 소리를 아느냐는 질문에 다들 잘 모르겠다고 했
다. 심순항이 미군 왔을 때 불렀던 노래가 기억이 난다면서 이 노래를 불렀
다. 양갈보가 미워서 그들을 놀리며 부르던 노래라고 했다.

양양 양갈보로 바라볼 때에

호박같은 낮짝에다 분을 바르고

오케 할로 뒤를 따르며

아군의 피빨아먹는 개잡 년들아

베틀가 / 가창유희요

자료코드 : 03_02_MFS_20120207_KDH_SSH_0006

조사장소 : 강원도 동해시 망상동 동해대로 6134-1 영서민박

조사일시 : 2012.2.7

조 사 자 : 강등학, 이영식, 박은영, 강태종

제 보 자 : 심순항, 여, 78세

구연상황 : 베를 짜노라면 옆에서는 아기가 울고 밭에서는 밭을 갈고 정신이 없다는 이 야기를 하며 심순항이 노래를 불렀다. 다 부른 후 숨이 차고 음치라 노래를 못 한다며 부끄러워했다.

베틀노세 옥난간에다 베틀노세

낮에짜면 일광단이요 밤에짜면 월광단이라

일광단월광단 다짜놓고 정든님의와이사쓰나 지어나볼까

에혜요 베짜는아줌마 베틀에사랑노래 수심만지노라

노랫가락 / 가창유희요

자료코드 : 03_02_MFS_20120104_KDH_CNS_0001

조사장소 : 강원도 동해시 망상동 약천길 122-4 최남순 댁

조사일시 : 2012.1.4

조 사 자 : 강등학, 이영식, 박은영, 강태종

제 보 자 : 최남순, 여, 82세

구연상황 : 망상동 심곡 경로당에서 조사를 하던 중에 제보하던 정하모가 훌륭한 제보자
가 있는데 오늘 참석하지 않았다며 아쉬워했다. 이에 조사자들이 안내를 부탁
하니 흔쾌히 동의하여 최남순 댁을 안내해주었다. 제법 먼 거리라 걸어서 가
기에는 곤란해 승용차를 타고 최남순 댁에 도착하니 최남순은 저녁을 준비하
고 남편인 김수래는 아궁이에 불을 지피고 있었다. 방문 목적을 설명하니 모
두들 방으로 안내되었다. 준비한 음료수를 남편인 김수래에게 권하며, 알고
있는 얘기를 청하니 시집오기 전 친정에서 읽었던 '꿩의 잣치개'를 조사자에
게 소개해 주었다. 이후 다른 것이 없는가 하고 이것저것 묻다가 다복녀를 알
고 있냐고 묻자 '부를 줄 알지' 하며 노래를 불러주었다. <다복녀>, <성님성
님 사촌성님>을 청하여 듣고 베틀소리를 청하니 웃으면서 '별걸 다 하라네'
하고 노래를 불러주었다. 이어서 '영감 나무하러 가세'를 아느냐고 물으니
'뭐 그게 노래냐?'고 하며 불러주었다. 나무하러가세를 부른 후 농사와 관련
된 얘기를 잠시 나누고, 처녀 때 주로 어떤 노래를 했냐고 물으니 이 노래도
했다며 <노랫가락>을 불러주었다.

산은 옛산이로다 물은옛물이 아니로구나
주야로 흐르는물은 옛물이라고 할수가 있나

처녀일기 / 가창유희요

자료코드 : 03_02_MFS_20120105_KDH_CNS_0001
조사장소 : 강원도 동해시 망상동 약천길 122-4 최남순 댁
조사일시 : 2012.1.5
조 사 자 : 강등학, 이영식, 박은영, 강태종
제 보 자 : 최남순, 여, 82세
구연상황 : 전날인 4일 저녁에 방문하여 소리와 이야기 몇 편을 들었으나 아직도 많이
남아 있을 것 같아 전화로 연락을 드리고 2시 경에 댁을 다시 방문했다. 남편
은 마실을 가고 혼자 있었다. 제보자는 어제 다 얘기 했는데 뭘 또 오느냐고
말을 했지만 웃으며 조사자들을 반겼다. 저녁이 되려면 시간이 있으므로 가능
한 많은 얘기를 나누고, 노래와 옛날 얘기를 듣고자 했다. 먼저 생각나는 소
리를 부탁하자 <회심곡>을 외운다고 하여 청해서 들었다. <회심곡>이 워낙
긴 곡이라 잠시 쉬었다가 <베틀가>, <엄마엄마 울엄마야>, <장기타령>,

<해방가>, <각설이타령>, <성님성님 사촌성님> 등을 불렀다. 조사자가 꼭 옛날 노래가 아니라도 괜찮다고 설명을 한 후, 처녀 때 많이 부른 노래를 청하자 이 노래를 불러주었다. 제보자는 제목을 모르고 있었다. 이 노래는 <처녀 일기>로 일명 '꽃이 핍니다.'이다. 1937년 유춘산 노래이다.

열아홉살 가슴에 꽃이핍니다
수집고 부끄러운 한송이꽃을
당신에게 드립니다 받아주소서

열아홉살 가슴에 새가웁니다
수집고 부끄러운 한마리새를
당신에게 드립니다 받아주소서

띵가라붕 / 가창유희요

자료코드 : 03_02_MFS_20120105_KDH_CNS_0002
조사장소 : 강원도 동해시 망상동 약천길 122-4 최남순 댁
조사일시 : 2012.1.5
조 사 자 : 강등학, 이영식, 박은영, 강태종
제 보 자 : 최남순, 여, 82세
구연상황 : 전날인 4일 저녁에 방문하여 소리와 이야기 몇 편을 들었으나 아직도 많이 남아 있을 것 같아 전화로 연락을 드리고 2시 경에 댁을 다시 방문했다. 남편은 마실을 가고 혼자 있었다. 제보자는 어제 다 얘기 했는데 뭘 또 오느냐고 말을 했지만 웃으며 조사자들을 반겼다. 저녁이 되려면 시간이 있으므로 가능한 많은 얘기를 나누고, 노래와 옛날 얘기를 듣고자 했다. 먼저 생각나는 소리를 부탁하자 <회심곡>을 외운다고 하여 청해서 들었다. <회심곡>이 워낙 긴 곡이라 잠시 쉬었다가 <베틀가>, <엄마엄마 울엄마야>, <장기타령>, <해방가>, <각설이타령>, <성님성님 사촌성님> 등을 불렀다. 제보자가 어느 노래를 부를까 망설이는 까닭에 조사자가 꼭 옛날 노래가 아니라도 괜찮다고 설명하자, 처녀 때 많이 불렀던 노래라며 <처녀 일기>를 들려주었다. 그리고 앞에서 불렀던 해방가 사설 중 빠뜨린 부분이 생각이 났던지 다시 불

러주었고, 이어서 꼬마신랑놀리는소리를 불렀다. 조사자가 막 놀 때 부르는 노래는 없냐고 하자, 처녀 때도 많이 부르고 지금도 많이 부르는 노래라며 <아라리> 몇 곡을 이어서 불렀다. 그리곤 자연스럽게 이 노래로 바뀌었다.

뒷집에 숫돌이좋아 낫갈러갔더니 좋아
뒷집처녀 옆눈질에 낫날이홀짝 넘었네
얼시구 절씨구

또 막 놀 땐 또 그런 노래.

막모래 밭에는 비오나 마나 얼씨구
어린가장 품안에 잠자나 마나
얼씨구 절씨구

아리랑 / 가창유희요

자료코드 : 03_02_MFS_20120105_KDH_CNS_0003
조사장소 : 강원도 동해시 망상동 약천길 122-4 최남순 댁
조사일시 : 2012.1.5
조 사 자 : 강등학, 이영식, 박은영, 강태종
제 보 자 : 최남순, 여, 82세
구연상황 : 전날인 4일 저녁에 방문하여 소리와 이야기 몇 편을 들었으나 아직도 많이 남아 있을 것 같아 전화로 연락을 드리고 2시 경에 댁을 다시 방문했다. 남편은 마실을 가고 혼자 있었다. 제보자는 어제 다 얘기 했는데 뭘 또 오느냐고 말을 했지만 웃으며 조사자들을 반겼다. 저녁이 되려면 시간이 있으므로 가능한 많은 얘기를 나누고, 노래와 옛날 얘기를 듣고자 했다. 먼저 생각나는 소리를 부탁하자 <회심곡>을 외운다고 하여 청해서 들었다. <회심곡>이 워낙 긴 곡이라 잠시 쉬었다가 <베틀가>, <엄마엄마 울엄마야>, <장기타령>, <해방가>, <각설이타령>, <성님성님 사촌성님> 등을 불렀다. 제보자가 어느 노래를 부를까 망설이는 까닭에 조사자가 꼭 옛날 노래가 아니라도 괜찮다고 설명하자, 처녀 때 많이 불렀던 노래라며 <처녀 일기>를 들려주었다.

그리고 앞에서 불렀던 <해방가> 사설 중 빠뜨린 부분이 생각이 났던지 다시 불러주었고, 이어서 꼬마신랑놀리는소리를 불렀다. 조사자가 막 놀 때 부르는 노래는 없냐고 하자, 처녀 때도 많이 부르고 지금도 많이 부르는 노래라며 아라리 몇 곡을 이어서 불렀다. 그리곤 <떵가라붕>에 이어서 <아리랑>을 불렀다.

아리랑 아리랑 아라리 요
아리랑 고개로 넘어 간다

그러 할라 하면 하고 뭐,

아리랑 아리랑 아리리 요
아리랑 고개로 넘어 간다

청천 하늘에 별알이 많고
요내 가슴에 수심도 많다

아리랑 아리랑 아리리 요
아리랑 고개로 넘어 간다

아리랑 고개다 마주막 집짓고
가는님 오는님 대접 하세

도라지타령 / 가창유희요

자료코드 : 03_02_MFS_20120105_KDH_CNS_0004
조사장소 : 강원도 동해시 망상동 약천길 122-4 최남순 댁
조사일시 : 2012.1.5
조 사 자 : 강등학, 이영식, 박은영, 강태종
제 보 자 : 최남순, 여, 82세
구연상황 : 전날인 4일 저녁에 방문하여 소리와 이야기 몇 편을 들었으나 아직도 많이

남아 있을 것 같아 전화로 연락을 드리고 2시 경에 댁을 다시 방문했다. 남편은 마실을 가고 혼자 있었다. 제보자는 어제 다 얘기 했는데 뭘 또 오느냐고 말을 했지만 웃으며 조사자들을 반겼다. 저녁이 되려면 시간이 있으므로 가능한 많은 얘기를 나누고, 노래와 옛날 얘기를 듣고자 했다. 먼저 생각나는 소리를 부탁하자 <회심곡>을 외운다고 하여 청해서 들었다. <회심곡>이 워낙 긴 곡이라 잠시 쉬었다가 <베틀가>, <엄마엄마 울엄마야>, <장기타령>, <해방가>, <각설이타령>, <성님성님 사촌성님> 등을 불렀다. 제보자가 어느 노래를 부를까 망설이는 까닭에 조사자가 꼭 옛날 노래가 아니라도 괜찮다고 설명하자, 처녀 때 많이 불렀던 노래라며 <처녀 일기>를 들려주었다. 그리고 앞에서 불렀던 <해방가> 사설 중 빠뜨린 부분이 생각이 났던지 다시 불러주었고, 이어서 꼬마신랑놀리는소리를 불렀다. 조사자가 막 놀 때 부르는 노래는 없냐고 하자, 처녀 때도 많이 부르고 지금도 많이 부르는 노래라며 <아라리> 몇 곡을 이어서 불렀다. 그리곤 <떵가라붕>, <아리랑>에 이어 <도라지타령>을 불렀다.

도라지를캘라면 캐구요 더덕을캘라면 캐었지
남의집의 귀동자 근본조채를 왜캐느냐
에헤야데헤야 얼싸엄마디어라 모똥내사랑 이로다

창부타령 / 가창유희요

자료코드 : 03_02_MFS_20120105_KDH_CNS_0005
조사장소 : 강원도 동해시 망상동 약천길 122-4 최남순 댁
조사일시 : 2012.1.5
조 사 자 : 강등학, 이영식, 박은영, 강태종
제 보 자 : 최남순, 여, 82세
구연상황 : 전날인 4일 저녁에 방문하여 소리와 이야기 몇 편을 들었으나 아직도 많이 남아 있을 것 같아 전화로 연락을 드리고 2시 경에 댁을 다시 방문했다. 남편은 마실을 가고 혼자 있었다. 제보자는 어제 다 얘기 했는데 뭘 또 오느냐고 말을 했지만 웃으며 조사자들을 반겼다. 저녁이 되려면 시간이 있으므로 가능한 많은 얘기를 나누고, 노래와 옛날 얘기를 듣고자 했다. 먼저 생각나는 소

리를 부탁하자 <회심곡>을 외운다고 하여 청해서 들었다. <회심곡>이 워낙 긴 곡이라 잠시 쉬었다가 <베틀가>, <엄마엄마 울엄마야>, <장기타령>, <해방가>, <각설이타령>, <성님성님 사촌성님> 등을 불렀다. 제보자가 어느 노래를 부를까 망설이는 까닭에 조사자가 꼭 옛날 노래가 아니라도 괜찮다고 설명하자, 처녀 때 많이 불렀던 노래라며 <처녀 일기>를 들려주었다. 그리고 앞에서 불렀던 <해방가> 사설 중 빠뜨린 부분이 생각이 났던지 다시 불러주었고, 이어서 꼬마신랑놀리는소리를 불렀다. 조사자가 막 놀 때 부르는 노래는 없냐고 하자, 처녀 때도 많이 부르고 지금도 많이 부르는 노래라며 <아라리> 몇 곡을 이어서 불렀다. <떵가라붕>, <아리랑>에 이어 <도라지타령>을 부르곤 <창부타령> 몇 곡을 불렀다.

또 그냥 노래 할라.

아니 아니 놀지는 못하리라
하늘같이에 높은사랑 하해같이도 깊은사랑
당명하에 양귀비요 이도령하고도 춘향이라
일년 삼백육십오일을 하루만못봐도 못살겠네

(조사자 : 좋다.)
(제보자 : 좋다.)

수천당 심으신낭개(나무) 높다랗게 그늘을(그네를)매고
임이뛸제 내가밀고 내가뛸적에 임이밀어
벗님아줄삼눈 살살살펴라 줄떨어지면은 정떨어진다

나부야 청산을가자 호랑나부야 너도가자
가다가 날이저물면 꽃잎속에서 자고가지
꽃잎이 반대를하거든 풀잎에나마 자고가세

영구영천 흐르는물에 배차씻는에 저아가씨
겉에겉잎 다제쳐놓고 속에속잎을 나를주오

여보당신 날언제봤다고 속에속잎을 달라하오

일본에 가서 / 숫자풀이하는소리

자료코드 : 03_02_MFS_20120207_KDH_CNS_0001
조사장소 : 강원도 동해시 망상동 동해대로 6134-1 영서민박
조사일시 : 2012.2.7
조 사 자 : 강등학, 이영식, 박은영, 강태종
제 보 자 : 최남순, 여, 82세
구연상황 : 점심 식사를 함께한 후 다시 판을 벌였다. 최남순이 이 노래를 자발적으로 불렀다. 다시 불러줄 것을 청하자 흔쾌히 다시 불러주었다.

일 일본에 가서
이 이사가 되어
삼 삼등을 하니
사 사방을 돌아
오 오도바이 타고
육 육결포를 들고
칠 칠십리를 가서
팔 팔자가
구 구둣발에 채켜서
십 신문에 났습니다

뱃노래 / 가창유희요

자료코드 : 03_02_MFS_20120207_KDH_CNS_0002
조사장소 : 강원도 동해시 망상동 동해대로 6134-1 영서민박

조사일시 : 2012.2.7

조 사 자 : 강등학, 이영식, 박은영, 강태종

제보자 1 : 최남순, 여, 82세

제보자 2 : 심순항, 여, 78세

구연상황 : 최남순이 <밀양아리랑>을 부르고 난 후, 심순항이 "일본 동경이 얼마나 좋아서"라고 말하며 운을 띄워 주었다. 최남순이 바로 노래를 부르자, 심순항이 그 뒤를 이었다. 심순항은 노래를 부른 후 사설의 의미를 다시 짚어 주었다.

제보자 1 일본 동경이 얼마나 좋아서

꽃같은 나를두고 연락을 타느냐

제보자 2 작년같은 숭년에도 이밥은 먹었는데

올같은 색시풍년에 장가를 못가나

말더듬이 도둑놈 쫓아내기

자료코드 : 03_02_ETC_20120105_KDH_PCG_0001

조사장소 : 강원도 동해시 망상동 터일길 5-1 박창근 댁

조사일시 : 2012.1.5

조 사 자 : 강등학, 이영식, 박은영, 강태종

제 보 자 : 박창근, 남, 75세

구연상황 : 전날인 1월 4일 망상동 심곡 경로당에서 박창근을 만나 조사를 했다. 하지만 당시 경로당 분위기가 자신들의 오락인 화투를 해야 할 시간이 자꾸 가니까 조사자에게 눈치를 주었다. 이에 다음을 기약하고 나왔다. 다음날인 1월 5일 아침에 박창근에게 전화를 해서 방문 허락을 받았다. 집이 좁은 골목에 있어 차를 멀찍이 세워놓고 방문을 하니 '뭐라고 오느냐'며 방으로 안내했다. 처음에 사는 얘기를 나누다가, 박창근이 아직도 안택을 하고 있다는 말에 그럼 경쟁이가 와서 비느냐는 조사자의 질문에 본인이 직접 빈다고 하였다. 이에 비손하는 소리를 청하니, 뭘 하느냐고 거절하다가 여러 번의 청 끝에 불러주었다. 이 소리는 부부가 자신들이 오랫동안 다니던 산에 가서 빌던 소리인데, 나이도 들고 산이 너무 험하고 해서 작년에 못 오겠다고 마지막으로 인사를 드렸다고 한다. 산에서 비는 소리를 듣고 안택고사 때는 어떻게 비냐고 묻자 이 소리를 해주었다. 이어서 제보자가 겪었던 일이라며 호랑이 얘기를 해주었다. 그리고는 우스운 얘기라며 <도시락 까먹는 까마귀>, <비둘기가 부꾹 지지 우는 사연>, <하나 둘만 아는 부엉>, <다람쥐잡는소리>, <욕심 때문에 망한 첨지>, <기원대로 이뤄진 정지고사> 등을 듣고 식당에 가서 점심을 했다. 식사를 하고 제보자가 군대 다녀왔던 얘기를 한 후 형제봉에 대해 물으니 별 거 아니라는 듯 얘기를 해주었다. 형제봉 얘기를 간단히 하고는 <갈 때마다 다른 돼지꿈 해몽>을 얘기하였다. 이야기가 끝나고 조사자가 그와 같이 재미있는 얘기는 또 없냐고 하자 <말더듬이 도둑놈 쫓아내기>를 들려주었다.

줄 거 리 : 말더듬이 노인 집에 도둑이 들었다. 도둑과 노인이 눈이 서로 마주치는 순간 노인이 손으로 문을 내치니 도둑이 놀라서 도망을 쳤다. 도망치는 도둑을 쫓다가 이장에게 사이렌을 울리라고 했다. 이장은 도둑은 이미 멀리 도망갔으

니 그만 쉬라고 했다. 그 일이 마을에서는 두고두고 회자되고 있다.

우리 부락에 그전에 말서슴(말더듬) 할아버지 있었거든.

말서슴!

(조사자 : 말 더듬는 거.)

응, 더듬어도 보통은 안 더듬어.

이 소, 이 보구래 있잖애, 흑젱이(극젱이)?

그거 인제 그 사촌 동상(동생)의 집에 그거 빌리러 갔는데, 그 이웃집 영감이 내중에 오고, 이 영감이 먼저 가가지구, "도도도 동생!" 이래놓고는 "ㅎㅎㅎㅎ" 이래다가 그 뒤에 영감이 와가지고 "아 이사람아, 흑젱이 좀 빌려주게." 이러니까, "어, 빌려가요." 이러니, "ㅎㅎㅎㅎ 흑젱이 비비비비 빌리러 내가 머머머머 먼저 왔는데 내내내 내중 완 거 주느냐?" 이기야.

ㅎㅎㅎㅎ 하다가.

이분이 참, 아들 장남은 이제 며늘(며느리를) 봤고 집에다 며늘을 봤고, 둘째 이들이 저 충청도○○소로 가 있었어. 있었는데, 결혼식을 한다고 연락이 왔다 이기야. 그 연락이 왔으니, 아버지는 충청도라 하면은 어디인지 못 찾아간단 말이야.

그전에는 여게 뭐 버스 뭐 차도 없고, 인제 열차로 가기 땜에 그 큰아들이 인제 열차를 타고는 인제 동상에 결혼식에 가기로 했는데, 아버지 자리가 뭐이라 하는가 하니까, "음 나는 가가 갈라니 기기 길도 모르고 하니 큰 아 니 니 가거라." 이래 된 모양이야.

그러니 시간은, 그전에 시계도 없고 시간이 없어 모르니까 밖에 나가서 가을긴데(가을인데), 밖에 나가서 하늘을 치다보니 삼태조종을 그전에 하니까,

"야야 크크크 큰아야 이젠 바바바 밥을 먹고 가가가 갈 시간이 됐다."

이기야.

그래 어머이 밥을 가져온 거 이제 먹고, 그래 아들 보내놓고, 그 가을기니까 마당에 인제 벼를 열어놨거던.

열어놓고 인제 일부 인제 찧어서 그 그전에 이 저 드나드는 뷕 들어가는, 정지에 들어가는 왜 입새다(초입에) 자리를 우터(위에) 이렇게 해놓고선 재를 소 먹일라고 재워놨단 말이야.

인제 그래 들어가서 전기불이 없으니 호롱불을 인제 킬라니 뭐하고 불 똥○○○○ 나무에다가 담배 한 대 말아 이제 넣어가지곤 한 대 뻐끔 뻐끔 피고 있자니,

달이 환한 게 뭐이 문 앞에서 달빛에 사람이 그림자가 얼찐얼찐 하드라 이기야.

그래, 그전에 농촌 문이가 뭐 이래한데 유리를 요만한 걸 붙여놨잖아.

"뭐 어어어 얼찐 했기 때문에 내내내 내다보니 도도도 도둑놈이 와와와 와가지고는, 이 멍석을 와와 와가지고 베를 마마 만져보더니, 어떻게 자리에 세워 논 걸 그걸, 재를 재재재 재도 마마마 만져보고 하더니",

"고다음 내내 내 방에 와서 거거거 거울로 드드드 들여다보고, 나는 내내내 내다보고 그러다니 서로 드드드 들이다보고 내내내 내다보고 요요 요리다카더라" 이기야.

주먹을 가지고 문을 콱 내치미 "니 도도도 도둑이냐?" 하니,

이 ○○○○○○○○○ [웃음이 섞이어 사설 파악이 어려움] 이 덜커덩 할 거 아이야?

그러니 놀래가지고 "어어어 학" 하면은 이 마카 소리 듣고는 ○○ 하드라 이기야.

그래 쫓애 나가미 "도도도 도둑이야!" 하니까, 이놈의 새끼도 도도도 도망을 가미 "도도도 도둑이야" 하고, 나도 따라가미 "도도도 도둑이야" 하고 따라 가가지고 가는데, 이 위에 여여여 영감쟁이 하나 있는 기,

에 도도도 도둑이야 하믄 짜짜짜 짝대기 들구 드드드 들구 나와야하는데, 구들 안에서 모모모 못나오고 내내내 내다보니 "도도도 도둑이 뭐 왔어요?" 니미 이 지랄하고.

그래가주 산상 타넘고 아주 산을 오오오 올라가는데, 이놈도 곧 산으로 도도도 도망을 가면서 "도도도 도둑이야" 하더라 이기야.

아 따라 갈라니 이제는 목○○ 숨어 있다가 주먹을 갖다 내내내 냅다 때리믄 주을 죽을 거 같고 내내 니려와가지고 이이 이장집에 가가지고, "이장 이이 있소?" 이러니, 밤에 두 늙은이 "누구요?" 하고 나오더라만.

"다다다 다름 아이고 도도도 도둑이 들었으니 싸싸싸 싸이롱 좀 틀어달라고" 그전에 도둑이 싸이롱 틀었거던.

싸싸싸 싸이롱 좀 틀라고 말이야.

그래 도도도 도둑이놈은 저저 산까지 자자자 잡아놓고 와와 왔으니, 또어데 어느 집에 와서 또 후후 훔져(훔쳐)갈 기란 말이야, 싸싸싸 싸이렌 빨리 틀어라 이기야.

그래 이장이 들어오라 하더래.

그래 들어가니까 "아이고 뭐 이 밤에 도 도둑 달구느냐고 욕보셨소." 이러니,

"다다다 달구기보다 도둑의 ○을 마마마 만낼 테니 빨리 싸사싸 싸이렌 틀어주." 이랬더니,

"아 이제는 도둑놈이 도망을 갔으니 이제는 저 싸이롱을 밤중에 틀라면 뭐하고 그러니까, ○○○○ 데리고 도둑 달구느냐고 수고 했으니까" 그래 거기서 막걸리 한잔 드린 모양이야.

그래 먹고, 그래 올라왔다 이래믄선, 우리가 그전에 그 저게 뭐 항만청에 거기 우리 만우하고 그 항만청하고 자매를 맺었어.

그 이 포락에 하천 이 뭐 니려오고 하니까 그 항만에 니려가는 저기 여게 발한동 여게 그 국민학교 그 도랑 뭐 그기 글루 전체가 내려가거던.

그래 그 모래가 하나 가득 차였단 말이야.

우리 그 공사하러 갔는데, 그 공사를 하구서, 그전에 쥐약 먹고 개가 금방 죽어 자빠진 게 말 같은 이런 게 막 있었거든.

그래 그거 두 마리를 가방에다 너어 가지고서는 인제 짊어지고 먼저 한 패를 가서 손질하고는 끓이기 게 했어.

그래 끓이나, 그전 그 바로 전날에 그 나 많은 이가 도둑을 달궜으니까 그래 한 분이 있다가 "그 아무게 가 으르신 오시게 하라고 말이야"

"그 나 많은 이가 도둑 달구느냐고 수고를 했으니까 그 이 뭐 보신 좀, 보신탕을 좀 뭐 멕여 놔야지 내중에 도둑이래도 잘 달굴 기 아니냐고 말이야."

그래 오래니 왔더라고.

그래 와서, 그래 이분이 또 그 그 또 웃기는 분이라, 묻는 분이.

"그래, 어 그래 전에 도둑을 어떻게 그 우터게 돼서 그 도둑을 발견했소?" 그러니,

"아 그 큰아가 자자자 잔치 보러 가가가 보내놓고 어 뭐 자자자 잠이 안 와서 다다다 담배 한 대를 피우다니, 어 도도도 도둑놈이 거거거 거울을 드드드 들이다 보고는 내내내 내다봤다" 이기야.

"그러다니 요요요 요놈의 새끼 도망을 칠 줄 알았다면 자자자 잘못 했단 말이야. 바짝을(발을) 내찼으믄 그놈이 대가리 깨졌으믄 히뜩 자빠졌을 거 아니냐" 이기지.

"그 그나마 그나마 수고 했소" 보신탕을 아주 ○○게 해가지고 한 그릇 잔뜩 드리고는, "아이고 이기 여여여 여러분들이 이 추추추 추렴하는데 내가 이 늙은이 머머머 먹어 되겠소."

"아이 괜찮소."

"많이 양이나 있으믄 많이 잡수."

"그래고 도둑을 부지런히 지켜요." 그러더래.

도둑을 쫓아낸 노부부

자료코드 : 03_02_ETC_20120105_KDH_PCG_0002

조사장소 : 강원도 동해시 망상동 터일길 5-1 박창근 댁

조사일시 : 2012.1.5

조 사 자 : 강등학, 이영식, 박은영, 강태종

제 보 자 : 박창근, 남, 75세

구연상황 : 전날인 1월 4일 망상동 심곡 경로당에서 박창근을 만나 조사를 했다. 하지만 당시 경로당 분위기가 자신들의 오락인 화투를 해야 할 시간이 자꾸 가니까 조사자에게 눈치를 주었다. 이에 다음을 기약하고 나왔다. 다음날인 1월 5일 아침에 박창근에게 전화를 해서 방문 허락을 받았다. 집이 좁은 골목에 있어 차를 멀찍이 세워놓고 방문을 하니 '뭐라고 오느냐'며 방으로 안내했다. 처음에 사는 얘기를 나누다가, 박창근이 아직도 안택을 하고 있다는 말에 그럼 경쟁이가 와서 비느냐는 조사자의 질문에 본인이 직접 빈다고 하였다. 이에 비손하는 소리를 청하니, 뭘 하느냐고 거절하다가 여러 번의 청 끝에 불러주었다. 이 소리는 부부가 자신들이 오랫동안 다니던 산에 가서 빌던 소리인데, 나이도 들고 산이 너무 험하고 해서 작년에 못 오겠다고 마지막으로 인사를 드렸다고 한다. 산에서 비는 소리를 듣고 안택고사 때는 어떻게 비냐고 묻자 이 소리를 해주었다. 이어서 제보자가 겪었던 일이라며 호랑이 얘기를 해주었다. 그리고는 우스운 얘기라며 <도시락 까먹는 까마귀>, <비둘기가 부꾹 지지 우는 사연>, <하나 둘만 아는 부엉>, <다람쥐잡는소리>, <욕심 때문에 망한 첨지>, <기원대로 이뤄진 정지고사> 등을 듣고 식당에 가서 점심을 했다. 식사를 하고 제보자가 군대 다녀왔던 얘기를 한 후 형제봉에 대해 물으니 별 거 아니라는 듯 얘기를 해주었다. 형제봉 얘기를 간단히 하고는 <갈 때마다 다른 돼지꿈 해몽>을 얘기하였다. 이야기가 끝나고 조사자가 그와 같이 재미있는 얘기는 또 없냐고 하자 <말더듬이 도둑놈 쫓아내기>를 들려주었다. 이후 마지막이라며 이 이야기를 해주었다.

줄 거 리 : 노부부 집에 도둑이 들었다. 이웃집 부인은 몽둥이 들고 나가서 도와줄 것을 권했으나 남자는 겁이 나서 나가지 못하고 집에서 떨기만 했다.

그전엔 매월 이십오일날 반상회였거든.

(조사자 : 네 반상회.)

반상회라 이랬는데, 이집도 영감 할머니 있는데, 바로 그 모퉁이야. 그

모퉁이 도둑 다다다 지금 같이 그 모퉁이야. 쥐가, 그 인제 그전에 방이 여러 칸이 거던. 쪼마한 방이 여러 개 있는. 인제 여기는 안방이고 이제 저쪽은 넘어방고, 뒤에 뒷방이라고 있어, 있는데, 그 사람 안 보이니까 농을 인제 붝에서(부엌에서) 들어오는 농을 갖다가 이렇게 문 막아놓고, 그 저쪽 대나서(밖에서) 막바로 드나드는 문을 이제 나뒀는데, 요놈의 쥐가 꼭 맨 위에서, 문자리 하도 네모 반뜻 반뜻하게 마커(모두) 이래가지고 문을 짰잖아 그전에?

그래가지고 에 맨 우에 제일 우에 구멍을 두 개 털꼴쥐가, 꼴쥐가 골로(그리로) 드나들거든.

그래 할아버지는 만날 하도 ○○ 이력이 있어노니, 제대로 본 인제 구멍 친대로 고쳐 세우고 인제 이래 엎드래, 엎드려서 이렇게 지내고. 그래 그날 저녁에 반상회를 갔다 왔는데, 그날 저녁에 반상회 갔다오미 열두시 돼 헤어졌는데 눈이 왔단 말이야.

그래 이래가지고 엎드려 이래 이래 둘래가(돌아누워) 자다가 할멈이 인제 반상회 하고 열두시 돼 왔으니까 고난(고단)할 거 아이야? 그래 한잠 들어 자는데, 그러이 그 할머이는 후라시하고 걸레하고 인제 갖다 놔. 쥐소리만 나면 이제 그 후라시를 켜두고 그냥 뭐 잠이 들었는데, 그래 할아버지가 요거로 쿡 찝드래, 쥐가 왔다 그러미.

무슨 무심코 이래고 걸레만 들어서는 후라시 비추고 거 구녕 찾아가 ○○○○○○ 도둑놈의 새끼 둘이서 부엌문을 어떻게 열고서 그 농을 이 한짝으로(한쪽으로) 곧 도둑놈의 새끼 두 놈이 들어와가지고 말이야 문 문을 여고서는 그 문구녕이 가만히 볼라 거기서 ○○ 넘어간 기, "아이고 여보 집에 도둑놈 말고 이 시발 도둑놈의 종재들이 ○○○ 왔다고" 말이야.

"저놈의 종재들, 저놈의 종재들 잡우, 저 한 놈의 종재는 우테 알고 부쳐나가우, 저 아무개 아버지요, 아무개 아버지요 저 도둑놈 저 놈의 종재를 저거 때리우 때리우” 하고, 또 한 놈은 이제 ○○○ 이 있는 데 거 가면 ○○○ ○○○ 이마탄(이만한) 게 있사.

“아이고, 아무개 집에 영감하고 “여보 여보 저놈의 종재 하나는 저 ○○○ 담 넘어가오, 저놈의 종재 작대기 같은 종재 작대기 갖다 패오 패오.” 그러니까 그 아래 집에 있는 사람으는 나보다 한 살 아래야.

야, 도둑이야 이제 그 할머니는 대번 도둑이야, 도둑이야 하니까, 이래무 그 자리 앉고 있다가, “야 문 열어라.” “우에 집에서 도둑이야 하잖소.”

이놈이 도둑이야 하고 같이 뛰나가지, 도둑이야 하고선 작대기 들고 어디 어디 하고 이래야 하는데, 이놈이 ‘도둑이야’ 하니까 “어이, 어이” 이지랄, 벌벌 떨면서,

“야, 우리 뭐 훔쳐갔나?”

“뭐 훔쳐간다 문 닫아라!”

이 지랄하고 들어눕더래.

“아 여보 답답하게 그러지 말고 작대기 갖고 도둑들 좀 막우.”

“아 난난난난난” 이 지랄.

그래 거가 나가 도둑이야 같이 했으며는, 그 아래 소이야.

그게 명주꾸리 두 개 풀어야 닿는 소인데.

거 가가지구 이놈의 새끼, 이놈의 종자 어디 갔나 하고 하여튼 고함을 쳐도 그 소에 들어가 잡혀 죽을 테인데. 그래가지고 그 구들 안에서 이지랄 하고, “야 우리 문 다 걸어라, 다 걸어라” 이 지랄 하고.

아이고 우스워 가지고, 그래 가지고 그놈의 얘기를 그 이튿날은 모여서 우스워가지고, 세상에도나 그놈의 얘기. 그 옆에 놈의 도둑이야 뭐, 지 마누라가 “뭐가 그러나?” 이러니,

“저 우에 집에서 도둑이 들었다우.”

“어이, 어이 우리 문 방을 걸어라, 걸어라.”

장끼전

자료코드 : 03_02_ETC_20120104_KDH_CNS_0001
조사장소 : 강원도 동해시 망상동 약천길 122-4 최남순 댁
조사일시 : 2012.1.4
조 사 자 : 강등학, 이영식, 박은영, 강태종
제 보 자 : 최남순, 여, 82세

구연상황 : 망상동 심곡 경로당에서 조사를 하던 중에 제보하던 정하모가 훌륭한 제보자가 있는데 오늘 참석하지 않았다며 아쉬워했다. 이에 조사자들이 안내를 부탁하니 흔쾌히 동의하여 최남순 댁을 안내해주었다. 제법 먼 거리라 걸어서 가기에는 곤란해 승용차를 타고 최남순 댁에 도착하니 최남순은 저녁을 준비하고 남편인 김수래는 아궁이에 불을 지피고 있었다. 방문 목적을 설명하니 모두들 방으로 안내되었다. 준비한 음료수를 남편인 김수래에게 권하며, 알고 있는 얘기를 청하니 시집오기 전 친정에서 읽었던 고담책이라며 제목은 '꿩의 잣치개'라고 한다. 조사자들의 심정을 헤아려주시려는 듯 그럼 읽겠습니다라고 하면서 몸을 앞뒤로 가볍게 흔들며 외우고 있는 내용을 읊었다. 최남순이 읊는 사이사이에 김수래는 귀가 어두워 잘 들을 수 없음에도 과자를 먹으며 부인이 외는 것을 쳐다보았고, 최남순 또한 남편을 쳐다보고 가볍게 웃었다. 최남순이 외운 내용은 친정아버님이 손수 베껴 쓰셨고 겉의 제목은 친정어머님이 쓰셨다고 하며, 현재 책은 전하지 않는다. 제목이 의심스러워 써달라고 했더니 '꿩의 잣치개'라고 적어주었다.

줄 거 리 : 부부 꿩이 있었는데 자식을 21명을 두었다. 하루는 나들이를 하다가 수꿩이 콩을 보고 그것을 먹으려하자 암꿩이 말렸다. 이에 수꿩이 암꿩을 나무라며 그 콩을 먹고 죽는다. 수꿩이 죽어가면서 암꿩의 말을 듣지 않은 것을 후회한다. 암꿩은 수꿩을 장사지내주고 까치의 중매로 암꿩은 비둘기에게 시집간다.

그럼 지금 읽어도 돼?

아이 죄송해라.

읽겠습니다.

건곤이 조판 후에 만물이 풍생하니 우준할 손 짐생(짐승)이요 요조한 사람이라. 사람으로 태어나지 못하고 꿩의 몸으로 태어나서 배로는 황충이오 이관은 오색이라. 황충 이관 오색오, 오색 이관 주모 뜻을 대장부의

기상이라. 아홉 아들 열두 딸을, 열두 딸이 몇이겠고 시물하나(스물하나), 꿔이(꿩이) 알을 그리 마이(많이) 나요.

(청중 : 글쎄 시물 하나이다.)

열두 딸을 앞세우고 뒤세우고 상하평전 눈 녹은 데, 너는 이골 주어가고 나는 저골 주워가자. 풍지박산 헤쳐 놓고 이골저골 주워 갈 때 난데없는 콩 한 낱이 덩그렇게 놓였거늘.

장끼란 놈 거동보소, 하나님이 간밤에 꿈 조트이(좋더니) 하나님이 나에게 콩 한 낱을, 콩 한 섬을 분부해 보이더니 하나님 주신 콩을 내 어이 안 먹으랴.

까토리(까투리) 거동보소. "여보 여보 그 콩 부디 먹지 마오. 내 꿈을 들어보소. 만경창파 배를 타고 당신과 내가 몸을 실었는데, 난데없는 날래가리 당신 머리 덩경 베어 물에 내려 보이오니 당신 죽은 꿈이로다. 부디 그 콩 먹지 마오."

애걸복걸 하여도 장끼란 놈 거동보소. "예끼 이년 요년 방정할 년, 기집년의 말으는 오뉴월에도 서리 친다." 절리 비키라고 언 발로 이리 차고 저리 차고 까토리 휘 차내고 그 꿍(콩)을 콱 주워 먹더니 "꿔꿩컹컹 내 죽겠네. 자네 말을 들었으면(들었으면) 이런 변이 없실(없을) 건데, 자네 말을 안 듣더라 내 목숨 끊어진다. 내 눈동자 살펴봐라."

까토리 하는 말이, "오른쪽 눈동자는 벌써 떠나가고 읎고(없고) 왼쪽의 눈동자는 지금 막 떠날려고 청봇짐에 짐을 싸오." 기(그) 중에 히끗 돌라 보니 양지쪽에 비탈길에 탁첨지가 홍패리 골래(골라) 씨고(쓰고), 지팽막대 휘던지며 절룩절룩 올러오며 "얼씨구 좋다 저절씨구 삼년 묵은 묵을치를 오늘 이제 잡았구나."

탁첨지의 거동보소. 까토리는 살살 기어 양지쪽 깜바우덤불 밑에 숨어서 내다본다. 탁첨지가 장끼를 꺼내들고 세를(혀를) 쑥 빼내어 바위 밑에 넣어놓고 꾸벅꾸벅 절을 하며, "아깨(아까) 보던 그 까토리 마주 잡게 해주시오.”

탁첨지가 꿩을 둘러메고 양지쪽을 내려간 뒤에 까토리의 거동보소. 아장아장 내려와서 바우 밑에 있는 셰를 빼내 두 발로 납석 안고 “이 헷바닥으로(혓바닥으로) 모이 주워 날 멕여(먹여) 주시더니 내 말을 안 듣고 이것이 어인 일이요.” 애고 애고 탄식하니 산천초목도 우는 듯 하더라.

아이 숨이 차서 이래.

(청중 : 물 좀 주까?)

울지만 할 것이 아니고 이 해나마주고 장사를 지내준다. 가랑잎 뜯어더가(뜯어다가) 호상을 꾀매 입고 구람나무 껍질 벳겨 관을 짜서 입관하고 산빈달에(산비탈에) 토롱하고 지관을 데리고 묏자리 보러 간다. 치악산에 올라가서 묏자리 잡아놓고 장삿날을 택일하니 춘삼월 보름이라. 이럭저럭 하다 보니 춘삼월 보름이 당도하여 그 장삿날이 당하연대. 황새가 진, 다리가 진(긴) 황새놈은 심부름꾼 앉혀놓고 말 잘하는 따와기는 축관으로 앉혀놓고 모든 벌새들은 벌적관을 앉혀놓고 냉수 떠다 술을 하오. 술잔을 붓고 구람나무 잔으로 잔을 하고 장사를 지내는데, 그러구 또 뭐이냐, 가만 있거 보이자.

(청중 : 어떻게 그렇게 알뜰히 외우는가?)

장사를 지내는데 치악산에 안장하고 삼오(삼우)날이 당도한데 까치란 놈이 와서 중신 한다 시집가라 중신하니, 내가 이제 시집 가 무엇 하리. 첫째 낭군 은었더가(얻었다가) 푸지개꿩 물어가고, 둘째 낭군 은었더가 포수잡놈 잡어가고, 세째 낭군 은었더니 탁첨지 창에 치게 죽었는데 이제 또 재혼해 봐야 또 죽을 터인데. 그래도 간곡히 부탁하여 비둘기한테 시집가서 오늘꺼지(까지) 잘 살았대요.

2. 묵호동

증편 한국구비문학대계 • 강원도 동해시

▌조사마을

강원도 동해시 묵호동 대진

조사일시 : 2012.4.7, 2012.4.29
조 사 자 : 강등학, 이영식, 박은영, 강태종

묵호동 대진

묵호동(墨湖洞)은 조선조 후기 순조 때 이 마을에 큰 해일이 일어나 집이 떠내려가고 생업의 수단인 배까지 파손되어 이곳 사람들의 굶주림이 극심하게 되자 나라에서 사람을 보내어 구제하고, 이 때 파견되어 온 이유용 부사는 마을 이름이 속지명과 한자 지명의 두 가지인 것을 알게 되었다. 이에 부사는 이곳의 물도 검고 바다도 검고 물새도 검으니, 먹 묵(墨)자를 써서 묵호(墨湖)라고 새 이름을 지어 주었다고 한다.

묵호동은 본래 고구려 때 우계현 지역으로 강릉의 속현이었고, 신라 경덕왕 19년인 760년에 삼척의 속현이 되었다가 고련 현종 9년인 1018년에 강릉으로 환속되었다. 조선시대에 강릉부 우계현에 속했다가 망상현으로 바뀌었다. 1914년 행정구역 폐합에 따라 망상리, 대진리, 발한리, 부동리, 괴란리, 만우리, 어달리, 심곡리, 초구리 등과 더불어 강릉군 망상면에 속했다.

묵호동은 강원도에서 손꼽히는 항구가 있는 곳으로, 마을 주민의 상당수는 어업에 종사한다. 그리고 마을이 항구와 접해 있는 까닭에 많은 관광객이 찾아오고, 이들을 상대로 하는 식당, 건어물 판매점 등이 많이 자리하고 있다.

묵호동은 2011년 12월 기준으로 전체 면적이 3.3km²인데, 이는 시 전체 면적의 5.4%에 해당한다. 이 중에 논이 0.07km², 밭이 0.521km², 임야가 1.797km²로 논이 거의 없다. 묵호진(墨湖津), 어달(於達), 대진(大津) 등 3개의 법정동에 20개 통에 83개 반으로 구성되어 있다. 2,225세대에 남자 2,273명, 여자 2,355명 등 4,628명이 거주하고 있다.

묵호동은 어항으로 유명하며, 묵호항은 1931년에 축조되었다. 묵호어항에서는 오징어가 대표수산물로 지금도 오징어잡이 선박이 50여 척이 된다. 문어 연승배도 80여 척이 있어 총 200~300여 척의 어선을 보유하고 있는 동해안 최대 어항 중의 하나이다. 아울러 강원도 어촌계 중 배에서 필요한 선구들을 취급하는 곳이 묵호어촌계 한 곳뿐이다.

대진은 묵호동 18통의 마을로, 한진(寒津, 韓津) 또는 한낟, 한나루 등으로도 불린다. 주민들은 개터미라고도 부른다. 마을은 해안과 접해 있으며, 구성원 대부분은 어업에 종사한다. 대진은 1929년에 60호에 295명이 거주할 정도로 어촌으로는 비교적 큰 마을이었다. 현재는 197여 호에 435여 명이 거주하고 있다.

대진의 어민들은 연승을 주로 하여 문어, 가자미, 넙치 등을 잡으며, 잡은 고기는 마을 어촌계에서 운영하는 활어회센터에 우선적으로 판매한다.

대진마을에서는 매년 정월 보름날 0시에 성낭고사를 지내는데 마을에서는 이를 도신이라 한다. 마을 항구 옆 바다 쪽에는 바위 위에 해성당이 있으며, 3년에 한 번 풍어제를 지낸다.

강원도 동해시 묵호동 묵호진

조사일시 : 2012.1.28, 2012.8.15
조 사 자 : 강등학, 이영식, 박은영, 강태종

묵호동 묵호진

묵호진은 묵호동 1~14통에 이르는 마을로 1929년 58호에 287명이 거주하였으나, 1931년 항구가 축조된 이후로 인구가 급속히 늘어 한때 묵호읍의 중심지가 되었다. 동해시로 편입되던 1980년대까지도 동해시에서 인구가 가장 많았으나, 수산업의 쇠퇴로 인해 1990년대 이후로는 인구가 급격하게 줄어 현재 1,287세대에 2,488명이 거주하고 있다. 마을은 바다와 접해 있는 언덕에 주로 형성되어 있는데, 예전에는 마을 구성원 대부분 어업에 종사하였으나 지금 다양한 직업에 종사하고 있다. 마을에 어촌계에서 관리하는 서낭당이 있어 해마다 정월 초하루 0시에 제의를 치른다.

강원도 동해시 묵호동 어달

조사일시 : 2012.4.29
조 사 자 : 강등학, 이영식, 박은영, 강태종

묵호동 어달

어달은 묵호동 16~17통의 마을로, 마을의 산세에서 마을에 있는 산이 빗과 같다 하여 얼레[梳]처럼 생겨 붙여진 이름이라 한다. 마을 구성원 대부분은 어업에 종사한다. 어달은 1929년에 64호에 325명이 거주할 정도로 어촌으로는 비교적 큰 마을이었다. 현재는 241여 호에 505여 명이 거주하고 있다.

어달 해변가는 60여 년 전까지만 해도 남쪽 해안은 절벽이므로 월소산을 넘어다니거나 배를 타고 해안으로 통행하였으나, 지금은 해안도로가 나면서 횟집과 해수욕장으로 관광객들이 많이 찾는 곳이다.

마을에는 서낭당이 있어 마을에서 연 2회, 어촌계에서 연 1회에 고사를 지낸다. 마을에서 주관하는 제의는 10월과 12월로, 10월에는 10일 안쪽으로 날을 받아서 지내고, 12월에는 그믐날 지낸다. 어촌계에서 주관하는 제의는 해성제인데, 마을에서 지내는 10월 서낭당 고사가 끝난 후 10일 이내에 해성당에서 지낸다. 바다 쪽에는 바위 위에 해성당이 있으며, 3년에 한 번 풍어제를 지낸다.

고성호, 남, 1927년생

주 소 지 : 강원도 동해시 묵호동 어달
제보일시 : 2012.4.29
조 사 자 : 강등학, 이영식, 박은영, 강태종

　고성호는 묵호동 어달의 토박이다. 어릴
적 부모를 잃고 큰형님과 형수 아래에서 컸
다고 한다. 22세에 결혼하였으며 현재 부인
과는 사별한 상태이다. 문어잡이를 하는 큰
아들과 이웃하여 지내고 있다. 고성호는 20
세 무렵에 배를 타기 시작하여 50대까지 탔
으며 반농반어의 생활을 해왔다. 농사는 30
여 리 떨어진 망상까지 나가서 지었으며 두
가지 일을 모두 하느라 고생이 이만저만이 아니었다고 했다. 그러한 까닭
에 <노젓는소리>, <배올리는소리>와 같은 수산노동요와 <모심는소리>
인 <자진아라리>와 같은 농산노동요를 채록할 수 있었다.

　조사자들이 소개를 받고 미리 약속을 잡아 집으로 직접 찾아갔으나 제
보에 적극적이지는 않았다. 특히 소리를 해주는 것을 상당히 부끄러워하
여 몇 번의 청을 넣어서야 간단하게 해주는 정도였다.

제공 자료 목록
03_02_FOS_20120429_KDH_KSH_0001 에이야소리 / 노젓는소리
03_02_FOS_20120429_KDH_KSH_0002 어싸소리 / 배올리는소리
03_02_FOS_20120429_KDH_KSH_0003 자진아라리 / 모심는소리
03_02_FOS_20120429_KDH_KSH_0004 메요메요소리 / 소부르는소리

김금녀, 여, 1935년생

주 소 지 : 강원도 동해시 묵호동 대진
제보일시 : 2012.4.29
조 사 자 : 강등학, 이영식, 박은영, 강태종

　김금녀는 망상동 대진의 토박이로 19세에 결혼을 했다. 조사에 관심을 보이고 상당히 호의적으로 대해 주었다. 알고 있는 바는 별다른 망설임 없이 구연해 주었으며, 그것이 계기가 되어 홍화자가 이어서 노래를 부르기도 했다. 전래동요를 제공해 주었다.

제공 자료 목록

03_02_FOS_20120429_KDH_KGN_0001 이똥 저똥 / 다리뽑기하는소리
03_02_FOS_20120429_KDH_KGN_0002 빠라빠라 물쩌라 / 귓물빼는소리
03_02_FOS_20120429_KDH_KGN_0003 해야해야 나오너라 / 몸말리는소리
03_02_FOS_20120429_KDH_KGN_0004 꿩꿩 꿩서방 / 가창유희요

김병수, 남, 1937년생

주 소 지 : 강원도 동해시 묵호동 대진
제보일시 : 2012.4.29
조 사 자 : 강등학, 이영식, 박은영, 강태종

　김병수는 묵호동 대진에서 태어난 토박이다. 13세부터 뱃일을 시작해서 21세에 선주가 되었다고 한다. 한국전쟁 당시 아버지께서 돌아가시고 그로부터 4~5년 후 어머님이 돌아가셔서 일찍부터 뱃일을 시작했다고 한다. 어릴 적에는 풍선(돛단배)을 탔으며

군에서 운전을 배운 것이 계기가 되어 제대 후 23세에 발동선 선장이 될 수 있었다고 한다. 조사에 상당히 적극적이었으며 호의적이었다. 그러나 풍선을 탔을 때가 워낙 어릴 적이라 어업요와 관련된 소리를 많이 채록할 수는 없었다. 현재는 대진노인회장을 역임하고 있다. 학력은 초등학교 6학년 중퇴이다.

제공 자료 목록

03_02_FOS_20120429_KDH_KBS_0001 하나둘소리 / 고기세는소리
03_02_FOS_20120429_KDH_KBS_0002 초동은 백년이요 / 고기세는소리

박영순, 여, 1941년생

주 소 지 : 강원도 동해시 묵호동 묵호진
제보일시 : 2012.8.15
조 사 자 : 강등학, 이영식, 박은영, 강태종

박영순은 경상북도 영일군 청하면 월포리에서 태어나 20세에 인근 마을인 청하면 청진리로 시집을 갔다. 청하면은 현재 포항시 북구에 속한다. 1976년도에 동해시로 이주를 해서 남편과 함께 오랫동안 오징어 건조사업을 했다. 슬하에는 3남 1녀를 두었다. 새어머니가 학교에 다니는 것을 싫어하여 초등학교를 조금 다니다 중퇴할 수밖에 없었던 까닭에 공부에 대한 한이 유난히 크다고 했다. 노래를 부르려고 하지는 않았으며 말로써 가사를 알려주는 정도로 호응해 주었다. <뱃노래>, <정자소리>의 가사를 말로 구연해 주었으며, 그 중 어판장에서 상인들이 꽁치를 팔며 부르는 소리를 자료화할 수 있었다.

제공 자료 목록
03_02_FOS_20120815_KDH_PYS_0001 얼른 사가세요 / 꽁치파는소리

최신구, 남, 1940년생

주 소 지 : 강원도 동해시 묵호동 묵호진
제보일시 : 2012.1.28
조 사 자 : 강등학, 이영식, 박은영, 강태종

　최신구는 포항시 송라에서 태어나 24세
에 동해로 이주했다. 홀어머니 아래에서 농
사를 짓다가 16세에 잠수일을 배워 5년 정
도를 머구리 생활을 했다고 한다. 동해로 이
주 후에는 군에서 운전훈련을 받은 경험으
로 면허를 따 배 기관장 일을 했다. 이후 노
가리와 오징어 건조 사업에 뛰어 들었다.
47세에 신내림을 받아 현재는 무속인으로
활동 중이다. 한창 활동할 당시에는 8명의 제자를 두고 경신연합회 지부
장직을 맡는 등 활동의 폭이 컸으나 현재는 건강이 좋지 않아 전처럼 활
발하게 활동하지는 못 하고 있다고 한다. 단종대왕, 최영 장군, 엄충신 장
군, 김유신 장군을 모시고 있다. 조사자의 지인을 통해 소개를 받은 까닭
에, 조사에 매우 적극적으로 임했다. 젊었을 때에는 청이 좋았으나 현재
는 많이 상했다며 아쉬워했다. 기억해 내지 못하는 것에 대해서도 안타까
워했다. 무속에 관한 질문이 한창 진행되자 눈에 띄게 손을 떨기 시작했
다. 신이 내리는 중이라고 했다. 제보자가 많이 힘들어 하는 듯 하여 오랫
동안 조사를 진행하지는 못 했다.

제공 자료 목록

03_02_FOS_20120128_KDH_CSG_0001 정자소리 / 모심는소리
03_02_MFS_20120128_KDH_CSG_0001 뱃노래 / 노젓는소리
03_02_MFS_20120128_KDH_CSG_0002 청춘가 / 가창유희요
03_02_MFS_20120128_KDH_CSG_0003 창부타령 / 가창유희요(1)
03_02_MFS_20120128_KDH_CSG_0004 창부타령 / 가창유희요(2)

홍화자, 여, 1934년생

주 소 지 : 강원도 동해시 묵호동 대진
제보일시 : 2012.4.29
조 사 자 : 강등학, 이영식, 박은영, 강태종

홍화자는 삼척시 근덕면에서 태어나 8세
에 묵호동 대진으로 이주했다. 20세에 결혼
했다. 나이보다 젊어 보이는 외모에 성격은
걸걸하고 시원시원했다. 조사에 상당히 흥
미를 보이고 있었으며 구연에도 적극성을
보였다. 그러나 조사의 마지막 즈음에는 더
이상 노래하지 않겠다며 구연해주기를 마다
했다. 김금녀가 부르는 것을 듣고 이어서 다
시 구연해 주는 경우가 많았다.

제공 자료 목록

03_02_FOS_20120429_KDH_HHJ_0001 이똥 저똥 / 다리뽑기하는소리
03_02_FOS_20120429_KDH_HHJ_0002 소금소금 앉아라 / 잠자리잡는소리
03_02_FOS_20120429_KDH_HHJ_0003 콩두콩두 방아쩌라 / 메뚜기부리는소리
03_02_FOS_20120429_KDH_HHJ_0004 개똥벌레 물아래로 / 개똥벌레부리는소리
03_02_FOS_20120429_KDH_HHJ_0005 해야해야 나오너라 / 몸말리는소리
03_02_FOS_20120429_KDH_HHJ_0006 꿩꿩 꿩서방 / 가창유희요
03_02_FOS_20120429_KDH_HHJ_0007 아가리딱딱 벌려라 / 가창유희요

황대원, 남, 1933년생

주 소 지 : 강원도 동해시 묵호동 대진
제보일시 : 2012.4.7
조 사 자 : 강등학, 이영식, 박은영, 강태종

황대원은 묵호동 토박이이다. 초등학교 3
학년을 다니던 해에 해방이 되어 학교를 중
퇴했다. 일제강점기 일본 유학을 다녀온 형
이 해방이 되면서 귀국하여 좌익활동을 하
느라 집안의 재산을 다 없앴다. 형은 한국전
쟁이 나기 얼마 전 춘천의 감옥에서 사망했
다. 어려운 집안을 책임지느라 19세부터 배
를 탔으며 현재도 '뽀로래기'라고 부르는

작은 배로 문어를 잡는다고 한다. 노인회장을 6년 역임했으며 건강상의
이유로 올 3월부터 노인회장직에서 물러났다. 노인회장이었다는 사실에
상당히 자부심을 가지고 있는 듯 했다.

조사에 호의적이기는 했으나 노래 부르는 것을 상당히 쑥스러워했다.
반복해서 불러 줄 것을 여러 번 청했으나 조사자의 뜻을 잘 따라주지 않
았다. <가래소리>, <노젓는소리>, <배올리는소리>, <고기세는소리>
등을 구연해 주었다.

제공 자료 목록

03_02_FOS_20120407_KDH_HDW_0001 가래소리 / 그물당기는소리
03_02_FOS_20120407_KDH_HDW_0002 에야소리 / 노젓는소리(1)
03_02_FOS_20120407_KDH_HDW_0003 여이샤소리 / 배내리는소리
03_02_FOS_20120407_KDH_HDW_0004 하나둘소리 / 고기세는소리
03_02_FOS_20120407_KDH_HDW_0005 에야소리 / 노젓는소리(2)

에이야소리 / 노젓는소리

자료코드 : 03_02_FOS_20120429_KDH_KSH_0001
조사장소 : 강원도 동해시 망상동 어달길 15 고성호 댁
조사일시 : 2012.4.29
조 사 자 : 강등학, 이영식, 박은영, 강태종
제 보 자 : 고성호, 남, 86세
구연상황 : 고기잡이에 관한 질문으로 분위기를 부드럽게 풀어갔다. 노를 저으면서 부르던 소리에 관한 질문을 하자 말로서 짧게 해주었다. 소리로 해줄 것을 청하자 한참 망설이다가 해주었다. 사설을 넣어 조금 더 길게 해줄 것을 여러 번에 걸쳐 요청했으나 모르겠다면 해주지 않았다. 만선을 이루어 돌아올 때 주로 불렀다고 한다.

에야 데야
배겨라 보자
에야 데야

어싸소리 / 배올리는소리

자료코드 : 03_02_FOS_20120429_KDH_KSH_0002
조사장소 : 강원도 동해시 망상동 어달길 15 고성호 댁
조사일시 : 2012.4.29
조 사 자 : 강등학, 이영식, 박은영, 강태종
제 보 자 : 고성호, 남, 86세
구연상황 : <노젓는소리>에 관한 질문을 마친 후 <배올리는소리>로 화제를 옮겼다. 둔대질에 관한 질문을 하면서 그 소리에 대해서도 물었다. 고성호는 가볍게 진술해 주었다. 이 소리에 맞춰 양쪽에 둔대를 대고 "어싸 올려라 어싸 올려라"라며 작업을 했다고 한다. 배를 내릴 때는 힘이 많이 들지 않기 때문에 별로

소리를 하지 않는다고 한다.

자~
올려라 올려
올려라 올려

자진아라리 / 모심는소리

자료코드 : 03_02_FOS_20120429_KDH_KSH_0003
조사장소 : 강원도 동해시 망상동 어달길 15 고성호 댁
조사일시 : 2012.4.29
조 사 자 : 강등학, 이영식, 박은영, 강태종
제 보 자 : 고성호, 남, 86세
구연상황 : 배소리와 관련된 질문을 마치고 농사에 관한 질문을 화제를 옮겼다. 고성호는
　　　　　반농반어를 했기 때문에 논농사에 관해서도 아는 바가 있었다. 모를 심을 때
　　　　　부르던 소리를 해줄 것을 청하자 말로 해주었다. 곡을 넣어 불러줄 것을 다시
　　　　　청하자 다시 불러 주었다.

심어주게 심어주게
오종종종줄모를 심어주게

메요메요소리 / 소부르는소리

자료코드 : 03_02_FOS_20120429_KDH_KSH_0004
조사장소 : 강원도 동해시 망상동 어달길 15 고성호 댁
조사일시 : 2012.4.29
조 사 자 : 강등학, 이영식, 박은영, 강태종
제 보 자 : 고성호, 남, 86세
구연상황 : 농사와 관련된 질문들을 이어가다 고성호가 소를 키웠다는 이야기를 했다. 소
　　　　　를 부를 때 부르던 소리가 있었느냐는 질문에 있었는데 기억이 잘 나지 않는

다고 하다가 이 소리를 기억해 내었다. 세 마디만 불러줄 것을 재차 청해서
들을 수 있었다. 이렇게 부르면 산에 흩어져 있던 소들이 찾아 온다고 한다.

메와~

메와~

메와~

이똥 저똥 / 다리뽑기하는소리

자료코드 : 03_02_FOS_20120429_KDH_KGN_0001
조사장소 : 강원도 동해시 묵호동 대진항길 21-1 대진경로당
조사일시 : 2012.4.29
조 사 자 : 강등학, 이영식, 박은영, 강태종
제 보 자 : 김금녀, 여, 78세
구연상황 : 김병수를 대상으로 어업요와 관련된 조사를 진행했다. 어느 정도 조사가 진행
되었다고 판단하여 옆에서 주로 듣고 있던 할머니들을 대상으로 질문을 옮겨
갔다. 어릴 적 다리 뽑기 놀이를 해보았느냐는 질문에 김금녀가 이 소리를 했
다. 다시 불러줄 것을 청하자 부르고 난 뒤 다들 웃었다.

이똥 저똥 해기 동

문디 아들 곱새 똥

지에미 할미 시부랄 똥

빠라빠라 물쩌라 / 귓물빼는소리

자료코드 : 03_02_FOS_20120429_KDH_KGN_0002
조사장소 : 강원도 동해시 묵호동 대진항길 21-1 대진경로당
조사일시 : 2012.4.29
조 사 자 : 강등학, 이영식, 박은영, 강태종

제 보 자 : 김금녀, 여, 78세

구연상황 : 어릴 적 먹을 감을 때 귀에 물이 들어가면 부르던 소리를 아느냐고 묻자 김
금녀가 이 노래를 불렀다. 조그마한 돌을 귀에 넣고 이 노래를 부른 후 다시
돌멩이를 꺼내면 돌멩이가 젖어 있다고 했다.

　　빠라 빠라

　　물 쩌라

해야해야 나오너라 / 몸말리는소리

자료코드 : 03_02_FOS_20120429_KDH_KGN_0003

조사장소 : 강원도 동해시 묵호동 대진항길 21-1 대진경로당

조사일시 : 2012.4.29

조 사 자 : 강등학, 이영식, 박은영, 강태종

제 보 자 : 김금녀, 여, 78세

구연상황 : 먹을 감고 젖은 몸을 말리면서 부르던 소리를 아느냐도 묻자 김금녀가 이 노
래를 불렀다. 다시 불러줄 것을 청하자 홍화자에게 부르라고 몇 번 실랑이를
하다가 불러 주었다.

　　해야 해야 물 먹고

　　물장구 치고 나오 너라

꿩꿩 꿩서방 / 가창유희요

자료코드 : 03_02_FOS_20120429_KDH_KGN_0004

조사장소 : 강원도 동해시 묵호동 대진항길 21-1 대진경로당

조사일시 : 2012.4.29

조 사 자 : 강등학, 이영식, 박은영, 강태종

제 보 자 : 김금녀, 여, 78세

구연상황 : <꿩꿩 꿩서방>을 아느냐고 묻자 김금녀가 망설임 없이 이 노래를 구연해 주

었다. 친구들과 어울려 뛰어다니면서 부르던 노래라고 했다.

꼬공꼬공 꿩서방
자네집이 어딘가
이산저산 넘어서
텀불밑이 내집이다

하나둘소리 / 고기세는소리

자료코드 : 03_02_FOS_20120429_KDH_KBS_0001
조사장소 : 강원도 동해시 묵호동 대진항길 21-1 대진경로당
조사일시 : 2012.4.29
조 사 자 : 강등학, 이영식, 박은영, 강태종
제 보 자 : 김병수, 남, 76세
구연상황 : <노젓는소리>와 <고기푸는소리>에 관한 질문을 하였으나 어릴 적에 했던
것들이라 기억이 잘 나지 않는다고 했다. <고기세는소리>에 관해 질문하자
이 소리를 구연해주었다. 명태를 셀 때 부르던 소리라고 했다.

하나요
둘이요
셋이요
넷이요
다섯이요
여섯이요
일곱이요
여덟이요
아홉이요
열~

초동은 백년이요 / 고기세는소리

자료코드 : 03_02_FOS_20120429_KDH_KBS_0002
조사장소 : 강원도 동해시 묵호동 대진항길 21-1 대진경로당
조사일시 : 2012.4.29
조 사 자 : 강등학, 이영식, 박은영, 강태종
제 보 자 : 김병수, 남, 76세
구연상황 : 앞서 고기세는소리인 <하나둘소리>를 구연한 후 연달아 이렇게 부르는 사람
도 있다면서 이 소리를 구연해주었다. 한문을 배운 사람들이 웃기기 위해 이
렇게 부른다고 했다. 우스갯소리를 잘 하던 '지문박'이라는 이웃 사람이 부르
는 것을 들었으며 강원도 거진에서 이렇게 부르는 소리를 들은 적도 있다고
한다. 셀 줄 아는 사람은 백까지 센다고 한다. 명태를 한 두름씩 배에서 육지
로 들어내면서 부른다고 한다.

초등 배
둘째는 심청
삼에 용감
광주는 느들
북두는 칠성

얼른 사가세요 / 꽁치파는소리

자료코드 : 03_02_FOS_20120815_KDH_PYS_0001
조사장소 : 강원도 동해시 묵호동 월소택지길 놀이터
조사일시 : 2012.8.15
조 사 자 : 강등학, 이영식, 박은영, 강태종
제 보 자 : 박영순, 여, 72세
구연상황 : 조사자가 박영순에게 <고기세는소리>에 관해서 질문하였으나 박영순은 아는
바가 없었다. <고기세는소리>에 관한 이야기를 나누던 중, 박영순이 어판장
에서 꽁치를 파는 상인들이 부르던 소리를 기억하고 구연해주었다. 해가 질
무렵, 팔리지 않은 꽁치를 빨리 팔기 위해 할머니들이 부르던 소리라고 했다.

박영순이 열 살 무렵, 고향인 경상북도 포항의 시장에서도 비슷한 소리를 들었다고 했다.

얼른얼른 사가세요
얼른얼른 사가세요
왔는짐에 팔고갑니다
헐쭉헐쭉 팔고간다
얼른얼른 얼른팔고

정자소리 / 모심는소리

자료코드 : 03_02_FOS_20120128_KDH_CSG_0001
조사장소 : 강원도 동해시 묵호동 최신구댁
조사일시 : 2012.1.28
조 사 자 : 강등학, 이영식, 박은영, 강태종
제 보 자 : 최신구, 남, 73세
구연상황 : 조사자와 개인적 친분이 있던 박영순의 소개로 제보자를 만났다. 박영순이 미
리 조사에 관한 도움을 구한 까닭에 제보자는 적극적으로 조사해 임해 주었
다. 경북 포항시에서 농사를 지을 때 불렀던 노래라고 한다. 제보자의 요청에
불러주었으나 망설임은 없었다. 나머지 가사는 기억이 나지 않는다고 했다.

이물끼 저물끼 홍해야놓고
쥔네야 양반은 어델갔나

이똥 저똥 / 다리뽑기하는소리

자료코드 : 03_02_FOS_20120429_KDH_HHJ_0001
조사장소 : 강원도 동해시 묵호동 대진항길 21-1 대진경로당
조사일시 : 2012.4.29

조 사 자 : 강등학, 이영식, 박은영, 강태종
제 보 자 : 홍화자, 여, 79세
구연상황 : 김금녀가 <다리뽑기하는소리>를 부른 후 다들 한바탕 크게 웃었다. 옆에서
듣고 있던 홍화자가 김금녀와 직접 다리뽑기를 하며 이 노래를 자발적으로
불러주었다. 어릴 적에 무슨 뜻인지도 모르고 했다며 즐거워했다.

이똥 저똥 해기 똥
문디 아들 곱새 똥
지에미 할미 시부랄 똥

소금소금 앉아라 / 잠자리잡는소리

자료코드 : 03_02_FOS_20120429_KDH_HHJ_0002
조사장소 : 강원도 동해시 묵호동 대진항길 21-1 대진경로당
조사일시 : 2012.4.29
조 사 자 : 강등학, 이영식, 박은영, 강태종
제 보 자 : 홍화자, 여, 79세
구연상황 : 이 빠진 아이를 놀리며 부르던 소리를 아느냐는 질문에는 기억이 잘 나지 않
는다고 했다. 잠자리를 잡을 때 부르던 소리를 구연해줄 것을 청하자 홍화자
가 시원스럽게 구연해 주었다.

소금소금 앉아라
앉은자리 좋다

콩두콩두 방아쪄라 / 메뚜기부리는소리

자료코드 : 03_02_FOS_20120429_KDH_HHJ_0003
조사장소 : 강원도 동해시 묵호동 대진항길 21-1 대진경로당
조사일시 : 2012.4.29
조 사 자 : 강등학, 이영식, 박은영, 강태종

제 보 자 : 홍화자, 여, 79세

구연상황 : 메뚜기를 부리면서 부르던 소리를 아느냐는 질문에 홍화자가 이 노래를 불렀
다. 메뚜기 뒷다리를 잡고 이 노래를 부르면 메뚜기가 콩콩 뛴다고 한다.

콩두콩두 방아째라

콩방아 째라

물방아 째라

개똥벌레 물아래로 / 개똥벌레부리는소리

자료코드 : 03_02_FOS_20120429_KDH_HHJ_0004

조사장소 : 강원도 동해시 묵호동 대진항길 21-1 대진경로당

조사일시 : 2012.4.29

조 사 자 : 강등학, 이영식, 박은영, 강태종

제 보 자 : 홍화자, 여, 79세

구연상황 : 개똥벌레는 잡으면서 부르던 소리를 아느냐고 묻자 김금녀가 이 소리를 언급
했다. 홍화자가 적극적으로 다시 불렀다. 개똥벌레의 꽁무니를 잘라 손가락에
붙인 후 반짝반짝하는 모습을 보면서 이 노래를 불렀다고 한다.

개똥 벌기 물알 로

안반 짓고 소반 짓고

해야해야 나오너라 / 몸말리는소리

자료코드 : 03_02_FOS_20120429_KDH_HHJ_0005

조사장소 : 강원도 동해시 묵호동 대진항길 21-1 대진경로당

조사일시 : 2012.4.29

조 사 자 : 강등학, 이영식, 박은영, 강태종

제 보 자 : 홍화자, 여, 79세

구연상황 : 김금녀가 <몸말리는소리>를 부른 후 홍화자에게도 불러줄 것을 청했다. 홍

화자는 앞에서 했기 때문에 하지 않겠다며 마다하다가 주변의 청에 다시 불러주었다.

해야 해야 물 먹고
물장구 치고 나오 너라

꿩꿩 꿩서방 / 가창유희요

자료코드 : 03_02_FOS_20120429_KDH_HHJ_0006
조사장소 : 강원도 동해시 묵호동 대진항길 21-1 대진경로당
조사일시 : 2012.4.29
조 사 자 : 강등학, 이영식, 박은영, 강태종
제 보 자 : 홍화자, 여, 79세
구연상황 : 김금녀가 <꿩꿩 꿩서방>을 부른 후, 이 노래에 대한 이야기가 잠깐 오고갔다. 홍화자가 자발적으로 이 노래를 다시 불렀다.

꽁꽁 꽁서방

너의 자네집이 어덴가

이산저산 넘어서

텀불밑이 내집일세

아가리 딱딱 벌려라 / 가창유희요

자료코드 : 03_02_FOS_20120429_KDH_HHJ_0007
조사장소 : 강원도 동해시 묵호동 대진항길 21-1 대진경로당
조사일시 : 2012.4.29
조 사 자 : 강등학, 이영식, 박은영, 강태종
제 보 자 : 홍화자, 여, 79세
구연상황 : <아가리 딱딱 벌려라>와 같은 노래를 아느냐고 묻자 홍화자가 말하듯이 구

연해 주었다. 다시 불러줄 것을 거듭 청했으나 하지 않겠다고 했다. 본인이 부른 노래가 아니라 아이들이 부르는 것을 들어서 아는 것이라 했다. 아이들이 껑충껑충 뛰어다니며 부르던 노래라고 했다.

아가리딱딱 벌려라
짐치국물 들어간다

가래소리 / 그물당기는소리

자료코드 : 03_02_FOS_20120407_KDH_HDW_0001
조사장소 : 강원도 동해시 묵호동 일출로 389-3 황대원 댁
조사일시 : 2012.4.7
조 사 자 : 강등학, 이영식, 박은영, 강태종
제 보 자 : 황대원, 남, 86세
구연상황 : 황대원의 개인사에 대한 이야기를 들은 후 고기잡이에 관한 질문을 해나갔다. 그물을 당길 때 부르는 소리가 있었느냐는 소리에 <가래소리>가 있었다고 했다. 그러나 노래로 부르는 것은 극히 꺼려했다. 사설을 넣어 반복적으로 몇 번 불러줄 것을 청했으나 노래를 잘 하지 못한다며 마다했다. 고기가 많이 잡혀 기분이 좋아 부르기도 하며, 그물 당기기의 고됨을 노래를 통해 잊기도 했다고 한다.

에 고기 잘 걸렸다
가래 소
가래 소
아 고기 잘 걸렸다 잘 걸렸어
기분 좋다 한잔 먹자 오늘 들어가가지고

에야소리 / 노젓는소리(1)

자료코드 : 03_02_FOS_20120407_KDH_HDW_0002
조사장소 : 강원도 동해시 묵호동 일출로 389-3 황대원 댁
조사일시 : 2012.4.7
조 사 자 : 강등학, 이영식, 박은영, 강태종
제 보 자 : 황대원, 남, 86세
구연상황 : <그물당기는소리>에 대한 이야기를 들은 후, 고기잡이와 관련된 질문을 계속해 나갔다. 노 짓기와 관련된 이야기가 자연스럽게 전개되어 <노젓는소리>에 관한 질문을 했다. 황대원이 짧게 구연했기 때문에 조사자들이 뒷소리를 받을 터이니 선소리를 매겨달라고 부탁들 했다. 황대원은 매우 쑥스러워하며 다시 시도를 하긴 했으나 완성도 있는 자료를 얻기는 어려웠다.

에인야

배겨라 보자

에인야

달도밝고 명랑하다

에인야

여이샤소리 / 배내리는소리

자료코드 : 03_02_FOS_20120407_KDH_HDW_0003
조사장소 : 강원도 동해시 묵호동 일출로 389-3 황대원 댁
조사일시 : 2012.4.7
조 사 자 : 강등학, 이영식, 박은영, 강태종
제 보 자 : 황대원, 남, 86세
구연상황 : 배를 옮길 때 부르던 소리이다. '둔대받이'라고 하는 받침대를 배 아래에 대고 긴 작대기로 눌러서 배를 옮겼다고 한다. 동작을 맞추기 위해서 소리를 했다고 한다. 황대원이 선창을 하면 조사자가 후창을 했다.

여이샤 여이샤

여이샤 여이샤

여이샤 여이샤

하나둘소리 / 고기세는소리

자료코드 : 03_02_FOS_20120407_KDH_HDW_0004
조사장소 : 강원도 동해시 묵호동 일출로 389-3 황대원 댁
조사일시 : 2012.4.7
조 사 자 : 강등학, 이영식, 박은영, 강태종
제 보 자 : 황대원, 남, 86세
구연상황 : 배를 옮길 때 부르던 소리이다. '둔대받이'라고 하는 받침대를 배 아래에 대고 긴 작대기로 눌러서 배를 옮겼다고 한다. 동작을 맞추기 위해서 소리를 했다고 한다. 황대원이 선창을 하면 조사자가 후창을 했다.
구연상황 : 고기를 셀 때 부르던 소리에 관해 질문하자 황대원은 다른 노래들과 달리 보다 적극적으로 구연해 주었다. 이 노래는 명태를 두름으로 묶어 셀 때 부르던 소리라고 한다. 명태는 바다에서 칡줄로 한 두름씩 꿰어서 나오는데 이것을 배에서 내리면서 셀 때 부르는 소리라고 한다. 칡줄은 적당한 길이로 잘라 배에 늘 보관한다. 염분기가 있는 물에 칡줄을 담가두기 때문에 칡줄이 항상 불어 촉촉한 상태이기 때문에 명태를 꿰기 좋다고 한다. 칡줄은 돈을 주고 사기도 하고 날씨가 좋지 않아 배를 타기 어려울 때 선원들이 함께 산에 올라 칡줄을 잘라온다고 한다.

고기 셉니다 하고
하나기요
둘이요
서이요
너이요
다섯이요
여섯이요

일곱이요

여덟 아홉 열인데

열 두름 갔습니다.

에야소리 / 노젓는소리(2)

자료코드 : 03_02_FOS_20120407_KDH_HDW_0005

조사장소 : 강원도 동해시 묵호동 일출로 389-3 황대원 댁

조사일시 : 2012.4.7

조 사 자 : 강등학, 이영식, 박은영, 강태종

제 보 자 : 황대원, 남, 86세

구연상황 : 판의 앞부분에서 <노젓는소리>에 관한 질문을 했었지만 구연된 자료의 완성
도가 떨어져 <노젓는소리>에 관한 질문을 다시 했다. <노젓는소리>는 주로
고기를 많이 잡아 들어올 때 흥이 나서 부른다고 했다. 조사자들이 뒷소리를
받았다.

에인야

배겨라 보자

에이야

달도밝고 명랑하다

에인야

이 식으로 나간다고.

(조사자 : 몇 마디 더 하시지.)

우리고향 언제가나

에이야

뱃노래 / 노젓는소리

자료코드 : 03_02_MFS_20120128_KDH_CSG_0001
조사장소 : 강원도 동해시 묵호동 최신구 댁
조사일시 : 2012.1.28
조 사 자 : 강등학, 이영식, 박은영, 강태종
제 보 자 : 최신구, 남, 73세
구연상황 : 경북 포항에 살 때 머구리 일을 했다고 한다. 16살 무렵 일을 배워 5년 가량 했는데, 당시 돛단배(풍선)를 탔다고 한다. 그 때 노를 저으며 이 노래를 불렀다고 한다. 불러줄 것을 청하는 조사자의 요구에 망설임 없이 구연해 주었다.

에야노야노야 에야노야노 어기여차 뱃노래가잔대

일본 동경이 얼마나 좋길래
꽃같은 나를버리고 연락을 타느냐
에야노야노야 에야노야노 어기여차 뱃노래가잔대

오빠야 장가는 후년에 가고요
검둥소 팔아서 날시집 보내주소
에야노야노야 에야노야노 어기여차 뱃노래가잔대

청춘가 / 가창유희요

자료코드 : 03_02_MFS_20120128_KDH_CSG_0002
조사장소 : 강원도 동해시 묵호동 최신구 댁
조사일시 : 2012.1.28
조 사 자 : 강등학, 이영식, 박은영, 강태종

제 보 자 : 최신구, 남, 73세
구연상황 : 배를 타면서 부른 노래가 있느냐는 질문에 <뱃노래>와 <청춘가>가 있다고
했다. <뱃노래>를 구연한 후 <청춘가>도 불러줄 것을 청하자 흔쾌히 불러
주었다. 가사가 잘 생각나지 않는다며 웃으며 마무리 했다. 놀면서 부르던 노
래라고 했다.

청춘하늘에 잔별도많고요
요내가슴에 수심도많구나

갈때가더래도 간단말마시오
있는정없는정 다떨어지노라

창부타령 / 가창유희요(1)

자료코드 : 03_02_MFS_20120128_KDH_CSG_0003
조사장소 : 강원도 동해시 묵호동 최신구 댁
조사일시 : 2012.1.28
조 사 자 : 강등학, 이영식, 박은영, 강태종
제 보 자 : 최신구, 남, 73세
구연상황 : 박영순이 <창부타령>의 가사를 말하자 최신구가 이 노래를 불렀다. 젊었을
적 동네 처녀들과 놀 때 불렀던 노래라고 한다.

높은산에 눈날리고 낮은산에 비날리고
악수장화 비바람에 개천바닥에 눈날린다
얼씨구좋네 절씨구좋네 아니놀지는 못할리라

밀창열창 창문을열고 침자질하는 저큰애기
큰애기볼라 던진돌이 처녀손목이 맞았구나

맞은손목 마주잡고 훌쩍훌쩍 우는소리

대장부 심간을 다녹인다

얼씨구좋네 절씨구좋네 아니놀지는 못할리라

창부타령 / 가창유희요(2)

자료코드 : 03_02_MFS_20120128_KDH_CSG_0004
조사장소 : 강원도 동해시 묵호동 최신구 댁
조사일시 : 2012.1.28
조 사 자 : 강등학, 이영식, 박은영, 강태종
제 보 자 : 최신구, 남, 73세
구연상황 : 박영순이 남자들이 많이 부르더라면서 이 노래의 가사 앞구절을 말하자, 최신
구가 얼른 받아 노래를 불렀다.

나물먹고 물마시고 팔을베고 누웠으니

대장부 살림살이 요만하면은 만족하다

얼씨구좋네 절씨구좋네 아니놀지를 못할리라

3. 북삼동

▌조사마을

강원도 동해시 북삼동 지흥

조사일시 : 2012.4.28

조 사 자 : 강등학, 이영식, 박은영, 강태종

북삼동 지흥

　북삼동(北三洞)은 동해시로 승격되던 1980년 4월 1일, 삼척군 북평읍 용정리, 효가리, 지흥1, 2리, 나안리, 동회리, 쇄운1, 2리 등으로 행정리를 구성한 동이다. 지흥(智興), 효가(孝街), 나안(羅雁), 동회(棟淮), 쇄운(灑雲), 용정(龍井) 등은 원래 농촌마을이었으나, 지금은 대규모 아파트 단지가 들어서고 급속도로 도시지역으로 변화하고 있다.

　북삼동은 2011년 12월 기준으로 전체 면적은 16.66km²인데, 이는 시 전체 면적의 10%에 해당한다. 이 중에 논이 0.737km², 밭이 1.265km², 임야가 11.366km²로, 논보다는 밭이 많다. 특히 나안은 부추와 파의 산지로 유명하다. 북삼동은 용정, 효가, 지흥, 나안, 동회, 쇄운 등 6개의 법정동에 40개통 244개반으로 구성되어 있다. 7,862세대에 남자 10,851명, 여자 10,383명 등 21,234명이 거주하고 있다.

북삼동 지흥의 유래는, 지양사(智陽寺)라는 절이 있어 지양곡(智陽谷)이라 했는데, 이것이 음이 변하여 쟁골로 불리면서 한자로는 쟁곡(爭谷) 또는 쟁골(爭骨)로 표기되어 오다 현재에 이르러 지흥이 되었다고 한다.

지흥에는 현재 한중대학교가 들어서 있다. 이 마을에는 진주 강씨가 처음 살았고, 이후 울진 장씨, 김씨, 최씨 등이 들어와 살았다고 하는데, 현재는 삼척 김씨가 많이 살고 있다.

예전 지흥에서는 호리소로 논밭을 갈았으며, 논은 손으로 애벌과 두벌을 맸다. 예전에는 논농사가 더 많았으나 근래에 와서 밭으로 많이 전환하였다. 1마지기는 150평이다. 장은 10리 거리에 있는 북평장을 다녔으나, 나무를 팔 때는 60리 거리에 있는 묵호장을 다녔다.

마을에는 서낭당이 있어 매년 정월 초하루 0시에 서낭고사를 지낸다. 제물의 차림은 여느 마을과 크게 다르지 않으나, 이 마을에서는 수탉을 잡아 피를 뿌린 후에 털을 뽑아, 피워놓은 황덕불에 구워 진설한다는 점이 특이하다.

▌제보자

김봉희, 여, 1930년생

주 소 지 : 강원도 동해시 북삼동 지흥
제보일시 : 2012.4.28
조 사 자 : 강등학, 이영식, 박은영, 강태종

김봉희는 지흥 토박이이다. 22세에 용정
으로 시집을 갔다가 친정 근처로 다시 왔다
고 한다. 초등학교를 졸업했다. 나이에 비해
건강했다. 경로당 옆에 위치한 집에서 조사
자들을 만났다. 조사의 취지를 듣고는 흔쾌
히 조사자들을 경로당으로 안내했다. 뿐만
아니라 마을 이야기를 잘 해 줄 것이라며
김계현에게 직접 전화를 걸어 경로당으로
나오기를 청할 정도로 조사에 적극적으로 응해 주었다.

얼마 전까지는 시니어클럽에 다니면서 안맹인 부부에게 이야기를 해주
는 활동을 했다고 한다. 이야기는 책을 읽고 메모를 해서 준비했으며 부
부는 이야기 듣기를 무척이나 좋아했다고 한다. 논리적으로 이야기하는
편은 아니었다.

제공 자료 목록

03_02_FOT_20120428_KDH_KBH_0001 방귀쟁이 며느리
03_02_FOT_20120428_KDH_KBH_0002 최준집의 못생긴 며느리
03_02_FOT_20120428_KDH_KBH_0003 아기장수
03_02_FOT_20120428_KDH_KBH_0004 배가 고파 자기 아이 삶아 먹은 여자
03_02_FOS_20120428_KDH_KBH_0001 앵기땡기 / 다리뽑기하는소리
03_02_FOS_20120428_KDH_KBH_0002 세상달강 / 아이어르는소리

03_02_FOS_20120428_KDH_KBH_0003 펑펑 펑서방 / 가창유희요
03_02_FOS_20120428_KDH_KBH_0004 춘천이요 / 그네뛰는소리
03_02_FOS_20120428_KDH_KBH_0005 배다리이통천소리 / 감기떨어지게하는소리
03_02_MFS_20120428_KDH_KBH_0001 창부타령 / 가창유희요

이연옥, 여, 1927년생

주 소 지 : 강원도 동해시 북삼동 지흥
제보일시 : 2012.4.28
조 사 자 : 강등학, 이영식, 박은영, 강태종

이연옥은 동해시 신흥에서 태어나 21세
에 김계현과 결혼했다. 마르고 왜소한 체격
이지만 나이에 비해 건강했으며 기억력도
좋은 편이었다. 활달한 성격이라 판의 분위
기를 즐겁게 만들었다. 조사판에 뒤늦게 참
석했으나 조사의 의도를 잘 이해하고 적극
적으로 조사에 임해 주었다. 김봉희와 함께
조사판의 중심적 역할을 담당했다. 그러나
구연자료의 완성도가 떨어져서 자료화되지 못한 것들이 여럿 있다. 설화
보다는 민요에 대한 제보가 중심을 이루었다.

제공 자료 목록
03_02_FOT_20120428_KDH_LYO_0001 배려심 깊은 농부
03_02_FOS_20120428_KDH_LYO_0001 소금소금 앉아라 / 잠자리잡는소리
03_02_FOS_20120428_KDH_LYO_0002 청청 맑아라 / 물맑게하는소리
03_02_FOS_20120428_KDH_LYO_0003 할마할마 씨갑쳐라 / 할미꽃비비는소리
03_02_FOS_20120428_KDH_LYO_0004 가갸 가다가 / 한글풀이하는소리
03_02_FOS_20120428_KDH_LYO_0005 나무하러 가세 / 질문으로잇는소리
03_02_FOS_20120428_KDH_LYO_0006 사돈님 사돈님 / 가창유희요
03_02_FOS_20120428_KDH_LYO_0007 펑펑 펑서방 / 가창유희요

03_02_FOS_20120428_KDH_LYO_0008 우리아기 잘도잔다 / 아기재우는소리
03_02_MFS_20120428_KDH_LYO_0001 창부타령 / 가창유희요

정동죽, 여, 1932년생

주 소 지 : 강원도 동해시 북삼동 지흥
제보일시 : 2012.4.28
조 사 자 : 강등학, 이영식, 박은영, 강태종

정동죽은 동해시 쇄운동에서 태어나 22
세에 삼척시 미로면으로 시집을 갔다가 후
에 지흥으로 이주했다. 조사자들이 지흥경
로당에 도착해서 경로당 옆에 있던 서낭당
을 살펴보고 있을 때, 정동죽은 인근 밭에서
일을 하고 있었다. 조사자들이 서낭당에 대
해서 묻자 친절하게 답해주었다. 조사판에
중심적인 역할을 하지는 않았으며 주로 노
래와 이야기를 들었다. <다리뽑기하는소리> 한 수를 구연해 주었다.

제공 자료 목록
03_02_FOS_20120428_KDH_JDJ_0001 이거리저거리 갓거리 / 다리뽑기하는소리

최귀녀, 여, 1932년생

주 소 지 : 강원도 동해시 북삼동 지흥
제보일시 : 2012.4.28
조 사 자 : 강등학, 이영식, 박은영, 강태종

최귀녀는 인근 동호동에서 태어나 20세
에 결혼하여 지흥으로 이주했다. 주로 조용

히 듣고 있었으며, 경우에 따라 약간씩 이야기에 동참했다. 주위의 제보자들이 부르기를 독촉하여 마지못해 <동그랑땡> 한 수를 구연해주었다. 대화를 나눌 때는 명랑하나 소리를 할 때는 상당히 부끄러워하는 등 소심하며, 적극적인 성격은 아니다.

제공 자료 목록
03_02_FOS_20120428_KDH_CGN_0001 동그랑땡 / 가창유희요

방귀쟁이 며느리

자료코드 : 03_02_FOT_20120428_KDH_KBH_0001
조사장소 : 강원도 동해시 북삼동 지양2길 112 지흥경로당
조사일시 : 2012.4.28
조 사 자 : 강등학, 이영식, 박은영, 강태종
제 보 자 : 김봉희, 여, 83세
구연상황 : 방귀쟁이 며느리 이야기를 아느냐고 앞부분의 운을 살짝 떼자, 김봉희가 뒤를
　　　　　받아 이야기를 해나갔다. 이야기를 마치자 모두들 즐거워했다.
줄 거 리 : 옛날 한 며느리가 방귀를 못 뀌어 얼굴이 야위어갔다. 시아버지가 그 이유를
　　　　　묻고는 방귀를 실컷 뀌라고 하자 며느리는 식구들에게 주변 물건을 단단히
　　　　　잡으라고 한 후 방귀를 뀌기 시작했다. 그러자 집이 왔다갔다 움직였다.

　방귀를 못 뀌어 가지고, "니 왜서 저기 그런데 패랬나(야위었느냐)?" 시
아버지가 그러니까네, "방구를 못 뀌어 그런다."하니.

　"방귀를 실컷 그러면 뀌라."고 이래니. 시아바이는 기둥을 잡고 있으라
하고, 시어머이는 가매를 잡고 있으라 하고, 또 뭐 누구 남편은 어데를 잡
고 있으라 하고 뭐 이래고는. 이제는 방구를 덜덜덜 시작해 뀌니 집이 왔
다 갔다 집이 왔다 갔다 그러더래.

최준집의 못생긴 며느리

자료코드 : 03_02_FOT_20120428_KDH_KBH_0002
조사장소 : 강원도 동해시 북삼동 지양2길 112 지흥경로당
조사일시 : 2012.4.28
조 사 자 : 강등학, 이영식, 박은영, 강태종
제 보 자 : 김봉희, 여, 83세

구연상황 : 이통천과 관련된 <감기떨어지는소리>를 구연한 후, 김봉희가 강릉 사람들
이 하는 이야기를 들은 것이라며 이 이야기를 이어서했다. 처음에는 이통천
과 관련된 이야기라고 시작했지만 마지막에는 최준집과 관련된 이야기라며
정정했다.

줄 거 리 : 최준집의 몇 촌 며느리가 박색이다. 시아주버니들이 형을 놀리자 형은 그래도
자신에게는 꽃처럼 예쁜 아내라고 했다.

이통천이 집이 참 부잰데 그 이통천씨의 그 뭐 몇 촌 며느리가 아주 못
생겼대. 못 생견데 그 그 할마이들이 그 오셔가지고 얘기하는데. 시아지
비들이 저게 뭐이라 하는고 하면 형을 놀리니라고.

"형, 형. 형수가 저래 못 났는데 형은 저게 형수가 이뻐, 형수를 그래
이뻐하느냐?"고 이래니.

"야 느 눈에는 그렇게 뵈케도 내 눈에는 꽃이다."이래더라는.

아기장수

자료코드 : 03_02_FOT_20120428_KDH_KBH_0003
조사장소 : 강원도 동해시 북삼동 지양2길 112 지흥경로당
조사일시 : 2012.4.28
조 사 자 : 강등학, 이영식, 박은영, 강태종
제 보 자 : 김봉희, 여, 83세

구연상황 : 아기장수에 관한 이야기를 아느냐고 묻자, 그런 이야기를 잘 모른다고 했
다. 그러면서 이 이야기를 했다. 옛날에 어른들이 하는 이야기를 들은 것이
라 했다.

줄 거 리 : 옛날에 한 엄마가 물을 이고 집에 돌아오니 바닥에 눕혀 놓았던 아기가 선반
에 앉아 있었다. 아기의 겨드랑이에 털이 난 것을 확인하고 역적이 될 아이
라 하여 빨랫돌로 눌러 죽였다. 아기가 죽은 뒤 용마가 나타나서 울다가 사
라졌다.

옛날에 옛날에 어떤 뭐 장수 나자 영마(용마), 영마가 영마가 장수가 났

는데 영마가 나와가지고. 장수는 뭐 나 놓니 뭐 아 저, 엄마가 물을 이고 오니 장수가 말이지. 구들에 언나를 눕혀논기 언나가 없더래 그 옛날에. 그래니 지금같으면 얼마나 좋나. 그래 살펴보니 언나가 선반에 가 앉아가 지고 있더래요. 그래가지고 내려 보니 여기 여기 저드랑이 밑에 털이가 나가지고 그기 역적이라고 옛날에는. 그래가지고 뭐 그런 유래가 내려오 더라고. 빨랫돌을 뒤잡아가지고 말이야 잡았는데, 고 다음에는 인제 그 장수를 태우니 영마가, 말이가 영마가 나와가지구 그러 그러 울다가 사라 져삐릿다고 그런 으른들 얘기가 그런 것도 듣구.

배가 고파 자기 아이 삶아 먹은 여자

자료코드 : 03_02_FOT_20120428_KDH_KBH_0004
조사장소 : 강원도 동해시 북삼동 지양2길 112 지흥경로당
조사일시 : 2012.4.28
조 사 자 : 강등학, 이영식, 박은영, 강태종
제 보 자 : 김봉희, 여, 83세
구연상황 : 아기장수 이야기를 한 후 연달아 이 이야기를 해주었다. 이야기를 하는 도중 떠오르는 이야기가 있으면 연속적으로 구연해주는 듯 했다.
줄 거 리 : 옛날 보릿고개 시절에, 한 엄마가 먹지 못해 부어 있던 얼굴이었는데 저녁 무 렵이 되자 사정을 알고 보니 등에 업고 있던 자신의 아기가 닭으로 보여 잡 아 먹었다는 것이다.

보릿고개. 저 어덴고 뭐 어데 저 고개 어데 사는 솥을 빼들구 가서 자 기 아를 업은 아를. 낮에는 밥을 읃어 먹으러 완기가 여자가 얼굴이 부슥 부슥한 기 봐가지고(부어가지고) 있던기. 저녁 때 보니까 죽었다하는데. 언나가 고만 닭기로 보켜가지고 삶아 가지고 먹었대. 먹언지 우째 고만 죽었다고.

배려심 깊은 농부

자료코드 : 03_02_FOT_20120428_KDH_LYO_0001
조사장소 : 강원도 동해시 북삼동 지양2길 112 지흥경로당
조사일시 : 2012.4.28
조 사 자 : 강등학, 이영식, 박은영, 강태종
제 보 자 : 이연옥, 여, 86세
구연상황 : 김봉희를 중심으로 판이 전개되었다. 김봉희가 연달아 여러 편의 이야기를 하
자, 이연옥이 아는 것 한마디씩 하자며 자발적으로 이야기를 시작했다.
줄 거 리 : 옛날에 한 원님이 소 두 마리로 밭을 가는 농부에게 어느 소가 일을 더 잘 하
느냐고 물었다. 그러자 농부는 원님 가까이 다가와서 귓속말로 검정소가 일
을 더 잘 한다고 했다. 가까이 와서 이야기하는 이유를 물었더니 농부는 소
도 듣기 때문이라고 했다. 깨달음을 얻은 원은 도망갔다.

옛날에 소가 소가 두 마리가 밭을 가는데 지금도 그런 촌에서 두 마리
밭을 놓고 갈겠지. 이러 가는데 두 마리를 가는데. 고을원이 가다가,

"여보게 여보게. 여 어느 소가 일을 잘 하느냐?"이러니.

일하다가 껑충 뛰 와서 그 고을원 있는 데서,

"껌정소가 일을 더 잘 한다."고.

"왜 거게서 말을 안 하고 왜 내인테 왔냐."

"소도 귀가 있어 듣지 않느냐."고.

"아이구 아차 내가 농부보다 더 못 하구나."하며 쫓겨 갔대.

앵기땡기 / 다리뽑기하는소리

자료코드 : 03_02_FOS_20120428_KDH_KBH_0001
조사장소 : 강원도 동해시 북삼동 지양2길 112 지흥경로당
조사일시 : 2012.4.28
조 사 자 : 강등학, 이영식, 박은영, 강태종
제 보 자 : 김봉희, 여, 83세
구연상황 : 김계현을 통해 마을에 관한 이야기를 나누었다. 그러나 설화나 민요자료화 할
만한 것은 얻지 못 했다. 할머니들만 따로이 모아 조사에 들어갔다. 먼저 어릴
적 다리뽑기놀이를 하며 부르던 소리를 아느냐고 물었더니 김봉희가 이 노래
를 불렀다. 마지막까지 다리가 남은 사람이 벌칙으로 노래를 부른다고 했다.

앵기 땡기
고무 딱지
넘어 간다
닭에 똥

세상달강 / 아이어르는소리

자료코드 : 03_02_FOS_20120428_KDH_KBH_0002
조사장소 : 강원도 동해시 북삼동 지양2길 112 지흥경로당
조사일시 : 2012.4.28
조 사 자 : 강등학, 이영식, 박은영, 강태종
제 보 자 : 김봉희, 여, 83세
구연상황 : 이연옥이 "세상달강"을 구연해 주었으나 기억이 완전하지 못하여 끝까지 부
르지는 못 했다. 옆에서 이연옥의 노래를 들으며 참견을 하던 김봉희가 어릴
적 어머니로부터 배운 노래라며 불러주었다.

세상 달강

서울로 가다가 밤한되 좌서(주워서)

고무다락에 던졌더니

서양쥐가(새앙쥐가) 다파먹고 간걸

통록에다 삶아서 조굴루(조리로) 박죽으로 밍개서(뭉개서)

조굴루 건져서 껍데기는 내삐리고(내버리고)

알으는 니하고 내하고 둘이먹고

세상달강 세상달강

꿩꿩 꿩서방 / 가창유희요

자료코드 : 03_02_FOS_20120428_KDH_KBH_0003

조사장소 : 강원도 동해시 북삼동 지양2길 112 지흥경로당

조사일시 : 2012.4.28

조 사 자 : 강등학, 이영식, 박은영, 강태종

제 보 자 : 김봉희, 여, 83세

구연상황 : 이연옥에서 노래를 배우게 된 계기를 묻는 가운데 옆에 있던 김봉희가 <꿩꿩 꿩서방>을 불렀다. 다시 불러줄 것을 청하자 망설이지 않고 불러주었다.

꿩꿩 꿩서방

자네집이 어덴고

이산저산 넘어서

뜨거지밑이 내집일세

춘천이요 / 그네뛰는소리

자료코드 : 03_02_FOS_20120428_KDH_KBH_0004

조사장소 : 강원도 동해시 북삼동 지양2길 112 지흥경로당

조사일시 : 2012.4.28

조 사 자 : 강등학, 이영식, 박은영, 강태종

제 보 자 : 김봉희, 여, 83세

구연상황 : 김봉희를 중심으로 조사가 이루어졌다. 김봉희는 일본어로 된 오자미하면서
부르던 노래와 고무줄하면서 부르던 노래를 구연해 주었다. 그네를 뛰면서 부
르던 소리를 아느냐는 질문에 이 노래를 불러주었다. 그네가 박항수네 집을
향해 매어 놓았기 때문에, "박항수네 집까지 대라"라는 말은 그만큼 "멀리 가
자"라는 뜻이라고 했다. 이 노래를 부를 때에는 박항수라는 분은 돌아가신지
오래였다고 한다.

춘천이요

춘천이요

박항수네 집꺼진 대라

이렇게.

배다리이통천소리 / 감기떨어지게하는소리

자료코드 : 03_02_FOS_20120428_KDH_KBH_0005

조사장소 : 강원도 동해시 북삼동 지양2길 112 지흥경로당

조사일시 : 2012.4.28

조 사 자 : 강등학, 이영식, 박은영, 강태종

제 보 자 : 김봉희, 여, 83세

구연상황 : 조사자가 감기 걸렸을 때 하던 소리에 관한 이야기를 꺼내자 김봉희가 비슷
한 소리를 안다며 구연해 주었다. 친정어머니께서 아이들이 감기에 걸리면 이
소리를 했다고 한다.

쐐~

쐐~

강릉, 여 있어봐야 아무 먹을 기 없다

강릉 이통천네 집으로 가야지 먹을 기 많다

글로 가가라

소금소금 앉아라 / 잠자리잡는소리

자료코드 : 03_02_FOS_20120428_KDH_LYO_0001
조사장소 : 강원도 동해시 북삼동 지양2길 112 지흥경로당
조사일시 : 2012.4.28
조 사 자 : 강등학, 이영식, 박은영, 강태종
제 보 자 : 이연옥, 여, 86세
구연상황 : 이연옥을 중심으로 판이 돌아갔다. 이연옥이 아리라 두 수를 불렀으나 기억이
잘 나지 않아 완성도 면에서 많이 떨어졌다. 화제를 바꾸어 어릴 적 잠자리
잡으며 부르던 노래를 아느냐고 묻자, 이연옥이 이 노래를 불렀다. 잠자리를
잡아 꽁지를 떼 낸 뒤 나뭇가지를 꽂아 하늘에 날려 보냈는데 이것을 잠자리
장가보내기라고 했다.

소금소금 앉아라
앉을자리 좋다

청청 맑아라 / 물맑게하는소리

자료코드 : 03_02_FOS_20120428_KDH_LYO_0002
조사장소 : 강원도 동해시 북삼동 지양2길 112 지흥경로당
조사일시 : 2012.4.28
조 사 자 : 강등학, 이영식, 박은영, 강태종
제 보 자 : 이연옥, 여, 86세
구연상황 : 이연옥을 중심으로 판이 돌아갔다. 이연옥이 잠자리를 잡을 때 부르는 소리를
해주었다. 조사자가 가재를 잡을 때 물이 맑아지라고 부르는 노래를 아느냐고
묻자 이연옥이 망설임 없이 이 노래를 불렀다.

청청 맑아라

먼데각시 찾아온다

청청 맑아라

할마할마 씨갑쳐라 / 할미꽃비비는소리

자료코드 : 03_02_FOS_20120428_KDH_LYO_0003
조사장소 : 강원도 동해시 북삼동 지양2길 112 지흥경로당
조사일시 : 2012.4.28
조 사 자 : 강등학, 이영식, 박은영, 강태종
제 보 자 : 이연옥, 여, 86세
구연상황 : 이연옥을 중심으로 판이 돌아갔다. 풀뿌리를 문지르며 부르던 소리를 기억하
느냐고 묻자, 그렇게 놀았던 기억은 나는데 무슨 노래를 불렀는지는 모르겠다
고 했다. 도라지꽃에 개미를 넣어 가지고 놀면서 부르던 소리가 있지 않느냐
는 질문에 이연옥이 대뜸 이 노래를 불렀다. 할미꽃을 꺾어 한 손바닥 위에
올려놓고 다른 손바닥으로 비비면 동그랗게 되는데 그 모양이 예뻐서 부른
노래라고 한다. 다시 불러줄 것을 청하자 부끄러운 내용이라며 부르기를 마다
했다.

할마 할마 씨갑 쳐라

서울 영감 씹비러 온다

가갸 가다가 / 한글풀이하는소리

자료코드 : 03_02_FOS_20120428_KDH_LYO_0004
조사장소 : 강원도 동해시 북삼동 지양2길 112 지흥경로당
조사일시 : 2012.4.28
조 사 자 : 강등학, 이영식, 박은영, 강태종
제 보 자 : 이연옥, 여, 86세

구연상황 : <몸말리는소리>, <귓물빼는소리>에 대한 질문을 하였으나 기억이 잘 나지 않는다고 했다. 먹고 사는데 바빠 그런 거 기억할 틈이 있냐며 웃었다. "가갸 가다가"와 같은 노래를 아느냐고 묻자 망설이지 않고 이 노래를 불러주었다.

가갸 가다가
거겨 거렁에
고교 고기잡아
구규 국끼래서(끓여서)
너녀 너도먹고
나냐 나도먹고
더뎌 더다와
다 먹었다

나무하러 가세 / 질문으로잇는소리

자료코드 : 03_02_FOS_20120428_KDH_LYO_0005
조사장소 : 강원도 동해시 북삼동 지양2길 112 지흥경로당
조사일시 : 2012.4.28
조 사 자 : 강등학, 이영식, 박은영, 강태종
제 보 자 : 이연옥, 여, 86세
구연상황 : "뒷집 영감 나무하러 가세"와 같은 노래를 아느냐는 질문에 이연옥이 망설이지 않고 노래를 불러주었다. 단숨에 부르느라 몹시 숨이 차 했다. 듣는 이들은 매우 즐거워했다.

뒷집영감 나무하러가세
배아파 못가
뭔 배 자래 배
뭔 자래 에미 자래
뭔 에미 솔 에미

뭔 솔 탑 솔

뭔 탑 연지 탑

뭔 연지 코리 연지

뭔 코리 버들 콜

뭔 버들 수영 버들

뭔 수영 하늘 수영

뭔 하늘 청 하늘

뭔 청 대 청

뭔 대 왕 대

뭔 왕 임금 왕

아구 숨이야. 숨차.

사돈님 사돈님 / 가창유희요

자료코드 : 03_02_FOS_20120428_KDH_LYO_0006

조사장소 : 강원도 동해시 북삼동 지양2길 112 지흥경로당

조사일시 : 2012.4.28

조 사 자 : 강등학, 이영식, 박은영, 강태종

제 보 자 : 이연옥, 여, 86세

구연상황 : 이연옥이 <나무하러 가세> 소리를 부르자 모두들 즐거워했다. 노래를 많이
기억하고 있다며 그의 기억력을 높이 평가하자, 이연옥이 자발적으로 이 노래
를 불렀다.

사돈집 사돈집

도랑건네 사돈집

뭐먹고 사와

참깨들깨 볶아먹고

뽀이뽀이 사와

꿩꿩 꿩서방 / 가창유희요

자료코드 : 03_02_FOS_20120428_KDH_LYO_0007
조사장소 : 강원도 동해시 북삼동 지양2길 112 지흥경로당
조사일시 : 2012.4.28
조 사 자 : 강등학, 이영식, 박은영, 강태종
제 보 자 : 이연옥, 여, 86세
구연상황 : "꿩꿩 꿩서방"이라고 부르는 노래를 아느냐고 묻자 질문이 떨어지기 무섭게
이연옥이 노래를 불러주었다.

꿩꿩 꿩서방
자네집이 어딘고
이산저산 넘어서
덤불밑이 내집일세

우리아기 잘도잔다 / 아기재우는소리

자료코드 : 03_02_FOS_20120428_KDH_LYO_0008
조사장소 : 강원도 동해시 북삼동 지양2길 112 지흥경로당
조사일시 : 2012.4.28
조 사 자 : 강등학, 이영식, 박은영, 강태종
제 보 자 : 이연옥, 여, 86세
구연상황 : 이연옥이 <배려심 깊은 농부> 이야기를 구연했다. 조사자가 아기를 재우면
서 부르던 소리를 아느냐고 물었으나 이연옥은 잘 듣지 못하고 농부 이야기
를 계속 했다. 몇 번 반복해서 묻자 <아기재우는소리>를 불러주었다. 문서를
길게 넣어 해줄 것을 청했으나 없는 것을 어떻게 길게하냐며 못 한다고 했다.

우리애기 잘도잔다

멍멍개야 짖지마라

꼬꼬닭이 우지마라

이거리저거리 갓거리 / 다리뽑기하는소리

자료코드 : 03_02_FOS_20120428_KDH_JDJ_0001

조사장소 : 강원도 동해시 북삼동 지양2길 112 지흥경로당

조사일시 : 2012.4.28

조 사 자 : 강등학, 이영식, 박은영, 강태종

제 보 자 : 정동죽, 여, 81세

구연상황 : 김봉희와 정동죽이 다리뽑기하는 놀이를 직접 보여주었다. 먼저 김봉희가
       <앵기땡기>를 먼저 불렀다. 정동죽에게 이어서 받아주기를 청했다. 부르기는
       했지만 뒷 부분이 잘 기억 나지 않는다고 했다.

이거리 저거리 갓 거리

짐치 만근 도만 근

짝 발이 하양 걸

동그랑땡 / 가창유희요

자료코드 : 03_02_FOS_20120428_KDH_CGN_0001

조사장소 : 강원도 동해시 북삼동 지양2길 112 지흥경로당

조사일시 : 2012.4.28

조 사 자 : 강등학, 이영식, 박은영, 강태종

제 보 자 : 최귀녀, 여, 81세

구연상황 : 조사자의 언급이 없었음에도 제보자들 사이에서 이 노래가 저절로 화제에 올
       랐다. 먼저 이연옥이 불렀으나 마무리를 잘 하지 못하자 평소 최귀녀가 잘 불
       렀던 모양인지 최귀녀에게 노래를 해보라는 요구가 이어졌다. 최귀녀는 매우

부끄러워하며 구연해 주었다. 혹시 '동그랑땡'이라는 후렴을 붙이지 않았느냐
는 질문에 붙였다고 대답했다. 후렴을 붙여서 다시 구연해 줄 것을 청하자 부
르기는 했으나 완성도가 많이 떨어졌다.

까마귀란 놈은 주제가껌어 연통○○로 돌리고
까치란 놈은 집을잘지어 목수장이로 돌리고

(청중 : 크게 하래.)
(제보자 : 크게 하라고?)

돌리고
베룩이란놈은 뛰기를잘해 마라톤선수로 돌리고
제비란놈은 맵시가좋아 기생아가씨로 돌리고
파리라한놈은 모이길잘해 장똘뱅이로 돌리고

잊어버렸어.

창부타령 / 가창유희요

자료코드 : 03_02_MFS_20120428_KDH_KBH_0001
조사장소 : 강원도 동해시 북삼동 지양2길 112 지흥경로당
조사일시 : 2012.4.28
조 사 자 : 강등학, 이영식, 박은영, 강태종
제 보 자 : 김봉희, 여, 83세
구연상황 : 이연옥이 앞서 이 노래를 불렀다. 옆에서 듣고 있던 김봉희가 연달아서 이 노래를 다시 불렀다. 동네에서 노래 부르기를 즐겨하던 할머니가 부르던 노래라고 했다. 뒷부분을 제대로 마무리하지는 못 했다.

경주불국사에 인경소리는 삼천만동포를 다울리고
우리네 이가정에는 요놈의황금이 날울린다.
얼씨구나 좋다 지화자 좋구나좋다 이렇게 좋다

창부타령 / 가창유희요

자료코드 : 03_02_MFS_20120428_KDH_LYO_0001
조사장소 : 강원도 동해시 북삼동 지양2길 112 지흥경로당
조사일시 : 2012.4.28
조 사 자 : 강등학, 이영식, 박은영, 강태종
제 보 자 : 이연옥, 여, 86세
구연상황 : 조사를 진행하던 중 이연옥이 경로당으로 왔다. 제보자들이 조사하는 내용을 이야기해주자 이연옥은 조사자의 요구가 없었음에도 망설임 없이 노래를 해주었다. 처음 부른 노래는 <황해도 구월당밑에>였으나 잘 기억하지 못하여 자료적 가치가 적었다. 제보자 조사를 하던 중, "또 불러줄까?"하며 이 노래를 불렀다.

경주에 인경소리는 삼천만동포를 다울리고
우리집에 요가정에는 요놈의황금이 날울리네

4. 북평동

증편 한국구비문학대계 • 강원도 동해시

▌조사마을

강원도 동해시 북평동 귀운

조사일시 : 2012.2.17, 2012.4.6
조 사 자 : 강등학, 이영식, 박은영, 강태종

동해시 북평동 귀운

　북평동(北坪洞)은 도시, 농촌, 어촌의 성격을 공유한 복합도시로 북평산
업단지 소재지이며, 인근에 국제 무역항인 동해항이 위치하고 있다. 그리
고 일출의 명소인 추암 촛대바위가 있는 곳이며, 전국에서 유명한 북평 5
일장이 서는 곳이다. 나아가 국도 38호선과 42호선이 시작되는 곳이다.
　북평은 조선 인조 9년인 1631년에 삼척부사 이준(李埈)이 전천을 경계
로 북쪽은 북평리(北坪里), 남쪽은 박곡리(璞谷里)로 정한 데서 비롯한다.

북평이라 한 것은 삼척부에서 볼 때 북쪽에 있는 들이라 하여 뒷두르, 뒷드루로 부르는 것을 한자로 옮긴 것으로 전한다.

1980년 4월 1일 동해시가 개청하면서 북평동을 설치하여 북평, 구미, 구호, 추암 등 4개의 법정동을, 이원동은 대구, 단봉, 내리, 호현, 이도, 지가, 귀운 등 7개 법정동을 각각 관할하다가, 1998년 11월 2일 행정동 통·폐합에 따라 북평동과 이원동을 합하여 북평동이라 했다.

북평동은 2011년 12월 기준으로 전체 면적은 19.27km²인데, 이는 시 전체 면적의 10.7%에 해당한다. 이 중에 논이 1.103km², 밭이 2.781km², 임야가 9.316km²로, 동해시에서는 망상동 다음으로 논이 많은 지역이다. 북평(北坪), 구미(九美), 추암(湫岩), 구호(九湖), 대구(大口), 호현(虎峴), 내동(內洞,) 단봉(丹鳳), 지가(池柯), 이도(梨島), 귀운(歸雲) 등 11개의 법정동에 30개통 139개반으로 구성되어 있다. 4,329세대에 남자 5,427명, 여자 5,311명 등 10,738명이 거주하고 있다.

북평동 귀운마을은 부곡동 19통에 속한다. 마을을 처음 개척한 이는 오씨라고 하며, 이후 임씨, 윤씨, 심씨, 이씨, 정씨 등이 들어왔다. 귀운(歸雲)은 귀운(龜雲)이라 표기했는데, 1916년 향촌, 복지동, 한천 등 세 마을을 합하여 지금의 귀운(歸雲)이라고 불렀다 한다.

예전 귀운에는 50여 가구가 살았는데, 마을의 위치에 따라 내도가와 외도가로 구분하였다. 즉 마을 깊숙이 골 안쪽에 있는 마을을 내도가, 바깥쪽의 마을을 외도가라 했는데, 내도가는 6.25 이후 소개하여 한 집도 없고, 지금은 외도가와 거릿말이 모여 귀운을 이루고 있다. 현재는 75가구에 161명이 거주하고 있다. 마을에는 예전부터 논이 전혀 없는 까닭에 밭농사를 지었다. 작물은 감자, 콩, 수수, 조, 옥수수 등을 심었는데, 쌀은 이들 곡물과 바꿔 먹었다. 경제적 여유가 있는 집에서는 다른 마을에 논을 구입하여 벼농사를 짓기도 했다. 논은 1마지기에 150평, 밭은 50평이라 한다. 밭은 호리로 갈았으며, 밭김은 남자가 매다가 해방 이후부터 여자가 매기 시작했다고 한다. 귀운에도 골마다 서낭이 있었으나 없어지고, 현재는 골밖 마을인 외도가에만 남아 있는데 정월 초하루 0시에 서낭고 사를 지낸다.

▌제보자

김경옥, 여, 1933년생

주 소 지 : 강원도 동해시 북평동 귀운
제보일시 : 2012.2.17
조 사 자 : 강등학, 이영식, 박은영, 강태종

김경옥은 삼척시 미로면에서 태어나 19
세에 결혼했다. 결혼 후 타 지역에서 지내다
후에 귀운으로 이주했다고 한다. 마르고 왜
소한 체구의 김경옥은 상당히 유쾌한 성격
으로 "오케이"라는 말을 자주 했다. 제보자
들 중 조사에 가장 적극적으로 임해 준 인
물이기도 했다. 질문에 대해 곰곰이 생각해
서 기억이 나면 곧바로 구연해 주기를 마다
하지 않았다. 그러나 김경옥이 구연을 할 때 다른 제보자들은 적극적으로
호응해 주기보다는 틀렸다고 하거나 쓸 데 없는 소리를 한다는 등 면박을
주기도 했다.

제공 자료 목록
03_02_FOS_20120217_KDH_KGO_0001 가갸 가다가 / 한글풀이하는소리
03_02_FOS_20120217_KDH_KGO_0002 다복녀 / 가창유희요
03_02_MFS_20120217_KDH_KGO_0001 정월송학에 / 가창유희요
03_02_MFS_20120217_KDH_KGO_0002 너영나영 / 가창유희요
03_02_MFS_20120217_KDH_KGO_0003 띵가라붕 / 가창유희요(1)
03_02_MFS_20120217_KDH_KGO_0004 띵가라붕 / 가창유희요(2)

김태호, 남, 1922년생

주 소 지 : 강원도 동해시 북평동 귀운
제보일시 : 2012.4.6
조 사 자 : 강등학, 이영식, 박은영, 강태종

김태호는 귀운에서 4대째 거주하고 있는 토박이다. 23세에 결혼을 하였으며 지난 2월 상처를 하고 현재는 혼자 지내고 있다. 가까이 사는 큰아들이 자주 들러 돌봐드리고 있다고 한다. 조사자가 방문한 날도 큰아들이 와서 농사일을 하고 있었다.

김태호는 초등학교를 졸업 후 농사를 시작하였다. 농사는 주로 감자, 콩, 조, 보리 등의 밭농사를 지었는데 논이 없어 논농사의 경험은 없다고 한다. 농악에 관심이 많아 열 서서날 무렵부터 농악패에 들어 배웠으며 마을의 상쇠 역할도 했다고 한다.

연세에 비해 청이 좋았으나 이가 많이 빠져 발음이 부정확하였다. 기력이 몹시 쇠하여 조사자의 질문에 적절한 대답을 해주지 못해 제공한 자료에 대한 정확한 정보를 얻기가 매우 어려워 아쉬움이 컸다.

제공 자료 목록

03_02_FOS_20120406_KDH_KTH_0001 아라리 / 밭매는소리
03_02_FOS_20120406_KDH_KTH_0002 에야디야소리 / 땅다지는소리
03_02_FOS_20120406_KDH_KTH_0003 어기여차소리 / 말뚝박는소리
03_02_FOS_20120406_KDH_KTH_0004 고사반 / 지신밟는소리
03_02_MFS_20120406_KDH_KTH_0002 노랫가락 / 가창유희요

민정식, 여, 1939년생

주 소 지 : 강원도 동해시 북평동 귀운
제보일시 : 2012.2.17
조 사 자 : 강등학, 이영식, 박은영, 강태종

민정식은 강원도 영월에서 태어나 21세에 영월로 시집을 갔다. 36세에 사북광업소로 가서 지내다 57세에 귀운으로 이주했다. 조사를 흥미롭게 지켜보기는 하였으나 적극적으로 참가하여 구연하지는 않았다. 조사의 마무리 단계에서 <고무줄하는소리> 한 편을 구연해 주었다.

제공 자료 목록
03_02_MFS_20120217_KDH_MJS_0001 빙글빙글 돌려라 / 고무줄하는소리

박간난, 여, 1930년생

주 소 지 : 강원도 동해시 북평동 귀운
제보일시 : 2012.2.17
조 사 자 : 강등학, 이영식, 박은영, 강태종

박간난은 이도리에서 태어나 17세에 결혼했다. 나이에 비해 건강하며 활달한 성격이었다. 조사자의 요구에 행동으로 보여주는 등 유쾌하고 적극적이었다. 초반 판의 분위기를 주도했다. 전래동요를 구연해 주었다.

제공 자료 목록
03_02_FOS_20120217_KDH_PGN_0001 이거리저

거리 갓거리 / 다리뽑기하는소리
03_02_FOS_20120217_KDH_PGN_0002 청청 맑아라 / 물맑게하는소리
03_02_FOS_20120217_KDH_PGN_0003 해야해야 나오너라 / 몸말리는소리
03_02_FOS_20120217_KDH_PGN_0004 꿩꿩 꿩서방 / 가창유희요

가갸 가다가 / 한글풀이하는소리

자료코드 : 03_02_FOS_20120217_KDH_KGO_0001
조사장소 : 강원도 동해시 북평동 귀운길 28 귀운경로당
조사일시 : 2012.2.17
조 사 자 : 강등학, 이영식, 박은영, 강태종
제 보 자 : 김경옥, 여, 80세
구연상황 : '가갸 가다가'와 같은 노래를 아느냐고 묻자 김경옥이 불렀다. 다시 불러줄
　　　　　 것을 청하자 망설이지 않고 불러주었다.

　　　가이가 가다가

　　　거이거 거랑에

　　　고이고 고기잡아

　　　구이구 국끼래

　　　너이너 너도먹고

　　　나이나 나도먹고

　　　다이다 다먹었다

다복녀 / 가창유희요

자료코드 : 03_02_FOS_20120217_KDH_KGO_0002
조사장소 : 강원도 동해시 북평동 귀운길 28 귀운경로당
조사일시 : 2012.2.17
조 사 자 : 강등학, 이영식, 박은영, 강태종
제 보 자 : 김경옥, 여, 80세
구연상황 : <다복녀>를 아느냐고 묻자 박간난이 앞부분을 조금 부르다 말았다. 김경옥이

다시 불러주었다. 기억이 더듬어가며 부르느라 구연이 자연스럽지 못 하다.

따복따복 따복네야 니어드로 울고가나

우리엄마 젖줄바라 울고간다

느엄마 온다더라

살광밑에 삶은팥이 싹나면 온다더라

살광밑에 삶은팥이 썩기쉽지 싹나겠나

걸금(거름)틈에 말뼈다구 살붙으면 온다더라

말뼈다구 썩기쉽지 살붙겠나

느엄마 온다더라

신을삼아 바람절로 보내주고

젖을짜서 구름절로 보내준다더라

아라리 / 밭매는소리

자료코드 : 03_02_FOS_20120406_KDH_KTH_0001
조사장소 : 강원도 동해시 북평동 전천로 16-5 김태호 자택
조사일시 : 2012.4.6
조 사 자 : 강등학, 이영식, 박은영, 강태종
제 보 자 : 김태호, 남, 91세
구연상황 : 판의 분위기를 잡기 위해서 농사와 관련된 질문을 한동안 이어갔다. 밭을 매면서 부르던 소리가 있었느냐는 질문에 김태호는 <아라리>처럼 이 것 저 것 아무거나 불렀다고 대답했다. 불러줄 것을 청하자 몇 번 마다하다가 불러주었다. 옛날에는 정선에 삼을 하러 많이 다녔는데 당시 <아라리>를 많이 불렀다고 했다. 정선 사람들은 소리 넘기기를 더 잘 한다고 했다.

아리랑 아리랑 아라리 요

아리랑 고개고개를 넘어 간다

논뜨럭에 밭뜨럭에 꼴비는 총각

날비나 오거들랑 놀러나 오게

에야디야소리 / 땅다지는소리

자료코드 : 03_02_FOS_20120406_KDH_KTH_0002

조사장소 : 강원도 동해시 북평동 전천로 16-5 김태호 자택

조사일시 : 2012.4.6

조 사 자 : 강등학, 이영식, 박은영, 강태종

제 보 자 : 김태호, 남, 91세

구연상황 : 김태호가 열서너살 무렵부터 농악을 시작해 마을의 상쇠 역할을 맡았다는 이
야기를 하면서 조사자가 <지신밟는소리>를 불러줄 것을 청했다. 김태호는
한동안 망설였다. 조사자가 재차 불러줄 것을 청하였으나 김태호는 오랫동안
생각을 하는 듯 했다. 그리고는 구연해 주었다. 그러나 구연해준 것은 <지신
밟는소리>가 아닌 <땅다지는소리>였다. 조사자가 '당겨주소'라는 말로 보아
이 노래가 무엇을 할 때 부르는 소리냐고 묻자, "주춧돌, 망치 올라갈 때 하
는 소리"라고 답했다. 받는 사람은 마지막에 "아~ 조심"이라고 했다고 한다.
김태호의 언술로 미루어 본격적으로 땅을 다지기에 앞서 이 소리를 부른 것
으로 이해된다.

지신님아 지신님아

지신님아

이쥐췻돌(주춧돌) 하나놓거든

천년만년 ○○○○소서

에야 망치소리

어야디야

소리도 우렁차게

여러분이 일심받아

줄 당겨주게

천년만년 살자는

이곳에 운기받어

쥐칫돌로 돌어오게

아들아기라 하거들랑

삼정승 육판서도

점지하소서

운기받어 이곳으로

돌아오소

그만이야.

어기여차소리 / 말뚝박는소리

자료코드 : 03_02_FOS_20120406_KDH_KTH_0003

조사장소 : 강원도 동해시 북평동 전천로 16-5 김태호 자택

조사일시 : 2012.4.6

조 사 자 : 강등학, 이영식, 박은영, 강태종

제 보 자 : 김태호, 남, 91세

구연상황 : 앞서 구연한 <땅다지는소리>에 관한 질문을 계속 이어갔다. 조사자의 질문을 김태호가 잘 이해하지 못한 것인지 김태호는 적절한 대답을 시원하게 해주지 않았다. 의문을 풀기 위해 조사자가 계속 질문을 해나갔다. 김태호가 <말뚝박는소리>에 관한 이야기를 꺼내었다. 조사자가 뒷소리를 받을 터이나 앞소리를 불러달라고 청했다. 노래는 몇 번의 요청 끝에 들을 수 있었다. 커다란 나무에 줄을 매여 네 사람이 들었다 놨다하며 박았다고 한다.

어기여차

어기여차

어기여차

어기여차

어기여차

어기여차

조심하세요

어기여차

줄당겨서

어기여차

미조치가

어기여차

든든하도록

어기여차

천년만년

어기여차

가더래도

어기여차

요동없이

어기여차

지내게를

어기여차

미정승

고사반 / 지신밟는소리

자료코드 : 03_02_FOS_20120406_KDH_KTH_0004
조사장소 : 강원도 동해시 북평동 전천로 16-5 김태호 자택
조사일시 : 2012.4.6
조 사 자 : 강등학, 이영식, 박은영, 강태종

제 보 자 : 김태호, 남, 91세

구연상황 : <지신밟는소리>에 관해서 다시 질문을 했다. 김태호는 한참 생각하다가 이 소리를 해주었다. 풍물을 두드리는 중간 중간 비손하는 내용이다. 제보자는 몇 달 전 부인을 잃은 탓인지 표정도 밝지 않고 중간 중간에 울먹이는 듯한 목소리가 배어 있다.

정월 대보름날이라 이 터전에 그지 터전에 그지 뭐시 뭐시 그 하나 붙여야지. ○○○. 이 터전에 그지 신명 조왕님 정지에 들어가면. 신명, 이 터전에 신명조왕님 정월 대보름날 그지 맞이를 해서 그지 온 동민이 모여서 그지 상쇠를 해가지고 이 터전 그지 터주, 지신을 물립니다. 물리니 그지 잘 그지 보살펴서 이 뭐 하서래도 그지 여러 가지가 부족한 점이 있더래도 부족하다 말 마시오. 논에 상색미와 밭에 중생미입니다. 그지 한 번 시가 일식미 두 번 시가 이승미 세 번 시가 상석미를 그지 도두 원전에 그지 열두 번 대실게다가 일곱 번 소슬게 그지 이게 대충 그지 받혀 놓고 그지 정성을 들이니. 그지 이 신명 성주님 전에서 그지 정월 대보름날 음감해서서 이 터전을 그지 그지 만복이 그지 두둑하고 가득하게 해주시소. 거러 거러 그지 꽃이 피고 잎이 피도록 그지 하고. 어린애 있더래도 그지 어데 아프니 슬프니 그지 다 일 년 열두 달 다 돌아가더래도 그지 아프니 슬프니 없고 이 가정에는 어데 가더래도 그지 문 밝혀주시기를 바라십니다. 그지 이 그지 축문 성주님 덕택인 줄을 잘 되면 알겠습니다.

이거리저거리 갓거리 / 다리뽑기하는소리

자료코드 : 03_02_FOS_20120217_KDH_PGN_0001

조사장소 : 강원도 동해시 북평동 귀운길 28 귀운경로당

조사일시 : 2012.2.17

조 사 자 : 강등학, 이영식, 박은영, 강태종

제 보 자 : 박간난, 여, 83세

구연상황 : 김원벽을 대상으로 조사를 시작했으나 자료적 가치가 있는 것을 얻어내기 어려웠다. 옆에서 듣고 있던 할머니들이 좀 더 적극적인 자세를 보였다. 조사의 취지를 알리고 어릴 적 놀면서 부르던 소리를 알려달라고 청하자 박간난이 이 노래를 불렀다. 김경옥과 마주 앉아 다리뽑기 놀이를 하면서 불러주었다. 옆에서 보고 있던 다른 제보자들이 몹시 즐거워했다.

요고리조고리 갓고리

손수맹근 조맹근

짝바리 히앵근

노루매짐치 딴때꿍

머거밭에 독새끼

참지름아 무서리

동지섣달 대추

청청 맑아라 / 물맑게하는소리

자료코드 : 03_02_FOS_20120217_KDH_PGN_0002

조사장소 : 강원도 동해시 북평동 귀운길 28 귀운경로당

조사일시 : 2012.2.17

조 사 자 : 강등학, 이영식, 박은영, 강태종

제 보 자 : 박간난, 여, 83세

구연상황 : 가재를 잡을 때 흐려진 물을 맑게 하기 위해서 부른 노래를 아느냐고 묻자 다들 안다고는 하였지만 적극적으로 노래를 부르려하지는 않았다. 다른 제보자들이 박간난에게 불러보라며 청하자 박간난이 약간 망설이다가 불렀다. 침을 뱉으며 불렀다고 한다.

페~

청청 맑아라

먼데각시 물이러온다

청청 맑아라

먼데각시 물이러온다

페 페~

빨리 맑아라

청청 맑아라

먼데각시 물이러온다

해야해야 나오너라 / 몸말리는소리

자료코드 : 03_02_FOS_20120217_KDH_PGN_0003
조사장소 : 강원도 동해시 북평동 귀운길 28 귀운경로당
조사일시 : 2012.2.17
조 사 자 : 강등학, 이영식, 박은영, 강태종
제 보 자 : 박간난, 여, 83세
구연상황 : 먹을 감고 나서 추울 때 부르던 소리를 아느냐고 묻자 불렀던 것은 알겠는데
기억은 나지 않는다고 했다. 박간난이 기억해 내자 다른 제보자들이 불러보라
며 재촉했다. 박간난이 추운 흉내를 내며 부르자 모두들 즐거워했다.

어 추워라 어 추워라 추워 어 추워 어 추워

해야해야 나가라

구름속에서 나오너라

종지종지 물떠주마

해야해야 나오너라

종지종지 물떠주마

어 추워라 어 추워라 어 추워라 어 추워라.

꿩꿩 꿩서방 / 가창유희요

자료코드 : 03_02_FOS_20120217_KDH_PGN_0004
조사장소 : 강원도 동해시 북평동 귀운길 28 귀운경로당
조사일시 : 2012.2.17
조 사 자 : 강등학, 이영식, 박은영, 강태종
제 보 자 : 박간난, 여, 83세
구연상황 : 비둘기 소리를 흉내내는 노래를 아느냐는 질문에 잘 모르겠다고 했다. <꿩꿩
꿩서방>을 아느냐고 묻자 박간난이 구연해주었다. 어릴 적 친구들과 어울려
놀면서 부르던 소리라고 했다.

꼬공꼬공 꽁서방
자네집이 어덴고
이산저산 가다가
덤불밑이 내집일세

정월 송학에 / 가창유희요

자료코드 : 03_02_MFS_20120217_KDH_KGO_0001
조사장소 : 강원도 동해시 북평동 귀운길 28 귀운경로당
조사일시 : 2012.2.17
조 사 자 : 강등학, 이영식, 박은영, 강태종
제 보 자 : 김경옥, 여, 80세
구연상황 : 화투풀이하는소리를 아느냐고 묻자 김경옥이 말로써 구연하다가 다시 소리로
해주었다. 노래를 부르는 가운데 흥이 나는 듯 즐거워하였다.

정월송학에 속속이들어 이월매조에 맺어놓고
삼월사구라 산란한내마음 사월흑싸리에 허사로다
오월난초 나비가날아 유월목단에 앉았구나
칠월홍돼지 홀로누워 팔월공산에 달이떴네
구월국죽 국화가피여 시월단풍에 떨어진다
동지섣달 설한풍에 백설만날려도 임의생각
이리생각 저리생각 임생각끝이날이 전혀없네

너영나영 / 가창유희요

자료코드 : 03_02_MFS_20120217_KDH_KGO_0002
조사장소 : 강원도 동해시 북평동 귀운길 28 귀운경로당
조사일시 : 2012.2.17
조 사 자 : 강등학, 이영식, 박은영, 강태종
제 보 자 : 김경옥, 여, 80세
구연상황 : <너영나영>을 아느냐는 질문에 박간난이 운을 조금 떼었다. 박간난에게 불

러줄 것을 청했으나 못한다며 마다했다. 김경옥이 기억을 더듬어 노래를 불러
주었다.

신작로 복판에 하이야가 놀고요
하이야 안에는 신랑신부 논다
나이냐 너냐 두리둥실 놀구요
낮이낮이나 밤이밤이나 참사랑이 로다

신랑신부 손목에 금시계가놀 구요
금시계 안에는 일이삼사 논다
나이냐 너냐 두리둥실 놀구요
낮이낮이나 밤이밤이나 참사랑이 로다

오동나무 열매는 왈갈달각하 구요
큰아기 젖통은 몽글몽실 하구나
나이냐 너냐 두리둥실 놀구요
낮이낮이나 밤이밤이나 참사랑이 로다

띵가라붕 / 가창유희요(1)

자료코드 : 03_02_MFS_20120217_KDH_KGO_0003
조사장소 : 강원도 동해시 북평동 귀운길 28 귀운경로당
조사일시 : 2012.2.17
조 사 자 : 강등학, 이영식, 박은영, 강태종
제 보 자 : 김경옥, 여, 80세
구연상황 : <너영나영>을 부른 후, 조사자의 요청이 없었음에도 김경옥이 이 노래를 이
　　　　　어서 불렀다. 듣고 있던 제보자들이 당시 이 노래를 부를 때 참 재미있었다고
　　　　　이야기들을 했다.

꽃같은 처녀가 꽃밭을 매는데

나비같은 총각이고려 내손목을 잡노라

얼씨구 절씨구

띵가라붕 / 가창유희요(2)

자료코드 : 03_02_MFS_20120217_KDH_KGO_0004
조사장소 : 강원도 동해시 북평동 귀운길 28 귀운경로당
조사일시 : 2012.2.17
조 사 자 : 강등학, 이영식, 박은영, 강태종
제 보 자 : 김경옥, 여, 80세
구연상황 : 김경옥이 앞서 <띵가라붕>을 부른 후, 조사자와 제보자들이 이 노래에 대해
이야기를 나누는데 김경옥이 다시 노래를 불렀다. 뒷부분이 잘 기억이 나지
않는다며 제대로 끝을 맺지는 못했다. 나중에 다시 기억이 났는지 말로써 "호
랑같은 나의 오빠 고려 엿보고 있단다."라고 덧붙였다.

야야 이사람아 내손목을 놓아라

호랑같은 나의오빠 고랴

노랫가락 / 가창유희요

자료코드 : 03_02_MFS_20120406_KDH_KTH_0001
조사장소 : 강원도 동해시 북평동 전천로 16-5 김태호 자택
조사일시 : 2012.4.6
조 사 자 : 강등학, 이영식, 박은영, 강태종
제 보 자 : 김태호, 남, 91세
구연상황 : <아라리>를 부른 후, 조사자가 청이 좋다며 칭찬을 하자 김태호가 <노랫가
락>을 불러주겠다며 자발적으로 구연해 주었다. 놀 때 부르던 소리라고 했다.

잊어 버리자 해도 차마 진정코 못잊겠구 나

그대로 잊으려 고서 벽을 안고서 돌아누 니

그벽이 도로 변하여 임의 화용이 되었구 나

빙글빙글 돌려라 / 고무줄하는소리

자료코드 : 03_02_MFS_20120217_KDH_MJS_0001

조사장소 : 강원도 동해시 북평동 귀운길 28 귀운경로당

조사일시 : 2012.2.17

조 사 자 : 강등학, 이영식, 박은영, 강태종

제 보 자 : 민정식, 여, 74세

구연상황 : 어릴 적 놀이에 관한 이야기를 나누다 민정식이 고무줄놀이와 오자미를 주로 했다고 말했다. 그중에서 고무줄놀이에 관한 이야기를 해주며 이 노래를 불러 주었다.

빙글빙글 돌려라

고무줄을 돌려라

하나두울 셋넷

빨리빨리 돌려라

5. 삼화동

증편 한국구비문학대계 • 강원도 동해시

▌조사마을

강원도 동해시 삼화동 상촌

조사일시 : 2012.1.13, 2012.1.30, 2012.9.8
조 사 자 : 강등학, 이영식, 박은영, 강태종

삼화동 무릉계 상가

삼화동(三和洞)은 본래 삼척군 도상면 지역으로, 삼화사(三和寺)의 절
명칭에서 지명이 유래한다.

1914년 행정구역 폐합에 따라 도상, 도하, 견박의 세 면을 합하여 북삼
면(北三面)이라 했는데, 당시 감나뭇골, 개심평, 금옥동, 사원터, 소학골 등
을 병합하여 삼화리라 하여 북삼면에 편입되었다.

삼화동의 지세는 서쪽에 고적대, 연칠성령, 청옥산, 두타산 등이 높이
솟아올라 영동과 영서의 분수령을 만들었으며, 그 아래에서 발원하는 물

들이 합수되어 무릉계를 형성하여 동쪽으로 흐르다가 이로동 파수천에서 신흥천과 합류한다.

삼화동은 2011년 12월 기준으로 전체 면적은 90.33km²인데, 이는 시 전체 면적의 50.2%에 해당한다. 이 중에 논이 0.637km², 밭이 2.388km², 임야가 81.640km²로, 동해시에서 가장 넓은 면적을 차지하고 있는 동이 다. 삼화(三和), 이기(耳基), 이로(泥老), 신흥(新興), 비천(飛川), 달방(達芳) 등 6개의 법정동에 14개통 59개반으로 구성되어 있다. 1,712세대에 남자 2,086명, 여자 1,907명 등 3,993명이 거주하고 있다.

삼화동 상촌은 삼화동 6통에 속한다. 상촌마을에는 75여 가구가 살았 으나, 쌍용자원개발이 들어오면서 주민들의 토지를 수매하는 바람에 주민 들은 하나둘 이주하여 현재는 토박이 세 가구만 남아 있다. 삼화동 상촌 에는 무릉계 상가 29호가 있는 곳은 1반, 토박이 주민이 사는 곳의 5가구 는 2반이다.

예전 쌍용자원개발이 들어오기 전에는 다랑논이지만 골골마다 논이 있 어서 논농사를 많이 지었다. 1마지기는 150평인데, 당시 큰 논배미가 5~6마지기 정도로 1,000평을 넘는 논이 없었다. 논밭은 호리소로 갈았 고, 논은 손으로 2~3벌을 맸다. 당시에는 성내미라 하여 젊은 처녀나 아 주머니들이 도급으로 모심기하는 경우가 많았다.

마을에 서낭탑과 더불어 서낭이 있는데, 토박이 마을 구성원이 적어 무 릉계 상인들이 주도권을 쥐고 운영하고 있다. 서낭고사는 정월 초하루 0 시에 지낸다.

강원도 동해시 삼화동 이로

조사일시 : 2012.2.17
조 사 자 : 강등학, 이영식, 박은영, 강태종

삼화동 이로

　삼화동 이로는 삼화동 9, 10, 11통에 속한다. 이로는 본래 삼척군 고상면 지역으로, 이름말 또는 이동(泥洞)이라 하였다. 1914년 행정구역 폐합에 따라 거상, 뇌비름, 도내, 동막, 메넷골, 원통골, 박은 빈네, 초록당, 홍당, 홍월도를 병합하여 이로동이 되어 북삼면에 편입되었다가 북평읍이 되어 동해시에 속하게 되었다.

　마을에는 토박이보다 이주민이 많이 거주하고 있는데, 1968년 세운 쌍용양회 동해공장 사택이 이 마을에 있다. 그리하여 1962년에는 225호에 1,296명이 거주하였으나, 1980년에는 1,819호에 8,033명으로 인구가 엄청 늘었으며, 1999년에는 1,470호에 4,851명, 2011년에는 502호에 1200명으로 급속하게 줄어 예전의 인구로 되돌아가고 있는 상황이다.

　도로는 정선 임계간 도로가 1937년에 개통되어 마을 중앙으로 통과하고, 동쪽으로 쇄운, 서쪽으로는 달방, 남쪽으로는 삼화, 북쪽으로는 비천과 이웃하고 있다.

권영일, 남, 1946년생

주 소 지 : 강원도 동해시 삼화동 상촌
제보일시 : 2012.1.13
조 사 자 : 강등학, 이영식, 박은영, 강태종

권영일은 동해에서 태어나서 76년 쯤 무
릉계로 이주해 왔다. 올해 67세인 권영일은
많은 나이는 아니지만 장사를 하면서 주변
의 나이 많은 어르신들의 이야기를 많이 듣
고 지냈다고 한다. 조사자들이 이른 시간에
찾아 갔는데도 반갑게 맞아 주었다. 이주
초기에는 이것도 마을의 귀중한 재산이라는
생각에 어른들을 만나면 이야기를 청해서
들었다고 한다. 하지만 당시 무릉계에 살던 지역의 토박이들은 다른 곳으
로 이주하거나 다들 사망하였다.

제공 자료 목록
03_02_FOT_20120113_KDH_KYI_0001 호랑이가 절벽에 부딪혀 죽은 호암소
03_02_FOT_20120113_KDH_KYI_0002 나발 부는 최나발
03_02_FOT_20120113_KDH_KYI_0003 두타산 마귀할멈

김경희, 여, 1930년생

주 소 지 : 강원도 동해시 삼화동 이로
제보일시 : 2012.2.17
조 사 자 : 강등학, 이영식, 박은영, 강태종

김경희는 양양군 현남면에서 태어났다. 19세에 결혼해서 임계면에서 살다가 삼화로 이주했다고 한다. 많은 자료를 구연해 주지는 않았으나 알고 있는 것은 망설이지 않고 제보해 주었다.

제공 자료 목록

03_02_FOS_20120217_KDH_KGH_0001 헌니는 너갖고 / 새이가는소리

03_02_FOS_20120217_KDH_KGH_0002 이거리저거리 갓거리 / 다리뽑기하는소리

김복순, 여, 1935년생

주 소 지 : 강원도 동해시 삼화동 이로

제보일시 : 2012.2.17

조 사 자 : 강등학, 이영식, 박은영, 강태종

김복순은 삼척시 하장면에서 태어나 20세에 하장으로 시집을 갔다. 동해시 삼화동으로 이주한지는 60여년이 된다고 한다. 평소에도 노래 부르기를 즐겼던 모양인지 다른 제보자들이 적극적으로 그를 추천했다. 처음에는 상당히 부끄러워하며 부르기를 마다했으나 결국은 다양한 소리를 제보해 주었다.

제공 자료 목록

03_02_FOS_20120217_KDH_KBS_0001 아라리 / 가창유희요

03_02_FOS_20120217_KDH_KBS_0002 각설이타령 / 가창유희요

03_02_FOS_20120217_KDH_KBS_0003 정성이 부족해서 / 비손하는소리

김정순, 여, 1942년생

주 소 지 : 강원도 동해시 삼화동 이로

제보일시 : 2012.2.17

조 사 자 : 강등학, 이영식, 박은영, 강태종

김정순은 동해시 북평동에서 태어나 23세에 삼화동으로 시집을 왔다. 씩씩하고 활달한 성격으로 뒤쪽에 앉아 있다가 "내가 해보겠다."며 앞으로 썩 나설 정도로 조사에 적극적이었다. 완성도가 떨어져 자료화되지 못한 노래도 있다.

제공 자료 목록

03_02_FOT_20120217_KDH_KJS_0001 방귀쟁이 며느리

03_02_MFS_20120217_KDH_KJS_0001 나무이름 차차 / 손뼉치기하는소리

배철주, 남, 1934년생

주 소 지 : 강원도 동해시 삼화동 상촌

제보일시 : 2012.1.13, 2012.1.30, 2012.9.8

배철주는 7대째 마을에 거주하고 있는 삼화동 토박이다. 3대 독자로 태어나 어머니가 일찍 돌아가셔서 18세에 세 살 많은 부인과 결혼하였다. 학교는 초등학교만 다녔고, 서당을 6년간 다녔다. 젊어서 어려운 일을 겪어 산 속에서 생활한 경험도 있다. 키는 작

으나 흥이 많다. 그동안 술을 많이 해서 건강을 해쳤으나 여전히 술을 좋
아한다. 마을의 지명유래는 소리도 많이 알고 있다. 특히 장례와 관련한
풍습을 잘 알고 있으며, 마을에서 장례 때 선소리도 맡아서 했다. 옛날이
야기도 알고 있으나 주로 역사적으로 알려진 이야기가 중심을 이룬다. 예
전 마을에 농악이 있을 때 상쇠를 했다. 마을의 서낭당을 관리하고 있다.

제공 자료 목록
03_02_FOT_20120113_KDH_BCJ_0001 마구할멈과 파수꾸미
03_02_FOT_20120113_KDH_BCJ_0002 어느 색시의 신랑감 선택하기
03_02_FOT_20120113_KDH_BCJ_0003 어머니의 연애를 방해한 아들
03_02_FOT_20120113_KDH_BCJ_0004 호랑이를 소에 빠뜨려 죽인 도사
03_02_FOT_20120113_KDH_BCJ_0005 10년을 공부하여 도통한 홍관매
03_02_FOT_20120130_KDH_BCJ_0001 대국천자를 만나 지혜와 도술로 살아난 강감찬
03_02_FOT_20120908_KDH_BCJ_0001 천은사 나도 밤나무
03_02_FOT_20120908_KDH_BCJ_0002 할머니 등에 업혀 천석 들을 만든 아이
03_02_FOS_20120113_KDH_BCJ_0001 달구소리 / 묘다지는소리
03_02_FOS_20120130_KDH_BCJ_0001 28패 / 귀신쫓는소리
03_02_FOS_20120130_KDH_BCJ_0002 봉아봉아 천지봉아 / 신부르는소리
03_02_FOS_20120130_KDH_BCJ_0003_s01 나무아미타불소리 / 장례놀이하는소리
03_02_FOS_20120130_KDH_BCJ_0003_s02 어허넘차소리 / 운상하는소리(1)
03_02_FOS_20120130_KDH_BCJ_0003_s03 어허넘차소리 / 운상하는소리(2)
03_02_FOS_20120130_KDH_BCJ_0003_s04 영차소리 / 운상하는소리
03_02_FOS_20120130_KDH_BCJ_0004 아랫녘새야 웃녘새야 / 새쫓는소리
03_02_FOS_20120908_KDH_BCJ_0001 고사반 / 지신밟는소리
03_02_FOS_20120908_KDH_BCJ_0002 아라리 / 가창유희요

이숙자, 여, 1936년생
주 소 지 : 강원도 동해시 삼화동 이로
제보일시 : 2012.2.17
조 사 자 : 강등학, 이영식, 박은영, 강태종

이숙자는 삼화동 토박이다. 조사에 관심
과 흥미를 가지고 있었으나 적극적인 구연
보다는 듣기를 주로 했다. <새보고하는소
리>에 얽힌 짤막한 이야기 한 편을 구연해
주었다.

제공 자료 목록
03_02_FOT_20120217_KDH_LSJ_0001 술값 안
갚고 죽은 뒷집 최서방

이옥자, 여, 1937년생

주 소 지 : 강원도 동해시 삼화동 이로
제보일시 : 2012.2.17
조 사 자 : 강등학, 이영식, 박은영, 강태종

이옥자는 삼화동 토박이다. 삼척시 도계
읍으로 시집을 갔다가 다시 고향으로 돌아
왔다고 한다. 시어머니 또한 삼화동 토박이
로 시어머니로부터 배운 노래가 있었다. 많
은 자료를 구연해 주지는 않았지만 알고 있
는 것은 망설이지 않고 제보해 주었다. 또한
조사자가 여러 번에 걸쳐 다시 불러줄 것을
청해도 꺼리지 않고 응해 주었다.

제공 자료 목록
03_02_FOS_20120217_KDH_LOJ_0001 세상달강 / 아기어르는소리
03_02_FOS_20120217_KDH_LOJ_0002 해야해야 나오너라 / 몸말리는소리
03_02_FOS_20120217_KDH_LOJ_0003 뒷집 최서방 / 새보고하는소리

장춘난, 여, 1928년생

주 소 지 : 강원도 동해시 삼화동 이로
제보일시 : 2012.2.17
조 사 자 : 강등학, 이영식, 박은영, 강태종

장춘란은 정선군 임계면에서 태어나 21
세에 동해시 삼흥동 현 삼화동으로 시집을
왔다. 나이에 비해 건강하고 기억력도 좋은
편이었다. 조사자들이 요구에 거절 없이 바
로 구연해 줄 정도로 적극적이었다.

제공 자료 목록

03_02_FOS_20120217_KDH_JCN_0001 우리아기 잘도잔다 / 아기재우는소리

03_02_FOS_20120217_KDH_JCN_0002 다복녀 / 가창유희요

03_02_FOS_20120217_KDH_JCN_0003 성님성님 사촌성님 / 삼삼는소리

03_02_FOS_20120217_KDH_JCN_0004 베틀소리 / 가창유희요

03_02_FOS_20120217_KDH_JCN_0005 계집죽고 자식죽고 / 뻐꾹새보고하는소리

정정숙, 여, 1936년생

주 소 지 : 강원도 동해시 삼화동 이로
제보일시 : 2012.2.17
조 사 자 : 강등학, 이영식, 박은영, 강태종

정정숙은 동해시 천곡동 한골에서 태어나
19세에 시집을 갔다. 조사에 관심을 보이고
즐겁게 임해 주었다. 제공한 자료는 <꿩꿩
꿩서방> 한 수이다.

제공 자료 목록

03_02_FOS_20120217_KDH_JJS_0001 꿩꿩 꿩서방 / 가창유희요

호랑이가 절벽에 부딪혀 죽은 호암소

자료코드 : 03_02_FOT_20120113_KDH_KYI_0001
조사장소 : 강원도 동해시 삼화동 85-8 권영일 댁
조사일시 : 2012.1.13
조 사 자 : 강등학, 이영식, 박은영, 강태종
제 보 자 : 권영일, 남, 67세
구연상황 : 동해시에서 활동하는 민속연구자가 삼화동에서 옛날 얘기를 해주실 분은 삼화동 무릉계의 권영일이라며 추천하였다. 권영일의 집은 무릉계 상가에 있어 부득이 상가에서 인터뷰를 했다. 방문목적과 소개한 사람을 이야기하니 반갑게 맞아주었다. 방문했을 때는 막 점심을 끝낸 뒤라 같이 차를 한 잔씩 마시며 처음에는 마을 규모와 농사 그리고 서낭당에 대한 얘기를 나누었다. 권영일은 이야기를 시작하면서 삼화동 태생이 아니지만, 젊어서 이곳으로 이주하여 마을 어른들에게 들은 이야기라는 점을 강조하였다. 먼저 지역의 명소로 전해지는 호암소에 대해 이야기 했다. 얘기 중 스님이 호랑이 꼬리를 잡는 대목에서는 발로 바닥을 힘차게 디디는 시늉을 하는 등 얘기에 따르는 동작을 자주 취했다.
줄 거 리 : 호랑이가 나타나 사람을 못살게 굴었다. 이에 스님이 자신의 목숨을 걸고 호랑이와 절벽과 절벽 사이를 뛰어넘는 내기를 했다. 동시에 뛰기로 했으나 스님은 호랑이가 뛰는 순간에 꼬리를 밟았다. 그러자 호랑이는 힘이 빠져 건너편 절벽에 부딪혀 죽었다.

그거는 인제 옛날 삼화사에 스님이, 원래 삼화사가 여게가 아이고 여게 여 우에 있었어. 지금 저, 지금 있는 삼화사 고 우에 중대사라고 있었어요.

(조사자 : 중대사 예 예.)

어 중대사. 어 중대사가 그 있다가 어느 날 이 말하자믄 폭우가 와사, 어 폭우가 와서 이 저게 이 산이 고만 저 그기 원래는 흙이 있는 산인데,

어느 날 비가 와가지구 이게 고만 홍수가 져가지고 이 중대사가 고만 유실이 된 거야.

(조사자 : 흙에 파묻힌 거예요, 그만?)

예 예.

그래가지고 어 이 절이 고만 저 밑으로 어.

(조사자 : 아 그리 내려갔군요?)

예 예 그리루 갔지. 그래가지구 저, 그때 당시에 삼화사가 임진왜란을 저게 저게서 당했거던. 어 거게 했으니까 그 역사가 엄청 어 엄청 됐지 어. 임진왜란을 그 삼화사가 거게서 겪었으니깐 한 오백년 거진 어 갔지. 그래가지고 있을 때, 여 호랭이가 여게, 여게 많은 모양이야.

어 그래가지고 요 가면 호암소가 있는 기 유래가 뭐인가 하믄, 호랭이가 맨날 거기 사람을 괴롭고 괴롭히니까 어 스님이 인제 "이놈아 니가 재주가 을매나(얼마나) 있나. 내 하고 저쪽 호암소에 여기서 어 여게 저 절벽에서 저쪽 절터까지 뛔(뛰어) 가지고 누가 어 가는 기 니가 형님이 하고 내가 어, 아니 니가 만일 나를 이기면은 날 잡아 먹고 이가 어 저게 못 건네면 나를 사람을 헤치지 마라" 약속을 했대요.

약속을 해가지고 이래가지고 인제 하나 둘 이래가지구 딱 뛴 모양이야. 뛰다가, 뛰면서 스님이 고만 호랭이 고만 꽁지를 딱 이렇게 하니까[꼬리를 밟는 시늉을 하면서] 이 꿍 힘을 이렇게 하다가 고만 호암소 어 별 벽벽에다 고만 어 박아가지고 거서 죽었데요. 그래가지고 그게 호암소라 했고 어 어.

나발 부는 최나발

자료코드 : 03_02_FOT_20120113_KDH_KYI_0002

조사장소 : 강원도 동해시 삼화동 85-8 권영일 댁

조사일시 : 2012.1.13

조 사 자 : 강등학, 이영식, 박은영, 강태종

제 보 자 : 권영일, 남, 67세

구연상황 : 지역의 명소로 전해지는 호암소에 대한 이야기인 <호랑이가 절벽에 부딪혀 죽은 호암소>를 얘기해 주었다. 이어서 <나발 부는 최나발>을 이야기 했는데, 이야기 하면서 동작을 자주 취했다. 특히 갑옷을 입고 일어서는 부분에서는 몸에 힘을 주어 실제로 일어났던 까닭에 얼굴이 붉게 되었다.

줄 거 리 : 옛날 힘이 좋은 최나발이 친구들과 함께 삼화사에 공부하러 왔다. 그런데 이들은 공부는 안 하고 서로 힘자랑을 하면서 경내를 소란스럽게 했다. 이에 스님 한 분이 자신이 입던 갑옷이라며 입어보라고 권했다. 그래 최나발이 그 옷을 입으니 서 있는 것조차 어려웠다. 최나발과 친구들은 스님께 자신의 잘못을 빌고, 최나발은 나발 부는 사람이 되었다.

그 양반이 원래 임진왜란 끝나가지고 어 그 시내 있던 청년들이 어 말하자면 고시 공부하는 사람들이 삼화에, 삼화사가 공부했대, 공부를 했는데. 한 놈이 인제 힘이 참, 힘이 좋고 그 저 아주 저 재곡이 있언(있었던) 모양이야.

이놈이 고만 뭐 어 삼화사 대웅전 고마 이쪽, 이쪽 그 마당에 갔다가 거기서 툭 도면은 앞마당에 오고 그런 어어 재주가 있언 모양이야. 아주 힘깨나 쓰고 뭐 어 자기 나름대로 뭐 지방에서 알아주는 그기야.

그래 하두 삼화 부처님이 있는데 그 대웅전을 고마 이렇게 이렇게 아주 몰상식하게 어 어어 그 하니까 ○○○ 스님이 하두 어 보다보다, 그때는 스님들은 아주 하대를 했거던. 어 어, 왜서 그런가 하믄 그때 뭐 어 고려 신동 그 무렵에 그 신에 저게 스님들을 완전 타파한 시기고, 그 신라 저 조성되는 거 저 공자 유 그걸 했거던. 그래가지고 그때는 스님들 아주 하대를 했단 말이야.

그래가주 이놈들이 여 와가지구 공부를 하면서 어 노면서 이 어 부처님이 있는 이걸 고만 어, 지가 아주 기운이 좋아도 이렇게 어 그 어 대웅전을 그 왔다 갔다 하니까 하두 이래가지고. 아이고 뭐 참 재주가 있는 분이라 이래가지고 그 오시라고 한 모양이야, 그 공부하는 그 사람들.

그래가지구 "내가 옛날에 쪼금 어 좀 나두 젊은 사람만큼 나두 힘을 좀 썼다." 이기야. 그러니 얘가 "옛날 내가 입던 옷이 있는데 그걸 한번 입고 한번 어 재주를 좀 부려보라고" 한 모양이야. 그래가지구 이제 미닫이 있는데 그걸 내놓고 인제 그 자기가, 스님이 입던 거 다 내가지구 그 양반을 다 옷을 입혔대요. 응, 입혀가지고 칼끝이 고만 이렇게 에 다, 이 사람이 뭘 그걸 다 입해노니 칼을 이래 들고, 말하자면 어 지게 일나는 식으로 한 무릎을 펴고 억지로 이래 일나더래.

어 어 그 최나발이란 놈이 말이야. 어 어 그기 최나발이야, 최나발이야 어. 최나발이란 놈이 어 억지로 일나더래.

"어 뭐 젊은 사람이 그거가지고 뭘 그래 하느냐고?" 어.

자기가 이제 벗고 이래가지고 그 앞에 느티나무 있는데 휙 하더니만 그 위에서 인제 칼을 빼가지고 고만 세 번 휘비고 "아이고 이젠 나도 늙었네" 하더래.

(조사자 : 아 스님이요?)

어 스님이, 이제는 나두 이제 늙었다고 이제 얘길 하니 이 최나발이 하고 그 친구들이 한 여나무 명이 있다 고만, 아이 스님 아주 죽을 죄를 졌다 해가지구. 그래가지구 이기 최나발이 그기래.

그런데 그 스님 얘기가 뭐인가하면 신립 에, 문경새재 거게 신립 장군 거기 있을 때 열두 사람의 장수래 에. 그래가지구 이기 신립 그 장군이 학 그걸 해가지고, 어 학진을 해가지구 밤에 했으면 이겼는데 낮에 학진을 해가지고 이기 에 그기서 인제 패했다 하더라구. 그래가지구 그 중에 한사람의 장수래.

어 그래가지구 열 한 사람의 장수는 다 죽고 자기가 우떻게(어떻게) 어 그 도망 가가지구 와가지구 자기가 인제 스님이 됐다고 그렇게 얘기 하더

래. 어 그래가지구 그때 임진왜란 지내가지구 그 스님이 그렇게 유명한 스님이 삼화사에 있었다 하더라구,

그래가지구 그 최나발이라는 사람은 뭔가 하면은, 옛날 삼척부사가 어 삼척에 있어대요. 그래 인제 고 고사리재야.

(조사자 : 고사리재?)

어 어, 시청 있는 거게서 이 여게 그 산이 지금 고사 고사리재야. 거기서 인제 불나발을 이래 대가지고 '뿡~' 하면은 인제 뭐이 그 말하자면 암호로 한데. 뭐 누구 뭐이 뭐 뭐 사또가 '어디로 온다, 뭐 어디로 간다' 이거 하면은 그기, 그게서 인제 어 고사리재에서 '북' 불면은 인제 삼척면, 말하자면 삼척면도 들리고, 미로면도 들리고 삼척군도 싹 들린대.

그래 그렇게 이 사람이 입심도 좋고 원래 에 힘이 좀 있는 사람이로니까 그래가, 그래서 그 사람이 최나발이라는 사람이 거기 있었다는 유래가 있더라고 어.

두타산 마귀할멈

자료코드 : 03_02_FOT_20120113_KDH_KYI_0003
조사장소 : 강원도 동해시 삼화동 85-8 권영일 댁
조사일시 : 2012.1.13
조 사 자 : 강등학, 이영식, 박은영, 강태종
제 보 자 : 권영일, 남, 67세
구연상황 : 지역의 명소로 전해지는 호암소에 대한 이야기인 <호랑이가 절벽에 부딪혀 죽은 호암소>를 해주었고, 이어서 <나발 부는 최나발>과 <두타산 마귀할멈>를 이야기 했는데, 이야기 하면서 동작을 많이 취했다.
줄 거 리 : 임진왜란 당시 일본군이 삼화동 쪽으로 상륙했다. 우리나라 사람들이 커다란 신장을 만들어 일본군을 물리쳤다. 일본군이 방향을 틀어 안동 방면을 통해 한양으로 진격하고자 했다. 당시 일본군은 빨래를 하던 한 할머니에게 길을 물었는데 그 할머니가 우회하는 방향을 알려주었다. 할머니가 가르쳐준 방향

에는 의병 삼천 명과 피난민 삼만 명이 있었다. 일본군과 의병은 삼일에 걸쳐 싸움을 했는데 그 결과 일본군이 이겼다. 당시 의병과 피난민이 흘린 피가 모여 흐른 곳이 '피수구미'이며, 피가 말라 붙은 곳이 '피마르골'이다. 화살이 떠내려 온 강은 '전천강', 죽은 사람의 머리가 모여 있던 곳은 '대구리'라는 이름이 붙었다.

옛날 그 옛날 임진왜란 때 그 궁촌하고, 궁촌하고 여게 여 북평하고 북평 그 그쪽으로 그 왜놈들이 많이 왔거든. 상륙, 상륙한 데가 보통 궁촌하고 여 여게 북평 그 그 지금 해수욕장, 지금 항구가 돼 있잖아? 옛날 거 거게 아주 보기 좋아 십 년 십 년. 뭐 명사십리 그렇게 좋았다고. 글리루이 새끼들이 상륙 마이 했거든.

그 때 당시에 뭐 왜놈들 장수가 네 놈이 있었다 하더라고. 네 놈이 있었는데 이 쪽에는 뭐 소속행정인가 그 놈이 이쪽으로 상륙해 갖고. 그 때 당시에 어데까지 간가하면 이 눔들이 함경도꺼지 올라갔사. 올라가주구 우리 그 그 그 때 아들이 거 함경도 거게서 피신해 있다가 그걸 그걸 이 눔들이 붙들어가주구 호송해가주구 일본으로 데리구 갔거든. 남하해가주구 이쪽으로 이제 칠라고 들어온거야. 그 때는 길이 이 쪽 밖에 없거든.

그래가주구 막상 딱 들어오니깐, 이 두타산 산성하고 관음사 이 쪽에다가 신장을 맨들어가주구 이기, 밧줄을 매가주구 한 누구 말따나 한 사백메다 내지 오백메다 이렇게 요기서 이 이 곳간에 에? 곳간에 장수가 어 그 저렇게 어 칼을 들고 오만 신장을 맨들어가주구 큰아들은 장수가 어 누구 말 어 하늘에서 칼을 들고 고만 쇠하고 가니깐 야들이 진격을 못 했사. 그러니 이 쪽에서 사람들은 있어가주구 돌 굴리고 뭐 그 이래 복판에다가는 고만 신장을 맨들어가주구 허수아비를 맨들어가주구 흔들어 놓니 이 사람, 사람처럼 고만 움직이니 오면 다 잡는다고 이래놓니 사람들이 여게 들이받지를 못했사.

그래 할 때 그기 인제 저 추경산 요 들어오면서 추경산이 있는데. 그것도 옛날 명산이야. 그다가 인제 진을 치고 인제 거다 추기를 했겨야. 야 우리가, 그 때는 요이땅하면은 한양 그거를 점령하는 사람이 일등공신을 준다했다 하더라고. 그러가주구,

"도저히 이 쪽으로는 어? 머리 달린 일곱 어, 머리 달 달린 일곱 장수가 있기 때문에 이리 도저히 이거는 우리는 못 못 간다. 그리니 우리가 영덕을 해가주구 안동으로 이쪽으로 해서 우리가 가자." 이렇게 그기 됐대요.

그런데 한 할머이가 와 가주구 빨래를 하더래. 그 저 왜서 어 그러 인제 거서 붙들어가주구 얘기핸 모양이야. "너 여기 이래하면은 우리가 일루 넘어 갈라하는데 어 그걸 좀 길을 안내해 달라."이래가주구.

그래서 인제 이 할머이가 얘기가 뭔가 하면은, "이 쪽으로는 가면은 어악한 그기 있어서 들어가지 못, 못한다." 이래가지구 우회하라이기야.

"우회를 해가주고 하장, 저 우에서 해가지고 내려오면은 금방 이 쪽을 칠 수 있다. 이 쪽에서는 지형적으로 흠해가주구(험해가지고) 이 쪽으로는 못 간다."

이래가지고 그 때 여 의병들이 한 삼 천명이 여게 그 그거를 했대요. 있고, 피란민이 한 삼 만명이 있고. 이 쪽으로 고만 사람들이 고만 피난해 가지구 있었대요. 있어가주구 그래가주구 그 할 할머이가 그 할미가 인제 그 한 데로 해가주구 삼일 전 전쟁하가주구 마 우리가 여서 고만 목숨 다 다 죽었잖아.

그래가주구 지금 이제 말하자면 피수구미가 있잖아? 피 피수구미가 바로 뭔가 하면 십리에서 내려오고 여서 내려가는 물이 도는 데가 피수구미. 거게 벌건 피가, 핏물이 갔다고 거게 피수구미고, 여게 여게서 여게도 있잖아? 여 여게 무릉계. 무릉, 용추 이 쪽에 피마르골이 있다고. 피 피가 말란 피마르골 있고. 여게 전천강 뭔가하면 화살을 그 해가주고 그기 하두 그기 마이 떠내려왔다고 그기 전천강이야.

그리고 요 가면은 대구리라는 데가 지금 산이지마는 옛날 그 쪽으로 개울이 그 쪽에 있었다. 그래 대가리가 거게 마이 몰 몰려 있다는 게 대구리야. 대구리가 그기 다 임진왜란 때 일어난 그기야. 삼일전쟁 해가지고 여서 고만 삼일만에 그기 우리 저게 의병들도 다 죽고 여게 인제 피란 완 사람도 마이 죽었잖아.

그래가주고 그 때 얘기핸 그게 인제 할미가 마고할미라이기야. 왜서 그걸 정보로 그 쪽으로 가가주고 삼일에 우리 한 삼만 명을 인민을 고만 싹 죽였잖아. 그래가지고 두타산 마귀할미라 해가주고 그래서 그기 두타산 마귀할미가 제일 나쁜 년이라 이기야. 그래서 두타산 마귀할미 유래가 그 때 나왔다고.

방귀쟁이 며느리

자료코드 : 03_02_FOT_20120217_KDH_KJS_0001
조사장소 : 강원도 동해시 삼화동 월평로 47-1 이로경로당
조사일시 : 2012.2.17
조 사 자 : 강등학, 이영식, 박은영, 강태종
제 보 자 : 김정순, 여, 71세
구연상황 : 방귀쟁이 며느리나 바보 사위 이야기처럼 재미있는 옛날이야기를 아는 바가
           있으면 구연해 줄 것을 부탁했다. 다들 모르겠다며 해주려 하지 않았다. 듣고
           있던 김정순이 자발적으로 나서 이 이야기를 구연해 주었다.
줄 거 리 : 방귀쟁이 며느리가 시집을 가서 방귀를 뀌지 못해 노랑병이 걸렸다. 시아버지
           가 방귀를 뀌라고 하자 실컷 뀌었더니 온집안이 들썩거렸다. 며느리가 방귀
           를 잘 뀐다는 소문이 퍼지자 유기장수가 찾아와 내기를 하자고 했다. 내기에
           서 이긴 며느리는 유기장수가 가져온 유기를 몽땅 가지게 되었다.

옛날에 메누리가 시집을 갔는데 메누리가 방귀를 그러 뀌. 그러는데 이 눔의 방구를 시집을 가 방구를 못 뀌니 고만 노랑병이 들려가주구 노래진

단 말이야. 그래니 메누리가, 참 시아버이가,

"니 왜 자꾸 그리나? 니 왜 자꾸 그리나?" 이래니,

이 저 저 메누리가 하는 말이,

"방구를 못 뀌서 그런다."

"그럼 방구를 실컷 뀌어 봐라."이래.

그래 저 그러면,

"아버님, 저 들가는 정지문을 잡으세요." 이래고,

신랑은,

"가매를 쥐세요." 이래고,

그래 인제 마카 쥐었단 말이야, 쥐고. 인제 메누리가 방구를 뀌 댄다. 막 뀌대니 이 할머이꺼진 시아버이가 잡은 정지문이 왔다갔다 왔다갔다 그래고. 이 눔의 신랑이가 가매를 있는데 가매가 덜렁덜렁하고. 그러 옛 날에 그런 그런 얘기도 있어요. 그래 그게 방구쟁이 얘기요.

(조사자 : 그러고 끝났어요?)

야. 끝났지 뭐. 아 그래가주고 하두 방구를 잘 뀐다고 소문이 나노니 이 유구장새가 그 소리를 들었단 말이야. 들고는 인제 그 집 찾아 왔사. 그 집 찾아와가지고,

"당신이 방구를 얼마나 잘 뀌는지 내하고 내기 하자." 이래니,

그러니 메누리가 자신 있거덩.

"그러며 하자."고 이래.

"그러면 내가 이기면은 저게 뭐이나 뭐를 줄라느냐?"이래 그래니니까 네 이 저 저 저 뭐시기가,

그래 메누리가 가만 생각하니, 뭐를 주나 말이야. 줄 게 없잖아.

"그래 내가 간다." 이래 이랬단 말이야.

그래니,

"그럼 당신이 지면 뭐를 주나?"

그 유구를 다 주기로 했사. 그래가주구 이 메누리가 이겼사. 게 유구장 새가 그 유구를 다 그 집에 주고 갔단 말이야. 그래 그 메누리가 그래 방 구를 잘 뀌가지구 이겼대.

마구할멈과 파수꾸미

자료코드 : 03_02_FOT_20120113_KDH_BCJ_0001
조사장소 : 강원도 동해시 삼화동 무릉로 316 배철주 댁
조사일시 : 2012.1.13
조 사 자 : 강등학, 이영식, 박은영, 강태종
제 보 자 : 배철주, 남, 78세
구연상황 : 삼화동 무릉계에서 권영일을 만나 이야기를 듣고 나오려고 하는데 배철주를 추천했다. 삼화동 토박이로 이야기는 물론 소리도 잘한다고 적극 권했다. 일러준 집에 도착하여 주인을 찾았으나 집에는 아무도 없었다. 돌아서서 나오려고 하는데 택시 한 대가 오더니 두 분이 내렸다. 직감적으로 집 주인으로 판단되어 인사를 하고 방문목적을 드렸더니 방으로 안내했다. 시장에 다녀오는 길로 함께 온 분은 부인의 조카라고 소개했다. 처음에는 농사와 서낭당에 대해 대화를 나누다가 옛날이야기를 아느냐고 하니 웃으면서 끝이 없다고 했다. 부탁을 하니 먼저 지명과 관련된 <마구할멈과 파수꾸미> 얘기를 해주었다.
줄 거 리 : 마구할미가 자기 아들을 살리려고 일본군에게 아군들이 지키는 길을 알려주어 아군들이 몰살을 당했다. 그래서 그곳 지명이 파수꾸미가 아니라 군사들 피가 많이 흐른 곳이라 피수꾸미다.

마구할미가 그 이제 거랑에 빨래를 하고 있는데 일본 사람들이 와가지구 그 할머이 한데, 우리 듣는 데는, 우리 듣기에는 그래 "할머이 여기 이여 문을 해가자면 어떠해 가우? 어떠해 하느냐?" 이러니까.

이 할머이가 그걸 말이야 알궈 줬어. 이리 들어가믄, 자기 아들이 그때 장수란 말이야. 죽으까봐 인제 "일루 들어가믄 여 장수도 있고, 절로 해서 인제 백복령으로 가라고" 고만 이런 걸 해났거든. 그리 해노니 사람들이

그걸 인제 그걸 백봉령으로 넘어가 뒤로 내리 쏟아져가지고 군사들이 몰살을 했단 말이야, 그때.

그래가지고 파수꾸미가 아니고 원치 마 군사들 거기 구름 몰살이 쉰음당 쉰음 당했어, 거기매 계곡에서. 몰살해 노니 피가 내려갔다 이래가지고 피수꾸미야, 파수꾸미가 아니고.

인제 그런 전설의 고향 얘기가 있어요.

어느 색시의 신랑감 선택하기

자료코드 : 03_02_FOT_20120113_KDH_BCJ_0002
조사장소 : 강원도 동해시 삼화동 무릉로 316 배철주 댁
조사일시 : 2012.1.13
조 사 자 : 강등학, 이영식, 박은영, 강태종
제 보 자 : 배철주, 남, 78세
구연상황 : 삼화동 무릉계에서 권영일을 만나 이야기를 듣고 나오려고 하는데 배철주를 추천했다. 삼화동 토박이로 이야기는 물론 소리도 잘한다고 적극 권했다. 일러준 집에 도착하여 주인을 찾았으나 집에는 아무도 없었다. 돌아서서 나오려고 하는데 택시 한 대가 오더니 두 분이 내렸다. 직감적으로 집 주인으로 판단되어 인사를 하고 방문목적을 드렸더니 방으로 안내했다. 시장에 다녀오는 길로 함께 온 분은 부인의 조카라고 소개했다. 처음에는 농사와 서낭당에 대해 대화를 나누다가 옛날이야기를 아느냐고 하니 웃으면서 끝이 없다고 했다. 부탁을 하니 먼저 지명과 관련된 <마구할멈과 파수꾸미> 얘기를 해주었다. 그리고는 이내 어느 색시 이야기라며 <어느 색시의 신랑감 선택하기>를 했다.
줄 거 리 : 옛날 어느 색시가 일정한 시간만 되면 글공부하는 선비들 앞을 지나갔다. 이에 하루는 선비들이 아랫사람을 시켜 입맞춤을 하라고 시켰다. 머슴은 술 한 잔 얻어먹을 요량으로 선비들이 시키는 대로 입맞춤을 했다. 그러자 여자는 그 머슴에 글을 한 장 써줬다. 글을 모르는 머슴은 서당에 다니는 꼬마에게 해석을 부탁하니 어느날 어디로 오라는 것이었다. 그래 머슴은 그곳에 갔더니 색시가 기다리고 있었다. 색시는 용기 있는 신랑감을 찾으려고 일부러 그곳을 지나다녔던 것이었다. 색시는 머슴에게 어떻게 그 글을 해석했냐고 물

으니 사실대로 말을 했다. 그러자 색시는 갑자기 돌아서더니 머슴에게 자신의 재산 일부를 주고 자기 신랑감은 그 글을 해독한 꼬마라며 그 꼬마에게로 시집갔다.

그 남의 집 머슴꾼이 하루 이래 오니 그 선비들이 맨날 노는 그 장소가 있사(있어). 이제 거기서 바둑 장기 뛰고 이래. 그 이놈은 거 가가지구 뭔 인제 물도 떠날라주구 술도 한 사발, 배가 고프니 그 선비들인 데 가야 한잔 얻어먹는단 말이야. 그래 그, 그 머슴꾼이 일하다 아무 저 선생님들 있는 데 가야 내가 술 한 사발 은어 먹는다, 하고는 그래 이제 가이.

"아이 이놈의 새끼 니 잘 왔다" 이래미,

"저가 찬물 한 그릇 떠가지고 오느라"

그 물심부름 해가지구 술 한 사발 이래 떡 마시고.

그런데 거기 한나절 되니 그 산 팔부능선쯤 되면은 아이 뭔 처녀가 고 까지 돌아선 돌아가고, 돌아가고 이래.

그래 이놈이 할루는(하루는) "니 오늘 잘 왔으니 에 우리에 저 내 두루 막을 니가 입고, 요게 한나절 되며는 요게 처녀가 지나다가 가니, 니가 가 가지구 처녀를 가서 견안고(껴안고) 키스를 하고 오느라" 이런 걸 딱 시기네(시키네) 이놈들이.

그 뭐 술을 한 사발 더 주니 이놈이 술이 얼큰하게 찌가 "아이 그래 하 지요" 이래. 그래 갓을 이래 쓰고 이제 가이(가니), 질가에(길가에) 이래 앉아있다 보니 아 참 처녀가 오네. 그 이놈두 남 머슴꾼이지만은 머리 이 래 다. 고만에 벌뜩 일나면서 가미 뭐 턱 걸려 엎어지는 척 하미, 탁 엎어 지미 어 이래니, 그 선비들 보니 아 그놈의 새끼 아주 간덩이 큰 기 키스 한단 말이야 엎어지미, 이래미.[넘어지는 시늉을 하면서]

이제 그런 거는 역사 얘긴데. 그래 한다 말야. 그래가지고 이게 어떠해 된 상황이냐, 이제 그 여자가 공부를 마이(많이) 했어요. 그러미 글을 써 서 딱 준단 말이야. 주미 에 사천면, 에 사천면 유화동에, 유화동에 오면은 나를 만날 수 있다.

음, 사천면이라는 네 거랑이야, 내 천(川)재(천자). 사천 모래 사(砂) 인제 그 내 천자는 에 거랑이 한 군이 됐다 이기요. 거랑의 물이 이제 내려오미 그 합쳐서 그 군, 사천면 유화동이라는 데는 버드나무 버들 유(柳)재, 버들 꽃 피는 밑에 그 웅굴이(우물이) 있사. 거기 오면 내가 물 기러 댕기러 이기요, 그러면 나를 만날 수 있다. 그 뭐 그러니 참 글을 몰러고(모르고), 그래가지고 인제 그 보내고 글쪽지 알 수 있나.

그래 한참 앉아 고민 중이지. '이놈을 저 선비 있는 데 가 보키믄(보이면) 저 사람들이 여다 뭘 썬지 그 ○○날거고.' 가마이 앉아 있다이, 어느 음마(얼마) 안 된 그 총각이 책보를 찌구(끼구) 서당에 갔다가 글을 배우고 갔단말이야 그 질로(길로). 그 사람은 한문을 배웠으니까, 그 아는(아이는).

"야 너 이거 뭐이라 썼는지 가르쳐 달라고" 이러니,

그 이래 보더니 "그 사천면 유화동이라는 데를 찾아오라 했다" 이러니,

"그 사천면이 뭐이며 유화동이 뭐이나?" 이러니,

"그 넷 거랑이 모인 데가 면이 됩니다. 넷 동네가 면이 돼 가지고, 유화동이라는 거는 버들 류자 꽃 화재 고 밑에 뭐 버드나무 밑으로 오라는 그기야, 그 뜻이다"이래니,

"아 잘 알았다고"

그래 와가지구 인제 그놈아게 옷을 주구, "아 니 이놈의 새끼 아주 간덩이 크다고" 이러미,

"그 입은 맞추었나?"

"예, 이러니"

그 냅다 엎어지며 이러니. 그래가 또 술 한 사람 주는 거 뭐, 배가 고프니까 먹고.

엠매(얼마) 있다 메칠날(며칠날) 오라 했제, 그 사천면에. 그래가지고 그

이튿날 이튿날 찾애 뚝 사천면이라는 데 찾아가니, 참 거랑이 네 개 이래 흘러가지고 내려오고, 그 합수 거랑이 두 개 합수 세 개 합수가 그런 건 많애(많아). 또 넷 거랑이 모인 데도 있고 이래, 그 사천면이란 말이야. 그 고기 내려가면 유화동이라는 데가 버드나무 밑이라 이래 놨기 땜에 이 버드낭기만 찾아가네. 가니 버드낭기 있고, 보니 바로 그 처녀야, 물동우를 이거 간다 이기야.

그래 그 따라 들어가니, "아휴 어째 이런 곳까지 찾아와?"

그 인제 그거를 사천면 이러니까 그 글을 음마나(얼마나) 배웠나 인제 그 음. 그래 보니까 니가 내 남자, 저저 남편이다.

"글로(그리로) 왜 지나 댕겼냐 이러믄, 그 선배가(선비가) 내인데 이런 연애를 걸 줄 아는 배짱이 있나 없나, 내 낭군 그거 할라고 그래 댕겼어요."

그런데 거기 글 배운 놈들은 그 자신이 그걸 몰르고, 한번도 못찾은, 그 여자를 맨나보지 모했기 때문에 남을 시켜가지고(시켜가지고) 했다 이거야. 그래 이 사람이 내 낭군이다 이기요.

근데 이 물동우는 왜 ○○○.

가매가 이제 오믄(오면) 목욕 시켜가지고(씻겨가지고) 할라고 물을 그 가마에다 붓고 따뜻하게. 그래가지고 인제 목욕을 시기고, 옷을 인제 그 새로 이래. 아 그래 그날 저녁 적에 인제 자는데 그 애기를 한다.

"그 우타(어떻게) 그래 참 내 낭군인데 이렇게 당귀개[한문 실력이라는 뜻으로 이해됨] 좋느냐?" 이래가지고 하고,

"아 그거 뭐 평풍이 쳐놓고 잔다."

"그래가지고 저게 글 배운 학생이, 총각이 하나 지나가는 거 붙들어 이거 가르쳐 달라 이래니, 그래가지고 이 사천면과 류화동이라는 데를 찾아가면 만낼 수 있다."

"그래 가가 가르쳐주기 때문에 이래 왔다고."

이 잠자리에. 그래 이제 불을, 등잔불 켜놓고 인제 고만 가르쳐 줬네. "아 그, 그 사람이 내 낭군이다" 이기여.

건너가서 돈 벌어난 거 이 사람 반 갈라주구, "그래 이제는 선비님으는 가십시오."

"가고, 야가 야인데 물어가지고 날 찾아왔기 때문에 그 사람이 내 낭군이다."

(청중 : 가르켜 준 사람이?)

그럼 글을 배워가지고, 야는 글을 몰르고 그러니 그가 물어가지고 찾아왔다니까. 그 사람은 알기 때문에, 글루 찾아가라 했기 때문에 갸가(그 애가) 내 당자다. 그래가지고 그 사람, 나이 어린 신랑이지만은 그 찾아 가가지구 그 사람하구 그래 동거를 하고 잘 먹고 잘 살더래.

어머니의 연애를 방해한 아들

자료코드 : 03_02_FOT_20120113_KDH_BCJ_0003
조사장소 : 강원도 동해시 삼화동 무릉로 316 배철주 댁
조사일시 : 2012.1.13
조 사 자 : 강등학, 이영식, 박은영, 강태종
제 보 자 : 배철주, 남, 78세
구연상황 : 삼화동 무릉계에서 권영일을 만나 이야기를 듣고 나오려고 하는데 배철주를 추천했다. 삼화동 토박이로 이야기는 물론 소리도 잘한다고 적극 권했다. 일러준 집에 도착하여 주인을 찾았으나 집에는 아무도 없었다. 돌아서서 나오려고 하는데 택시 한 대가 오더니 두 분이 내렸다. 직감적으로 집 주인으로 판단되어 인사를 하고 방문목적을 드렸더니 방으로 안내했다. 시장에 다녀오는 길로 함께 온 분은 부인의 조카라고 소개했다. 처음에는 농사와 서낭당에 대해 대화를 나누다가 옛날이야기를 아느냐고 하니 웃으면서 끝이 없다고 했다. 부탁을 하니 먼저 지명과 관련된 <마구할멈과 파수꾸미>를 하고 이어서 <어느 색시의 신랑감 선택하기>, <어머니의 연애를 방해한 아들> 등을 이야기 했다.

줄 거 리 : 옛날 남편과 일찍 사별한 부인이 아들하나와 살고 있었는데, 어린 아들은 어
　　　머니가 다른 남자와 사귀는 것을 방해했다.

옛날에 참 이 어렵게 살고, 한 가정이 떡 있었는데 남자가 일찍이 죽었
사. 남자가 일찍이, 그 여자 언나가(어린애가) 요런 게 있었는데, 그 남자
가 그 여자를 인제 사귀(사귀어)가지고, 그 인 저런 산골에 밭 매러 댕기
고 이러니.

그래가지고 하루는 참 있다 그 남자하고 자기 어머이하고 뭐 찌그린다
이기야. 찌그린 기 "글루 오면은 우리 밭으로 찾어오라고."

"찾어오면은 점심해가지고 이제 오라고 그래."

그래 둘이 눈이 맞아가지고 "잘살자" 이래가지고.

그 머슴아가, 아들이 들었단 말이요, 그 여자 어머이가.

"그래가지고 오믄 저 갈골 질을(길을) 가다보믄 이 두 갈래 질이 있으
니 솔가부(솔가지) 꺾어다 난 데를 오면은 내가 그 농사짓는 밭갈이 한
다."

"소를 몰고 밭을 갈고, 이쪽 솔가부 안 난 덴 가지 말라고."

그래 인제 저 어머이하고 약속을 하더라 이기야.

야가 들으니까, 그래 즈녁에(저녁에) 들으니까. 그 이제 어 솔가불 이제
따라가. 아 이놈이 새끼가 그거를, 그 소리 듣고 아침 일찍 그 가가지고
이놈의 솔가밭을 재(자기) 밭으로 오는 데를 갖다 재가 인데(있는데) 솔갈
옮겨놨네. 그래 이 여자는 이 솔갑 논 데로 오라 이러니 ○○○○○○○
○○ 가다보니 솔갑이 있다 이기야.

'아 일루 가면 되겠구나.'

그 거진 밭에 거진 나서는 데 보이 아들이 거 있단 말이야, 요만한 아
들이 고.

"아이 이런 망한 놈."

이놈의 새끼 얼른 뛰어가가지구 "엄마 뭘 점심을 다 이래 싸가지고 오느냐"이래.

아들 그놈이, 낭군 줄려구 아주 뜨든한 밥을 찰밥을 해가지고 갔는데 이놈의 새끼가 와가지고 덜렁 들어 이래 가주 "뭘 점심을 이래 싸가지고 오."

그래가주, 이거 어머이 보니 같잖지.

그 낭군 갖다 줄라 한 기, 이놈의 새끼가 덜렁 들어 가가지고 그만 헤쳐 먹는다.

'아휴 저 어떠하나'

우따하나 이기야.

"어머이 같이 앉아 뭘 고민하느냐고" 그러냐고 이래.

그래가지고 "저 근네 아저씨를 내 점심 잡수러 오시라고 그러까요?" 저게서 밭에 이런데.

그 엄만 보니 좋지. 글루 점심 해이고 가는 차에 어 좋단 말이야. 이자, 이놈의 새끼 실컷 먹고는 거 간단 말이야.

가가기곤 "아저씨요, 아저씨요" 이러니,

"왜 그러냐?" 이러니,

"우리 어머이가 점슴 잡수러 오시라" 그래가지고, "아저씨 점슴 잡수러 오세요."

"오냐 그러면 그래라."

그래 이놈이 먼저 와가지고, 아 아저씨가 아 뭐를 인제 꼬쟁이를 갖다가.

"엄마요, 뭐 어제 찰밥을 해가지구 아저씨 갖다드리려 이래 그러니, 저 아저씨 보오"

"아이 몽댕이 들고 엄마 이제 때려 죽일라고 한다고"

또 여 와가지고는 어머이한테 그런 거짓불 시켰네.

그거 우뚜 맹기냐 이놈의 새끼 그러니 재주가 좋재.

거 가서는 "우리 엄마가 점심 잡수러 오시래" 이래 놓고는, 먼 저 와가 지고는 "저 아저씨가 엄마 때려죽인다고, 뭐이 때문에 때려죽이는지." 이래 온다고. 이래노니 이놈의 엄마가 때려, 안 죽을라고 그 얼마 한만에 쪼깨(쫓겨) 집으로 내리 달린다.

그래노니 그 아저씨가 "니 엄마는 왜, 왜 저래 뛰어 내려가나?"

"집에 불이 났대요,"

응 집이 탄대 이러니까, 어이, 이러드니 고만에 날개를 휘젓고 뛰니, 내려가니 아 이놈의 죽을 지경이지. 이 보니 막 따러 오네 막 이래 이래미. 집이 탄다 그러니 그 놈의 남자가, 그러니 이 어머이는 미치는 거지. 여 집에 와보니 집이 타기는 뭐.

그런 아가 그런 연구를 다 해가지구 지 어머이를 질을 고치드라 이기요.

호랑이를 소에 빠뜨려 죽인 도사

자료코드 : 03_02_FOT_20120113_KDH_BCJ_0004

조사장소 : 강원도 동해시 삼화동 무릉로 316 배철주 댁

조사일시 : 2012.1.13

조 사 자 : 강등학, 이영식, 박은영, 강태종

제 보 자 : 배철주, 남, 78세

구연상황 : 삼화동 무릉계에서 권영일을 만나 이야기를 듣고 나오려고 하는데 배철주를 추천했다. 삼화동 토박이로 이야기는 물론 소리도 잘한다고 적극 권했다. 일러준 집에 도착하여 주인을 찾았으나 집에는 아무도 없었다. 돌아서서 나오려고 하는데 택시 한 대가 오더니 두 분이 내렸다. 직감적으로 집 주인으로 판단되어 인사를 하고 방문목적을 드렸더니 방으로 안내했다. 시장에 다녀오는 길로 함께 온 분은 부인의 조카라고 소개했다. 처음에는 농사와 서낭당에 대해 대화를 나누다가 옛날이야기를 아느냐고 하니 웃으면서 끝이 없다고 했다.

부탁을 하니 먼저 지명과 관련된 <마구할멈과 파수꾸미>를 하고 이어서 <어느 색시의 신랑감 선택하기>, <어머니의 연애를 방해한 아들> 를 이야기 해주었다. 더 해달라는 조사자의 청에 뭘 자꾸 하냐고 하면서 <호랑이를 소에 빠뜨려 죽인 도사>를 얘기 했다.

줄 거 리 : 호랑이가 도사를 잡아먹으려 하자 도사가 꾀를 내어 호랑이를 소에 빠져죽게 했다. 그리하여 그 소를 호암이라 한다.

호랭이가 이제 도사를 잡아먹으라 이러니,

"자 그러지 말고", 신령이, 신령이라 그래 호랭이를 보고,

"자 이러니, 우따 그냥 죽을 수 있나."

"내기를 하자!"

그래 호랭이가 "내길 하자구."

그 호랭이 담배피울 그 얘긴데. 뭐 물로 그게 그래 돼서 그랬는지 그런 얘기 있어, 그러니.

"뭔 내기 하자고."

그래 이제 그 바위에 이래가지고, "그럼 여기서 저 거리가 벼랑이 있으니,"

어디 뭐 우리도 보면 한참 뭐 기운인 날 쩨는 그네 뛰면 그 건네, 그래도 그 거리가.

(조사자 : 넓던데.)

넓어! 한 삼십미더도 넘을 긴데.

그래 됐는데, "그럼 내기를 하자."

그럼 저, 중이 호랭이를 보고 "그러면 호랭이는 날아, 날아서 가고, 나는 그냥 건너뛰니 호랭이가 먼저 날아 가가지고 내 오는 거 잡아먹어라."

"내가 내 건너띌 쩨 잡아먹어라." 인제 이러큼 하니,

아이 뭐 호랭이는 뭐뭐뭐 무단 그 건너뛰지요, 크으 날아서.

"그럼 그래 하자." 이래.

이 잠자리에. 그래 이제 불을, 등잔불 켜놓고 인제 고만 가르쳐 줬네.

"아 그, 그 사람이 내 낭군이다" 이기여.

건너가서 돈 벌어난 거 이 사람 반 갈라주구, "그래 이제는 선비님으는 가십시오."

"가고, 야가 야인데 물어가지고 날 찾아왔기 때문에 그 사람이 내 낭군이다."

(청중 : 가르켜 준 사람이?)

그럼 글을 배워가지고, 야는 글을 몰르고 그러니 그가 물어가지고 찾아 왔다니까. 그 사람은 알기 때문에, 글루 찾아가라 했기 때문에 갸가(그 애 가) 내 당자다. 그래가지고 그 사람, 나이 어린 신랑이지만은 그 찾아 가 가지구 그 사람하구 그래 동거를 하고 잘 먹고 잘 살더래.

어머니의 연애를 방해한 아들

자료코드 : 03_02_FOT_20120113_KDH_BCJ_0003
조사장소 : 강원도 동해시 삼화동 무릉로 316 배철주 댁
조사일시 : 2012.1.13
조 사 자 : 강등학, 이영식, 박은영, 강태종
제 보 자 : 배철주, 남, 78세
구연상황 : 삼화동 무릉계에서 권영일을 만나 이야기를 듣고 나오려고 하는데 배철주를 추천했다. 삼화동 토박이로 이야기는 물론 소리도 잘한다고 적극 권했다. 일러준 집에 도착하여 주인을 찾았으나 집에는 아무도 없었다. 돌아서서 나오려고 하는데 택시 한 대가 오더니 두 분이 내렸다. 직감적으로 집 주인으로 판단되어 인사를 하고 방문목적을 드렸더니 방으로 안내했다. 시장에 다녀오는 길로 함께 온 분은 부인의 조카라고 소개했다. 처음에는 농사와 서낭당에 대해 대화를 나누다가 옛날이야기를 아느냐고 하니 웃으면서 끝이 없다고 했다. 부탁을 하니 먼저 지명과 관련된 <마구할멈과 파수꾸미>를 하고 이어서 <어느 색시의 신랑감 선택하기>, <어머니의 연애를 방해한 아들> 등을 이야기 했다.

이튿날 이튿날 찾애 뚝 사천면이라는 데 찾아가니, 참 거랑이 네 개 이래 흘러가지고 내려오고, 그 합수 거랑이 두 개 합수 세 개 합수가 그런 건 많애(많아). 또 넷 거랑이 모인 데도 있고 이래, 그 사천면이란 말이야. 그 고기 내려가면 유화동이라는 데가 버드나무 밑이라 이래 낳기 땜에 이 버드낭기만 찾아가네. 가니 버드낭기 있고, 보니 바로 그 처녀야, 물동우를 이거 간다 이기야.

그래 그 따라 들어가니, "아휴 어째 이런 곳까지 찾아와?"

그 인제 그거를 사천면 이러니까 그 글을 음마나(얼마나) 배웠나 인제 그 음. 그래 보니까 니가 내 남자, 저저 남편이다.

"글로(그리로) 왜 지나 댕겼냐 이러믄, 그 선배가(선비가) 내인데 이런 연애를 걸 줄 아는 배짱이 있나 없나, 내 낭군 그거 할라고 그래 댕겼어요."

그런데 거기 글 배운 놈들은 그 자신이 그걸 몰르고, 한번도 못찾은, 그 여자를 맨나보지 모했기 때문에 남을 시겨가지고(시켜가지고) 했다 이거야. 그래 이 사람이 내 낭군이다 이기요.

근데 이 물동우는 왜 ○○○.

가매가 이제 오믄(오면) 목욕 시겨가지고(씻겨가지고) 할라고 물을 그 가마에다 붓고 따뜻하게. 그래가지고 인제 목욕을 시기고, 옷을 인제 그 새로 이래. 아 그래 그날 저녁 적에 인제 자는데 그 애기를 한다.

"그 우타(어떻게) 그래 참 내 낭군인데 이렇게 당귀개[한문 실력이라는 뜻으로 이해됨] 좋느냐?" 이래가지고 하고,

"아 그거 뭐 평풍이 쳐놓고 잔다."

"그래가지고 저게 글 배운 학생이, 총각이 하나 지나가는 거 붙들어 이거 가르쳐 달라 이래니, 그래가지고 이 사천면과 류화동이라는 데를 찾아가면 만낼 수 있다."

"그래 가가 가르쳐주기 때문에 이래 왔다고."

그럼 이제 요이땡 아이요.

호랭이가 요게 요래 가지고[몸을 움츠리며], 글루 근너 뛰려 할 적에 도사가 그 꼬랭이를 꼭 밟고 있었어. 호랭이를 이래가지고. 그러니 도사도 그 약은 도술을 부리더니, 꼬래이를 뽑아가지고 "이놈" ○○떠이, 이놈의 꼬래이를 꼭 밟아노니 고만 딱 고만 쏘에(소에) 이래 들렸네. 꼬래이만 들려노면 쏘 빠져죽는다 이기야. 탁 들려노니 그만 물에 빠졌어. 그래 호암이다.

대국천자를 만나 지혜와 도술로 살아난 강감찬

자료코드 : 03_02_FOT_20120130_KDH_BCJ_0001
조사장소 : 강원도 동해시 삼화동 무릉로 316 배철주 댁
조사일시 : 2012.1.30
조 사 자 : 강등학, 이영식, 박은영, 강태종
제 보 자 : 배철주, 남, 78세
구연상황 : 민요 중심의 조사를 진행하다 강감찬 장군과 같은 옛날 이야기를 해줄 것을 청했다. 배철주가 아버지로부터 들은 이야기라며 구연을 해주었다. 구연 내내 술을 많이 마셔서 이야기가 매끄럽게 전개되지는 못했다. 강감찬의 이야기라는 확신이 서지 않았는지 중간 중간 "강감찬이 그랬을 거야."류의 말을 반복했다. 말끝을 얼버무리는 습관이 있었다.
줄 거 리 : 옛날 강감찬이 우리나라 대사로 중국의 천자를 만나러 갔다. 천자는 강감찬을 시험하기 위해 병풍의 글자를 읽어보게 했다. 바람에 접혀 보이지 않는 글자를 제외한 나머지 글자를 모두 읽자 천자는 강감찬이 보통이 아님을 알고 죽이도록 명했다. 강감찬이 먹는 음식에 독을 넣었으나 그 사실을 눈치 챈 강감찬은 음식을 떠서 개에게 먹이자 개가 죽었다. 천자는 강감찬을 큰 솥에 넣어서 불을 때도록 했다. 강감찬이 눈 설자를 써서 붙였다. 나중에 두껑을 열어보니 강감찬의 수염에 고드름이 열려 있었다. 천자는 강감찬을 죽일 수 없음을 깨닫게 되었다.

옛날 우리 아버지 말씀이, 거 고담책에라고 유충렬이 그 유충렬 조자룡

이 그 뭐이나 그 마이 했지요. 이등박명이 거 일본놈이고. 그래가주고 그 옛날에 에 한국 대사들이 그 일본, 대국서 그랬어.

대국천자가 인저 시방되게로 그르믄 박, 이 저 이명백이 대통령 만내자. 며칠날 만내면 회의 타협을 하자. 게 오늘도 이러 볼 적에는 배우지 못했지마는 볼 적에는 오늘이 뭐 엮어서 뭐 조사를 받고 이래가주구 타협하는 날인데. 그래가주구 이 대국천자가 이 한국궁아 에 좀 보자. 그 때 강감찬이가 그랬을끼야.

강감찬이가 원체 키가 작으니까 나막신을 해 신고 대사니까. 게 그 때는 뭐 그게 그게 배가 아니구요. 무리를 지어서 가니까 몇 달을 가야 되잖아요? 그래가주고 풍파를 만내 섬나라 가가주구 맥해(막혀) 이런 고통이러고.

그 전엔 또 나쁜 짓을 핸 사람들으는 아주 머얼리 아주 이 나라 충신이 아니다해가주구 벌을 줘가주구 섬나라로 보내요. 거 가믄 내가 홍도도 함 가봤는데 거겐 뭐 쭉 거서 징역 사다가 거 죽고 유충렬이 아버지도 그랬지. 유충렬이가 즈 아버지가 그런 에 그런 사례를 하니까.

그래가주구 거 가가주구 유충렬이 왔나하고. 그 홍도 가믄 있어요.

뱃전에 고 가믄 골로 쫙 설 수 있더라고. 에 그것도 ○○○○○. 그래 이 대사가 강감찬이 그랬을끼야. 그래 인자 떡 가가주구 인자…….

대국에 그 전에 대국천자라 이랬어. 대국천자라 그랬다고. 대국을 인제 건너갔는데. 그래가가주구 인제 대국천자하고 떡 만냈는데. 그래 인자 서로 얘기를 노니다가,

"조선서 이러커로 왔시니 그 오미 그 평풍을." 그 인제 우리나라 대사 강감찬이가 인제. 강감찬인 줄 알아. 들어갔는데 대사 그 평풍을 처 놨는데,

"그 뭔 글을 써놨느냐?"

인제 이러 물은 모양이여. 그래가주구 인제 이 강감찬이가, 강참찬이가

강감찬이가 하여 어느 장군이 뭐 어떻다 뭐 어떻다 음.

"○○○○○○○○○○○○○○○○ 이다 썼났더라." 이래니.

"다 아는데 우떠 돼 한 대목은 왜 안 읽느냐?"

한 대목은 왜 안 읽느냐 인제 고기 중요해.

"아무리 똑똑해도 보지 못하는 걸 우떠 읽느냐?"

딱 그 답변을 딱 그래 하니. 고게 대사 눈질이 이렇고로 나를 초대해가 주구 이러 했는데 왜 이랬느냐?

"아 글쎄 다 알미 왜 한 대목만 안 읽느냐?"

"안 보키니 안 읽었다."

그래 하니 그 천자가,

"이게 뭔 소리냐?"

"안 보키니 안 읽었다."

거 고마 고 밑에 신하들.

"가봐라."

아 이 놈의 평풍이 첫머리에 바람에 날려 접혔다 이기야. 글이 접혀노니 못 보는걸 우떠 읽느냐. 그기 천재 아니우? 그래니 아 이 조선 나라이 살려노면 안 되겠다. 이래가주구 그 놈들이 대국천자가 잡을라고. 그래가주구 그 이 사람 모르게 강감찬이 모르게 이 식사를 떡 가지고 들어 왔는데.

참 ○○○○ 사람은 따르지요. 가주완 걸 이래가주구 폭 파가주구 ○○○. 그 전에 절에두 대사 ○○ 개가 있었대, 개가 지키미. 떡 떠가주구 떤 지미 개가 넝큼 먹더니 고만 마당을 뚤뚤 궁그네. 거다 약을 싹 갖다 넌 거여, 이 사람을 잡을라고.

'인제 알았다.'

그래가주고는 그 때 체포식으로 뭐 우떠 맺고. 이래가주구는 이 대국천 자가. 나는 이름을 잘 몰라 그 강감찬이가 맞는대. 그래가주구 큰 쇠가매 그 전 옛날 꽈임 쇠가매 거다 갖다 인저 콱 집어넣으미 뚜껑이 딱 덮었어. 원체 똑똑하니까. 그래가주구 인제 아주 되우 잡을라고.

그래가주구 우리나라 대사 강감찬이가 거기다 눈 설재를 냈다 써버렸단 말이야.

그러 눈 설재가 몇 ○이냐? 딱 눈 설재를 떡 써놓고 고마 대국천자가 그 가매다가 불을 땐다. 잡을라고. 그래가주구 한 시간 ○○○ 이 가매가 떡하게 달아가지고,

"인젠 죽었다."

그래 그래 거 인제 신하들 보고,

"꺼내라, 내가 보는데 우터 죽었는지."

탁 뚜껑을 여니 짐이 풀썩 올라오미 쑤염에 고드름이가 이래 달려. 아 그럼 우리나라의 대사도 그 눈 설째를 썼거든. 그러니 눈 설째가 어름이 아니요? 그러니 고드름이 쑤염이 고드름이가 달려가주구. 이래니 천자는 잡을 수 없다. 그런 역사 얘기도 내 들었고.

천은사 나도 밤나무

자료코드 : 03_02_FOT_20120908_KDH_BCJ_0001
조사장소 : 강원도 동해시 삼화동 무릉로 316 배철주 댁
조사일시 : 2012.9.8
조 사 자 : 강등학, 이영식, 박은영, 강태종
제 보 자 : 배철주, 남, 78세
구연상황 : 이미 두 번에 거쳐 제보를 해주신 분이지만 좋은 내용, 특히 설화를 많이 알고 있다는 주위 분들의 얘기로 다시 찾아가려고 사전에 전화를 했다. 7일 저녁에 댁을 방문하였으나 약주를 많이 하신 까닭에 제대로 조사를 할 수 없었다. 이에 제보자에게 오늘 아침 8시 30분경에 재차 방문할 예정임을 미리 말씀드렸으나 이미 약주를 또 하셨다. 그래도 조금 드신 까닭에 새로운 자료를 얻으려 했으나 쉽지 않았다. 이에 예전에 조사자에게 들려주었던 설화와 민요

를 다시 부탁을 해서 들었으나 내용에 큰 차이가 없었다. 그러다가 어제 잠깐 들었던 이야기지만 내용이 이상했던 <천은사 나도 밤나무>를 다시 부탁했더니 얘기해 주었다. 내용은 어제 저녁에 한 것과 다르지 않았다.

줄 거 리 : 삼척시 미로면에 천은사가 있는데, 예전에 천은사를 창건할 때 자리는 노루가 달래 줄에 걸려 죽은 곳이다. 마당이 넓어 밤나무 천 주를 심으려고 했는데, 다 심고 나니 한 그루가 모자랐다. 이때 어떤 나무가 '나도 밤나무로 불로주세요.'하고 나타났다. 이에 사찰 이름을 밤나무 천 주를 심었다고 해서 천은사라고 명명하였다.

그래 인제 저 미로면.

(조사자 : 예, 미로면 예.)

어 저 그거 이제 뭐에 저 삼척시지.

(조사자 : 예, 삼척시.)

그래가지고 인제 천은사라는 절이야. 그래가지고 그 절터이 어떻게 생겼냐 하며는, 그 노루가 뛰가다 거 다래 줄에 걸려 가주고 차 이래가지고 죽었단 말이야, 노루가.

그래 노니 어느 도사가 지내다 여기가 바로 터이다.

노루가 인제 터 좋은 걸 알쿼주니라 그거 탁. 그래가주 인제 절을 짓고 우쩨 해가지고 시방 천은사라 하는 데 미로면 천은사. 그 천은사가 여 삼화사보다 더 컸어요.

어 그래가지고 골이 좀 쫍아(좁아) 그렇지, 여게 더 쫍고 그래가주 인제 담는 거 쭉 인제 그 스님이, 어느 대사가 들어오셔 가지고 밤낭구(밤나무) 쭈욱 심어가지고 판도연에 있는 ○○○○ 그래가주 한 개를 그 도사가 이 잡뿐네(잊어버렸네). 했는데 한 개가 없어져가주 인제 밤낭구를 시미(세며) 나도 나도 밤남기로 이름 붙여 다와. 그러니 나두 밤낭기다 이래가주구 천 주를 채워가지고 천은사.

(조사자 : 아 그러니까 밤나무 천 주를 심었어요?)

어 천 주를 심었는데 한 개 없어져가주 세 보니 구백구십 개, 구십, 구

십 아홉 개 밖애 안 되니, 한 개 모재르니 그 밤낭귀 말씀할 제,

"나도 밤남귀에 넣어주시오."

(조사자 : 근데 왜 밤 있는데, 어르신 왜 밤나무를 심었나요, 거기?)

아이 그 뭔 저 그 도 그 인저 그 터전이 너르고 하니까, 어 인제 절터에 인저 에 없는 누가 놀러 와도 그렇고, 응?

할머니 등에 업혀 천석 들을 만든 아이

자료코드 : 03_02_FOT_20120908_KDH_BCJ_0002
조사장소 : 강원도 동해시 삼화동 무릉로 316 배철주 댁
조사일시 : 2012.9.8
조 사 자 : 강등학, 이영식, 박은영, 강태종
제 보 자 : 배철주, 남, 78세
구연상황 : 이미 두 번에 거쳐 제보를 해주신 분이지만 좋은 내용, 특히 설화를 많이 알고 있다는 주위 분들의 얘기로 다시 찾아가려고 사전에 전화를 했다. 7일 저녁에 댁을 방문하였으나 약주를 많이 하신 까닭에 제대로 조사를 할 수 없었다. 이에 제보자에게 오늘 아침 8시 30분경에 재차 방문 예정임을 미리 말씀드렸으나 이미 약주를 또 하셨다. 그래도 조금 드신 까닭에 새로운 자료를 얻으려 했으나 쉽지 않았다. 이에 예전에 조사자에게 들려주었던 설화와 민요를 다시 부탁을 해서 들었으나 내용에 큰 차이가 없었다. 그러다가 어제 잠깐 들었던 이야기지만 내용이 이상했던 <천은사 나도 밤나무>를 다시 부탁했더니 얘기해 주었다. <천은사 나도 밤나무>를 이야기하고 난 후 제보자는 조그마한 메모지에 적혀 있는 내용을 확인한 후 삼화동 박씨네 이야기라고 하면서 들려주었다.
줄 거 리 : 옛날에 박씨네 집안에 일곱 살 난 아이가 있었다. 당시 삼화동에는 들이 없어서 다들 어렵게 살았다. 이때 박씨네 집안에 일곱 살 난 아이가 할머니 등에 업혀 다니면서 돌로 보를 막아 물길을 돌릴 수 있는 방법을 가르쳐 주었다. 이에 마을 사람들이 그 지시에 따라 돌로 물을 막아 보를 만들고, 그 물길을 돌려 천 석 들을 만들었다. 마을에서는 그 들을 호월평이라 하였는데, 그 들은 현재 쌍용시멘트회사가 자리하고 있는 곳이라 한다.

옛날에 호울평(호월평)이라 하는데, 우리 마실이 생기고 호울평에 우리가 농민들이 우때(어떻게) 농사를 졌나? 그래가주 인제 에 뭐 박씨, 그 나이 칠세에 일곱 살에 할머이인데(할머니한테) 등에 업혀 가지고, 이 인제 이 천 적(천 석) 들이다.

이제 들이, 그래가지고 그 얼메나 재주가 좋은지 응, 그래가지고 이 양반 에이 박, 박철혁이야.

(조사자 : 박철혁이.)

응, 박철혁.

그래 이 양반이 자기 그 할머니 등에 업혀 있던 놈이 일루 인제 에 천석 들을 맨들어 인제 거 돌 여다 물을 막아가지고 이러므는 천 석 들에 몇 수만 명이 먹고 산다. 그래가주 인제 호 일루 우리, 아이 바로 우리 땅이야, 여기서부터 돌을 쳤어. 그래가지고 그 돌이 사방 네 자야. 응, 네 자면 삼 미터 될끼요. 응, 일 메다가 석자 서치인데 그래 돌을 치고 에 행인이 댕기는 질을 내 이러니까 한 삼 메다 또는 아홉 자 여덟 자 되지요?

그래가지고 어 이 선생님이 철이 없어, 그래가지고 어 할머니 등허리에 업혀가지고 "일루 하소".

그래가지고 이 천석 들을 맹글어 가지구 삼화동 다 이거 농사를 짓고 어 먹고 살았다 이기요.

(조사자 : 음 그러니까 그 박자 철자 혁자라는 분이?)

어 그거 똑똑이 모르겠는데, 인저 그 선생님 묘가 여게 전사했는데 몇 벌 내가,

(조사자 : 박씨 성을 가지신 분이에요?)

아 박씨여.

(조사자 : 박철혁?)

야, 이 철혁인데 이름은 똑똑이 모르겠는데 그 비문이 있어요, 거 가면. 그래가주 내가, 우리 할마이가 에 동동주를 해가지고 이 땅이 마카(전부)

박씨네 땅이야. 그래가지고 내가 인제 으이 에 동동주를 응, 동동주를 해 가지고 거 가가지고 인제 거 에.

그 유세차? 거 이래 보니 박철혁이던가? 내 똗똑이.

(조사자 : 그럼 그분이 이 마을을 개척하신 분인가요?)

아 그 양반 때무노(때문에) 여러 우리 이, 이 삼화 안목사지요?

(조사자 : 그러면 들이 어딨습니까, 천, 천?)

아 들이 마카 여 쌍용회사 아주 복판이요, 그 그 그게 들이 아이요, 그기?

(조사자 : 아 그게, 그게 공장으로 들어갔구나?)

그럼 공장으로 싹 들어갔어.

(조사자 : 예전에 거기 다 들이였습니까, 원래?)

아, 마카 논이지요.

(조사자 : 아 그러니까 박자 철자 혁자라는 분이, 근데 어떻게?)

아 그건 난 몰래 이름은.

(조사자 : 예, 어리신, 어린 분이 어떻게?)

아 일곱 살 먹은 거.

(조사자 : 일곱 살 먹고, 그 그러면 보를 싸 갔구 물을 막아서 물길을 일루 돌렸단 얘기지요?)

그렇지요, 그 말이죠. 그러니 아주 비문이 있어 시방. 그래가주 인제 내 비문도 봤나 난 그래 뭐.

(조사자 : 그분이 말씀하셔서 마을 분들이 움직여.)

그 할머이한테 업혀 댕기며, 할마이 이제 손짓하니 이러꺼럼. 그러니 이 돌을 매 가지고, 야 그 더부살이 망사회라고 거 등에 업혀가지구 그래 가지고 그 돌을 냈다는기요. 그래가지고 인제 논을 떠가지고 어디로 돌리시오, 돌리시오 이래.

(조사자 : 아 어린, 어린사람이 그렇게 했다는 거죠?)

그래 일곱 살에.

(조사자 : 아, 대단한 거네. 마을 사람들은 그 생각을 못했다는 얘기네 그럼?)

아유 몰랐지요.

(조사자 : 보를 막아서 물길을, 팻물을 댈 생각은 못했다는 얘기잖아요.)

몰랐지요, 그거 어디로 우따 대야 평야 맹기나 그래 그것이 호월평이야

(조사자 : 호?)

호월평 저 오른쪽.

(조사자 : 호월평, 어 호월평.)

야, 이름이 호월평이요. 허허 참.

술값 안 갚고 죽은 뒷집 최서방

자료코드 : 03_02_FOT_20120217_KDH_LSJ_0001
조사장소 : 강원도 동해시 삼화동 월평로 47-1 이로경로당
조사일시 : 2012.2.17
조 사 자 : 강등학, 이영식, 박은영, 강태종
제 보 자 : 이숙자, 여, 77세
구연상황 : 김복순과 이옥자가 새소리를 흉내내는 소리인 <뒷집 최서방> 소리 구연해 주었다. 이 노래가 무슨 뜻인지를 묻자, 이숙자가 이 노래에 얽힌 이야기를 해주었다.
줄 거 리 : 뒷집 최서방이 술값을 갚지 못하고 죽었다. 그러자 주모가 뒷집 최서방에게 술값을 달라며 이 소리를 했다.

뒷집 최서방이요 술값을 갚지 못하고 고만에 돌아가셨대요. 그러니 그 술 외상 준 아줌마가,

"뒷집 최서방 술값 내고 주고 주고."

"술값 내고 주고 주고." 이랬대요.

헌니는 너갖고 / 새이가는소리

자료코드 : 03_02_FOS_20120217_KDH_KGH_0001
조사장소 : 강원도 동해시 삼화동 월평로 47-1 이로경로당
조사일시 : 2012.2.17
조 사 자 : 강등학, 이영식, 박은영, 강태종
제 보 자 : 김경희, 여, 83세
구연상황 : <잠자리잡는소리>에 관한 질문을 하였으나 이렇다할 자료를 얻어내지는 못
했다. 이를 갈 때 부르는 소리를 아느냐고 물었더니 모두들 알고 있다고 대답
했다. 그 중 김경희가 답을 해주었다. 윗니가 빠지면 지붕에 던지고 아랫니가
빠지면 아궁이에 넣는다고 했다. 이 노래는 빠진 이를 던지며 불렀다고 한다.

헌이는 니가지가고

새이는 나를다와

이제는 훌쩍 던졌습니다.

이거리저거리 갓거리 / 다리뽑기하는소리

자료코드 : 03_02_FOS_20120217_KDH_KGH_0002
조사장소 : 강원도 동해시 삼화동 월평로 47-1 이로경로당
조사일시 : 2012.2.17
조 사 자 : 강등학, 이영식, 박은영, 강태종
제 보 자 : 김경희, 여, 83세
구연상황 : <다리뽑기하는소리>를 아느냐는 질문을 하였으나 분위기가 산만하여 잘 전
달이 되지 못했다. 김경희가 갑자기 노래를 불러 이목이 집중되었다. 다시 불
러줄 것을 청하자 망설임 없이 불러주었다. <앵기땡기>도 했으니 잊어버려
못 하겠다고 했다.

이거리저거리 갓거리

송수맹근 조맹근

짝바리 호맹근

도루매짐치 장독거리

먹어밭에 둑실이

아라리 / 가창유희요

자료코드 : 03_02_FOS_20120217_KDH_KBS_0001

조사장소 : 강원도 동해시 삼화동 월평로 47-1 이로경로당

조사일시 : 2012.2.17

조 사 자 : 강등학, 이영식, 박은영, 강태종

제 보 자 : 김복순, 여, 78세

구연상황 : 김정순이 자발적으로 나서 <진주낭군>을 불렀으나 중간 중간 기억이 나지
않아 완성도가 많이 떨어졌다. 제보자들이 김복순에게 호박떡 노래를 해보라
며 우왕좌왕하는 분위기가 되었다. 김복순이 노래를 해도 되겠냐며 썩 나서서
<아라리>를 불렀다.

정선읍내야 물레방아는 물살을안고 도는데

우리집에 저양반은 날안고돌줄 몰래네

각설이타령 / 가창유희요

자료코드 : 03_02_FOS_20120217_KDH_KBS_0002

조사장소 : 강원도 동해시 삼화동 월평로 47-1 이로경로당

조사일시 : 2012.2.17

조 사 자 : 강등학, 이영식, 박은영, 강태종

제 보 자 : 김복순, 여, 78세

구연상황 : 김복순이 <아라리>를 부른 후 제보자들이 호박떡 노래와 앉은고리 노래를

불러보라고 권했다. 조사자가 불러줄 것을 청하자 김복순이 이 노래를 불렀다. 부르고 난 뒤에는 상당히 부끄러워했다.

앉은고리는 문고리에
드는고리는 깨고리에
입는고리는 저고리에
끊는고리는
끊는고리는 개개고리
나는고리는 꾀꼬리
뛰는고리는 깨구린데
씨구씨구씨구 잘하신다

정성이 부족해서 / 비손하는소리

자료코드 : 03_02_FOS_20120217_KDH_KBS_0003
조사장소 : 강원도 동해시 삼화동 월평로 47-1 이로경로당
조사일시 : 2012.2.17
조 사 자 : 강등학, 이영식, 박은영, 강태종
제 보 자 : 김복순, 여, 78세
구연상황 : 김복순이 <각설이타령>을 부른 후 매우 부끄러워했다. 제보자들이 '호박떡 노래'를 불러보라며 재차 청했다. 김복순은 부끄러워하며 부르려하지 않자 다들 실력발휘를 해보라며 분위기를 주도했다. 분위기에 밀려 김복순이 빠르게 노래를 했다. 조사자가 다시 한 번 천천히 불러줄 것을 청하자 김복순이 다시 불러주었다. 아이들이 아프면 밥 한그릇을 해놓고 빌면서 부르던 소리라고 했다. 큰아들이 아플 때 고치기 위해서 부른 보살(부부였다고 한다)이 이 소리를 하는 것을 보고 배웠다고 한다.

정성이 부족해서 호박떡 설었던가
한칼을 치거드는 지둥같이 무너서고

두칼을 치거드는 천둥같이 무너서고

그렇지 아니하면

엄나무 은대통에 살구나무 황대통에

왼새끼 절박하야 풍토징역 보낼터니

저거리 남향으로 썩물러 서라고

축원 드래옵고 발원 드래오니

니모른단 말하지마 내모른단 말하시고

어리 설설 내림하고 마시오

뒷집 최서방 / 새보고하는소리

자료코드 : 03_02_FOS_20120217_KDH_KBS_0004
조사장소 : 강원도 동해시 삼화동 월평로 47-1 이로경로당
조사일시 : 2012.2.17
조 사 자 : 강등학, 이영식, 박은영, 강태종
제 보 자 : 김복순, 여, 78세
구연상황 : 장춘란이 <뻐꾹새보고하는소리>를 구연해 준 후, 조사자가 새소리를 흉내내
는 다른 노래를 아느냐고 물었다. 김복순 자기가 듣기에 이렇게 우는 새가 있
더라면서 이 소리를 해주었다. 무슨 새인지는 모르겠다고 했다.

뒷집 최서방

술값 칠천백원 칠천백원

달구소리 / 묘다지는소리

자료코드 : 03_02_FOS_20120113_KDH_BCJ_0001
조사장소 : 강원도 동해시 삼화동 무릉로 316 배철주 댁
조사일시 : 2012.1.13

조 사 자 : 강등학, 이영식, 박은영, 강태종
제 보 자 : 배철주, 남, 78세
구연상황 : 삼화동 무릉계에서 권영일을 만나 이야기를 듣고 나오려고 하는데 배철주를
추천했다. 삼화동 토박이로 이야기는 물론 소리도 잘한다고 적극 권했다. 일
러준 집에 도착하여 주인을 찾았으나 집에는 아무도 없었다. 돌아서서 나오려
고 하는데 택시 한 대가 오더니 두 분이 내렸다. 직감적으로 집 주인으로 판
단되어 인사를 하고 방문목적을 드렸더니 방으로 안내했다. 시장에 다녀오는
길로 함께 온 분은 부인의 조카라고 소개했다. 처음에는 농사와 서낭당에 대
해 대화를 나누다가 옛날이야기를 아느냐고 하니 웃으면서 끝이 없다고 했다.
부탁을 하니 먼저 지명과 관련된 <마구할멈과 파수꾸미>를 하고 이어서
<어느 색시의 신랑감 선택하기>, <어머니의 연애를 방해한 아들>, <호랑이
를 소에 빠뜨려 죽인 도사> 등의 이야기 몇 편을 듣고 나니 제보자가 예전에
선소리꾼도 했다는 말을 했다. 이에 지역의 장례풍습에 대해 듣고 선소리를
부탁하니 불러주었다.

아헤~ 어이 덜구여

이러믄 그 받아서 또

아헤 아헤 덜구야

앞에주춤 노적봉은
거부장사 날자리요

이러믄 아헤 이 덜구 이래.

뒤에주춤 문필봉은

그러면 또 아헤
아헤, 아헤 그까짓 치와뻐리고.
(조사자 : 선소리만.)

앞에주춤 문필봉은

거부장사 날자리요

뒤에주춤 문필봉은

문장대사 나리로다

일산○○ 비쳤으니

수명장수 할것이고

투구봉이 비쳤으니

대대장군이 만나리로다

　인제 그 선소리 메길 적에도 부자 되든지 인제 앞에 그런 자리에 이 묘 쓸 적에 앞에 주춤 노적봉이다 이기야. 노적봉에 ○○○이 이러면 부자날 자리다. 뒤에주춤 문필봉은 그글 문장대상이 나리로다 문장이 나고, 또 저투구봉이 툭뿔거진 투구봉이 ○○으니 대대장군이 난다. 군대가도 장군 이 나라. 응 그런 인제 의미 하에서 인제 그 소리가 그러고,

　우선에 우리가 누구인데 났느냐. 부모 없이 난 자식은 없다 이기야. 그 래가지고 인제,

아버지요 날나시고

어머니요 날기르셨으니

슬프고슬픈 우리부모여

　인제 이렇거럼 응 날 낳고.

28괘 / 귀신쫓는소리

자료코드 : 03_02_FOS_20120130_KDH_BCJ_0001
조사장소 : 강원도 동해시 삼화동 무릉로 316 배철주 댁
조사일시 : 2012.1.30

조 사 자 : 강등학, 이영식, 박은영, 강태종

제 보 자 : 배철주, 남, 78세

구연상황 : 제문에 관한 이야기를 나누던 중 배철주가 자연스럽게 이 이야기를 해주었다. 옛날에는 누가 아프면 그 병을 낫게 하기 위해 며칠 동안 경을 읊어 귀신을 잡았다. 이 소리는 당시 읊었던 경인 28괘라고 한다. 나무를 잘라 구멍을 뚫고, 나무를 태운 재를 반죽한 일명 '재떡'이라는 것을 만들어 그 안에 넣고 귀신을 잡아 넣는다고 한다. 이 경을 읊으면 귀신이 꼼짝 못한다고 한다.

각항제방 신미귀

두후여호 이슬기

기룩이면 필자사

전기유선 자일진

이십팔수 시야라

봉아봉아 천지봉아 / 신부르는소리

자료코드 : 03_02_FOS_20120130_KDH_BCJ_0002

조사장소 : 강원도 동해시 삼화동 무릉로 316 배철주 댁

조사일시 : 2012.1.30

조 사 자 : 강등학, 이영식, 박은영, 강태종

제 보 자 : 배철주, 남, 78세

구연상황 : 귀신을 잡을 때 부르던 소리인 28괘에 관한 이야기를 나누면서 자연스럽게 화제가 방망이점 치는 것으로 옮아갔다. 이 소리를 아느냐고 물었더니 흔쾌히 대답했다. 물건을 잃어버렸을 때 방망이를 쥐고 이 소리를 하면 귀신이 방망이에 내려 잃어버린 물건을 찾아준다고 한다.

봉아봉아 천지봉아

용마름에 대신봉아

어리설설 내리시오

나무아미타불소리 / 장례놀이하는소리

자료코드 : 03_02_FOS_20120130_KDH_BCJ_0003_s01
조사장소 : 강원도 동해시 삼화동 무릉로 316 배철주 댁
조사일시 : 2012.1.30
조 사 자 : 강등학, 이영식, 박은영, 강태종
제 보 자 : 배철주, 남, 78세
구연상황 : 조사 초반에 말먹이는소리에 관한 이야기를 한동안 나누었으나 완성도 있는
자료를 얻지는 못 했다. 조사가 중반 쯤에 이르러 이 소리를 다시 해줄 것을
청했다. 배철주가 노래 중간에 설명을 자꾸 넣어서 설명을 빼고 소리로만 해
줄 것을 몇 번에 걸쳐 요청했다. 출상하기 전 날, 상갓집에서 상여꾼들이 모
여 어깨동무를 하고 앞으로 갔다 뒤로 갔다하면서 상주에게 돈을 요구하면서
부르던 소리라고 한다. 선소리꾼은 앞에 서서 상여꾼들을 보고 소리를 한다고
한다.

아버지여 날낳으시고
어머니여 날기르셨으니

이러믄,

아 헤 어이타불
한두살에 철을몰라
아 헤 어이타불

그러믄 인제,

슬프고 슬프도다

이래믄,

아 헤 어이타불
이은혜를 언제갚아지요

이래.

아 헤 어이타불

인제 이래.

어허넘차소리 / 운상하는소리(1)

자료코드 : 03_02_FOS_20120130_KDH_BCJ_0003_s02
조사장소 : 강원도 동해시 삼화동 무릉로 316 배철주 댁
조사일시 : 2012.1.30
조 사 자 : 강등학, 이영식, 박은영, 강태종
제 보 자 : 배철주, 남, 78세
구연상황 : 조사를 하는 내내 배철주는 계속해서 술을 마셨다. 앞서 강감찬 장군에 관한
설화를 구연해 주었으나 술을 많이 마셔 완성도가 떨어졌다. 조사판의 첫머리
에 장례와 관련된 질문을 했던 바, 조사자는 다시 <운상하는소리>와 관련해
서 질문을 하였다. 노래 중간 중간 설명을 자꾸 넣어서 뒷소리를 조사자가 받
기로 하였으나 쉽지 않았다. 배철주가 짧게 구연해 주었다.

이사람들 저사람들
앞을보고 올라오게
너호 넘차 너호
어이 넘차 너호
까시덤불 있으니까
고이고이 피해오게
어이 넘차 너호

어허넘차소리 / 운상하는소리(2)

자료코드 : 03_02_FOS_20120130_KDH_BCJ_0003_s03
조사장소 : 강원도 동해시 삼화동 무릉로 316 배철주 댁
조사일시 : 2012.1.30
조 사 자 : 강등학, 이영식, 박은영, 강태종
제 보 자 : 배철주, 남, 78세
구연상황 : 앞서 <운상하는소리>를 구연한 후, 조사자가 언덕을 넘어갈 때는 어떻게 불
렀느냐고 질문했다. 배철주가 흔쾌히 불러주었다. 짧게 부른 후 설명으로 이
어졌다. 선소리꾼은 상여 맨 앞에 서서 소리를 했다. 요령을 흔들거나 북을
치지는 않았다고 한다.

언덕이다 언덕이다
조심조심 하여주게

이래믄

아허 어허 어기 넘차 너호
올라섰다 올라섰다
○○○○ 허리 다친다
아~

영차소리 / 운상하는소리

자료코드 : 03_02_FOS_20120130_KDH_BCJ_0003_s04
조사장소 : 강원도 동해시 삼화동 무릉로 316 배철주 댁
조사일시 : 2012.1.30
조 사 자 : 강등학, 이영식, 박은영, 강태종
제 보 자 : 배철주, 남, 78세
구연상황 : <운상하는소리>에 관한 조사를 이어서 했다. 가파른 곳을 올라갈 때 부른
소리를 해달라고 하자 배철주가 이 소리를 해주었다. 뒷소리는 조사자가 받았

다. 가파른 곳, 위험한 곳, 외나무다리 등 어려운 곳을 갈 때는 이 소리를 했다고 한다.

영차 영차

영차 영차

영차영차 영차영차

영차 영차

영차 영차

단디 오너라 영차

옳지 영차

옳지 영차

아랫녘새야 윗녘새야 / 새쫓는소리

자료코드 : 03_02_FOS_20120130_KDH_BCJ_0004
조사장소 : 강원도 동해시 삼화동 무릉로 316 배철주 댁
조사일시 : 2012.1.30
조 사 자 : 강등학, 이영식, 박은영, 강태종
제 보 자 : 배철주, 남, 78세
구연상황 : 조사 내내 술을 마시던 배철주는 상당히 흥이 났던 모양인지 꽹과리를 들고 와 한참을 쳤다. 조사자가 마댕이를 하면서 소리를 하지 않았냐고 하자 이 노래를 불러주었다. 정월대보름날 새벽에 수수를 보리와 벼처럼 만들어서 거름더미에 꽂아놓고 짚신을 만들어 도리깨로 두드리며 이 소리를 했다고 한다. 옛날에는 보름날 아침이면 온 마을에서 이 노래를 부르는 소리로 왁자했다고 한다. 농사가 잘 되라는 의미로 불렀다고 한다.

웃녘새야 아랫녘새야 녹두밭에 앉어먹지

우리집이 뭐있다고 자꾸자꾸 날아오나

웃녘새야 저근네 부잣집에 ○○○○ 파먹고가지

고사반 / 지신밟는소리

자료코드 : 03_02_FOS_20120908_KDH_BCJ_0001
조사장소 : 강원도 동해시 삼화동 무릉로 316 배철주 댁
조사일시 : 2012.9.8
조 사 자 : 강등학, 이영식, 박은영, 강태종
제 보 자 : 배철주, 남, 78세
구연상황 : 이미 두 번에 거쳐 제보를 해주신 분이지만 좋은 내용, 특히 설화를 많이 알
고 있다는 주위 분들의 얘기로 다시 찾아가려고 사전에 전화를 했다. 7일 저
녁에 댁을 방문하였으나 약주를 많이 하신 까닭에 제대로 조사를 할 수 없었
다. 이에 제보자에게 오늘 아침 8시 30분경에 재차 방문할 예정임을 미리 말
씀드렸으나 이미 약주를 또 하셨다. 그래도 조금 드신 까닭에 새로운 자료를
얻으려 했으나 쉽지 않았다. 이에 예전에 조사자에게 들려주었던 설화와 민요
를 다시 부탁을 해서 들었으나 내용에 큰 차이가 없었다. 그러다가 어제 잠깐
들었던 이야기지만 내용이 이상했던 '천은사 나도 밤나무'를 다시 부탁했더니
얘기해 주었다. '천은사 나도 밤나무'를 이야기하고 난 후 제보자는 조그마한
메모지에 적혀 있는 내용을 확인한 후 삼화동 박씨네 이야기라고 하면서 들
려주었다. 잠시 마을 이야기를 하다가 예전 만남 때 들려주었던 꽹과리 소리
를 부탁했더니, 방에서 악기를 가지고 나와 들려주면서 정월에 지신밟기 때
했던 것이라고 하면서 연주와 함께 소리를 해주었다.

개갱 갱개개개갱 갱개개개갱 갱개개개갱 갱갠딱 갱

갱개개개갱 개개개개갱 갱 갱 갱 갱 갱- 갱

갱- 갱 갱개개개갱 개개개개갱 개개개개갱 개개개개갱

개개개갠 개개개갠 개개개갠 개개개갠

갱-갱 개갠 개갠 개갠 개갠 개갠

개갠 개갠 개갠 개갠 개갠 개갱 개갱 갱 갱

시존님아 시존님아 시존님아 일년열두날 온동네에 토민도 토민 우리가
정에 그리 손주들까지 크게 무병장수하게 해달라고요

갱개갠갠 갱개갠갠 갱개개개 갱개갠갠

갱개개갠 갱개개갠 갱개개개 개개개갠 개개갱 개갠 갱 개갠 이허
-(개개개개갠)

　일년열두달 삼백육십오일에 물도 흔해서 걱정이 안돼 달라고 식수문제
올시다

　갱 갱 개개개개갠 갱 갠 갠 갱
　갱 갱 개개개개갠 갱 갠 갠 갱 개개개개갱

　그저 하나님이요 하나님이요 일년 열두달 가뭄없이 전수 이래가지고
정지굿을 갔다
　그전에는 옛날에 아들 많이 그지 십일남매 팔남매는 보통이요
　물동이 이고 오고든 조금도 걱정 없도록 해주십시오

　갱개 갱갱 갱개 갱갱 갱개 갱갱 갱개 갱갱 갱개 갱갱
　갱개 갱 개갠 갱개 갱 개갠 개개갱 갠갠 개개개갠

아라리 / 가창유희요

자료코드 : 03_02_FOS_20120908_KDH_BCJ_0002
조사장소 : 강원도 동해시 삼화동 무릉로 316 배철주 댁
조사일시 : 2012.9.8
조 사 자 : 강등학, 이영식, 박은영, 강태종
제 보 자 : 배철주, 남, 78세
구연상황 : 예전 만남 때 들려주었던 꽹과리 소리를 부탁했더니, 방에서 악기를 가지고
　　　　 나와 들려주면서 정월에 지신밟기 때 했던 것이라고 하면서 연주와 함께 소
　　　　 리를 해주었다. 고사반 소리를 듣고, 조사자가 아라리는 안 부르냐고 물었다.
　　　　 그러자 다 부를 줄 알지만, 그건 정선에서 주로 하는 소리라고 하면서 몇 마
　　　　 디 불렀다. 하지만 강원도아리랑과 아라리를 혼용하고, 감정이 너무 들어가는
　　　　 등 멋과 기교를 내어 불렀다.

아리랑 아리랑 아라리 요
아리랑 고개고개로 잘도 넘어간다
강원도정선군 일만이천봉 삼백육십오일그누가 이래할줄알았나

아리랑 아리랑 아라리 요
아리랑 고개를 잘도 넘어가는데
저 삼백육십기도드린데 자슥날라고 걸렸는데
그뒷산절뒤에가 치성드리고 오는데 아들이났아

내자슥이 강원도정선군 괄세하지 말아라
팔자없는 내자슥이 어데가손발다체도(다쳐도) 애비애미걱정된다

인제 이러 커럼(이처럼).

눈이올라나 비가올라나 사시상천행여나 어어어아
명년춘삼월 봄이오면은 배고픈거 잊어버리네

동삼월에 굶다가 이 봄이 와야 나물곤드레 딱죽을 뜯어.

서산에 구름은 어찌천둥을 내보내고 음~
가뭄을 베껴쓰고 올해농사 백성살래주

이제 비가 와야 농사도 짓고.

세상달강 / 아기어르는소리

자료코드 : 03_02_FOS_20120217_KDH_LOJ_0001
조사장소 : 강원도 동해시 삼화동 월평로 47-1 이로경로당
조사일시 : 2012.2.17

조 사 자 : 강등학, 이영식, 박은영, 강태종
제 보 자 : 이옥자, 여, 76세
구연상황 : 장춘난이 <아기재우는소리>를 불러주었다. 장춘란에게 <세상달강>을 아느
냐고 물었으나 장춘란은 입에서만 맴돌 뿐 잘 기억해 내지 못했다. 옆에서 듣
고 있던 이옥자가 자발적으로 받아 구연해 주었다. 아이를 키울 때 시어머니
로부터 배운 노래라고 한다. 시어머니는 삼화동 토박이라고 한다.

세상 달강

서울로 가다가

참밤한개 똑따서

고무다락에 치던졌더니

머리깎은 새양쥐가 다파먹고

보무리만 남은걸

이빠진 통록에다 삶아서

조리로 건져서

밥죽(밥주걱)으로 밍개서

알맹이는 손주주고

껍데기는 내가먹고

해야해야 나오너라 / 몸말리는소리

자료코드 : 03_02_FOS_20120217_KDH_LOJ_0002
조사장소 : 강원도 동해시 삼화동 월평로 47-1 이로경로당
조사일시 : 2012.2.17
조 사 자 : 강등학, 이영식, 박은영, 강태종
제 보 자 : 이옥자, 여, 76세
구연상황 : 물놀이를 하다가 추우면 해를 보고 부르던 소리를 아느냐는 질문에 이옥자가
이 노래를 불러주었다. 옷으로 젖은 몸을 털면서 불렀다고 한다.

해야해야 따끈나라

마루밑에 물먹고

따끈따끈 나거라

뒷집 최서방 / 새보고하는소리

자료코드 : 03_02_FOS_20120217_KDH_LOJ_0003

조사장소 : 강원도 동해시 삼화동 월평로 47-1 이로경로당

조사일시 : 2012.2.17

조 사 자 : 강등학, 이영식, 박은영, 강태종

제 보 자 : 이옥자, 여, 76세

구연상황 : 김복순이 <뒷집 최서방> 소리를 해주자 이옥자가 자신은 이렇게 알고 있다
며 이 소리를 구연해 주었다. 무슨 새인지는 모르겠다고 했다. 옆에서 이숙자
가 이 노래에 얽힌 이야기를 해주었다.

뒷집 최서방

술값 내게

빨딱 자빠져

죽고 죽고

우리아기 잘도잔다 / 아기재우는소리

자료코드 : 03_02_FOS_20120217_KDH_JCN_0001

조사장소 : 강원도 동해시 삼화동 월평로 47-1 이로경로당

조사일시 : 2012.2.17

조 사 자 : 강등학, 이영식, 박은영, 강태종

제 보 자 : 장춘난, 여, 85세

구연상황 : 조사를 하는 목적과 조사자가 원하는 정보에 관한 이야기를 하며 그 예로서
아기를 재우면서 부르던 소리를 들어 주었다. 그 이야기를 듣고 장춘란이 스

스럼없이 이 소리를 해주었다.

자장 자장
우리애기 잘도잔다
개야개야 짖지마라
우리애기 닮은개야
꼬꼬닭아 울지마라
우리애기 잘도잔다
자장자장 ○○자자
우리애기 잘도잔다

다복녀 / 가창유희요

자료코드 : 03_02_FOS_20120217_KDH_JCN_0002
조사장소 : 강원도 동해시 삼화동 월평로 47-1 이로경로당
조사일시 : 2012.2.17
조 사 자 : 강등학, 이영식, 박은영, 강태종
제 보 자 : 장춘난, 여, 85세
구연상황 : 조사자가 <다복녀>를 아느냐고 묻자 제보자들이 장춘란을 가리켰다. 장춘란
은 망설이지 않고 구연해 주었다.

따복따복 따복네야 네어드로 울민가나
우리엄마 젖줄바래 ○성골로 울민간다
저게가는 저할머니 울어머니 보시거든
따북네가 젖줄바라 운다고 그말씀을전해주소

성님성님 사촌성님 / 삼삼는소리

자료코드 : 03_02_FOS_20120217_KDH_JCN_0003
조사장소 : 강원도 동해시 삼화동 월평로 47-1 이로경로당
조사일시 : 2012.2.17
조 사 자 : 강등학, 이영식, 박은영, 강태종
제 보 자 : 장춘난, 여, 85세
구연상황 : <다복녀>를 구연해 준 후, 조사자가 이어서 <성님성님 사촌성님>을 아느냐
고 물었다. 장춘란은 망설임 없이 바로 구연해 주었다. 처녀 때 친구들과 어
울려 삼삼으면서 부르던 소리라고 했다.

성님성님 사촌성님

시집살이 어떻던가

야야동상 그말마라

두렁두렁 두렁밭에

수저놓기 어렵더라

야야동상 그말마라

모시적삼 닷죽에

땀이흘러 다쳐졌다

야야동상 그말마라

행주치마 한죽반에

손을닦어 다떨었다

야야동상 그말마라

시집살이 좋다해도

고추보다 더맵더라

당초고추 맵다해도

시집보다 더 할소냐

베틀소리 / 가창유희요

자료코드 : 03_02_FOS_20120217_KDH_JCN_0004
조사장소 : 강원도 동해시 삼화동 월평로 47-1 이로경로당
조사일시 : 2012.2.17
조 사 자 : 강등학, 이영식, 박은영, 강태종
제 보 자 : 장춘난, 여, 85세
구연상황 : 조사자가 <베틀소리>를 아느냐고 묻자 장춘란은 다 알지는 못한다고 했다.
　　　　　아는 데까지 불러줄 것을 청하자 망설이지 않고 구연해 주었다.

　　　노세노세 베틀놓세
　　　하늘잡어 베틀놓고
　　　구름잡어 잉애걸어

뭐이나. 잊어버렸다.

(조사자 : 천천히 해주세요. 서두르지 마시고 천천히.)

　　　베틀다리 네다리요
　　　큰아그다리 두다린데
　　　섞어놓니 육다릴세
　　　용두머리 우는소리
　　　외기러기 가는소리
　　　바디집이 넘나드니
　　　옥새촉새 알을물고
　　　펴양강을 넘나드네

계집죽고 자식죽고 / 뻐꾹새보고하는소리

자료코드 : 03_02_FOS_20120217_KDH_JCN_0005

조사장소 : 강원도 동해시 삼화동 월평로 47-1 이로경로당

조사일시 : 2012.2.17

조 사 자 : 강등학, 이영식, 박은영, 강태종

제 보 자 : 장춘난, 여, 85세

구연상황 : 조사자가 비둘기 흉내 내며 부르는 노래를 아느냐고 묻자 여기저기서 그런
노래가 있다는 대답이 나왔다. 장춘란에게 불러줄 것을 청하자 구연해 주었
다. 뻐꾸기 소리를 흉내낸 노래냐고 묻자, '투덕비둘기'를 흉내낸 소리라고
했다.

뻐꾹지지 뻐꾹지지

지집죽어 상체하고

자집죽어 애침인데

뻐꾹지지 지지뻐꾹

흔투데기 목에걸고

꿩꿩 꿩서방 / 가창유희요

자료코드 : 03_02_FOS_20120217_KDH_JJS_0001

조사장소 : 강원도 동해시 삼화동 월평로 47-1 이로경로당

조사일시 : 2012.2.17

조 사 자 : 강등학, 이영식, 박은영, 강태종

제 보 자 : 정정숙, 여, 77세

구연상황 : <꿩꿩 꿩서방>을 아느냐는 질문에 잘 모르겠다고들 하는 중에 정정숙이 아
는 기미를 보였다. 제보자들이 해보라고 청했으나 잘 모른다며 구연하기를 꺼
렸다. 제보자들이 적극적으로 요구를 하자 구연해 주었다.

꿔겅꿔겅 꿩서방

자네집이 어덴고

이산저산 넘어서
덤불밑이 내집일세

나무이름 차차 / 손뼉치기하는소리

자료코드 : 03_02_MFS_20120217_KDH_KJS_0001
조사장소 : 강원도 동해시 삼화동 월평로 47-1 이로경로당
조사일시 : 2012.2.17
조 사 자 : 강등학, 이영식, 박은영, 강태종
제 보 자 : 김정순, 여, 71세
구연상황 : 김정순이 <자치기 자치기>를 구연한 후 이런 놀이도 했다고 하면서 구연해
　　　　　 주었다. 여럿이 둘러앉아 순서대로 나무 이름을 대고, 대지 못하거나 나무 이
　　　　　 름이 중복되면 그 사람은 일어나서 노래를 부른다고 했다. 조사자까지 끼어
　　　　　 제보자들이 돌아가며 구연했다. 김정순이 처녀 시절에 부르던 노래라고 했다.

　　　나무이름 차차
　　　버드나무 이름 차차
　　　감나무 차차
　　　밤나무 차차
　　　오동나무 차차
　　　은행나무 차차
　　　사과나무 차차

6. 송정동

증편 한국구비문학대계 ● 강원도 동해시

강원도 동해시 송정동

조사일시 : 2012.1.29, 2012.8.14

조 사 자 : 강등학, 이영식, 박은영, 강태종

동해시 송정동

　송정(松亭)이란 지명은 삼척군 도하면에 속해 있다가 일제 강점기 초인 1914년 무렵에 행정구역 통·폐합에 따라 골말, 앞, 담안, 서당구비, 사장, 앞섬 마을들이 병합하여 송정리로 북삼면에 편입되면서 사용되기 시작하였다. 그러다가 1945년 7월 1일 삼척군 북평면 송정리에서 북평읍 송정리로 변경되었고, 1980년 4월 1일 명주군 묵호읍 일원과 삼척군 북평읍 일원을 통합 동해시로 설치함에 따라 동해시 송정동으로 행정구역 확정

되었다.

송정동은 원래 농사를 짓던 지역이었으나, 1960년대 지역의 개발과 더불어 큰 산업체는 물론 동해지방 해운항만청, 법무부 출입국 관리사무소, 국립 동해검역소, 동해역, 철도청 동해종합청사 등이 지역에 자리하고 있다.

송정동은 일찍이 농사개량구락부를 결성하여, 생산한 농산물을 직접 파는 농산물시장을 만들었고, 논농사를 밭농사로 전환하여 채소를 주로 심었다. 다른 마을에서 논농사를 고집할 때 밭으로 전환한 까닭은 소득 때문이다. 지금도 그렇지만 당시에도 채소농사가 벼농사보다 높은 소득을 올릴 수 있었다. 논은 1마지기가 150평이고, 밭은 50평이다. 논농사를 지을 때 논은 손으로 세 번을 맸는데, 세 벌 맬 때는 피나 뽑았다고 한다.

송정동은 2011년 12월 기준으로 전체 면적은 5.16km²인데, 이 중에 논이 0.322km², 밭이 0.312km², 임야가 0.876km²로, 대부분의 땅이 공장이나 항만 시설 등으로 이용되고 있다. 송정(松亭), 용정(龍井) 등 2개의 법정동에 15개통 71개반으로 구성되어 있다. 2,415세대에 남자 2,791명, 여자 2,488명 등 5,279명이 거주하고 있다.

송정동은 예전에 상촌과 하촌이 있었다. 상촌은 솔끝마을이라고도 불렀는데, 이후 마을이 팽창하면서 송정1~3리로 나누어졌다. 예전에 상촌과 하촌은 정월이면 횃불싸움을 심하게 하였는데, 보통 정월 대보름을 전후로 하여 2월 영등이 오기 전까지 20여 일 정도 횃불싸움을 하였다. 지금도 마을에서는 해마다 고청제를 지내는데, 당집이 없이 제향하는 것이므로 고청제라 부른다고 한다. 고청제는 상촌에서 지내지만 마을구성원 모두가 주동이 되어 하는 것은 아니고, 고청제를 지내는 계가 있어 그들 계원들이 주관한다. 고청제 제향일시는 정월 초하루 0시이다.

김복년, 여, 1920년생

주 소 지 : 강원도 동해시 송정동
제보일시 : 2012.1.29
조 사 자 : 강등학, 이영식, 박은영, 강태종

김복년은 삼척시 미로면 귀내골에서 태어
나 19세에 동해시 송정동으로 시집을 왔다.
별 말이 없이 주로 듣기만 했다. 제보자들
사이에서는 평소 노래를 불렀던 모양인지
다른 제보자들이 노래를 잘 한다며 불러줄
것을 청했다. 제보를 많이 하지는 않았지만
호의적으로 조사자들을 대해 주었다.

제공 자료 목록
03_02_MFS_20120129_KDH_KBN_0001 베틀가 / 가창유희요(1)
03_02_MFS_20120814_KDH_KBN_0001 베틀가 / 가창유희요(2)

김선봉, 여, 1910년생

주 소 지 : 강원도 동해시 송정동
제보일시 : 2012.1.29, 2012.8.14
조 사 자 : 강등학, 이영식, 박은영, 강태종

김선봉은 송정에서 태어난 토박이다. 19세에 같은 동네로 시집을 갔다.
올해 103세인 김선봉은 귀가 어두워 잘 듣지 못하였을 뿐 나이에 비해
매우 건강하고 총기도 좋았다. 조사자들의 조사에 관심을 가지고 있는
듯 했으나 주로 조용히 듣고만 있었다. 그러나 노래를 불러달라는 조사

자들의 청에 꺼리는 기색 없이 바로 불러 주었다.

두 번째 만남에서는 보다 적극적인 태도를 보여, 본인이 미리 생각해둔 노래를 연달아 불러주기도 했다. 최근에는 잘 조사되지 않는 귀한 자료를 구연해 주기도 했다. 숨이 많이 차서 구연에 어려움이 있었으나 끝까지 불러주기도 했다. 귀가 어두워 의사소통이 쉽지 않았는데 그렇지 않았다면 보다 많은 조사가 가능했을 것으로 보여 아쉬움이 컸다.

제공 자료 목록

03_02_FOS_20120129_KDH_KSB_0001 나무하러 가세 / 질문으로잇는소리(1)

03_02_FOS_20120814_KDH_KSB_0001 성주풀이 / 가창유희요

03_02_FOS_20120814_KDH_KSB_0002 월계동동 이승새 / 삼삼는소리(1)

03_02_FOS_20120814_KDH_KSB_0003 월계동동 이승새 / 삼삼는소리(2)

03_02_FOS_20120814_KDH_KSB_0004 나무하러 가세 / 질문으로잇는소리(2)

03_02_MFS_20120814_KDH_KSB_0001 반도청년아 / 가창유희요

박금년, 여, 1915년생

주 소 지 : 강원도 동해시 송정동

제보일시 : 2012.1.29, 2012.8.14

조 사 자 : 강등학, 이영식, 박은영, 강태종

박금년은 송정동의 토박이로서 17세에 결혼을 하였다. 청춘에 남편을 잃고 혼자 자식들을 거두느라 마음속에 노래가 많다고 했다. 임이 없어 임타령하는 노래를 자주 하며, 먹을 게 없어 귀를 먹었다는 농담을 할 정도로 유쾌하고 유머러스한 성격이었다. 노래를 부를 때 숨이 차하지 않을

정도로 나이에 비해 건강하고 총기도 좋았
다. 단지 귀가 많이 어두워 귀 옆에서 큰소
리로 이야기해도 잘 듣지 못했다. 의사소통
이 수월했다면 보다 많은 정보를 얻을 수
있었을 것으로 보여 아쉬움이 컸다. 노래는
주로 북평장에서 약장사들이 하는 소리를
듣고 배웠는데, 한번만 듣고도 집에 돌아와
곰곰 생각하면 다 생각이 났을 정도로 평소
노래에 관심이 많았다고 한다.

제공 자료 목록

03_02_FOS_20120129_KDH_PGN_0001 황해도라 구월당밑에 / 가창유희요(1)

03_02_FOS_20120129_KDH_PGN_0002 담바구타령 / 가창유희요(1)

03_02_FOS_20120129_KDH_PGN_0003 정월이라 대보름은 / 가창유희요(1)

03_02_FOS_20120129_KDH_PGN_0004 봉아봉아 천지봉아 / 신부르는소리

03_02_FOS_20120129_KDH_PGN_0005 각설이타령 / 가창유희요

03_02_FOS_20120814_KDH_PGN_0001 황해도라 구월당밑에 / 가창유희요(2)

03_02_FOS_20120814_KDH_PGN_0002 정월이라 대보름은 / 가창유희요(2)

03_02_FOS_20120814_KDH_PGN_0003 담바구타령 / 가창유희요(2)

03_02_FOS_20120814_KDH_PGN_0004 진주낭군 / 가창유희요

03_02_FOS_20120814_KDH_PGN_0005 가갸 거겨하니 / 한글풀이하는소리

03_02_MFS_20120129_KDH_PGN_0001 찬송뒤풀이 / 가창유희요

03_02_MFS_20120129_KDH_PGN_0002 남원에 봄사건났네 / 가창유희요(1)

03_02_MFS_20120814_KDH_PGN_0001 남원에 봄사건났네 / 가창유희요(2)

03_02_MFS_20120814_KDH_PGN_0002 해방가 / 가창유희요

03_02_MFS_20120814_KDH_PGN_0003 오봉산타령 / 가창유희요

장연벽, 남, 1924년생

주 소 지 : 강원도 동해시 송정동

제보일시 : 2012.1.29

조 사 자 : 강등학, 이영식, 박은영, 강태종

장연벽은 동해시 북평동 귀운에서 태어나 1948년도에 송정으로 이주했다. 나이에 비해 건강했으며 기억력도 좋은 편이었다. 초등학교에서 교사 생활을 했다고 한다. 조사의 목적을 잘 이해하고 있었으며 조사자가 요구하지 않아도 떠오르는 것은 적극적으로 제보해주고자 했다. 주로 지명과 관련된 설화와 인근의 효자와 관련된 이야기를 해주  었다. 그러나 구연한 설화의 대개가 완성도 면에서는 떨어져 아쉬움이 있었다.

제공 자료 목록

03_02_FOT_20120129_KDH_JYB_0001 여드레 팔십리 가는 더바지재
03_02_FOT_20120129_KDH_JYB_0002 마구할미를 막은 최효자
03_02_FOT_20120129_KDH_JYB_0003 아버지를 위해 한겨울에 잉어를 잡은 최효자
03_02_FOT_20120129_KDH_JYB_0004 아기장수
03_02_FOS_20120129_KDH_JYB_0001 담바구타령 / 가창유희요

정의죽, 여, 1924년생

주 소 지 : 강원도 동해시 송정동
제보일시 : 2012.8.14
조 사 자 : 강등학, 이영식, 박은영, 강태종

정의죽은 동해시 쇄운동에서 태어나 20세에 송정동으로 시집을 왔다. 처음 만났을 때에는 조사에 정중하고 조심스러운 태도로 응해주었으나 두 번째 만남에서는 조사자들

을 매우 반가워하였으며 조사에 적극적이었다. 노래를 잘 못한다는 말과 함께 자신이 직접 지은 글을 읊어주기도 하였다. 평소 글쓰기를 좋아하며 우정사업본부에서 전국 단위로 실시한 문예행사에서 세 번에 걸쳐 장려상을 받기도 했다고 한다. 교훈적인 내용의 노래에 보다 적극적인 반응을 보여주었다. 나이에 비해 건강하고 기억력도 좋았다.

제공 자료 목록
03_02_FOS_20120814_KDH_JUJ_0001 성님성님 사촌성님 / 가창유희요
03_02_FOS_20120814_KDH_JUJ_0002 복남아 우지마라 / 가창유희요
03_02_MFS_20120129_KDH_JUJ_0001 이수일과 심순애 / 가창유희요
03_02_MFS_20120814_KDH_JUJ_0002 어머님 전상서 / 가창유희요
03_02_ETC_20120814_KDH_JUJ_0001 꿈결같은 이 세상에

최귀녀, 여, 1919년생

주 소 지 : 강원도 동해시 송정동
제보일시 : 2012.8.14
조 사 자 : 강등학, 이영식, 박은영, 강태종

최귀녀는 강원도 영월군 영월읍에서 태어나 17세에 시집을 갔다. 내내 영월에서 살다가 2~3년 전 딸이 살고 있는 동해시 송정동으로 이주했다. 나이에 비해 청이 맑고 발음이 정확했으며 총기가 좋았다. 노래를 무척 즐기며 평소에도 노인정에서 노래를 잘 부르는 듯 했다. 조사자들의 청에도 망설임 없이 구연해 주었다. 구연하는 노래의 대개가 일반적으로 알려진 노래와 매우 다른 형태의 노래들이 많았다. 다른 이들이 노래를 부를 적에도 잘 한다며 호응을 많이 해주었다.

제공 자료 목록

03_02_FOS_20120814_KDH_CGN_0001 아라리 / 가창유희요(1)

03_02_FOS_20120814_KDH_CGN_0002 다복녀 / 가창유희요

03_02_FOS_20120814_KDH_CGN_0003 이거리저거리 갓거리 / 다리뽑기하는소리

03_02_FOS_20120814_KDH_CGN_0004 세상달강 / 아기어르는소리

03_02_FOS_20120814_KDH_CGN_0005 아라리 / 가창유희요(2)

03_02_MFS_20120814_KDH_CGN_0001 성주풀이 / 가창유희요

03_02_MFS_20120814_KDH_CGN_0002 따르릉따르릉 / 고무줄하는소리

홍애랑, 여, 1922년생

주 소 지 : 강원도 동해시 송정동

제보일시 : 2012.8.14

조 사 자 : 강등학, 이영식, 박은영, 강태종

홍애랑은 송정에서 태어난 토박이다. 20세에 같은 동네로 시집을 갔다. 외동딸이라 늦게 시집을 갔다고 한다. 많은 제보를 하지는 않았지만 씩씩하고 활달한 성격으로 판의 분위기를 즐겁게 만들었다.

제공 자료 목록

03_02_FOS_20120129_KDH_HAR_0001 한놈두놈 / 다리뽑기하는소리

여드레 팔십리 가는 더바지재

자료코드 : 03_02_FOT_20120129_KDH_JYB_0001

조사장소 : 강원도 동해시 송정동 송정2길 23 송정경로당

조사일시 : 2012.1.29

조 사 자 : 강등학, 이영식, 박은영, 강태종

제 보 자 : 정연벽, 남, 89세

구연상황 : 송정동 노인회장인 최준덕을 통해 그의 농사법에 관한 이야기를 오랫동안 들었다. 논농사와 관련된 소리를 듣고 싶었으나 남아있는 소리가 거의 없어 조사를 할 수 없었다. 설화조사를 화제를 돌려 지명전설이나 옛날이야기를 해달라고 청했다. 옆에서 내내 듣고 있던 정연벽이 인근 지명과 관련된 이야기들을 적극적으로 구연해 주었다.

줄 거 리 : 삼척 하장으로 넘어가는 재인 더바지재에는 여드레 팔십리라는 별칭이 붙어 있다. 일제강점기, 일본사람들로부터 노역을 당하던 우리나라 사람들이 조금이라도 더디 재를 넘기 위해서 짚신을 삼으며 넘어가느라 하루에 십리, 즉 여드레 동안 팔십리 밖에 가지 못했기 때문이다.

그 삼화사, 절로 넘어가는 하장으로 넘어가는 그 재가 있는데 에 그걸 저게 뭐라 그러더라. 뭔 재라 그러더라. 백복령이 아니고. 넌출, 넌출서이도 아니고. 그거 뭐라 그래나. 아이 이제 잊어버려서.

거게 올라가미 일본 사람들이 한국 사람을 포로를 해가지고 짐을 가지고 글로 올라가는데. 여드레 팔십리 걸음이라는 말이 있어요. 여드레 팔십리. 여드레 팔일 동안에 팔십리를 간다 이거야. 그럼 하루에 십리씩 갔단 얘기야.

왜서 십리씩 갔나면 앞에 가는 사람 뒤에다가 허리춤에다가 짚신을 매달아가지고 삼으며 올라갔다는 거야. 그러니까 고의적으로 늦추기도 하고. 말하자면 지연 작전이지. 그래서 여드레 팔십리 걸음을 한다는 그런

인제 속담이, 말이 여드레 팔십리. 하루 십리씩 갔으니까. 더바지, 거기를 이제 더바지재라 그러는데.

(조사자 : 아, 더바지재요.)

마구할미를 막은 최효자

자료코드 : 03_02_FOT_20120129_KDH_JYB_0002
조사장소 : 강원도 동해시 송정동 송정2길 23 송정경로당
조사일시 : 2012.1.29
조 사 자 : 강등학, 이영식, 박은영, 강태종
제 보 자 : 장연벽, 남, 89세
구연상황 : 송정동 노인회장인 최준덕을 통해 그의 농사법에 관한 이야기를 오랫동안 들었다. 논농사와 관련된 소리를 듣고 싶었으나 남아있는 소리가 거의 없어 조사를 할 수 없었다. 설화조사를 화제를 돌려 지명전설이나 옛날이야기를 해달라고 청했다. 옆에서 내내 듣고 있던 정연벽이 인근 지명과 관련된 이야기들을 적극적으로 구연해 주었다. <여드레 팔십리 가는 더바지재>에 관한 이야기를 해 준 후, 조사자의 요구가 없었음에도 이 이야기를 연달아 해주었다. 최효자가 왜 마고할미를 막았느냐는 질문에, 최효자댁을 높이기 위해 그런 이야기가 있는 것이 아니냐고 대답했다.
줄 거 리 : 옛날 마고할미가 가락지를 잃어버려 그것을 찾느라고 손으로 그어서 취병산 열두골이 생겼다고 한다. 그런데 인근 최효자가 마고할미를 못 하게 말렸다고 한다.

아 그러구 또, 그저 삼화 그 지금 쌍용 들어가는 그 최씨들, 홍들이 효자댁이 있습니다. 효자, 최씨 효자댁인데. 옛날 고을 원도 그 그 분 집 앞으로 갈 적에는 말을 내렸다는 거야. 말을 내려서 갔다는 거야, 갔는데. 옛날 마구할미가, 마구할미가 취봉산 그 열두봉이 된데 골이 전 것이. 마구할미가 가락지를 잃어버려가지고 그걸 찾느라고 손을 그어서 골이 그러 생겼다 그런 전설이 인제. 그 할미가 거서 그 그걸 찾고 그랠직에 최

노인이, 저저 최씨 효자집에 효자집이 못 하게 해가지고 안 했다 그런 전설이 있더라고.

아버지를 위해 한겨울에 잉어를 잡은 최효자

자료코드 : 03_02_FOT_20120129_KDH_JYB_0003
조사장소 : 강원도 동해시 송정동 송정2길 23 송정경로당
조사일시 : 2012.1.29
조 사 자 : 강등학, 이영식, 박은영, 강태종
제 보 자 : 장연벽, 남, 89세
구연상황 : 정연벽은 머릿속에 떠오르는 전설이 있으면 조사자의 요구가 없어도 적극적으로 구연해주었다. <마고할미를 막은 최효자> 이야기를 하고 나서, 최효자에 관한 또 다른 이야기로 자연스럽게 이야기가 전개되었다.
줄 거 리 : 최효자의 병든 아버지가 한겨울에 잉어가 먹고 싶다고 하자, 최효자가 강에 가서 잉어를 잡아 아버지께 드렸더니 아버지의 병이 나았다.

그 최효자가 겨울에 아버지가 잉어를 고기를 원하시니까. 겨울에 뻔뻔 얼었는데 뭔 잉어를 잡습니까? 가서 강에 가가지고 그런 하소연을 했다니까 잉어가 올라왔다는 얘기가 있어요. 그래 그걸 자시고 병이 나았단, 그쳤다는 그런 전설이. 그래서 최효자, 최효자하고 아주 유명하다고.

아기장수

자료코드 : 03_02_FOT_20120129_KDH_JYB_0004
조사장소 : 강원도 동해시 송정동 송정2길 23 송정경로당
조사일시 : 2012.1.29
조 사 자 : 강등학, 이영식, 박은영, 강태종
제 보 자 : 장연벽, 남, 89세
구연상황 : 장연벽이 인근 지명에 관련된 이야기와 최효자에 관한 이야기를 연달아 구연

해 주었다. 조사자가 아기장수 설화를 아느냐고 묻자 삼화에서 전해오는 이야기라며 선뜻 구연해 주었다.

줄 거 리 : 옛날 삼화 배씨네 집안에서 아기가 태어났다. 태어난 지 삼일 만에 선반 위에 올라가 있는 아기를 보고 어른들은 역적이 될까 두려워 아기를 죽였다. 아기가 죽은 지 삼일 만에 용마가 나서 울었다.

아기장수가 나가지고 그 저 시기는 언젠지 잘 모르겠으나 아기장사가. 으런들이 어린애를 난 걸 삼일 된 거, 밭에 갔다 일하라 와보니까 선반이라고 옛날에 방에다 이러 뭐 얹어놓는 선반이라고 있잖아요? 거 올라가 있더라는 거야. 삼 일된 아기가.

그래가주고 으른들이, 그 어른들이 옛날에는 장수 나면 잘못하면 역적이 된다고 콩을 뭐 서말인가 닷말인가 잘게(자루에) 넣어가지고 잡았다 그런 전설이 있죠. 그 죽고 난 다음에 삼 일만에 그 삼화 취병산, 그 취병산 올라가면 그 뭐이라 그러나. 개심버당이라고 그러는데 그 용마가 나가 울더라 그런 얘기도 어른들이 하시더라고.

그래서 그 인제 에 그 아기를 묻은 그 저 묘지꺼징 삼화서 미로를 넘어가는 요런 저시고개라고 목재가 있는데 그 목재에 묘도 지금꺼지 있다고 그래. 배씨, 삼화 배씨라고 그랬지? 배씨라고 그랬지 아마, 배씨.

나무하러가세 / 질문으로잇는소리(1)

자료코드 : 03_02_FOS_20120129_KDH_KSB_0001
조사장소 : 강원도 동해시 송정동 송정2길 23 송정경로당
조사일시 : 2012.1.29
조 사 자 : 강등학, 이영식, 박은영, 강태종
제 보 자 : 김선봉, 여, 103세
구연상황 : 가만히 앉아서 듣고만 있던 김선봉에게 노래를 불러줄 것을 청하자, 그다지
　　　　　망설이지 않고 노래를 불렀다. 그러나 창작동요를 불러 조사의 취지를 잘 이
　　　　　해하지 못하는 듯 했다. 그러다 옛날 노래를 불러달라는 말에 문득 생각이 났
　　　　　는지 이 노래를 자진해서 불렀다. 열 살도 안 되던 어릴 적부터 부른 노래라
　　　　　고 했다.

　　　　뒷집 영감 나무하러 가세

　　　　배아파 못가

　　　　뭔배 자래배

　　　　뭔자래 에미자래

　　　　뭔에미 솔에미

　　　　뭔솔 탑솔

　　　　뭔탑 진지탑

　　　　뭔진지 코리진지

　　　　뭔코리 버들코리

　　　　뭔버들 수양버들

　　　　뭔수영 하늘수영

　　　　뭔하늘 청하늘

　　　　뭔청 대청

뭔대 왕대

뭔왕 임금왕

뭔임금 나라임금

뭔나라 되나라

뭔되 쌀되

뭔쌀 입쌀

성주풀이 / 가창유희요

자료코드 : 03_02_FOS_20120814_KDH_KSB_0001
조사장소 : 강원도 동해시 송정동 송정2길 23 송정경로당
조사일시 : 2012.8.14
조 사 자 : 강등학, 이영식, 박은영, 강태종
제 보 자 : 김선봉, 여, 103세
구연상황 : 김선봉은 노래 이외에 다른 이야기는 하지 않았다. <어련하고 어여쁜 반도
청년아>를 부른 후 박금년이 다른 노래를 불러보라고 청하자 이 노래를 불
렀다.

내집에 성주초가

성주 내집에 성주는 와가성주

성주본이 어드메뇨 경상도 안동땅에

제비원에 솔씨를받어 ○○○○○ 부렸더니

소부동이가 점점자라 대부동이가 되었구나

대부동이가 점점자라 황정목이가 되었구나

그솔을 비어내여 그솔을 비어내여

앞집에김대목아 뒷집에이대목아 그솔을 비어내자

옥도끼로 찍어내여 금도끼로 다듬어서

초가삼간 집을 짓고 양친부모를 모셔다가
천년만년을 살고지고 천년만년을 살고지고

월계동동 이승새 / 삼삼는소리(1)

자료코드 : 03_02_FOS_20120814_KDH_KSB_0002
조사장소 : 강원도 동해시 송정동 송정2길 23 송정경로당
조사일시 : 2012.8.14
조 사 자 : 강등학, 이영식, 박은영, 강태종
제 보 자 : 김선봉, 여, 103세
구연상황 : 정의죽이 <성님성님 사촌성님>을 부른 후 김선봉이 바로 노래를 받아 불렀
다. 노래를 부르면서 숨이 많이 차했다. 노래 제목이 '따복녀'냐고 물었더니
김선봉은 '월계동동 이승새'이며 '따복녀'와 한가지라고 답했다. 이 노래는
열 살 무렵에 삼을 삼으며 부르던 노래라고 했다.

월계동동 이승새야 네워데서 자고왔나
고양명단 돌아들어 칠성방에 자고왔다
그방치장 어떻더노 분을싸서 되배하고
연지싸서 안벽하고 무슨이불 덮고잤노
무자비단 한이불로 허리만치 걸쳐놓고
원앙금침 잣벼게를 머리맡에 던져놓고
샛별같은 놋요강을 발치만치 던져놓고
검은방에 건너보니

숨이 차서.

열수단 오라버니 삼년갓을 숙여쓰고

화죽설대 뼈적물고 우리나라 금성님전 ○○○○ 앉았더라

무슨 밥을 해주던가 앵두같은 팥을삶고

외씨같은 젖니밥을 오복소복 담아주대

무슨반찬 놓였더노

쇠뿔같은 더덕지 말티같은 간장물

여기저게 떠났더라

무슨수저 놓였더노 관자수제 놓였더라

그아무리 좋다해도

저기가는 저아저씨 울아버지 보거들랑

조고만은 이승새가 발이시려 우더라고

조개같은 신을삼어 구름질로 띄워주소

바람질로 띄워주소

느아버지 평풍우에 그린닭이 홰치거든 오마더라

설광밑에 삶은팥이 싹나거든 오마더라

아저씨요 삶은팥이 생팥이야 싹이나지

산닭이 홰를치지 그린닭이 홰를치오

울아버지 보거들랑 부데 부데

조그만은 원앙새가 발이시려 우더라고 일러주소

월계동동 이승새 / 삼삼는소리(2)

자료코드 : 03_02_FOS_20120814_KDH_KSB_0003

조사장소 : 강원도 동해시 송정동 송정2길 23 송정경로당

조사일시 : 2012.8.14

조 사 자 : 강등학, 이영식, 박은영, 강태종

제 보 자 : 김선봉, 여, 103세

구연상황 : 김선봉은 앞서 <월계동동 이승새>를 불렀다. 조사자의 질문에 간단히 대답
한 후 다시 이어서 불렀다. 이 노래는 열 살 무렵에 삼 삼으며 부르던 노래라

고 했다.

> 월계동동 이승새야 입은관대 누지었노
> 양양감사 김준애기 수호낭자 솜씨로다
> 솜씨는 좋다마는 짓이조끔 만정하다

나무하러 가세 / 질문으로잇는소리(2)

자료코드 : 03_02_FOS_20120814_KDH_KSB_0004
조사장소 : 강원도 동해시 송정동 송정2길 23 송정경로당
조사일시 : 2012.8.14
조 사 자 : 강등학, 이영식, 박은영, 강태종
제 보 자 : 김선봉, 여, 103세
구연상황 : <월계동동 이승새>를 부른 후, 연달아 이 노래를 불렀다. 1월 조사 당시에도 불러주었던 노래이다. 클 적에 부르던 노래라고 했다.

> 뒷집영감 나무하러가세
>
> 배아파 못가
>
> 뭔배 자래배
>
> 뭔자래 에미자래
>
> 뭔에미 솔에미
>
> 뭔솔 탑솔
>
> 뭔탑 진지탑
>
> 뭔진지 코리진지
>
> 뭔코리 버들코리
>
> 뭔버들 수양버들
>
> 뭔수영 하늘수영
>
> 뭔하늘 청하늘

뭔청 대청

뭔대 왕대

뭔왕 임금왕

뭔임금 나라임금

뭔나라 되나라

뭔되 쌀되

황해도라 구월당밑에 / 가창유희요(1)

자료코드 : 03_02_FOS_20120129_KDH_PGN_0001
조사장소 : 강원도 동해시 송정동 송정2길 23 송정경로당
조사일시 : 2012.1.29
조 사 자 : 강등학, 이영식, 박은영, 강태종
제 보 자 : 박금년, 여, 98세
구연상황 : 김복년이 <베틀노래>를 부른 후 모두의 관심이 박금년에게 옮아갔다. 박
금년에게 긴소리를 해줄 것을 다들 청하자 박금년은 망설이지 않고 이 노
래를 불러주었다. 이 노래의 제목을 묻자 <황해도라 구월당밑에>라고 답
해 주었다.

황해도라 구월당밑에 지치를캐는 저처녀야

너에집이 어데게로 해가져도 아니가나

왜물어요 왜물어요 나의집을 왜물어요

나의집에 오실라거든 산신산에 안개속에 초가삼칸이 내집이요

낮이되면 지치를캐고 밤이되면 독신세월

오신다면 연분이되고 못오시면 영영이별

얼씨구나좋네 지화자좋네 아니노지는 못하리라

담바구타령 / 가창유희요(1)

자료코드 : 03_02_FOS_20120129_KDH_PGN_0002
조사장소 : 강원도 동해시 송정동 송정2길 23 송정경로당
조사일시 : 2012.1.29
조 사 자 : 강등학, 이영식, 박은영, 강태종
제 보 자 : 박금년, 여, 98세
구연상황 : <황해도라 구월당밑에>를 부르고 난 후, 다른 이들이 박금년이 <담바구타
령>을 잘 부른다며 그 노래를 불러줄 것을 청했다. 망설이지 않고 노래를 불
러주었다. 노래를 배우게 된 경로를 질문했으나 귀가 어두운 박금년은 답을
하지 못 했다.

귀야귀야 담바귀야 동래나울산에 담바귀야

너의국이 얼마나좋아서 우리조선에 왜나왔나

우리국도 좋지만은 조선의지방을 유람왔네

금을주려고 나왔느냐 은이나주려고 나왔느냐

금도없고 은도없어 담바구씨를 가주왔네

저기저기 저산밑에다 담바구씨를 뿌렸더니

낮이되면 햇빛을맞고 밤이되면 찬이슬맞아

겉잎이나고 속잎이나서 점점에자라서 황설했네

네모번듯 장도칼로 어슥에비슥에 비여놓고

영감에쌈지도 한쌈지요 총각에쌈지도 한쌈지라

청동화로에 백탄숯을 이클이클 피워놓고

○○죽에 ○○죽에 담배를한대를 꿉고나니 목구녕너메 실안개돈다

또한대를 꿉고나니 청룡황룡이 뒤틀어졌네

저기가는 저아주머니 냉수나한그릇 떠주세요

언제보던 임이라고 냉수나한그릇 떠달래요

여보어머니 그말씀마시오 딸이나있거든 사우나삼소

딸은하나 있지만은 나이어려서 못삼겠네

여보어머니 그말씀마시오 고초가작아도 맵기만하오
여보어머니 그말씀마시오 참새가작아도 알만
어머니 당년에 외손주 보리다
찡그댕 찡그댕 잘 넘어간다

정월이라 대보름은 / 가창유희요(1)

자료코드 : 03_02_FOS_20120129_KDH_PGN_0003
조사장소 : 강원도 동해시 송정동 송정2길 23 송정경로당
조사일시 : 2012.1.29
조 사 자 : 강등학, 이영식, 박은영, 강태종
제 보 자 : 박금년, 여, 98세
구연상황 : <담바구타령>을 부르고 나서 분위기가 더욱 즐거워졌다. 박금년이 아는 노
래가 많다며 다른 이들이 노래를 더 부르라고 재촉했다. 제보자는 전혀 망설
이지 않고 <달거리>를 부르겠다며 이 노래를 불렀다. 박금년이 이 노래를
부르고 나자 제보자의 속에는 노래가 가득 찼다며 주변인들이 칭찬해 마지
않았다.

정월이라 대보름은 ○○하는 명절인데
청춘남녀가 짝을지어 망월산보가 가관인데
우리님은 어데를가고 망월하잔 말도없나
이월이라 한식절은 개자추의 넋이왔네
북망산천을 찾아가서 무덤을안고서 통곡하니
야속하고 무정한임은 왔느냔소리도 어이없네
사월이라 초파일은 석가모니 탄생인데
집집마다 등을달고 자손의발현을 하건마는
하날을봐야 별을따야 임없는나야 소용있나
오월이라 단오날은 춘천하는 명절인데

녹의홍상 미인들은 임과서로 뛰노는데
우리님은 어데를가고 춘천하잔 말도없나
유월이라 유두날은 유두명절이 이아닌가
백군청우에 지진전병 짤기짤기 맛도좋다
임이없는 빈방안에 혼자 뭐있기가 등창이막혀서 못먹겠네
팔월이라 한가위는 중추가절이 이아닌가
청춘남녀가 짝을지어 망월산보가 가관인데
우리님은 어데를 집찾아올줄을 왜모르나
구월이라 구일날은 기러기가 옛집을찾어간다
한번갔다 돌아올줄을 미물에정상도 알건마는
우리님은 어데를가고 집찾아올줄을 왜모르나
시월이라 창달인데 집집마다 고사치성
불사님전에 백설기요 터주전에는 무설기라
재수삼향도 비려니와 우리님명복도 빌어보자
동지달을 당도하니 절기는벌써 내년인데
동지팥죽을 먹고나니 원수의나이는 더먹었네
나이는한살 더먹었는데 임은하나도 안생긴다
섣달은 막달인데 빚진사람 쫄리는데
회동자기를 지내고보니 섣달그믐이 고대로다
복조리는 사라고하되 임금님조리는 어이없나
임금님조리가 있다고하면 천리라도 나는가고 만리라도 나는가요
얼씨구나좋네 지화자좋네 아니노지는 못하리라

봉아봉아 천지봉아 / 신부르는소리

자료코드 : 03_02_FOS_20120129_KDH_PGN_0004
조사장소 : 강원도 동해시 송정동 송정2길 23 송정경로당
조사일시 : 2012.1.29
조 사 자 : 강등학, 이영식, 박은영, 강태종
제 보 자 : 박금년, 여, 98세
구연상황 : 조사자가 방망이점을 치면서 부르던 노래를 기억하느냐고 묻자, 제보자들이
　　　　　 박금년에게 아느냐고 물었다. 잘 듣지 못 하는 박금년은 무슨 소리인지 알아
　　　　　 듣지 못하다가 이 노래를 불러주었다. 잃은 물건을 찾을 때 이 노래를 부르는
　　　　　 데 신이 내린 사람이 물건을 가져갔다고 생각했다고 한다.

　　봉아봉아 천지봉아
　　용마람에 대세봉아
　　기밀세수 하실적에
　　서리설설 내려

각설이타령 / 가창유희요

자료코드 : 03_02_FOS_20120129_KDH_PGN_0005
조사장소 : 강원도 동해시 송정동 송정2길 23 송정경로당
조사일시 : 2012.1.29
조 사 자 : 강등학, 이영식, 박은영, 강태종
제 보 자 : 박금년, 여, 98세
구연상황 : 제보자들이 박금년에게 노래를 더 해 볼 것을 청했다. 박금년은 잠시 생각을
　　　　　 하는 듯 하더니 각설이타령을 해보겠다며 선뜻 불러주었다. 사설이 많으나 다
　　　　　 잊어버려서 이것밖에 못 한다며 안타까워했다.

　　헐씨구씨구 들어간다 절씨구씨구 들어간다
　　작년에왔던 각설이가 죽지도않고 또왔네
　　어허 이놈이이래도 정승판사 자제로

팔도나강산을 마다하고 돈한푼에 팔려서 각설이로나 나섰네

지리구지리구 잘한다 품바품바 잘한다

한발가진 짝귀 두발가진 가마귀

세발가진 당나귀 먹는귀는 아귀

지리구지리구 잘한다 품바하게도 잘한다

이름이 이래도 정승판사 자제로

팔도나강산을 마다하고 돈한푼에 팔려서 각설이로나 나섰네

지리구지리구 잘한다 품바하게도

요새 잊어뿌렸어.

지전서전을 읽었는지 유식하게 잘한다

논어맹자를 읽었는지 다문다문 잘한다

지리구지리구 잘한다

황해도라 구월당밑에 / 가창유희요(2)

자료코드 : 03_02_FOS_20120814_KDH_PGN_0001
조사장소 : 강원도 동해시 송정동 송정2길 23 송정경로당
조사일시 : 2012.8.14
조 사 자 : 강등학, 이영식, 박은영, 강태종
제 보 자 : 박금년, 여, 98세
구연상황 : 송정동 경로당은 두 번째 방문이었던 까닭에 조사 목적에 대한 안내 없이 바로 조사에 들어갈 수 있었다. 할머니들이 조사자들이 매우 반갑게 맞아주었다. 귀가 어두운 박금년은 조사자들을 단번에 알아보지는 못했다. 그러나 이내 매우 반가워하며 별 다른 청 없이도 바로 노래를 불러주었다. <황해도라 구월당밑에>는 첫 번째 방문 당시에도 불러주었던 노래였다.

황해도라 구월산밑에 지치를캐는 저처녀야

너에집이 어데게로 해가져도 아니가나
왜물어요 왜물어요 나에집을 왜물어요
나에집에 오실라거든 산신에 안개속에
초가삼칸이 내집이요 낮이되면 지치를캐고
밤이되면 독신세월 오신다면 연분이되고
못오시면 영영이별
얼씨구나좋네 지화자좋네 아니노지는 못하리라

정월이라 대보름은 / 가창유희요(2)

자료코드 : 03_02_FOS_20120814_KDH_PGN_0002
조사장소 : 강원도 동해시 송정동 송정2길 23 송정경로당
조사일시 : 2012.8.14
조 사 자 : 강등학, 이영식, 박은영, 강태종
제 보 자 : 박금년, 여, 98세
구연상황 : 최귀녀가 <성주풀이>를 부른 후, 박금년에게 노래를 불러줄 것을 청했다. 귀
가 많이 어두운 박금년의 조사자의 청을 잘 알아듣지 못 했다. 다른 제보자들
이 <해방가>를 불러보라고 했으나 그 또한 알아듣지 못 했다. 박금년은 알
고 있는 노래들이 너무 길다고 하면서 잠깐 망설이는 듯 하더니 이 노래를
불렀다. 지난 1월달 송정동 1차 조사 당시에도 불렀던 노래이다.

정월이라 대보름은 답교하는 명절인데
청춘남녀가 짝을지어 답교시절이 가관인데
우리님은 어데를가고 답교하잔 말도없나
이월이라 한식절은 개자추의 넋이왔네
북망산천을 찾어가서 무덤을안고서 통곡하니
야속하고 무정한님은 왔느냐소리도 어이없네
삼월이라 삼짓날은 강남에갔던 옛제비도

옛집을찾어서 오건마는 우리님은 어데를가고 집찾어올줄을 왜모
르나

사월이라 초파일은 석가모니 탄생인데

집집마다 등을달고 자손의발현을 하건마는

하날을봐야 별을따지 임없는나야 소용있나

오월이라 단오날은 춘천하는 명절인데

녹의홍상 미인들은 임과서로 뛰노는데

우리님은 어데를가고 춘천하잔 말도없나

칠월이라 칠석날은 견우직녀가 만나는날

은하작교 먼먼길에 일년에한번은 만나건만

우리님은 어데를가고 십년에한번도 못 만나나

팔월이라 한가위는 중추가절이 이아닌가

청춘남녀가 짝을지어 망월산보가 가관인데

우리님은 어데를가고 망월하잔 말도없나

구월이라 구일날은 기러기가 옛집을찾어간다

한번갔다 돌아올줄은 미물에정성도(짐승도) 알건마는

우리님은 어데를가고 집찾어올줄을 왜모르나

팔월이라 한가위

그 했재?

(조사자 : 시월, 시월)

시월이라 상달인데 집집마다 호사치성

불사님전에 백설기요 터주전에는 무설기라

재수사망도 비려니와 우리님명복도 빌어보자

얼씨구나좋네 지화자좋네

담바구타령 / 가창유희요(2)

자료코드 : 03_02_FOS_20120814_KDH_PGN_0003
조사장소 : 강원도 동해시 송정동 송정2길 23 송정경로당
조사일시 : 2012.8.14
조 사 자 : 강등학, 이영식, 박은영, 강태종
제 보 자 : 박금년, 여, 98세
구연상황 : <모심는소리>에 관한 질문을 하였으나 박금년은 알아듣지 못 했다. 제보자
들이 논농사에 관한 이야기를 나누었지만 귀가 어두운 박금년은 대화에 참여
하지 못했다. <모심는소리>에 관한 다른 제보자들과 조사자의 대화가 오고
가는데 박금년이 <담바구타령>을 해보겠다고 했다. 이 노래는 1월달 1차 조
사 당시 박금년이 불렀던 노래이다.

귀야귀야 담바귀야 동래나울산에 담바귀야

너에국이 얼마나좋아서 우리조선에 왜나왔나

우리국도 좋지만은 조선에지방을 유람왔네

금을주려고 나왔느냐 은이나주려고 나왔느냐

금도없고 은도없어 담바구씨를 가주왔네

저기저기 저산밑에다 담바구씨를 뿌렸더니

낮이되면 햇빛을맞고 밤이되면은 찬이슬맞아

겉잎이나고 속잎이나서 점점에자라서 황설했네

네모번듯 장도칼로 어슥에비슥에 비여놓고

영감에쌈지도 한쌈지요 총각에쌈지도 한쌈지라

청동화로에 백탄숯을 이클이클 피워놓고

서산죽에 부산죽에 담배를한대를 꿉고나니

목구녕너메 실안개돈다 또한대를 꿉고나니

청룡황룡이 뒤틀어지네 저기가는 저아주머니

냉수나한그릇 떠주세요 언제보던 임이라고 냉수를한그릇 떠달래요

여보어머니 그말씀마시고 딸이나있거든 사우나삼으소

딸은하나 있지만은 나이어려서 못삼겠네

여보어머니 그말씀마시오 참새도작아도 알만까오

여보어머니 그말씀마시오 제비가작아도 강남을가오

어머니당년에 외손주보리다

진주낭군 / 가창유희요

자료코드 : 03_02_FOS_20120814_KDH_PGN_0004

조사장소 : 강원도 동해시 송정동 송정2길 23 송정경로당

조사일시 : 2012.8.14

조 사 자 : 강등학, 이영식, 박은영, 강태종

제 보 자 : 박금년, 여, 98세

구연상황 : <담바구타령>을 부른 후, 조사자가 <성님성님 사촌성님>과 같은 노래를 아
느냐고 물었다. 잘 알아듣지 못하는 것인지, 노래를 모르는 것인지 박금년은
확실한 대답을 해주지 않았다. 다른 제보자들이 자신들에게 가르쳐주던 노래
인 <울도 담도>를 불러보라고 청했다. 박금년이 조금 쑥스러워하면서 이 노
래를 불러주었다.

울도담도 없는집에 시집삼년을 살고나니

시어머니 하신말씀 애야아가 메눌아가

진주낭군이 오신단다 진주강에 빨래가라

시어머니 말씀을듣고 진주남강에 빨래가니

물도좋고 돌두좋아 난데없는 말굽소리 철거덕철거덕 나는구나

옆눈으로 할끗보니 하늘같은 갓을쓰고

구름같은 말을타고 못본듯이 지내가네

검은빨래를 검게하고 흰빨래를 희게하여

집이라고 돌아오니 시어머니 하신말쌈

애야아가 메눌아가 사랑방에 넘어가라

시어머니 말쌈을듣고 사랑방에 넘어가니
아홉가지 술을놓고 열두가지 안주놓아
기생첩을 옆에놓고 권주개를 하는구나
아랫방에 넘어와서 아홉가지 약을먹고
명주수건 석자에다 풍자석에 목매었네
이소리들은 진주낭군 버선발로 뛰어와서
에고답답 내사령아 본마누라는 백년이요
기생첩은 석달인데 내말없이 왜죽었소
에고답답 내사령아

가갸 거겨하니 / 한글풀이하는소리

자료코드 : 03_02_FOS_20120814_KDH_PGN_0005
조사장소 : 강원도 동해시 송정동 송정2길 23 송정경로당
조사일시 : 2012.8.14
조 사 자 : 강등학, 이영식, 박은영, 강태종
제 보 자 : 박금년, 여, 98세
구연상황 : 오후 세 시경 다시 송정동 경로당을 방문했다. 누워서 자고 있던 박금년을 다른 제보자들이 깨웠다. 자다가 일어났음에도 박금년은 조사자들을 매우 반가워하였다. 조사자가 '가갸 거겨'하는 노래를 아느냐고 묻자 박금년이 <언문뒤풀이>라며 불러주었다. 북평장에서 약장수가 부르는 노래를 듣고 배웠다고 한다.

가나다라마바사 아차야 늦었구나
기역니은 디글리을 기역자로 집을짓고
지긋지긋 살랐더니 인연이귀중치 못하구나

(조사자 : 계속, 계속)

가이갸 거겨 가이없는 이내몸이 그지없게도 되었구나
고오교 구우규 고생하던 우리낭군 ○○하기가 짝이없네
나냐 너녀 나귀등에 솔질하야 조선팔도를 유람할때
노뇨 누뉴 노세노세 젊어노세 늙고병이들며는 못노나니
다아쟈 더이져 다닥다닥 좋던정이 그지없게도 떨어졌네
도오죠 두우쥬 도중에 늙은몸이 다시갱생 못하리로다
나랴 너려 날아가는 원앙새야 너와나와 짝을짓자
노료 누류 노류장화는 인간유지 처처마다 다있건만
마먀 머며 맞아맞아 맞았더니 임의생각이 또다시나네
모오묘 무뮤 모지도다 모지도다 임의화용이 모지도다
바이뱌 버이벼 밥을먹다도 임의생각에 목이 메네
보오뵤 부이뷰 보고싶고 보고싶고 임의화용이 보고싶어
사이샤 서이셔 사신행차 바쁜길에 중간참이가 늦어가네
소오쇼 수이슈 소실단풍 찬바람에 울고가는 외기러가
한양성내에 가거들랑 나의 회포를 ○○○○

뭔 줄하다가 내가.
(조사자 : 계속 하세요)
뭔 줄 하다가.
(조사자 : 사 사)

도오죠 두우쥬 도중에 늙은몸이 다시갱생 못하리로다
나랴 너려 날아가는 원앙새야 너와나와 짝을짓자
노료 누류 노류장화는 인간유지 처처마다 다있건마는
마이먀 머이며 맞아맞아 맞았더니 임의생각이 또다시나네
모묘 무이뮤 모지도다 모지도다 임의 화용이 모지도다

바이뱌 버이벼 밥을먹다도 임의생각에 목이 메네

보이뵤 부이뷰 보고지고 보고지고 임의화용이 보고지고

사이샤 서이셔 사신행차 바쁜길에 중간참이가 늦어가네

소이쇼 수슈 소실소실단풍 찬바람에 울고가는 외기러가

한양성내에 가거들랑 나의회포를 전코가소

아이야 어이여 아시담던 서간는손이 인정없이도 떨어졌네

자이쟈 조이죠 자주종종 만나는임이 영영소식이 무소식이로다

조이죠 주이쥬 조별낭군이 내낭군인데 어느시절에 다시볼꼬

차이챠 처이쳐 차라리 이몸이 죽었더면 이런한탄을 아니할걸

초이쵸 추이츄 초당안에 깊이든잠 학의소리에 놀라깨니

그학은 간곳없고 들리나니 물소리로다

파이퍄 포이표 퍼요퍼요 보고싶어요 임의화용이 보고싶어요

포이표 푸이표 폭포수 흐르는물에 둥실둥실 빠졌더면 이런한탄을
아니할걸

자이쟈 저이져 자주종종 만나는님이 영영소식이 무소식이로다

조이죠 주이쥬 조별낭군이 내낭군인데 어느시절에 다시볼꼬

차이챠 처이쳐 차라리 죽었으면 이런한탄을 아니할걸

초이쵸 추이츄 초당안에 깊이든잠 학의소리에 놀라깨니

그학은 간곳없고 들리나니 물소리로다

타이챠 터이쳐 타도야 월타도하니 누구를바라서 나여기왔노

토이쵸 투이츄 토해지식이 감동하야 임을보게 도와주소

파이퍄 포이표 퍼요퍼요 보고싶어요 임의화용이 보고싶어요

포이포 푸이퓨 폭포수 흐르는물에 풍덩둥실 빠졌더면 이런한탄을
아니할걸

하이햐 허이혀 한양낭군이 내낭군인데 어느시절에 다시볼꼬

호이효 후이휴 호별하게 먹은마음 단사흘이 못가서 남은생각이

또다시나네

담바구타령 / 가창유희요

자료코드 : 03_02_FOS_20120129_KDH_JYB_0001
조사장소 : 강원도 동해시 송정동 송정2길 23 송정경로당
조사일시 : 2012.1.29
조 사 자 : 강등학, 이영식, 박은영, 강태종
제 보 자 : 장연벽, 남, 89세
구연상황 : 할머니 방에서 박금년 할머니께서 담바구타령을 부르자 알고 있는 듯이 관심
        을 보였다. 조사자가 청하였다 처음에는 망설이다가 재차 청하자 불렀다. 이
        노래는 총각 시절에 마을에서 듣고 배웠다고 한다.

구야구야 담바구야 동래울산에 담바구야

너의국이 좋다더니 우리나조선에 왜왔느냐

금을주랴고 나왔느냐 은을주려고 나왔느냐

금도은도 다만 가지고 담바구씨를 가지고왔네

저기저기 저남산밑에다 담바구씨를 뿌렸더니

낮이되면은 햇볕을받고 밤이되면은 찬이슬맞어

겉잎나고 속잎나서 네모번듯 장도칼로

어석비슥 성글어놓고 영감에쌈지도 한쌈지요 총각의쌈지도 한쌈
지라

청동화로 백탄숯을 이글이글 피워놓고

소상반죽 부산죽에다 담배나한대 먹고나니

목구멍안에 실안개돈다 목구넝안에 실안개돈다

저기가는 저할머니 딸이나있으면 사위나삼으소

딸은하나 있지만은 나이어려서 못삼겠네

여보할머니 그말씀마오 참새는적어도 알만낳소
여보할머니 그말씀마오 제비는적어도 강남을가오

성님성님 사촌성님 / 가창유희요

자료코드 : 03_02_FOS_20120814_KDH_JUJ_0001
조사장소 : 강원도 동해시 송정동 송정2길 23 송정경로당
조사일시 : 2012.8.14
조 사 자 : 강등학, 이영식, 박은영, 강태종
제 보 자 : 정의죽, 여, 89세
구연상황 : 박금년에게 <성님성님 사촌성님>을 아느냐고 물었으나 박금년은 잘 기억이
나지 않는다고 했다. 옆에서 듣고 있던 정의죽이 자발적으로 이 노래를 불렀
다. '이라리꽃'이 무슨 뜻이냐고 물었으나 김선봉이 이어서 노래를 부른 까닭
에 답을 듣지 못했다.

형님형님 사춘형님 시집살이 어떻던고
시집삼년 살고나니 삼등같은 요내머리 다북쑥이 다되었네
배꽃같은 이내얼굴 이라리꽃이 다되었네
분질같은 요내손이 따북 ○○○이 다되었네
분질같은 이내몸이 이라리꽃이 다되었네

복남아 우지마라 / 가창유희요

자료코드 : 03_02_FOS_20120814_KDH_JUJ_0002
조사장소 : 강원도 동해시 송정동 송정2길 23 송정경로당
조사일시 : 2012.8.14
조 사 자 : 강등학, 이영식, 박은영, 강태종
제 보 자 : 정의죽, 여, 89세
구연상황 : 제보자들에게 어릴 적에 부르던 노래를 해줄 것을 청하자 정의죽이 선뜻 나

서 이 노래를 불렀다.

복남아 우지말고 어서자거 라
너를안고 배주리는 나도있단 다
전일에는 너가울면 엄마젖주 지
금일에는 문전걸식 이내신세 요
다른아해 바라보면 엄마손잡 고
오색을 단장하고 ○○을하 고
가는것을 바라보는 이내신세 요
황천이요 우리남매 데려가소 서

아라리 / 가창유희요(1)

자료코드 : 03_02_FOS_20120814_KDH_CGN_0001
조사장소 : 강원도 동해시 송정동 송정2길 23 송정경로당
조사일시 : 2012.8.14
조 사 자 : 강등학, 이영식, 박은영, 강태종
제 보 자 : 최귀녀, 여, 94세
구연상황 : 최귀녀에게 소리를 해줄 것을 부탁했다. 최귀녀는 약간 망설이는 듯 하더니
연달아 <아라리>를 불렀다. 영월에서 한식 때 노인들이 놀러와 "심중에 있
는 노래를 하라."고 하면 이 노래를 불렀다고 한다. 정의죽의 말에 따르면 최
귀녀가 평소 소리를 많이 했다고 한다.

공산맹월 반달뜬거는 내보기가 좋지만
촌갈보 만달뜬거는 내보기가 싫더라

오늘갔다가 내일오시면 안따러러나 가지만
오늘가셨다 모레오시면 나는나는 따러가

당신이 계신곳이면 가시밭이 천리래도 맨발벗고 따러가

천년약속에 만년언약을 맺고맺고 맺었네

그약속은 하거는 물거품이 됐고

당신하고 내하고도 남남이라 합니다

다복녀 / 가창유희요

자료코드 : 03_02_FOS_20120814_KDH_CGN_0002

조사장소 : 강원도 동해시 송정동 송정2길 23 송정경로당

조사일시 : 2012.8.14

조 사 자 : 강등학, 이영식, 박은영, 강태종

제 보 자 : 최귀녀, 여, 94세

구연상황 : 조사자들이 <다복녀>를 불러줄 것을 청하자 정의죽이 불렀다. 그러나 앞부분만 조금 부르고 뒤를 잇지 못했다. 제보자들이 최귀녀에게 처음부터 다시 불러보라고 하자 최귀녀가 노래를 불렀다. 어릴 적에 부르던 노래라고 했다.

다복다복 다복네야 니어드로 울고가나

울어머니 젖줄바래 물결따라 울고가네

우지마라 우지마라 네가울면 무엇하며

천리만리 가신엄마 불러보면 무엇하나

잊어야지 잊어야지 과거를 생각말고

부모님을 생각말고 팔자소관 생각하고

영영영영 잊으라고 두손합장 빌고비니

천지신명 모를소요 일월성신 모를소요

백사청산 굽은낭기 팔자소관 ○○는데

하나님을 원망하요 땅님을 원망하요

인생도 원망없이 이세상을 지내세요

이거리저거리 갓거리 / 다리뽑기하는소리

자료코드 : 03_02_FOS_20120814_KDH_CGN_0003

조사장소 : 강원도 동해시 송정동 송정2길 23 송정경로당

조사일시 : 2012.8.14

조 사 자 : 강등학, 이영식, 박은영, 강태종

제 보 자 : 최귀녀, 여, 94세

구연상황 : 다리뽑기를 하며 부르던 <이거리저거리 갓거리>를 아느냐고 묻자 최귀녀가
안다고 대답했다. 망설임 없이 노래를 불러주었다.

이거리저거리 갓거리

천두만두 구만두

신령에 넘어가니

이재저재 들어가니

태백산이 여기로다

수명장수 태평하니

만수무강이 여기로다

천지신명 불러보니

이리가고 저리가니

못갈길이 어데더냐

영천에 배를띄워

구구천명 불러보니

만수무강이 여기로다

세상달강 / 아기어르는소리

자료코드 : 03_02_FOS_20120814_KDH_CGN_0004

조사장소 : 강원도 동해시 송정동 송정2길 23 송정경로당

조사일시 : 2012.8.14

조 사 자 : 강등학, 이영식, 박은영, 강태종

제 보 자 : 최귀녀, 여, 94세

구연상황 : 최귀녀에게 <세상달강>을 아느냐고 묻자 안다고 대답하며 망설임 없이 바로 노래를 불러주었다. 아기를 업고서 달래며 부르던 노래라고 했다.

세상 달강

알강다우 발강다우 담을넘고 물을넘어

부모은공 ○○같고 당삼십을 당도하니

천하국조 망○하니 충성이 여기로다

수명장수 하시라고 우리부모 나를낳여

천년만년 길러내여 백수청산 불렀는데

부모님이 세상뜨니 이렇게도 ○○○○ 어느누가 알아줄까

명사십리 해당화야 꽃이진다 서러마라

명년삼월 봄이오면 다시다시 피지마는

우리인생 한번가면 다시오지 못하더라

어느님을 원망하랴 하나님을 원망하리 부모님을 원망하리

원망없이 이세상을 만족하게 생각해요

아라리 / 가창유희요(2)

자료코드 : 03_02_FOS_20120814_KDH_CGN_0005

조사장소 : 강원도 동해시 송정동 송정2길 23 송정경로당

조사일시 : 2012.8.14

조 사 자 : 강등학, 이영식, 박은영, 강태종

제 보 자 : 최귀녀, 여, 94세

구연상황 : 최귀녀에게 <아라리> 외에 자주 부른 노래가 있느냐는 질문에 최귀녀는 <정선아라리>를 많이 불렀다고 하며 바로 노래를 불러주었다.

정선읍에 일백오십호 몽땅 잠들어라
꽁지갈보를 옆에끼고 성마령을 넘자

아리랑 아리랑 아라리 요
아리랑 고개고개를 나를넹게 주세요

니는 나를보고 본체만체 하여도
나는 니를보니는 잊지못할 이사연

수많은 사연을 내가슴에 묻어놓고
통심정을 못하고서 한세상이 다갔네

한놈두놈 / 다리뽑기하는소리

자료코드 : 03_02_FOS_20120129_KDH_HAR_0001
조사장소 : 강원도 동해시 송정동 송정2길 23 송정경로당
조사일시 : 2012.1.29
조 사 자 : 강등학, 이영식, 박은영, 강태종
제 보 자 : 황애랑, 여, 91세
구연상황 : 정의죽이 노래를 부른 후, 분위기가 약간 산만해졌다. 제보자들끼리 서로 노
래를 부르라며 실랑이를 하다가 홍애랑이 선뜻 <진주낭군>을 불렀다. 그러
나 소리로는 부르지 못하고 내용을 이야기하듯 말로 해나갔다. 이후 조사자가
어릴 적 놀면서 부르던 소리를 기억하느냐고 묻자, 홍애랑이 이 노래를 불렀
다. 기억이 가물가물하여 몇 번에 걸쳐 다시 불러야 했다.

한놈 두놈 삼사 네놈
똥깨 빵깨 참나무 기둘이
구루동 괴 아 들 눔

베틀가 / 가창유희요(1)

자료코드 : 03_02_MFS_20120129_KDH_KBN_0001
조사장소 : 강원도 동해시 송정동 송정2길 23 송정경로당
조사일시 : 2012.1.29
조 사 자 : 강등학, 이영식, 박은영, 강태종
제 보 자 : 김복년, 여, 93세
구연상황 : 송정동 경로당에서는 할아버지와 할머니들이 방을 따로하여 놀고 있었다. 먼
       저 할아버지들을 모시고 판을 벌였는데 그것을 옆방에서 지켜본 할머니들은
       조사의 방법이나 목적을 이해한 듯 했다. 조사자가 할머니들 방으로 들어가자
       상당히 반갑게 맞아주며 즐거워했다. 이미 흥이 나 있던 제보자가 손뼉을 치
       며 이 노래를 자진해서 불렀다. 조사자가 녹음을 위해 박수를 치지 말고 다시
       불러줄 것을 청하자 제보자는 조사자의 요구대로 별 망설임 없이 다시 불러
       주었다.

오늘날도 하심심하니 베틀이나 놓여를보세
에헤야 베짜는아가씨 사랑노래베틀에 수심만지누나

베틀다리는 네다린데 큰애기다리는 둘이로구나
에헤야 베짜는아가씨 사랑노래베틀에 수심만지누나

용두머리 우는소리 외기러기 짝을잃고도 날아가는 소리요
에헤야 베짜는아가씨 사랑노래베틀에 수심만지누나

잉앳대는 삼형젠대 눌림대는 독신자요
에헤야 베짜는아가씨 사랑노래베틀에 수심만진다

이베를짜서 누기를주오 바두기(바디집)칠때마다 한숨이온다

에헤야 베짜는아가씨 사랑노래베틀에 수심만진다

강원도베는 경당폰데 경상도베는 안동포요
에헤야 베짜는아가씨 사랑노래베틀에 수심만지네

이야장창 베만짜면 어느시절에 출가를하나
에헤야 베짜는아가씨 사랑노래베틀에 수심만진다

용두머리 우는소리는 외기러기 짝을잃고도 날아가는 소리요

베틀가 / 가창유희요(2)

자료코드 : 03_02_MFS_20120814_KDH_KBN_0001
조사장소 : 강원도 동해시 송정동 송정2길 23 송정경로당
조사일시 : 2012.8.14
조 사 자 : 강등학, 이영식, 박은영, 강태종
제 보 자 : 김복년, 여, 93세
구연상황 : 점심을 먹을 시간이라 조사를 더 이상 진행하기가 미안했다. 제보자들은 함께
　　　　　점심을 먹자고 청하였으나 오후에 다시 올 것을 약속하며 한 곡만 더 듣고
　　　　　가기로 했다. 제보자들이 김복년에게 노래를 불러줄 것을 청하자 김복년이
　　　　　<베틀가>를 불렀다. 1월 1차 조사당시에 김복년이 불렀던 노래이다.

오늘날도 하심심하니 베틀이나 놓아를보세
에헤요 베짜는아가씨 사랑노래베틀에 수심만진다

베틀다리는 네다린데 큰애기다리는 둘이로구나
에헤요 베짜는아가씨 사랑노래베틀에 수심만진다

이베를짜서 뉘기를주나 바두집(바디집)칠때마다 눈물이지네
에헤야 베짜는아가씨 사랑노래베틀에 수심만진다

용두머리 우는소리 외기러기 날아가는 소리요
에헤야 베짜는아가씨 사랑노래베틀에 수심만진다

강원도베는 경당포요 경상도베는 안동포요
에헤야 베짜는아가씨 사랑노래베틀에 수심만진다

이베를짜서 누기를주나 바두집칠때마다 눈물이치네
에헤야 베짜는아가씨 사랑노래베틀에 수심만진다

지야장창 베만짜면 어느시절에 시집을가오
에헤야 베짜는아가씨 사랑노래베틀에 수심만진다

반도청년아 / 가창유희요

자료코드 : 03_02_MFS_20120814_KDH_KSB_0001
조사장소 : 강원도 동해시 송정동 송정2길 23 송정경로당
조사일시 : 2012.8.14
조 사 자 : 강등학, 이영식, 박은영, 강태종
제 보 자 : 김선봉, 여, 103세
구연상황 : 정의죽이 <어머님 전상서>를 부른 후, 김선봉에게 노래를 불러줄 것을 청했
다. 조용히 앉아있던 김선봉이 망설이지 않고 이 노래를 불렀다. 무슨 노래인
지 물어보았으나 귀가 어두운 김선봉은 대답하지 않았다. 선풍기 바람소리가
삽입되어 잡음으로 들린다.

어른하고 어여쁜 반도청년아
나갈길을 모르니 가속하도다
다시한번 정신을 떨쳐버리고
나파륜의 군인을 모금합시다
사상결단 남도한 마음으로서

아니하면 아니될 우리의금은

자식손자 엄숙하게 교육씨겨서

찾으려고 하는것이 무엇인가요

파도같이 퍼져나온 온세상에

하늘아래 제일가게 ○○합시다

찬송뒤풀이 / 가창유희요

자료코드 : 03_02_MFS_20120129_KDH_PGN_0001
조사장소 : 강원도 동해시 송정동 송정2길 23 송정경로당
조사일시 : 2012.1.29
조 사 자 : 강등학, 이영식, 박은영, 강태종
제 보 자 : 박금년, 여, 98세
구연상황 : 박금년의 노래가 계속 이어졌다. <정월이라 대보름은>을 부른 후 박금년에
　　　　　관한 제보자 조사를 잠간 한 후, 다시 노래를 불러줄 것을 청했다. 박금년은
　　　　　<찬송뒤풀이>를 부르겠다며 이 노래를 불렀다. 교회에서 배운 노래라고 했다.

가이갸 거이겨 가산우에 거룩한 십자를 새겨보세

고오교 구우규 고락간에 구원에 복음을 믿어보세

나냐 너녀 나의갈길 너무나 멀다고 염려마소

노뇨 누뉴 ○○대에 뉘아니 방주를 비판하리

다이댜 더이뎌 달음박질 더대나 하면은 뒤떨어진다

도오됴 두우듀 돌을들고 두말을 말구서 나오시오

라이랴 러이려 나팔소리 으러렁주러렁 임따라 가세

로오료 루우류 노소남녀 ○○○ 말고서 따라가세

마이먀 머이며 마귀집을 섬기지 마시오 멸망하네

모이묘 무우뮤 모진광풍 무서운 광풍이 앞을막네

바이뱌 버이벼 바라보니 벌어서 입는 세상죄악

보이뵤 부이뷰 보배피를 부하란 부주를 믿어보세

사이샤 서이셔 ○○○○ 섬기지 마시오 멸망하네

소이쇼 수이슈 소래질러 수천만민을 구원을 하세

아이야 어이여 아해들아 어려서 예수를 굳게믿세

오요 우유 오광유추 우애와 화목이 제일이라

카이캬 커이켜 칼날같이 크고도 위태한 세상죄악

코이쿄 쿠이큐 코를풀고 쿠르륵쿠르륵 잠자지 마소

타이탸 터이텨 타향에서 천당에 울리는 종소리에

토오툐 투우튜 토해 말고 툭털어버리고 따라가세

파이퍄 퍼이펴 파도같이 퍼져서 나오는 세상죄악

포이표 푸우퓨 ○○○○ 풍덩한 은혜를 베풀어보세

하이햐 허이혀 하날우에 크고도 위태한 세상죄악

호이효 후이휴 호호탕탕 후일에 복락을 누려보세

남원에 봄사건났네 / 가창유희요(1)

자료코드 : 03_02_MFS_20120129_KDH_PGN_0002

조사장소 : 강원도 동해시 송정동 송정2길 23 송정경로당

조사일시 : 2012.1.29

조 사 자 : 강등학, 이영식, 박은영, 강태종

제 보 자 : 박금년, 여, 98세

구연상황 : 박금년이 <각설이타령>을 부른 후 판이 잠시 잠잠해졌다. 기억 나는 다른
노래를 불러줄 것을 청하였으나 이제 아는 것이 없다며 다들 조용히 있었다.
그 때 박금년이 갑자기 이 노래를 불렀다. 제목이 뭐냐고 물었더니 <남원의
봄사건>이라고 했다.

남원에 봄사건났네

전라남도 남원골 바람났네 춘향이가

신발벗어 손에들고 버선발로 걸어오네

쥐도개도 모른듯이 살짝살짝 걸어오네

오작교로 광한루로 도령찾아 헤매도네

남원에 봄사건났네 일부종사 굳은절개

옥에갇힌 춘향이가 창살너머 달을보고 눈물겨워 우는구나

기진맥진 산발머리 나풀나풀 보이면서

한양가신 우리낭군 보고싶소 가고싶소

남원에 봄사건났네 일부종사 굳은절개

옥에갇힌 춘향이가 창살너머 달을보고 눈물겨워 우는구나

기진맥진 산발머리 나풀나풀 보이면서

한양가신 우리낭군 보고싶소 가고싶소 남원에 봄사건 났네

남원에 봄사건났네 / 가창유희요(2)

자료코드 : 03_02_MFS_20120814_KDH_PGN_0001
조사장소 : 강원도 동해시 송정동 송정2길 23 송정경로당
조사일시 : 2012.8.14
조 사 자 : 강등학, 이영식, 박은영, 강태종
제 보 자 : 박금년, 여, 98세
구연상황 : 박금년이 <정월이라 대보름에>를 부른 후 조사자가 다시 한번 <해방가>를
불러줄 것을 청했다. 그러나 박금년은 알아듣지 못했다. 박금년이 다시 이 노
래를 불렀다. 지난 1월 1차 조사 당시에도 불렀던 노래이나 사설은 달라졌다.
약장사들이 부르는 것을 듣고 배웠다고 한다.

남원에 봄사건났네

전라남도 남월골 바람났네 춘향이가

신발벗어 손에들고 버선발로 걸어오네

쥐도개도 모른듯이 살짝살짝 걸어오네

오작교로 광한루로 도령찾아 헤매도네

남원에 봄사건났네 학수고대 기대리던

한양낭군 돌아왔네 낡은도포 거지꼴에

마패차고 돌아왔네 춘향이를 얼싸안고

둥실둥실 옥가락질 백년가약 변치말고

노래하며 춤을추세 남원에 봄사건났네

해방가 / 가창유희요

자료코드 : 03_02_MFS_20120814_KDH_PGN_0002
조사장소 : 강원도 동해시 송정동 송정2길 23 송정경로당
조사일시 : 2012.8.14
조 사 자 : 강등학, 이영식, 박은영, 강태종
제 보 자 : 박금년, 여, 98세
구연상황 : 오전 조사 당시 다른 제보자들이 박금년에게 <해방가>를 불러보라고 청했으나, 박금년은 잘 알아듣지 못해 노래를 부르지 않았었다. 오후 조사에서 조사자가 <해방가>를 불러줄 것을 다시 청했다. 박금년은 비로소 알아듣고 노래를 불러주었다. 몇 해 전에 정의죽이 이 노래를 써서 박금년에게 주었더니 박금년이 그것을 보고 다 익힌 것이라고 했다.

얼씨구나 저헐씨구나 태평성대가 여기로다

징영복구대 끌려갈적에 다시는 살아올줄을 몰랐는데

천구사십오년 해방되고 연락선에다 몸을싣고

부산항구에 당도하니 문전문전 태극기달고

곳곳마다 만세소리에 삼천만동포가 춤을춘다

취양산꼭대기에 태극기가 바람에펄펄 휘날릴적에

남의집서방님은 다찾어오는데 우리집돌이아빠는 왜못오시나

원자폭탄에 상처를입었나 무정하게도 소식이없소

해방됐다고 좋다고하더니 지긋지긋하던 육이오가 웬말이던가

어린자식 손목잡고 부모님 앞에모시고 한강철교를 건너갈적

공중에서 북경으로 오던강물이 불어날제

어이없어서 못살겠네 험한고생을 다해가면서

부산꺼지 피난을가서 판자집에서 고생을하다가

서울로행하던 십이열차에 몸을싣고 곰곰이 생각하니

눈물이나서 못살겠네 폐허된서울에 도착하면서

이를악물고 고생한끝에 수출공화국 이룩하고

고속도로 지하철 만들어놓고 세계 우리나라 귀경갑시다

한마디 틀렸다.

부모님 모시고 우리나라 구경갑시다

오봉산타령 / 가창유희요

자료코드 : 03_02_MFS_20120814_KDH_PGN_0003
조사장소 : 강원도 동해시 송정동 송정2길 23 송정경로당
조사일시 : 2012.8.14
조 사 자 : 강등학, 이영식, 박은영, 강태종
제 보 자 : 박금년, 여, 98세
구연상황 : 최귀녀가 <다복녀>를 부른 후, 박금년에게 노래를 더 불러줄 것을 청했다. 박금년은 더 부를 게 없다고 하더니 조사자들이 다른 이야기를 하는 동안 문득 생각이 났는지 이 노래를 불렀다.

오봉산 꼭대기 백학이 춤추고

단풍잎 숲속에 새울음도 처량하다

에헤야 데헤야 영산홍록에 봄바람

바람아 봄바람아 에루화부지를 말어라
장안에 호걸이 에루화 다늙어가노라
에헤야 데헤야 영산홍록에 봄바람

단발령 고개를 넘어가는 전차는
그길을 몰라서 갈짓재걸음을 걷는구나
에헤야 데헤야 영산홍록에 봄바람

이수일과 심순애 / 가창유희요

자료코드 : 03_02_MFS_20120129_KDH_JEJ_0001
조사장소 : 강원도 동해시 송정동 송정2길 23 송정경로당
조사일시 : 2012.1.29
조 사 자 : 강등학, 이영식, 박은영, 강태종
제 보 자 : 정의죽, 여, 89세
구연상황 : 박복년의 네 편의 노래를 연달아 부른 후, 제보자 조사를 잠깐 진행했다. 이
후 제보자들 사이에서 서로 노래를 부르라며 미루던 중, 정의죽이 노래를 잘
하지는 못 하지만 한마디 해보겠다면 선뜻 나섰다. 어릴 때 불렀던 노래라고
한다.

대동강 부벽루에 산보가는
이수일과 심순애 양인이로다
○○○○ 하는것도 오늘뿐이요
부부행전 산보함도 오늘뿐이라
수일이가 학교를 마칠때까지
순애야 어찌하야 못참았더냐
남편의 부족함이 생긴연고나

불연이 금전에 탐이나더냐
남편의 부족함은 없었지만은
당신을 외국유학 씨기려하야
부모님의 명령대로 순종하여서
김중백의 가정으로 시집을가요
순애의 반중신변 이수일이도
이세상에 당당한 이남아라
이상적에 내처를 돈과바꾸어
외국유학 하려하는 내가아니다

어머님전상서 / 가창유희요

자료코드 : 03_02_MFS_20120129_KDH_JEJ_0002
조사장소 : 강원도 동해시 송정동 송정2길 23 송정경로당
조사일시 : 2012.1.29
조 사 자 : 강등학, 이영식, 박은영, 강태종
제 보 자 : 정의죽, 여, 89세
구연상황 : 박금년이 <언문뒤풀이>를 부른 후 정의죽이 한마디 하겠다며 자발적으로 나
서 본인이 직접 지은 글을 낭송해 주었다. 그리고 나서 노래도 한마디 하겠다
며 이 노래를 불렀다. 어릴 적에 부르던 노래라고 한다.

어머님 어머님
기체후 일향만강 하옵나이까 하음
○○○○ ○○○○○ 지지로소이다
○○을 받자오니 눈물이 앞을가려
연분홍 치마폭에 얼굴을 다묻고 하염없이 울었나이다
어머님 어머님

이어린 딸자식은 어머님전에 에음

피눈물로 먹을갈아 하소연합니다.

전생에 무슨죄로 어머님 이별하고

꽃피는 아침에나 새우 새우는 저녁에 가슴치며 탄식하나요

어머님 어머님

이어린 딸자식은 어머님전에 에음

두손을 마주잡고 비옵나이다 하음

남은세상 길이길이 누리지옵소서

불초에 딸자식은 무릎꿇고 돈수제배 하옵나이다.

성주풀이 / 가창유희요

자료코드 : 03_02_MFS_20120814_KDH_CGN_0001
조사장소 : 강원도 동해시 송정동 송정2길 23 송정경로당
조사일시 : 2012.8.14
조 사 자 : 강등학, 이영식, 박은영, 강태종
제 보 자 : 최귀녀, 여, 94세
구연상황 : 박금년이 <황해도라 구월당밑에>를 불러 준 후, 제보자들끼리 서로 노래를
불러보라며 미루는 분위기가 잠깐 이어졌다. 제보자들이 최귀녀에게 불러보
라고 하자 최귀녀는 기다렸다는 듯이 별 망설임 없이 노래를 불렀다.

낙양성 십리허예 높고낮은 저무덤에

영영호걸이 몇몇이면 절세가인이 그누구냐

우리네 인생한번 여차죽어지면 저기저모양 되노라

에라 만수 에라 대신이냐

좋다

따르릉따르릉 / 고무줄하는소리

자료코드 : 03_02_MFS_20120814_KDH_CGN_0002
조사장소 : 강원도 동해시 송정동 송정2길 23 송정경로당
조사일시 : 2012.8.14
조 사 자 : 강등학, 이영식, 박은영, 강태종
제 보 자 : 최귀녀, 여, 94세
구연상황 : 앞서 최귀녀는 다리뽑기를 하며 부르던 <이거리저거리 갓거리>를 불렀다. 여느 소리와 많이 달라 조사자가 다리뽑기를 하며 불렀느냐고 재차 확인을 하였다. 그렇다고 대답한 최귀녀는 고무줄 놀이를 하며 부르던 소리를 해주겠다며 이 노래를 불렀다.

찌르릉 찌리링 비켜나세 요
저기가는 저영감 꼬부랑 영감
우물쭈물 하지말고 비켜나세 요
찌르릉 찌르릉 비켜나세 요
어찌그리 못가는걸 가지많지 만
수명장수 하라고 고무줄을 띄웠다

꿈결같은 이 세상에

자료코드 : 03_02_ETC_20120814_KDH_JUJ_0001
조사장소 : 강원도 동해시 송정동 송정2길 23 송정경로당
조사일시 : 2012.8.14
조 사 자 : 강등학, 이영식, 박은영, 강태종
제 보 자 : 정의죽, 여, 89세
구연상황 : 박금년이 <언문뒤풀이>를 부른 후 정의죽이 한마디 하겠다며 자발적으로 나
서 본인이 직접 지은 글을 외워서 낭송해 주었다. 자리에 있는 모든 분들이
기억력이 대단하다고 한마디씩 했다. 우정사업본부에서 전국 단위로 실시한
문예행사에서 세 번에 걸쳐 장려상을 받기도 했다고 한다. 선풍기 바람 소리
가 삽입되어 잡음으로 들린다.

꿈결같은 이세상에 산다한들 늘살소냐

인생향락 좋은시절 바람결에 다갔구나

험한세월 고난풍파 일장춘몽 이아닌가

슬프도다 우리인생 어디로 가오리까

이팔청춘 꽃다운 호시절은 지나가고

혈기방강 그작년도 옛날이 되었구나

성공 실패 꿈 꾸면서

여자에게 주어진 운명따라 지켜야할 삼종필부

○○○○ 없는듯이 일편단심 굳은절개

백만사를 참으면서

웃고우는 그순간에 원치않은 그백발이

귀밑에○를 지어왔네 해와달과 별같이도

총명하던 그정신이 안개구름 담뿍끼어

기억력은 간데없고 귀멀고 시력없어 듣고보기 거북하매
전에알던 사람 모른 척 모르는 사람은 아는 척
인사하고 실수하며 옆에친구 방귀소리도 다정한 이야기나 하는듯이
황소웃음 웃어가며 물고또 물으니
어제청춘 유수같은 그세월이 송두리째 앗아갔소
우리모두 여자몸으로 태어나서 남의집에 출가하여
호의호식 못해보고 시부모님 모시옵고
자녀교육에 부모책임 완수코저 이한몸 다바쳐서
지붕없는 하늘아래 동서남북 헤매다보니 언감에 인생정상 당도했네
사람이 이 세상에 태어나서 자기위해 살았는지 남을 위해 살았는지
구별조차 못 하겠네

7. 천곡동

▌조사마을

강원도 동해시 천곡동 항골

조사일시 : 2012.7.7
조 사 자 : 강등학, 이영식, 박은영, 강태종

동해시 천곡동 항골

천곡동(泉谷洞)은 기관과 상업이 집결된 동해시의 중심도시로, 초록봉이 동쪽으로 내려오면서 바다까지 이어진 줄기를 따라 형성되어 있는데, 크게는 항골, 묘골, 덕골 등 3개의 골짜기로 형성되어 있다. 여기에 찬물내기 마을이 합하여져 천곡동을 이루었다.

천곡동은 삼척군 도하면(道下面)에 속했다가 1916년에 냉천(冷泉), 항곡(項谷), 덕곡(德谷), 묘곡(苗谷)을 합하여 천곡리라 하여 북삼면에 속하게 되었다. 천곡동이라는 명칭은 속지명 샘실이 있어 이것을 한자의 훈을 이용하여 표기한 천곡(泉谷)에서 유래한 것으로 추정된다.

평릉동(平陵洞)은 일찍이 신라 소지왕 9년인 487년에 역(驛)이 설치되었고 조선조 때에도 평릉역(平陵驛)이 있었던 곳이다. 1842년 이래 삼척군 도하면에 속해 있다가 1908년에 바닷가 쪽의 해평(海平)을 하평(下平), 안쪽의 평릉을 상평(上平)으로 분리했다가, 1914년 행정구역 통폐합 때 이 두 곳을 합하여 평릉리라 하여 북삼면에 편입되었다. 1980년에 묵호읍과 북평읍을 통합하여 동해시가 발족된 이래 시의 중심지로 발전하였다.

천곡동은 1980년 동해시 승격과 함께 개발된 지역으로 시청을 비롯한 모든 관공서와 대형 상권이 집중된 시의 중심 동으로 동해시 전체 인구의 약 1/3이 거주하고 있는 인구밀집지역이다. 주민의 약 70%가 아파트에 거주하고 있으며, 평릉지구 해안 택지 조성 등으로 시가지의 팽창이 지속적으로 이루어질 전망이다.

천곡동은 2011년 12월 기준으로 전체 면적은 10.40km²인데, 이는 시 전체 면적의 6%에 해당한다. 이 중에 논이 0.320km², 밭이 0.312km², 임야가 6.037km²로 논과 밭이 거의 없다. 천곡과 평릉 등 두 개의 법정동에 52개 통에 371개 반으로 구성되어 있다. 11,211세대에 남자 14,155명, 여자 14,421명 등 29,576명이 거주하고 있다.

천곡동 항골은 시내 중심지의 서쪽 끝자락에 있는 마을로 아파트 빌딩 숲을 벗어난 곳에 위치하고 있다. 도심에서는 볼 수 없는 밭이 많이 있고, 아직도 마을에 농사짓는 분들이 있다. 예전에는 50여 호가 살았으며 대부분 농사를 지었다. 당시에는 대부분 논농사가 중심이었으나 중년에 밭으로 전환하여 오이, 토마토를 많이 심었다. 논밭은 호리로 갈았다. 1마지기는 150평이고 모를 심은 후 두벌을 맸는데 손으로 맸다. 마을에 서낭당이 있었으나 수십 년 전에 없어졌다. 당시 서낭고사는 정월 초하룻날 지냈다고 한다. 마을에는 나무가 없어서 예전에 갈을 꺾으러 70리 거리에 있는 백봉령까지 경운기를 몰고 가서 해왔다. 마을에 농악도 있어서 정월이면 지신밟기도 했다. 봄이 되어 꽃이 피면 여자들은 천곡동 바닷가에 있는 한섬으로 화전놀이를 갔는데, 화전놀이는 30여 년 전까지 다녔다.

문연선, 여, 1931년생

주 소 지 : 강원도 동해시 천곡동 항골
제보일시 : 2012.7.7
조 사 자 : 강등학, 이영식, 박은영, 강태종

문연선은 삼화동 비천 태생으로 18세에
천곡동 항골로 시집을 왔다. 아주 적극적이
지는 않지만 몇 번 부탁을 하면 들어주는
그러한 성격이다. 평생 농사를 지었으며, 지
금도 밭농사를 조금 짓고 있다. 얼마 전 결
혼한 둘째 아들 내외와 살고 있다. 다른 제
보자의 노래를 들을 때는 물론 본인이 노래
를 부를 때도 마늘을 까면서 했다. 학교는
다니지 않았다고 한다.

제공 자료 목록

03_02_FOS_20120707_KDH_MYS_0001 성님성님 사촌성님 / 가창유희요
03_02_FOS_20120707_KDH_MYS_0002 이거리저거리 갓거리 / 다리뽑기하는소리
03_02_FOS_20120707_KDH_MYS_0003 둥게소리 / 아기어르는소리

심춘수, 남, 1932년생

주 소 지 : 강원도 동해시 천곡동 항골
제보일시 : 2012.7.7
조 사 자 : 강등학, 이영식, 박은영, 강태종

심춘수는 삼척 환구 태생으로 1986년에 천곡동 항골로 이주하였다. 비

교적 최근에 항골로 이주한 까닭에 지역의
민속에 대해서는 제대로 설명하지 못하였다.
하지만 농사와 관련된 사항에 대해서는 자
세히 설명해 주었다. 소리는 물론 이야기는
모른다며 다른 분을 소개해 주는 등 적극적
인 성격이다.

제공 자료 목록
03_02_FOS_20120707_KDH_SCS_0001 메요소리 /
소부르는소리

이근일, 여, 1929년생

주 소 지 : 강원도 동해시 천곡동 항골
제보일시 : 2012.7.7
조 사 자 : 강등학, 이영식, 박은영, 강태종

이근일은 북삼동 효가리 태생으로 18세
에 천곡동 항골로 시집을 왔다. 일제 때 초
등학교를 다녔다. 남편이 있을 때 마을에서
농림부 장관집이란 별명을 얻을 정도로 두
내외가 농사일에 박식하였다. 남편이 사망
한 지금도 그 별명은 지속되는데, 이근일 또
한 농사와 민속에 아주 박식하고 기억력이
좋기 때문이다. 특히 정월 대보름 등과 같이
특별한 날이면 그 때 해야 하는 일을 지금도 빠뜨리지 않고 한다. 이러한
까닭에 예전에 했던 일을 잊지 않고 실시하고 있다. 따라서 이근일이 제
보한 노래는 대부분 생활민속에서 불리던 노래가 중심을 이룬다. 적극적

인 성격이다.

제공 자료 목록

03_02_FOS_20120707_KDH_LGI_0001 내손이 무쇠다 / 그릇안께게비는소리

03_02_FOS_20120707_KDH_LGI_0002 춘천이요 / 모기쫓는소리

03_02_FOS_20120707_KDH_LGI_0003 이똥개똥 한개똥 / 다리뽑기하는소리

03_02_FOS_20120707_KDH_LGI_0004 청청 맑어라 / 물맑게하는소리

03_02_FOS_20120707_KDH_LGI_0005 우여소리 / 새쫓는소리

03_02_FOS_20120707_KDH_LGI_0006 굴치자 뱀치자 / 뱀들지않게하는소리

03_02_FOS_20120707_KDH_LGI_0007 송송벌기 침주자 / 송충이들지않게하는소리

03_02_FOS_20120707_KDH_LGI_0008 노내기각시 분주자 / 노래기들지않게하는소리

03_02_FOS_20120707_KDH_LGI_0009 팥으로 걸어주시오 / 삼눈잡는소리

03_02_FOS_20120707_KDH_LGI_0010 봉아봉아 천지봉아 / 신부르는소리

03_02_FOS_20120707_KDH_LGI_0011 일본에 가서 / 숫자풀이하는소리

03_02_FOS_20120707_KDH_LGI_0012 나무하러가세 / 말머리잇는소리

03_02_FOS_20120707_KDH_LGI_0013 각항지방 십육이 / 귀신쫓는소리

이명월, 여, 1942년생

주 소 지 : 강원도 동해시 천곡동 항골

제보일시 : 2012.7.7

조 사 자 : 강등학, 이영식, 박은영, 강태종

이명월은 삼화동 비천 태생으로 19세에 천곡동 항골로 시집을 왔다. 1990년에 남편이 사망했는데, 남편이 사망하기 전까지는 성주를 집에서 모셨다. 시집와서 모심기와 김매기를 하였으나 소리는 한 기억이 없다. 당시에는 흥이 나면 남자들이 한마디씩 불렀다. 이야기는 잘 모르고 소리도 시집오기 전에 불렀던 전래동요만 기억이 날 뿐이며,

농요는 전혀 모른다고 한다. 예전에는 삼척 하장이나 북평장에 가서 삼을 사다가 집에서 베를 짰다.

제공 자료 목록
03_02_FOS_20120707_KDH_LMW_0001 이거리저거리 갓거리 / 다리뽑기하는소리
03_02_FOS_20120707_KDH_LMW_0002 청청 맑어라 / 물맑게하는소리

성님성님 사촌성님 / 가창유희요

자료코드 : 03_02_FOS_20120707_KDH_MYS_0001
조사장소 : 강원도 동해시 천곡동 항골길 72 심춘수 댁
조사일시 : 2012.7.7
조 사 자 : 강등학, 이영식, 박은영, 강태종
제 보 자 : 문연선, 여, 81세
구연상황 : 오전에 마을에서 심춘수를 만나 농사와 관련된 얘기를 들었다. 그리고 심춘수
가 마을에 소리 잘 하는 분이 계시다고 그 분 댁으로 안내를 해주었으나 그
분은 출타 중이었다. 이후 심춘수 댁에서 서낭당에 대한 얘기를 들었으나 마
냥 그 분을 기다릴 수가 없어, 마을 경로당을 다시 찾았다. 그곳에서 노인회
장을 만나 이야기를 듣고 또다시 심춘수 댁을 방문하였다. 심춘수 댁 마당에
서는 마을 분들이 마늘을 까고 있었다. 조사자가 다가가자 심춘수가 마침 잘
왔다며, 마을에서 가장 많이 알고 있는 분이라며 이근일을 소개하였다. 이미
조사자가 다녀갔다는 말을 전해들은 탓인지 이근일은 큰 어려움 없이 이야기
를 나눴다. 처음에 민속과 관련된 얘기를 물으니 지금도 본인이 할 수 있는
것은 빠뜨리지 않고 지낸다고 하면서 '내손이 무쇠손이다', '모기쫓는소리'를
듣고 성님성님을 청하니 그건 잘 모른다고 했다. 그러자 옆에서 마늘을 까고
있던 문연선이 갑자기 불렀다. 부르고 나서는 하도 안 불러서 생각이 잘 안
난다며 아쉬워했다.

형님형님 사촌형님
시집살이 좋다해도 말끝마덤 눈물일래
행주초마 두죽반에 눈물딲아 다쳐졌네

이거리저거리 갓거리 / 다리뽑기하는소리

자료코드 : 03_02_FOS_20120707_KDH_MYS_0002

조사장소 : 강원도 동해시 천곡동 항골길 72 심춘수 댁

조사일시 : 2012.7.7

조 사 자 : 강등학, 이영식, 박은영, 강태종

제 보 자 : 문연선, 여, 81세

구연상황 : 조사자가 다리뽑기하는 시늉을 하며 아느냐고 묻자 자신의 무릎을 가볍게 치
면서 이 노래를 불렀다. 이후 조사자가 '앵기 땡기'는 안 불렀느냐고 묻자 그
건 모른다고 했다. 그러자 문연선이 불렀다.

요거리조고리 갓거리

송사맹상 저맹상

짝발이 휘양근

이래.

둥게소리 / 아기어르는소리

자료코드 : 03_02_FOS_20120707_KDH_MYS_0003

조사장소 : 강원도 동해시 천곡동 항골길 72 심춘수 댁

조사일시 : 2012.7.7

조 사 자 : 강등학, 이영식, 박은영, 강태종

제 보 자 : 문연선, 여, 81세

구연상황 : 조사자가 다리뽑기하는 시늉을 하며 아느냐고 묻자 자신의 무릎을 가볍게 치
면서 이 노래를 불렀다. 이후 조사자가 '앵기 땡기'는 안 불렀느냐고 묻자 그
건 모른다고 했다. 그러자 문연선이 <이거리저거리 갓거리>를 불렀다. 이후
마늘을 까며 이근일이 하는 소리를 모두들 듣고 있었다. 그때 문연선의 며느
리가 잠에서 깬 손자를 데리고 왔다. 문연선은 칭얼거리는 아이를 흔들며 돌
보기에 이왕이면 소리를 해달라고 하자 이 소리를 해주었다.

두둥둥둥 둥개야

땅에서 솟아났나

하늘에서 뚝떨어졌나

두둥둥둥 둥개야

우리손주도 둥개야

둥둥

메요소리 / 소부르는소리

자료코드 : 03_02_FOS_20120707_KDH_SCS_0001

조사장소 : 강원도 동해시 천곡동 항골길 72 심춘수 댁

조사일시 : 2012.7.7

조 사 자 : 강등학, 이영식, 박은영, 강태종

제 보 자 : 심춘수, 남, 80세

구연상황 : 천곡동 항골에 지역 토박이들이 많다는 정보를 얻은 후 마을 경로당을 찾았
다. 하지만 경로당 문은 열려있으나 사람이 없었다. 잠시 망설이다 안쪽으로
들어갔더니 시내 중심지에 이런 마을이 있었나 싶을 정도로 예전 마을이 나
타났다. 마침 길가에 앉아 있던 심춘수를 만나 방문한 목적을 말하고 농사와
관련된 내용을 듣고 이야기 및 소리 등을 청했으나 모른다고 하였다. 그러다
가 마을에 소리 잘 하는 분이 계시다고 그 분 댁으로 안내를 해주었으나 그
분은 출타 중이었다. 그러자 제보자는 조사자들을 자신의 집으로 안내했다.
마침 집에는 한 분이 마실을 왔다. 하지만 마실오신 분도 일반적인 이야기는
잘 하지만 소리나 옛날이야기는 쉽지가 않았다. 이에 제보자가 어려서 소를
많이 먹었다는 얘기에 소부르는소리를 청해서 들었다. 하지만 소리가 너무 짧
아 연속해서 불러달라고 했으나 소용이 없었다.

메~와 메와

내손이 무쇠다 / 그릇안깨게비는소리

자료코드 : 03_02_FOS_20120707_KDH_LGI_0001

조사장소 : 강원도 동해시 천곡동 항골길 72 심춘수 댁

조사일시 : 2012.7.7

조 사 자 : 강등학, 이영식, 박은영, 강태종
제 보 자 : 이근일, 여, 83세
구연상황 : 오전에 마을에서 심춘수를 만나 농사와 관련된 얘기를 들었다. 그리고 심춘수
가 마을에 소리 잘 하는 분이 계시다고 그 분 댁으로 안내를 해주었으나 그
분은 출타 중이었다. 이후 심춘수 댁에서 서낭당에 대한 얘기를 들었으나 마
냥 그 분을 기다릴 수가 없어, 마을 경로당을 다시 찾았다. 그곳에서 노인회
장을 만나 이야기를 듣고 또다시 심춘수 댁을 방문하였다. 심춘수 댁 마당에
서는 마을 분들이 마늘을 까고 있었다. 조사자가 다가가자 심춘수가 마침 잘
왔다며, 마을에서 가장 많이 알고 있는 분이라며 이근일을 소개하였다. 이미
조사자가 다녀갔다는 말을 전해들은 탓인지 이근일은 큰 어려움 없이 이야기
를 나눴다. 처음에 민속과 관련된 얘기를 물으니 지금도 본인이 할 수 있는
것은 빠뜨리지 않고 지낸다고 하면서 <내손이 무쇠다>를 불렀다. 이 소리는
정월 보름아침 아무 말도 하지 않고 부엌에 나가 솥뚜껑에다 두 손을 얹어놓
고 세 번을 외면 실수로 그릇을 잘 안 깬다고 한다. 제보자는 이것을 올 정월
보름날 아침에도 했다고 한다.

내손이 무쇠다
내손이 무쇠다
내손이 무쇠다

이래 세 번 합니다.

춘천이요 / 모기쫓는소리

자료코드 : 03_02_FOS_20120707_KDH_LGI_0002
조사장소 : 강원도 동해시 천곡동 항골길 72 심춘수 댁
조사일시 : 2012.7.7
조 사 자 : 강등학, 이영식, 박은영, 강태종
제 보 자 : 이근일, 여, 83세
구연상황 : 처음에 민속과 관련된 얘기를 물으니 지금도 본인이 할 수 있는 것은 빠뜨리
지 않고 지낸다고 하면서 <내손이 무쇠다>를 불렀다. 이후 조사자가 단오

때 그네를 뛰면서 하는 소리는 없냐고 묻지 그게 여름에 모기 쫓으려고 하는 것이라며 불러주었다. 이것도 세 번 그렇게 외친다고 한다.

오월단오 춘천이요

오월단오 춘천이요

오월단오 춘천이요

이똥개똥 한개똥 / 다리뽑기하는소리

자료코드 : 03_02_FOS_20120707_KDH_LGI_0003
조사장소 : 강원도 동해시 천곡동 항골길 72 심춘수 댁
조사일시 : 2012.7.7
조 사 자 : 강등학, 이영식, 박은영, 강태종
제 보 자 : 이근일, 여, 83세
구연상황 : 처음에 민속과 관련된 얘기를 물으니 지금도 본인이 할 수 있는 것은 빠뜨리지 않고 지낸다고 하면서 <내손이 무쇠다>, <모기쫓는소리>를 듣고 성님성님을 청하니 그건 잘 모른다고 했다. 그러자 옆에서 마늘을 까고 있던 문연선이 갑자기 불렀다. 이후 조사자가 다리뽑기하는 시늉을 하며 아느냐고 묻자 자신의 무릎을 가볍게 치면서 이 노래를 불렀다. <이거리저거리 갓거리>는 모른다고 한다.

이똥 개똥 한개 똥

문둥이 아들 곱새 똥

제비 아비 십이랄 똥

나는 그래 했어.

(조사자 : 그렇게 하셨어요?)

이똥 개똥 한개 똥

문둥이 아들 곱새 똥

제비 아비 십이랄 똥

청청 맑어라 / 물맑게하는소리

자료코드 : 03_02_FOS_20120707_KDH_LGI_0004
조사장소 : 강원도 동해시 천곡동 항골길 72 심춘수 댁
조사일시 : 2012.7.7
조 사 자 : 강등학, 이영식, 박은영, 강태종
제 보 자 : 이근일, 여, 83세
구연상황 : 처음에 민속과 관련된 얘기를 물으니 지금도 본인이 할 수 있는 것은 빠뜨리
지 않고 지낸다고 하면서 <내손이 무쇠다>, <모기쫓는소리>를 듣고 성님성
님을 청하니 그건 잘 모른다고 했다. 그러자 옆에서 마늘을 까고 있던 문연선
이 갑자기 불렀다. 이후 조사자가 다리뽑기하는 시늉을 하며 아느냐고 묻자
자신의 무릎을 가볍게 치면서 이 노래를 불렀다. 이후 조사자가 '앵기 땡기'
는 안 불렀느냐고 묻자 그건 모른다고 했다. 그러자 문연선이 불렀다. 이어서
어려서 가재 잡아봤냐고 물으니 많이 잡았다고 해서, 흙탕물이 되면 어떻게
하냐고 물으니 이 노래를 불렀다.

청청 맑어라
멘데 각시
물이러 온다
청청 맑어라
멘데 각시
물이러 온다

우여소리 / 새쫓는소리

자료코드 : 03_02_FOS_20120707_KDH_LGI_0005
조사장소 : 강원도 동해시 천곡동 항골길 72 심춘수 댁

조사일시 : 2012.7.7

조 사 자 : 강등학, 이영식, 박은영, 강태종

제 보 자 : 이근일, 여, 83세

구연상황 : 처음에 민속과 관련된 애기를 물으니 지금도 본인이 할 수 있는 것은 빠뜨리지 않고 지낸다고 하면서 <내손이 무쇠다>, <모기쫓는소리>를 듣고 성님성님을 청하니 그건 잘 모른다고 했다. 그러자 옆에서 마늘을 까고 있던 문연선이 갑자기 불렀다. 이후 조사자가 다리뽑기하는 시늉을 하며 아느냐고 묻자 자신의 무릎을 가볍게 치면서 이 노래를 불렀다. 이후 조사자가 '앵기 땡기'는 안 불렀느냐고 묻자 그건 모른다고 했다. 그러자 문연선이 불렀다. 이어서 물맑게하는소리를 부른 후 '소 밥 먹이기', '달 점치기' 등 정월민속에 대한 내용을 설명하였다. 이에 정월에 부르는 소리는 없냐고 묻자, 시집와서 윗동서에게 배운 것이라며 이 소리를 불렀다. 이는 그 해 농사가 잘 되게 해달라는 뜻에서 부르는 소리인데, 제보자는 작년에도 했다고 한다.

우여~ 우이

우여~ 우이

우여~ 우이

강릉 이통천의 마루 밑에가 푹 파먹어라

이런다고.

그러면 우리 논에 안 온다고.

굴치자 뱀치자 / 뱀들지않게하는소리

자료코드 : 03_02_FOS_20120707_KDH_LGI_0006

조사장소 : 강원도 동해시 천곡동 항골길 72 심춘수 댁

조사일시 : 2012.7.7

조 사 자 : 강등학, 이영식, 박은영, 강태종

제 보 자 : 이근일, 여, 83세

구연상황 : 처음에 민속과 관련된 애기를 물으니 지금도 본인이 할 수 있는 것은 빠뜨리지 않고 지낸다고 하면서 <내손이 무쇠다>, <모기쫓는소리>를 듣고 성님성

님을 청하니 그건 잘 모른다고 했다. 그러자 옆에서 마늘을 까고 있던 문연선이 갑자기 불렀다. 이후 조사자가 다리뽑기하는 시늉을 하며 아느냐고 묻자 자신의 무릎을 가볍게 치면서 이 노래를 불렀다. 이후 조사자가 '앵기 땡기'는 안 불렀느냐고 묻자 그건 모른다고 했다. 그러자 문연선이 불렀다. 이어서 물맑게하는소리를 부른 후 '소 밥 먹이기', '달 점치기' 등 정월민속에 대한 내용을 설명하였다. 이에 정월에 부르는 소리는 없냐고 묻자, 시집와서 윗동서에게 배운 것이라며 새쫓는소리라며 <우여소리>를 불러주었다. 이때 최일량이 노래기 얘기를 했다. 그러자 이근일이 이 소리를 했는데, 이 소리는 부지깽이에 새끼줄을 매어 집안을 한 바퀴 돌면서 부른다고 한다. 정월 대보름 아침에 한다.

굴이치자 뱀이치자

굴이치자 뱀이치자

굴이치자 뱀이치자

송송벌기 침주자 / 송충이들지않게하는소리

자료코드 : 03_02_FOS_20120707_KDH_LGI_0007

조사장소 : 강원도 동해시 천곡동 항골길 72 심춘수 댁

조사일시 : 2012.7.7

조 사 자 : 강등학, 이영식, 박은영, 강태종

제 보 자 : 이근일, 여, 83세

구연상황 : 처음에 민속과 관련된 얘기를 물으니 지금도 본인이 할 수 있는 것은 빠뜨리지 않고 지낸다고 하면서 <내손이 무쇠다>, <모기쫓는소리>를 듣고 성님성님을 청하니 그건 잘 모른다고 했다. 그러자 옆에서 마늘을 까고 있던 문연선이 갑자기 불렀다. 이후 조사자가 다리뽑기하는 시늉을 하며 아느냐고 묻자 자신의 무릎을 가볍게 치면서 이 노래를 불렀다. 이후 조사자가 '앵기 땡기'는 안 불렀느냐고 묻자 그건 모른다고 했다. 그러자 문연선이 불렀다. 이어서 물맑게하는소리를 부른 후 '소 밥 먹이기', '달 점치기' 등 정월민속에 대한 내용을 설명하였다. 이에 정월에 부르는 소리는 없냐고 묻자, 시집와서 윗동서에게 배운 것이라며 새쫓는소리라며 <우여소리>를 불러주었다. 이때 최일

량이 노래기 얘기를 했다. 그러자 이근일이 뱀들지않게하는소리를 부른 후 이 노래를 불렀다. 이 소리를 할 때는 집안에 다니며 솔잎을 군데군데 놓으면서 부른다. 정월 대보름 아침에 한다.

송송벌기 침주자
송송벌기 침주자
송송벌기 침주자

노내기각시 분주자 / 노래기들지않게하는소리

자료코드 : 03_02_FOS_20120707_KDH_LGI_0008
조사장소 : 강원도 동해시 천곡동 항골길 72 심춘수 댁
조사일시 : 2012.7.7
조 사 자 : 강등학, 이영식, 박은영, 강태종
제 보 자 : 이근일, 여, 83세
구연상황 : 처음에 민속과 관련된 얘기를 물으니 지금도 본인이 할 수 있는 것은 빠뜨리지 않고 지낸다고 하면서 <내손이 무쇠다>, <모기쫓는소리>를 듣고 성님성님을 청하니 그건 잘 모른다고 했다. 그러자 옆에서 마늘을 까고 있던 문연선이 갑자기 불렀다. 이후 조사자가 다리뽑기하는 시늉을 하며 아느냐고 묻자 자신의 무릎을 가볍게 치면서 이 노래를 불렀다. 이후 조사자가 '앵기 땡기'는 안 불렀느냐고 묻자 그건 모른다고 했다. 그러자 문연선이 불렀다. 이어서 물맑게하는소리를 부른 후 '소 밥 먹이기', '달 점치기' 등 정월민속에 대한 내용을 설명하였다. 이에 정월에 부르는 소리는 없냐고 묻자, 시집와서 윗동서에게 배운 것이라며 새쫓는소리라며 <우여소리>를 불러주었다. 이때 최일량이 노래기 얘기를 했다. 그러자 이근일이 뱀들지않게하는소리, 송충이들지않게하는소리를 부른 후 이 노래를 불렀다. 이 소리를 할 때는 집안을 다니며 재를 한 움큼씩 군데군데 놓으면서 부른다. 정월 대보름 아침에 한다.

노내기각시 분주자
노내기각시 분주자
노내기각시 분주자

팥으로 걷어주시오 / 삼눈잡는소리

자료코드 : 03_02_FOS_20120707_KDH_LGI_0009
조사장소 : 강원도 동해시 천곡동 항골길 72 심춘수 댁
조사일시 : 2012.7.7
조 사 자 : 강등학, 이영식, 박은영, 강태종
제 보 자 : 이근일, 여, 83세
구연상황 : 처음에 민속과 관련된 얘기를 물으니 지금도 본인이 할 수 있는 것은 빠뜨리
지 않고 지낸다고 하면서 <내손이 무쇠다>, <모기쫓는소리>를 듣고 성님성
님을 청하니 그건 잘 모른다고 했다. 그러자 옆에서 마늘을 까고 있던 문연선
이 갑자기 불렀다. 이후 조사자가 다리뽑기하는 시늉을 하며 아느냐고 묻자
자신의 무릎을 가볍게 치면서 이 노래를 불렀다. 이후 조사자가 '앵기 땡기'
는 안 불렀느냐고 묻자 그건 모른다고 했다. 그러자 문연선이 불렀다. 이어서
물맑게하는소리를 부른 후 '소 밥 먹이기', '달 점치기' 등 정월민속에 대한
내용을 설명하였다. 이에 정월에 부르는 소리는 없냐고 묻자, 시집와서 윗동
서에게 배운 것이라며 새쫓는소리라며 <우여소리>를 불러주었다. 이때 최일
량이 노래기 얘기를 했다. 그러자 이근일이 뱀들지않게하는소리, 송충이들지
않게하는소리, 노래기들지않게하는소리를 불렀다. 이후 귀신달갠날 얘기와 2
월 초하루 풍습에 대해 들었다. 조사자가 삼눈에 대해 묻자 이 소리를 불러주
었다.

경오생 눈이 그리 됐으니

눈에 삼이 선걸

이팥을 해다 걷어주슈

봉아봉아 천지봉아 / 신부르는소리

자료코드 : 03_02_FOS_20120707_KDH_LGI_0010
조사장소 : 강원도 동해시 천곡동 항골길 72 심춘수 댁
조사일시 : 2012.7.7
조 사 자 : 강등학, 이영식, 박은영, 강태종
제 보 자 : 이근일, 여, 83세

구연상황 : 처음에 민속과 관련된 얘기를 물으니 지금도 본인이 할 수 있는 것은 빠뜨리지 않고 지낸다고 하면서 <내손이 무쇠다>, <모기쫓는소리>를 듣고 성님성님을 청하니 그건 잘 모른다고 했다. 그러자 옆에서 마늘을 까고 있던 문연선이 갑자기 불렀다. 이후 조사자가 다리뽑기하는 시늉을 하며 아느냐고 묻자자신의 무릎을 가볍게 치면서 이 노래를 불렀다. 이후 조사자가 '앵기 땡기'는 안 불렀느냐고 묻자 그건 모른다고 했다. 그러자 문연선이 불렀다. 이어서물맑게하는소리를 부른 후 '소 밥 먹이기', '달 점치기' 등 정월민속에 대한내용을 설명하였다. 이에 정월에 부르는 소리는 없냐고 묻자, 시집와서 윗동서에게 배운 것이라며 새쫓는소리라며 <우여소리>를 불러주었다. 이때 최일량이 노래기 얘기를 했다. 그러자 이근일이 뱀들지않게하는소리, 송충이들지않게하는소리, 노래기들지않게하는소리를 불렀다. 이후 삼눈잡는소리를 들려준 후 이 노래를 불렀다. 이 소리는 처녀 때 다듬이방망이를 가지고 놀면서시집 좋은 곳으로 가나 그렇지 않나 하고 점을 치면서 불렀다고 한다.

봉아봉아 천지봉아
용마름에 대신봉아
기미신랑 하시거든
어리설설 내리시오

봉아봉아 천지봉아
용마름에 대신봉아
기미신랑 하시거든
어리설설 내리시오

봉아봉아 천지봉아
용마름에 대신봉아
기미신랑 하시거든
어리설설 내리시오

일본에 가서 / 숫자풀이하는소리

자료코드 : 03_02_FOS_20120707_KDH_LGI_0011
조사장소 : 강원도 동해시 천곡동 항골길 72 심춘수 댁
조사일시 : 2012.7.7
조 사 자 : 강등학, 이영식, 박은영, 강태종
제 보 자 : 이근일, 여, 83세
구연상황 : 처음에 민속과 관련된 얘기를 물으니 지금도 본인이 할 수 있는 것은 빠뜨리
지 않고 지낸다고 하면서 <내손이 무쇠다>, <모기쫓는소리>를 듣고 성님성
님을 청하니 그건 잘 모른다고 했다. 그러자 옆에서 마늘을 까고 있던 문연선
이 갑자기 불렀다. 이후 조사자가 다리뽑기하는 시늉을 하며 아느냐고 묻자
자신의 무릎을 가볍게 치면서 이 노래를 불렀다. 이후 조사자가 '앵기 땡기'
는 안 불렀느냐고 묻자 그건 모른다고 했다. 그러자 문연선이 불렀다. 이어서
물맑게하는소리를 부른 후 '소 밥 먹이기', '달 점치기' 등 정월민속에 대한
내용을 설명하였다. 이에 정월에 부르는 소리는 없냐고 묻자, 시집와서 윗동
서에게 배운 것이라며 새쫓는소리라며 <우여소리>를 불러주었다. 이때 최일
량이 노래기 얘기를 했다. 그러자 이근일이 뱀들지않게하는소리, 송충이들지
않게하는소리, 노래기들지않게하는소리를 불렀다. 이후 삼눈잡는소리, 신부르
는소리를 불렀다. 조사자가 이 노래를 아는가 하고 운을 떼자 바로 불렀다.

(조사자 : 일 일본에 가서)

(조사자 : 이)

    이서방을 만내
    삼 삼사이리 다돌아서
    사 사방을 돌아
    오 오도바이를 타
    육 육계 끌구나와
    칠 칠십먹은 할머니가
    팔 팔자가 삼으러
    구 구둣발로 탁채니

십 십리밖에 떨어졌대

나무하러가세 / 말머리잇는소리

자료코드 : 03_02_FOS_20120707_KDH_LGI_0012
조사장소 : 강원도 동해시 천곡동 항골길 72 심춘수 댁
조사일시 : 2012.7.7
조 사 자 : 강등학, 이영식, 박은영, 강태종
제 보 자 : 이근일, 여, 83세
구연상황 : 처음에 민속과 관련된 얘기를 물으니 지금도 본인이 할 수 있는 것은 빠뜨리지 않고 지낸다고 하면서 <내손이 무쇠다>, <모기쫓는소리>를 듣고 성님성님을 청하니 그건 잘 모른다고 했다. 그러자 옆에서 마늘을 까고 있던 문연선이 갑자기 불렀다. 이후 조사자가 다리뽑기하는 시늉을 하며 아느냐고 묻자 자신의 무릎을 가볍게 치면서 이 노래를 불렀다. 이후 조사자가 '앵기 땡기'는 안 불렀느냐고 묻자 그건 모른다고 했다. 그러자 문연선이 불렀다. 이어서 물맑게하는소리를 부른 후 '소 밥 먹이기', '달 점치기' 등 정월민속에 대한 내용을 설명하였다. 이에 정월에 부르는 소리는 없냐고 묻자, 시집와서 윗동서에게 배운 것이라며 새쫓는소리라며 <우여소리>를 불러주었다. 이때 최일랑이 노래기 얘기를 했다. 그러자 이근일이 뱀들지않게하는소리, 송충이들지않게하는소리, 노래기들지않게하는소리를 불렀다. 이후 삼눈잡는소리, 신부르는소리, 숫자풀이하는소리를 불렀다. 그리고 조사자가 이 노래를 물으니 바로 불러주었다.

뒷집영감
뒷집영감 나물하러가세
배아퍼 몬가
뭔배 자래배
뭔자래 새자래
뭔새 하늘새
뭔하늘 청하늘

뭔청 대청

뭔대 왕대

뭔왕 나라왕

뭔임금 나라임금

끝이다.

각항지방 십육이 / 귀신쫓는소리

자료코드 : 03_02_FOS_20120707_KDH_LGI_0013
조사장소 : 강원도 동해시 천곡동 항골길 72 심춘수 댁
조사일시 : 2012.7.7
조 사 자 : 강등학, 이영식, 박은영, 강태종
제 보 자 : 이근일, 여, 83세
구연상황 : 처음에 민속과 관련된 얘기를 물으니 지금도 본인이 할 수 있는 것은 빠뜨리지 않고 지낸다고 하면서 <내손이 무쇠다>, <모기쫓는소리>를 듣고 성님성님을 청하니 그건 잘 모른다고 했다. 그러자 옆에서 마늘을 까고 있던 문연선이 갑자기 불렀다. 이후 조사자가 다리뽑기하는 시늉을 하며 아느냐고 묻자 자신의 무릎을 가볍게 치면서 이 노래를 불렀다. 이후 조사자가 '앵기 땡기'는 안 불렀느냐고 묻자 그건 모른다고 했다. 그러자 문연선이 불렀다. 이어서 물맑게하는소리를 부른 후 '소 밥 먹이기', '달 점치기' 등 정월민속에 대한 내용을 설명하였다. 이에 정월에 부르는 소리는 없냐고 묻자, 시집와서 윗동서에게 배운 것이라며 새쫓는소리라며 <우여소리>를 불러주었다. 이때 최일량이 노래기 얘기를 했다. 그러자 이근일이 뱀들지않게하는소리, 송충이들지않게하는소리, 노래기들지않게하는소리를 불렀다. 이후 삼눈잡는소리, 신부르는소리, 숫자풀이하는소리, 말머리잇는소리를 불렀다. 그리고 조사자가 무서운 밤거리를 걸을 때 부르는 소리는 없냐고 묻자 이 노래를 불러주었다.

각항지방 십육이

두후여호 이슬벼

이십팔수 시하라

이기 그기지.

각항지방 십육이
두후여호 이슬벼
이십팔수 시하라

그기 귀신달구는 소리라구요.

이거리저거리 갓거리 / 다리뽑기하는소리

자료코드 : 03_02_FOS_20120707_KDH_LMW_0001
조사장소 : 강원도 동해시 천곡동 항골길 21 항골경로당
조사일시 : 2012.7.7
조 사 자 : 강등학, 이영식, 박은영, 강태종
제 보 자 : 이명월, 여, 70세
구연상황 : 천곡동 항골에 지역 토박이들이 많다는 정보를 얻은 후 마을 경로당을 찾았
다. 하지만 경로당 문은 열려있으나 사람이 없었다. 이에 안쪽 마을에서 지역
분을 만나 농사 및 서낭당에 대한 얘기를 들었다. 마을에 소리를 잘 한다는
분이 있다고 해서 만나려고 했으나 출타 중이었다. 점심때도 되어 중심지로
나와 점심을 해결하고 경로당을 다시 방문하니 노인회장과 다른 한 분이 있
었다. 노인회장에게 마을 얘기를 잠깐 듣고 옛날 얘기를 청하니 아무 것도 모
른다고 했다. 이에 옆에 있던 이명월에게 간단한 것만 묻는다고 얘기하고는
다리뽑기 시늉을 하며 아느냐고 하자 <이거리저거리 갓거리>를 불러주었다.
자신의 무릎을 가볍게 치면서 노래를 불렀다.

그전에 옛날 클 적에 그거 했어요.

이거리 갓거리
저거리 갓거리

손수맹근 조맹근

짝다리 회양근

도르매 김치

봄대추

청청 맑어라 / 물맑게하는소리

자료코드 : 03_02_FOS_20120707_KDH_LMW_0002
조사장소 : 강원도 동해시 천곡동 항골길 21 항골경로당
조사일시 : 2012.7.7
조 사 자 : 강등학, 이영식, 박은영, 강태종
제 보 자 : 이명월, 여, 70세
구연상황 : 천곡동 항골에 지역 토박이들이 많다는 정보를 얻은 후 마을 경로당을 찾았
다. 하지만 경로당 문은 열려있으나 사람이 없었다. 이에 안쪽 마을에서 지역
분을 만나 농사 및 서낭당에 대한 얘기를 들었다. 마을에 소리를 잘 한다는
분이 있다고 해서 만나려고 했으나 출타 중이었다. 점심때도 되어 중심지로
나와 점심을 해결하고 경로당을 다시 방문하니 노인회장과 다른 한 분이 있
었다. 노인회장에게 마을 얘기를 잠깐 듣고 옛날 얘기를 청하니 아무 것도 모
른다고 했다. 이에 옆에 있던 이명월에게 간단한 것만 묻는다고 얘기하고는
다리뽑기 시늉을 하며 아느냐고 하자 <이거리저거리 갓거리>를 불러주었다.
이어서 가재 잡을 때 흙탕물이 되면 빨리 맑아지라고 부르는 소리를 아느냐
고 묻자 이 노래를 불렀다.

청청 맑어라

먼데 각시 물이러 온다

청청 맑어라

먼데 각시 물이러 온다

엮은이 소개

강등학 성균관대학교 국어국문학과를 졸업하고 동 대학원에서 문학박사 학위를 받
았다. 현재 강릉원주대학교 국문학과 명예교수이다. 한국민속학회장, 한국
민요학회장을 역임하였다. 주요 저서로『정선아라리의 연구』(집문당, 1988),
『한국민요의 현장과 장르론적 관심』(집문당, 1996),『한국민요의 논리와 시
각』(민속원, 2006),『아리랑의 존재양상과 국면의 이해』(민속원, 2011),『한
국 민요의 존재양상과 판도』(민속원, 2016),『한국 민요의 존재국면과 민요
학의 문제의식』(민속원, 2017) 등이 있다.

이영식 강릉원주대학교 국어국문학과를 졸업하고 동 대학원에서 문학박사 학위를
받았다. 현재 강릉원주대학교 국문학과 강사, 강원도무형문화재 위원이다.
주요 저서로『양양군의 민요 자료와 분석』(공저, 민속원, 2002),『횡성의 구
비문학 Ⅰ·Ⅱ』(공저, 횡성문화원, 2002),『횡성의 회다지소리』(횡성회다지
소리 전승보존회, 2011),『곧은치·솔거리 사람들의 삶과 문화』(횡성문화
원, 2015),『정선의 세시풍속』(공저, 정선문화원, 2017) 등이 있다.

박은영 강릉원주대학교 국어국문학과를 졸업하고 동 대학원에서 문학박사 학위를
받았다. 현재 강릉원주대학교 국문학과 강사이다. 주요 저서로『역동적 소
통의 현장 이야기판』(공저, 민속원, 2012),『증편 한국구비문학대계-강원도
정선군』(공저, 역락, 2013),『증편 한국구비문학대계-강원도 고성군』(공저,
역락, 2014),『증편 한국구비문학대계-강원도 철원군』(공저, 역락, 2016),
『아리랑의 역사적 행로와 노래』(공저, AW, 2014) 등이 있다.

증편 한국구비문학대계 2-15
강원도 동해시

초판 인쇄 2019년 3월 21일
초판 발행 2019년 3월 28일

엮 은 이 강등학 이영식 박은영
엮 은 곳 한국학중앙연구원 어문생활사연구소
출판기획 유진아

펴 낸 이 이대현
펴 낸 곳 도서출판 역락
편   집 권분옥
디 자 인 안혜진

주   소 서울시 서초구 동광로46길 6-6(반포4동 577-25) 문창빌딩 2층
등   록 1999년 4월 19일 제303-2002-000014호
전   화 02-3409-2058, 2060
팩   스 02-3409-2059
이 메 일 youkrack@hanmail.net

값 38,000원

ISBN 979-11-6244-415-3 94810
      978-89-5556-084-8(세트)